제우스는 죽었다

그리스로마 신화 파격적으로 읽기

『이 도서의 국립중앙도서관 출판예정도서목록(CIP)은 서지정보유통지원시스템 홈페이지(http://seoji. nl.go.kr)와 국가자료공동목록시스템(http://www.nl.go.kr/kolisnet)에서 이용하실 수 있습니다.(CIP 제어번호: CIP2017031095)』

제우스는 죽었다

ⓒ 박홍규 2017

초판 1쇄   2017년 11월 29일

지 은 이   박홍규
펴 낸 이   이정원
편집책임   선우미정
편   집   이동하
편집보조   강수연
디 자 인   김정호
마 케 팅   나다연 • 이광호
경영지원   김은주 • 박소희
제   작   송세언
관   리   구법모 • 엄철용

펴 낸 곳   도서출판 들녘
등록일자   1987년 12월 12일
등록번호   10-156
주   소   경기도 파주시 회동길 198번지
전   화   편집부 031-955-7385 마케팅 031-955-7378
팩시밀리   031-955-7393
홈페이지   www.ddd21.co.kr
페이스북   www.facebook.com/bluefield198
I S B N   979-11-5925-299-0 (03890)

제우스는 죽었다

그리스로마 신화 파격적으로 읽기

박홍규

푸른들녘

프랑스의 그리스 신화학자 장-피에르 베르낭은 어린 손자에게 그리
스 로마 신화를 즐겨 들려주었다고 합니다(베르낭15). 그리스 로마 신화
는 세계적으로 성인들만이 아니라 아이들도 쉽게 접하는 이야기니까
요. 그러나 저는 제 손자에게 그리스 로마 신화를 들려줄 생각이 조금
도 없습니다. 그리스 로마 신화에 나오는 반인륜적이고 괴상한 장면들
을 차마 들려줄 수가 없기 때문이에요. 신화의 시작 부분만 봐도 그래
요. 아들이 아버지의 성기를 잘라 권력을 쟁취하고, 그렇게 해서 왕위
에 오른 왕이 다시 자기 아들이 반란을 일으킬까 두려워하여 자식을
먹어 권력을 유지하다니요. 그런 아버지로부터 간신히 목숨을 부지한
아기가 바로 유명한 제우스인데, 그 역시 나중에는 왕위를 뺏길까 봐
자기 아이를 삼키는 비극을 되풀이하지요. 저는 이렇게까지 처참하고
패륜적인 이야기를 순진한 아이들에게 들려주고 싶지 않습니다. 권력
투쟁이 아무리 추악하다고 해도 이렇게까지 추악할 수 있을까요? 그
것도 인간이 아닌 신들이 말입니다.

　게다가 그렇게 주신이 된 제우스가 수많은 여성을 강간하여 낳은
자식들이 그리스 로마 신화의 영웅들이라는 것도 제게는 찝찝합니다.

최고의 영웅이라는 헤라클레스가 하룻밤에 50명의 여성을 겁탈하는 이야기를 포함해, 그리스 로마 신화에는 강간 이야기가 넘쳐나요. 살인은 그보다 더 많습니다. 그렇게 피비린내 나는 이야기를 손자에게 즐겨 들려준다는 프랑스 할아버지를 저는 도저히 이해할 수 없어요. 프랑스가 아무리 톨레랑스˙를 강조한다고 해도 그런 반인륜적인 권력 투쟁까지 관용을 베풀지는 않을 것입니다. 그런데도 우리나라에나 외국에나 베르낭 같은 사람은 매우 많습니다. 특히 고대 그리스 로마와 아무 관련이 없었던 대한민국에서도 그리스 로마 신화는 교양인의 필독서로 취급되지요. 도대체 무엇 때문에 이런 터무니없는 일이 벌어진 것일까요?

미국의 심리학자 롤로 메이는 『신화를 찾는 인간』에서 현대인의 복잡다단한 심리적 문제가 신화를 상실한 탓이라 보았습니다. 따라서 죄의식이나 우울증에서 벗어나려면 신화를 되찾아야 한다고 주장했어요. 그가 책에서 다루는 그리스 로마 신화는 정신분석학에서 중요하게 취급하는 오이디푸스 이야기 정도인데요. 저는 사실 정신분석학을 이해하기 위한 예시를 군이 신화에서 찾아올 필요가 있는지 잘 모르겠어요.˙˙ 우리의 심리적인 문제들이 과연 오이디푸스 콤플렉스˙˙˙라는

˙ '관용의 정신'을 의미하는 프랑스 단어이다. 한마디로 자신과 다른 사람의 차이를 인정하고, 이를 너그러운 마음으로 용서하고 용납하는 것을 뜻한다.

˙˙ 물론 메이가 19세기 서양에서 그랬던 것처럼 "학교에서 그리스 로마 신화를 배워야 심리 문제가 해결된다"고 주장하는 것은 아니지만, 그런 식으로 오해될 소지가 충분히 있다.

˙˙˙ 오스트리아의 신경과 의사이자 정신분석학의 창시자인 지그문트 프로이트가 주장한 이론. 남자아이가 무의식적으로 어머니에게 성적 욕망을 품고, 동시에 아버지에게는 무의식적 두려움과 경쟁심을 품는 것을 뜻한다.

문제만으로 설명될 수 있는가 하는 의문도 들고요. 오늘날 사회구성원들의 정신에 문제가 생기는 것은 개인의 정신분석보다 더 복잡한 정치, 경제, 사회 등에 의한 것이 아닐까요? 정신 건강이 피폐해지는 원인을 고작 가족 문제에서만 찾으려 드는 것은 결과적으로 잘못된 정치, 경제, 사회 등의 구조적인 차원을 무시하는 것이 아닐까 싶습니다.

한국에도 베르낭이나 메이 같이 생각하는 사람들이 많습니다. 심지어 한국의 그리스학자 중에는 이몽룡을 기다리는 춘향의 이야기가 오디세우스를 기다리는 페넬로페 이야기와 '아주 많이 닮았다'라는 이유에서 그 연관성을 연구해볼 가치가 있다고 주장하는 사람도 있어요 (망구엘366). 이는 오디세우스의 이야기가 춘향의 이야기에 영향을 끼쳤을 수도 있다는 식인데, 제 생각에는 상상력이 다소 과한 것이 아닐까 싶습니다. 세상에는 그 비슷한 서사 구조가 얼마든지 있으니까요. 게다가 『춘향전』이 쓰인 조선 후기와 『오디세이아』가 쓰인 고대 그리스는 시대적으로 너무나 떨어져 있습니다.

더구나 신과 인간 사이에 태어난 영웅의 본부인(本夫人) 페넬로페와 노예 신분인 기생의 딸인 춘향은 근본적으로 다릅니다. 그리스 로마 신화에는 노예를 비롯한 가난하고 불행한 계층의 인간은 아예 존재하지도 않아요. 당시 그리스 로마 사회는 반 이상의 사람들이 노예였음에도 그들은 신화에 등장하지 않습니다. 마치 오늘의 드라마나 영화에 돈과 권력을 가진 자들만 나오는 것처럼요. 신화는 그런 허구에 불과합니다. 그러나 고대 그리스 로마의 신화를 비롯한 서양의 신화들이 처음부터 참혹한 투쟁의 부권적 신화였던 것은 아니에요. 이 책에서 저는 우리가 보는 그리스 로마 신화의 부권적 차별 구조를 철저히 비판하고 본래의 평등 구조를 재건하고자 시도할 것입니다.

그리스 로마 신화는 서양을 이해하는 데 매우 중요한 근원입니다. 그러나 서양 문화나 그리스 로마 신화가 최고라는 식의 평가는 금물이에요. 그보다 평화롭고 소박한 우리 문화와 신화에 대해 자부심을 품을 필요가 있습니다. 서양 문화를 이해하려면 그리스 로마 신화를 알아야 하지만, 그렇다고 해서 그것에 넋이 빠져서는 안 된다는 뜻입니다. 이 책은 그리스 로마 신화가 억압과 폭력으로 얼룩진 서구의 자기중심주의를 형성한 기본이라는 비판적인 관점에서 쓴 것입니다. 따라서 그리스 로마 신화나 그것에 근거를 둔 서양의 학문과 예술을 영원한 진리라도 되는 듯이 섬겨온 국내외 책들과는 전혀 달라요.

이 책을 읽고자 하는 여러분에게 감사의 말씀을 전합니다. 아울러 2009년 생각의나무에서 출간했던 『그리스 귀신 죽이기』를 보완한 이 책을 출판하는 푸른들녘에 감사드립니다.

2017년 11월

박홍규

저자 일러두기

본문에 인용한 저작의 출처 및 표기 방식은 다음과 같다.

1. 고전 인용

국가_플라톤, 박종현 옮김,『국가』, 서광사, 1997(이 책의 인용은 권수와 행수로 한다.)
변신_오비디우스, 이윤기 옮김,『변신이야기』, 민음사(이 책의 인용은 권수와 행수로 한다.)
신통기_헤시오도스, 천병희 옮김,『신통기』, 한길사, 2004(이 책의 인용은 행수로 한다.)
역사_헤로도토스, 천병희 옮김,『역사』, 숲, 2009(이 책의 인용은 권수와 행수로 한다.)
신학대전_토마스 아퀴나스, 정의채 옮김,『신학대전』, 성바오로출판사, 1989(이 책의 인용은 권수와 행수로 한다.)
예배규정_『현대인의 성경』, 생명의말씀사, 1985(이 책의 인용은 장수와 절수로 한다.)
오디세이아_호메로스, 천병희 옮김,『오디세이아』, 한길사, 2006(이 책의 인용은 권수와 행수로 한다.)
일_헤시오도스, 천병희 옮김,『신통기』에 포함된「노동과 나날」, 한길사, 2004(이 책의 인용은 행수로 한다.)
일리아스_호메로스, 천병희 옮김,『일리아스』, 단국대학교출판부, 1996(이 책의 인용은 권수와 행수로 한다.)

2. 저술 인용

구드리히_게롤트 돔머무트 구드리히, 안성찬 옮김,『신화』, 해냄, 2001
데이비스_케네스 C. 데이비스, 이충호 옮김,『세계의 모든 신화』, 푸른숲, 2008
링컨_브루스 링컨,『신화 이론화하기』, 이학사, 2009
망구엘_알베르트 망구엘, 김헌 옮김,『일리아스와 오디세이아』, 세종서적, 2012
바흐오펜_J. J. Bachofen, Myth, Religion and Mother Right, Princeton University Press, 1967
베르낭_장-피에르 베르낭, 문신원 옮김,『베르낭의 그리스 로마 신화』, 성우, 2004
스트렌스키_이반 스트렌스키, 이용주 옮김,『20세기 신화이론』, 이학사, 2008
안진태_안진태,『신화학강의』, 열린책들, 2001
에스틴_콜레트 에스틴, 엘렌 라포르트, 유복렬 옮김,『그리스 로마 신화』, 미래M&B, 1999
에슨_아리안 에슨, 류재화 옮김,『신화와 예술』, 청년사, 2002
엘리아데_미르치아 엘리아데, 이용주 옮김,『세계종교사상사』, 이학사, 2005
윤일권_윤일권 김원익,『그리스 로마 신화와 서양 문화』, 문예출판사, 2004
이도흠_이도흠 엮음,『신화/탈신화화와 우리』, 한양대학교출판부, 2009
이윤기_이윤기,『이윤기의 그리스 로마 신화』, 웅진닷컴, 2000
이준섭_이준섭,『고대신화와 신비주의의 세계』, 고려대학교출판부, 2006
장영란_장영란,『신화 속의 여성, 여성 속의 신화』, 문예출판사, 2001
정미희_정미희,『나찌 미술』, 1989, 미진사
정재서_정재서, 전수용, 송기정,『신화적 상상력과 문화』, 이화여자대학교출판부, 2008
해리스_스티븐 L. 해리스, 글로리아 플래츠너, 이영순 옮김,『신화의 미로찾기』, 동인, 2000 편집자 일러두기

편집자 일러두기

개념의 원어는 꼭 필요한 경우에만 병기했다.
작품을 언급할 때 단행본으로 출간된 타이틀은『 』로, 논문이나 개별 저작은「 」로 표기했다.
신문 타이틀은〈 〉로, 음악, 미술의 타이틀은「 」로, 잡지 타이틀은《 》로 구분하여 표기했다.
본문에 사용한 모든 사진은〈위키미디어〉와〈셔터스톡〉이 제공하는 자유저작권 이미지다.

차 례

1장

도대체

그리스 로마 신화란

무엇인가?

신화란 무엇일까?

신화는 '신 중심 이데올로기의 옛날이야기'다

한글판 위키피디아에 의하면 "신화(神話, myth)는 한 나라 혹은 한 민족, 한 문명권으로부터 전승되어 과거에는 종교였으나, 더는 섬김을 받지 않는 종교"를 뜻합니다. 말하자면 한때 종교였으나 지금은 종교가 아닌 것, 즉 과거의 종교라는 말이지요.* 한편 외국어로 쓰인 위키피디아에 나온 정보를 종합해보면 일반적으로 신화란 "인류가 인식하는 자연물이나 자연 현상, 또는 민족이나 문화·문명 등 여러 가지 사회 현상을 세계가 시작된 시대의 신과 같은 초자연적·형이상학적인 존재나 문화, 영웅 등을 연결하는 사건으로 설명하는 옛날이야기"라고 합니다. 『아메리칸 헤리티지 사전』에 따라 케네스 C. 데이비스(1954~)가

---

* 한편 이처럼 예로부터 전해오는 이야기들을 두고 전설이라고 일컫기도 한다. 하지만 전설은 이야기의 주제가 서로 독립되고 그 짜임새가 단편적인 반면 신화는 우주론을 포함하며 종교의 체계를 가지고 있다는 점이 차이점이다.

『세계의 모든 신화』에서 내리는 신화의 정의도 이와 유사하고요(데이비스41).

　그 밖에도 신화의 정의에 대해서는 여러 가지 견해가 있지만,[*] 어느 것이나 비슷합니다. 신화라는 말은 그리스어인 '뮈토스(mythos)'에 있는 'myth'의 번역어예요. 그리스 로마에서는 제우스나 헤라를 믿는 신화가 종교였던 적이 있었으나 기독교가 국교로 된 뒤에는 종교적인 숭배를 잃고 신화로 남게 되었습니다. 그러니 흔히 말하는 그리스 로마 신화는 위의 정의로 이해될 수 있겠지요.

　한편 우리나라와 같은 서구 밖 문화권에서는 신화라는 용어를 19세기 이후부터 사용했어요. 물론 단군 신화 같은 이야기가 없었던 것은 아니에요. 그러나 단군 신화가 위에서 본 신화의 정의에 제대로 들어맞는지는 논란의 여지가 있습니다. 단군 신화에 대한 최초의 기록은 1281년[**]의 『삼국유사』지만 단군 신화가 종교적인[***] 숭배의 대상이 된 것은 도리어 그보다 훨씬 뒤인 조선시대 이후였기 때문이에요. 고조선시대도, 삼국시대도, 고려시대도 아니고 조선시대라니, 예상과 다르지요?

　단군은 조선시대에 환인·환웅과 함께 나라의 조상인 국조(國祖)로서 민간 숭배의 대상이었습니다. 국가적으로는 사당을 지어 제사를

---

[*] 가령 우리나라에서 나온 유일한 신화학 책에서 안진태는 신화를 "민족혼의 원초적 역사와 작용을 집약해 담고 있는 것"(안진태6) 등의 여러 가지 정의를 내리고 있으나 '민족혼'이니 '원초적 역사와 작용'이니 하는 말들의 뜻은 분명하지 않다.

[**] 이는 1270년 원나라가 평양을 고려에서 빼앗아 직할구역으로 삼았다가 1290년에 다시 돌려준 시기에 속한다. 그리고 1202년, 1217년, 1237년에는 각각 경주, 평양, 전라도지역에서 신라, 고구려, 백제 부흥운동이 생겨나 과거의 삼국을 하나로 묶을 필요가 절실했다는 시대 상황이 있었다.

[***] 여기서 종교라고 함은 무당에 의한 것이다. 즉 무당들이 환인, 환웅, 단군을 삼신으로 삼고 단군을 특히 무조(巫祖), 즉 무당의 시조로 삼았다.

바쳤고요. 특히 황해도 지역에서 단군 관련 신앙이 활발하게 전개되었는데요. 세종 때에는 평양에 단군과 동명왕을 모신 사당을 지어 국가에서 제사를 올렸으며, 환인·환웅·단군의 신주를 모신 삼성당(三聖堂) 또는 삼성사(三聖祠)가 황해도 구월산에 만들어지기도 했습니다. 그리고 구한말 외세의 침탈이 격화되면서 단군에 대한 숭상은 점차 강화되어 환인·환웅·단군을 신앙의 대상으로 삼는 대종교로 발전했어요. 그 외에도 단군을 신앙하는 여러 소수 종교가 나타났으며, 무(巫)에서는 단군을 옥황천존, 삼신제석 등의 천신과 함께 모시는 경향도 있었습니다.

따라서 단군 신화와 종교의 관계는 위에서 본 위키피디아의 정의와 반드시 부합한다고는 할 수 없어요. 그렇다면 신화를 무엇이라고 정의해야 할까요? 먼저 단군 신화는 신화이지 역사적 사실이 아니라는 점을 확인할 필요가 있습니다. 이는 그리스 로마 신화나 구약성서 등의 다른 모든 신화의 경우에도 마찬가지예요. 그렇다면 신화를 하나의 이데올로기로 보는 것이 어떨까요?* '주의(主義)'라고도 번역되는 이데올로기란 일반적으로 사람이 인간·자연·사회에 대해 규정짓는 현실적이며 이념적인 의식의 형태를 뜻합니다. 사회학적으로 비판적인 입장에서는 이를 사회 내의 '상식적' 관념 및 널리 퍼진 신념이라고도 보는

---

* 신응철은 「신화, 이데올로기로 읽기」라는 논문에서 카시러의 '정치적 신화'를 논의하고 있으나(이도흠 647~674) 이는 내가 이 책에서 신화 자체를 이데올로기로 보는 것과는 다르다. 카시러가 『국가의 신화』(최명관 옮김, 창, 2013)에서 드는 '정치적 신화'의 예로는 칼라일의 '영웅숭배론'이 있다. 그것은 피히테가 도덕적 의지는 영웅의 인격에 집중된다는 주장을 이어받은 것이었다. 또 다른 예는 고비노의 『인종불평등론』이나 슈펭글러의 『서구의 몰락』, 하이데거의 『존재와 시간』이다. 카시러가 니체에 대해서 언급하지 않는 점은 이 책의 가장 큰 문제점이다.

데요. 이들은 이데올로기가 대체로 "간접적으로 지배계급의 이해관계에 봉사하고, 그들의 위치를 정당화하기 위해 현실을 왜곡하는 허위의식"이라 설명합니다. 반면, "여러 가지 관념들, 사상들, 종교들의 사고를 합리적으로 탐구하고 분석하는 작업"이라는 긍정적인 의미로 쓰이기도 하고요.

저처럼 신화를 하나의 이데올로기로 보는 사람 중 대표적인 이는 미국의 신화학자 브루스 링컨(1948~)입니다. 그는 신화를 '서사 형식의 이데올로기'(링컨12)라고 정의해요. 이러한 링컨의 정의는 신화를 이데올로기와 관련지었다는 점에서 대단히 의미 깊은 것이지만, 신화를 '서사 형식의 이데올로기'라고 정의하는 것은 너무 범위가 넓습니다. 소설을 포함한 문학 일반이나 영화, 연극 등도 그 정의 속에 포함될 수 있으니까요. 따라서 저는 신화를 '신 중심 이데올로기의 옛날이야기', 즉 '옛날이야기 형식의 신 중심 이데올로기'라고 정의하고 싶습니다.

그런데 신화를 이렇게 정의하는 경우 우리가 주의해야 할 점이 있어요. 이데올로기가 "지배계급의 이해관계에 봉사하고 그들의 위치를 정당화"하려는 의도를 갖는다는 점입니다. 왕과 같은 지배계급이 시인들을 시켜서 신화를 퍼트리고 민중에게 진리라고 여기도록 강요한다는 것인데요. 민중의 입장에서는 신화를 믿지 않는 것이 신 또는 지배계급에 대한 반역이니 억지로라도 따를 수밖에 없었을 테고, 따라서 신화에 당연히 지배계급의 권위를 뒷받침하는 내용이 들어간 것입니다. 그러니 신화는 민중적 차원에서 나온 것이 결코 아니지요. 사실 대부분의 신화에는 민중이 등장하지 않습니다. 무엇보다 신 자체는 지배계급이고요.*

어떤 내용의 '신 중심 이데올로기의 옛날 이야기'인가?

링컨은 신화를 바라보는 오늘날의 시각이 다양하다고 지적합니다. 그 중에는 신화를 '성스러운 이야기'나 '원초적 진리'라고 긍정하는 사람들도 있지만 '거짓말'이나 '낡아빠진 세계관'으로 부정하는 사람도 있어요. 그 중간으로 '즐거운 오락거리'나 '시적인 몽상' 또는 '아동용 이야기' 정도로 보는 사람도 있습니다(링컨8). 그러나 같은 신화라도 종류에 따라 각각 다르게 여기는 사람도 있습니다. 가령 단군 신화는 '거짓말'이라고 부정하지만, 구약성서는 '성스러운 이야기'라며 긍정하는 이들이 그렇지요. 자기가 믿는 신화는 진리이자 성스러운 진실이지만 남이 믿는 신화는 거짓, 그것도 절대로 허용될 수 없는 거짓이라는 겁니다. 최소한 이 책에서는 그런 이중적인 태도를 품지 않을 거예요. 따라서 모든 신화는 옛날이야기이고 이데올로기라는 전제를 깔고 이야기를 계속하겠습니다.

그런데 단군 신화를 '거짓말'이라고 하는 사람도 단군 신화가 홍익

---

* 신화를 고대 그리스의 뮈토스에 대응한 '로고스'라는 용어로 칭하기도 한다. 로고스란 "유혹하고, 현혹하며, 기만하는 발화 행위로서, 이를 통해 구조적 약자들은 그들 위에서 권력을 행사하는 사람들을 슬쩍 가지고 놀았다"(링컨8)는 것이다. 이를 통해 권력적인 뮈토스와 구별하여 반권력적인 민중의 차원에서 이해하는 견해가 있다. 하지만 플라톤을 비롯한 고대 그리스 철학자들의 철학을 모두 그런 의미의 로고스라고 볼 수 있을지는 의문이다. 플라톤이 과거의 전제군주를 옹호한 것은 아니지만 그가 제시한 철인왕이라는 것도 반민주적인 발상에서 나온 것임이 분명하고, 당대의 노예제도 역시 옹호했기 때문이다.

** 우리는 고대 그리스에서 호메로스와 헤시오도스의 신화 내지 종교(뮈토스)가 헤라클레이토스와 플라톤의 철학(로고스)으로 변한 점을 분명히 인식해야 한다. 이는 권력 관계가 변한 것을 의미하기 때문이다.

인간이라는 메시지를 전해준다는 점을 부정하지는 않습니다. 그렇다면 고대 그리스 신화나 구약성서가 오늘날까지 전해주는 가치는 무엇일까요? 그리스 신화 어디에도 널리 인간을 이롭게 하자고 하기는커녕 다른 어떤 메시지도 없어 보이니까요. 그래서 고대 그리스의 철학자들은 그리스 신화에 지극히 비판적이었습니다. 가령 소크라테스(기원전 470?~399)보다 더 오래전의 고대 그리스 철학자인 크세노파네스(기원전 570?~475)는 신화를 다음과 같이 조롱했어요.

> 그에게는 탁월함에 대한 기억과 노력이 있기에
> 옛 사람들의 허구인 티탄 족의 전쟁도,
> 기가스 족의 전쟁도, 켄타우로스 족의 전쟁도,
> 또는 격렬한 내란도 다루지 않나니, 전혀 쓸데없기 때문이라.
> 호메로스와 헤시오도스는
> 비난받을 만하고 흠잡을 만한 것들 모두를
> 즉 도둑질, 간통, 그리고 서로 속이기를 신들에게 부여했다.
> 호메로스와 헤시오도스는
> 있을 수 있는 모든 법도에 맞지 않는 신들의 행동들을 최대한 이야기했다.
> 도둑질, 간통, 서로 속이기.[*]

크세노파네스만이 아니라 헤라클레이토스(기원전 6세기 초~?)도 신화

---

[*] 김인곤 외 옮김, 『소크라테스 이전 철학자들의 단편 선집』, 아카넷, 2005, 204~205쪽.

를 비판했습니다. 이는 "아테네 민주주의가 정착하고, 문자가 널리 보급되며, 산문이 시를 잠식하는 과정이 공고해지는(그리고 치열해지는) 것과 관련이 있었"(링컨9)고 "왕권이 무너지고 도시국가가 부상하면서 … 연희…는 이제 더 이상 시인의 목소리를 가장 자주 들을 수 있는 장소가 아니게" 된 탓이지요(링컨64).

　그중 누구보다도 강력한 비판자는 플라톤(기원전 427?~347?)이었습니다. 그는 『국가』에서 그리스 신화의 중요 내용 중 하나인 신들의 전쟁은 시민들 간의 분쟁을 촉발하므로, 그리고 황량한 저승 세계의 이야기는 병사들의 사기를 저하하므로 이야기해서는 안 된다고 주장했어요(국가, 378c, 386bc). 나아가 플라톤은 당시 신화가 쓰인 형식인 서사시는 인간 영혼의 가장 저급한 욕망에 어울리며 저급한 인간인 여성이나 아이들, 그리고 낮은 신분의 사람들에게 어울리는 것이라고 비판했습니다. 그런 시를 쓰는 시인들을 사기꾼이라고 헐뜯었고요.

　이처럼 플라톤은 신화는 인간의 비이성적인 면을 부채질하며 인간은 이성을 통해서만 자신의 가능성을 최대한 발현시킬 수 있다고 주장했습니다. 플라톤의 제자 아리스토텔레스(기원전 384~322)도 마찬가지였어요. 에피쿠로스학파도 신화를 '인간이 신에게 갖는 두려움에서 비롯된 비도덕적이고 잔인한 창작'이라고 보았습니다. 이는 당대의 과학적 사고'를 바탕으로 한 것인데요. 역사가 투키디데스(기원전 460/55~400)는 공상적인 신화 작가들을 비판하고 신화와 역사를 엄격

---

* 가령 기원전 6세기부터 올림피아드 제전을 기준으로 한 연대표기법이 사용된 것 등에서 이러한 사고를 엿볼 수 있다.

하게 구별했습니다.

한편 로마제국에서 콘스탄티누스 1세 등극 이후 차츰 제국을 장악하던 기독교는 중세에 이르러 아예 모든 인간의 일상을 지배했는데요. 구약성서는 인간을 타락한 원죄의 존재로 보고 신을 믿어야 구원을 받는다고 했습니다. 기독교의 유일신 여호와는 매우 엄격한 신이라 인간에게 악덕을 철저하게 금지했어요. "네 손이 나쁜 짓을 하려고 하거든 차라리 잘라버리는 것이 행복하다"라는 성경 구절이 이를 잘 보여줍니다. 매일 '도둑질, 간통, 사기'를 반복하는 그리스 로마 신들과는 대비되는 면이지요. 그리스 로마 신들은 자신이 저지르는 나쁜 짓들을 인간이 보고 배운다 해도 할 말이 없을 겁니다. 여하튼 당시 부도덕한 그리스 로마 신화는 잠시 역사의 뒤편으로 물러납니다.

링컨이 말하듯이 플라톤 이후 약 2천 년 동안 그리스 로마 신화는 대체로 멸시되다가 르네상스시대에 와서 부활했습니다(링컨93). 하지만 저는 그 부활이 소수의 지배계층 취향에 그쳤고, 19세기까지는 전반적으로 멸시의 분위기가 크게 변하지 않았다고 생각해요.* 그러다 그리스 로마 신화는 가장 극단적인 이데올로기로 재탄생합니다. 독일제국의 부활을 꿈꾼 나치에 의해서죠. 이는 '피와 땀으로 묶이는' 아리아 민족의 근원으로 여겨진 그리스 신화와 그 반대인 유대민족의 근원으

---

* 그리스 신화가 숭배를 잃은 가장 중요한 요인은 4세기에 기독교가 고대 로마의 국교가 된 데 있다. 그 전까지 그리스 신화는 로마 신화로 탈바꿈하며 명맥을 잇고 있었다. 하지만 그때도 본래 지니고 있던 종교로서의 권위는 상실된 채 "민담, 동화, 지방 전설, 우화가 되어버리거나, 여흥과 예술적 장식에 부수적인 모티브로 쓰이는 진부한 레퍼토리를 제공하는 데" 그쳤다(링컨93~94). 가령 최근 우리나라에서 번역된 오비디우스의 『변신이야기』 같은 희곡의 소재로 쓰이기도 했는데, 이 책을 대단한 고전으로 대접하는 평단의 태도에 나는 다소 회의를 품고 있다.

로 여겨진 구약성서 신화의 대립이었어요. 여기에는 바그너와 니체 같은 19세기 독일인들이 크게 이바지했습니다.

그리스 로마 신화의 정치적 이용

크세노파네스를 비롯한 고대 그리스의 철학자들은 호메로스(기원전 800?~750)나 헤시오도스(기원전 8세기 말)가 노래한 그리스 로마 신화의 신들이 전지전능한 존재가 아니라 인간과 비슷하다고 여겼습니다. 신들이 전쟁, 복수, 음모, 계략, 살인, 절도, 강간, 간통, 차별, 사기 등 범죄와 폭력을 밥 먹듯이 일삼는 부도덕한 존재로 묘사되는 것을 못마땅하게 여겼지요. 이처럼 그리스 로마 신화 속의 투쟁과 폭력과 차별은 고대 그리스에서도 당연히 문제가 되었습니다.

그러나 당시의 대중이나 지배층, 혹은 지식인들이 반드시 그러한 비판의식을 지니고 있었던 것은 아니에요. 도리어 그들 대부분은 신화에 담긴 지배층의 특권 옹호, 외국 배척, 약자 경멸을 자연스럽게 받아들였습니다. 그리고 신화에 담긴 자연 정복의 메시지를 좋아했고, 동시에 대중오락으로 즐기기 위해 더욱 복잡하고 흥미를 끌 만한 내용으로 고쳤지요. 이는 인구가 급격히 늘어나 살림살이가 어려워지고 빈부갈등이 생기며, 지나친 방목으로 인해 대규모의 환경 파괴*와 함께 식민지 침략과 폴리스 건설이 시작된 기원전 7~8세기경부터 더욱 일반적으로 나타난 현상이었습니다. 이때는 식민지 지배와 제국주의 체

---

* 클라이브 폰팅, 이진아 옮김, 『녹색세계사』, 1권, 심지, 1995, 133쪽.

제가 수립된 시기이기도 했는데요. 당시에 확립된 전제 권력은 그리스 로마 신화의 주신인 제우스의 권력 탈취로 상징화되고, 당시의 자연 파괴는 프로메테우스가 인류에게 불을 가져다준 것으로 상징화되며 신화화되었습니다.

가령 제우스와 프로메테우스를 합친 듯한 당시 아테네의 폭군 페이시스트라토스(기원전 600?~527)는 올리브나무를 심는 농민들에게 특혜를 주었습니다. 올리브나무는 석회질 암반을 뚫고 뿌리를 내리기 때문에 침식된 토양에서도 자랄 수 있었거든요. 그 뒤 오늘날까지 그리스는 올리브의 나라로 남아 있지요. 그는 이를 통해 농민들의 불만을 가리려고 한 거예요. 마찬가지로, 그리스 로마 신화도 고달픈 시대에 대중이 즐길 수 있는 오락으로 올리브처럼 주렁주렁 열리기 시작했습니다. 페이시스트라토스는 제우스를 기리는 올림포스 신전을 세우고 그리스 로마 신화와 연극을 적극적으로 장려했어요. 그리고 사람들이 제우스신에게 비를, 프로메테우스에게 불을 달라고 빌었듯이, 신화의 주인공들은 대중오락의 스타로 군림했습니다. 이처럼 그리스 로마 신화는 당시 사람들에게 지금의 종교, 미신, 철학, 학문, 역사, 예술, 오락 등등을 포괄한 모든 것이었어요.

그리스 로마 신화는 선사시대부터 전해졌으나, 그것이 본격적으로 형성된 것은 소위 암흑시대*(기원전 1100년경~750년) 이후입니다. 고대 그리스 최초의 문명인 크레타 문명은 농업 중심의 평화적 문명이었지

---

* 흔히 암흑시대라고 하면 미케네문명 멸망 후 문자가 소실되어 기록이 남지 않는 그리스의 암흑시대와 로마 멸망 이후 역사적 증거가 충분히 내려오지 않는 중세(기원후 400년경~1200년) 두 가지를 뜻하는데 여기서는 전자를 의미한다.

만, 그 뒤의 미케네 문명은 상업 중심의 투쟁적 문명이었어요. 크레타 문명은 대체로 농업신인 모신 중심의 모계 사회였지만, 미케네 문명으로 넘어오면서 전쟁신인 부신 중심의 부계 사회, 즉 가부장 사회로 변했습니다. 그리스 로마 신화도 처음에는 모계 신화가 중심이었지만 차차 부계 신화 중심으로 변했고요. 또한, 암흑시대 이후 토지의 사유화 경향이 나타나면서 대토지를 소유한 귀족이 등장하여 폴리스가 수립되었는데요. 이러한 도시국가들이 페르시아와 충돌하면서 식민지 정복을 적극적으로 수행한 시기에 그리스 로마 신화는 더욱 투쟁적이고 가부장적인 신화로 변했습니다. 그 후 페르시아와의 전쟁에 승리한 기원전 5세기부터를 고전기라고 부르는데, 이때는 그리스 문화가 극도로 성대해진 시기이기도 해요. 그러면서 철학과 역사 등이 발전하면서 신화와 구별되기 시작한 것입니다. 앞에서 크세노파네스 등이 신화를 비판한 것도 그런 구별에서 비롯된 거고요. 그 후 신화는 원래의 가부장적 성격과 함께 오락적 성격이 더욱 강해졌습니다.

특히 로마제국에 들어오면서 그런 가부장성과 오락성은 정점을 찍어요. 이때 그리스 로마 신화의 인기도 더욱 높아져 결국 로마 신화로 현지화했습니다. 그 대표적인 예가 오비디우스(기원전 43~기원후 18?)의 『변신이야기』(기원후 8)로서 오늘날 우리가 읽는 그리스 로마 신화의 가장 중요한 토대라고 할 수 있지요. 우리나라에 일찍부터 소개된 19세기 미국의 벌핀치(1796~1867)나 이윤기 등에 의해 다시 한국판으로 각색된 그리스 로마 신화 책들은 모두 여기서 비롯된 것입니다.

이처럼 그리스 로마 신화는 기원전 8세기경부터 기원후 7세기경까지, 즉 서양의 고대가 끝날 때까지 1,400년 이상 변모를 거듭했습니다.

시대별 그리스 로마 신화의 내용도 당연히 달랐지요. 간단하게 말해 그리스 로마 신화의 모권적 요소와 부권적 요소 가운데, 14세기 동안의 전기에는 모권적 요소가, 후기에는 부권적 요소가 강조되었습니다. 아울러 전기에는 잔인성이나 내면의 어두움과 같은 무거운 요소가 강했으나 후기에는 세속적인 가벼움과 세련성과 낭만성으로 가득한 오락성이 두드러졌지요. 또한, 후기의 이러한 측면은 가부장적 권위주의와 함께 더욱 드러났는데요. 이는 남성의 여성에 대한 우위만이 아니라 피지배계급에 대한 지배계급의 우위를 정당화했고, 외국에 대한 그리스의 우위로 이어집니다. 르네상스 전후로 서양 문화에 영향을 미친 것도 오비디우스를 비롯한 라틴 작가들에 의해 오락화한 후기의 그리스 로마 신화였지요. 그러나 이처럼 시대별로 중점이 다르다고 해도 가부장적 권위성과 세속적 오락성이라는 대중성은 어느 시대에나 공통으로 드러납니다.

이는 오늘날 한국의 막장드라마와도 공통점이 많아요. 한국의 막장드라마는 극단적인 요소들을 섞어놓아 오락성만 추구하는데요. 하지만 적어도 결말만은 권선징악으로 결론지음으로써 최소한의 도덕성을 보여줍니다. 반면 그리스 로마 신화는 그렇지도 못해요. 양측 모두 오락적이라는 면에서는 비슷하지만 도덕성이라는 측면에서는 차라리 막장드라마가 낫습니다.*

---

* 이러한 점은 그리스 로마 신화의 근대판인 셰익스피어 희곡도 마찬가지다. 이는 톨스토이가 셰익스피어 희곡이 대중성에 치중한다고 비판한 것과 같은 논리라고 할 수 있다. 게다가 셰익스피어 연극은 그리스 로마 신화에도 나오는 제국주의적 요소를 고스란히 물려받았다. 이러한 시각에 대해 더 알아보고 싶은 독자는 청어람에서 2005년 출간한 박홍규의 저서 『셰익스피어는 제국주의자다』를 참고하기 바란다.

이처럼 오락 중심의 대중문화는 고대로부터 현대에까지 그다지 변한 것이 없습니다. 기원전 6세기경에 크세노파네스는 당시 문화예술의 상업적인 대중성을 비판했는데요. 이를 보면 이야기를 전달하는 감각이나 표현 방법은 조금씩 변했어도 본질은 지난 2,600년간 별로 달라진 게 없습니다.* 한편 대중 드라마나 영화는 우리 시대의 살벌하고 삭막한 삶을 증언한다는 점에서 그 나름의 시대성을 드러내요. 대중의 진솔한 삶을 보여주기도 하고요. 우리가 그것을 유치하다고 욕하면서도 즐겨 보는 이유는, 그것이 우리의 감정과 생활의 단면을 잘 나타내주기 때문이에요. 우리의 일상이라야 봤자 사실 그만큼 유치한 것의 반복이니까요.

그러나 인간은 언제까지고 그런 상태에 머물 수 없었습니다. 인간은 세속의 자신보다 한층 더 높은 존재가 되기를 끝없이 희망하는 존재잖아요? 현실을 비판하고 그것을 초월하려는 종교나 철학 같은 사상이나 예술의 성찰이 필요한 이유는 바로 이 점에 있습니다. 그러한 성찰 없이 본능적인 오락에만 빠진다면 인간은 영원히 앞으로 나아갈수 없을 거예요. 특히 지배자가 요구하는 질서에 부응하여 노예로 사는 한 인간은 영원히 경쟁과 악덕만을 일삼을 수밖에 없습니다. 우리가 예술과 사상을 굳이 필요로 하는 이유는 그런 막장드라마의 주인공으로만 살고 싶지 않기 때문입니다.

---

* 반면 동양의 경우 그래도 권선징악이라는 외양적 주제가 있었다. 심청이나 장화·홍련의 이야기가 현대적으로 각색되어 먹히는 이유가 거기 있다. 막장드라마라는 것도 사실 그 변종에 불과하다.

신화의 차별 구조

혹시 교과서에서 여성의 나체를 묘사한 작은 조각상을 본 적 있나요? 이러한 조각상은 선사시대에 만들어진 것으로 세계 각지에서 오늘날까지 수만 점 발견되었습니다. 형태는 다양하지만 대체로 유방과 엉덩이가 과장돼 있고 일부는 임신한 모습을 하고 있어요. 이것을 무슨 의도로 만들었는지는 학자들끼리도 의견이 분분합니다. 임신과 출산을 축복하기 위한 부적이라는 주장도 있고, 사냥에 나선 남성들이 소지한 장신구나 포르노물이었다는 주장도 있으며, 한편으로는 여신의 모습을 본뜬 것이라는 주장도 있지요.

여신상이라는 주장은 1903년 영국의 제인 해리슨(1850~1928)이 "대모신은 남신보다 앞선다"라는 명제와 함께 처음으로 발표했습니다. 그 후로 이러한 의견은 1974년, 우주의 창조자인 어머니 대지 여신이 지배한 평화시대가 인류 태초의 시대였다고 주장한 마리아 짐부타스(1921~1994)에 이르기까지 다양하게 나타났어요. 그 뒤 여성에 관한 연구와 여권 신장 운동, 그리고 전통적 남녀 역할의 변화 등과 함께 이는 '여신운동'으로 발전했습니다. 이와 함께 고대 그리스의 대지모신의 이름을 본뜬 '가이아운동'이 등장했지요. 이는 지구 전체를 하나의 생명체로 보는 가설에 따라 환경 문제를 생각하자는 운동입니다.

그런데 이러한 여신운동의 기원은 사실 19세기부터 시작되었습니다.[*]

---

[*] 프리드리히 엥겔스(Friedrich Engels, 1820~1895)가 『가족, 사유재산, 국가의 기원』에서 신화는 계급이 없는 모계 사회에서 가부장적 계급 사회로 넘어가는 과도기 사회에서 발생했고 동시에 신화를 그리스인을 야만에서 문명으로 바꾼 중요 유산으로 보았다고 소개하는 견해가 있으나(안진태78) 그것을 인용했다는 원저에는 그런 말이 없다.

다산과 전쟁의 수호신이자
하늘의 여주인 수메르의 이난나
(프랑스 루브르 박물관)

많은 학자가 유목 사회에서 농경 사회로 넘어가는 과정에서 부권적 신화가 모권적 신화를 대체했다고 보았거든요. 특히 20세기에 들어 신화학자인 캠벨은 『신화의 힘』에서 "자연은 항상 모권적이지만 사회는 부권적"이라고 했습니다.* 가령 기원전 3500년경 수메르 신화에서 달과 뱀, 나무와 여성이 신성시되었던 것도 그 근거이지요.** 이에 따르면 달을 기준으로 한 음력이 양력으로 바뀐 것도 가부장제로의 이행을 반영한 것입니다.

이 책에서 우리가 살펴보려는 그리스 로마 사회도 철저한 가부장 사회였습니다. 따라서 신화에서 여성은 열등한 존재로 나타나요. 아리스토텔레스는 여성을 '불임의 남성'이자 '실패작'이라 불렀습니다. 이는 성행위에서 남성은 정액을 방출하는 반면 여성은 아무런 변화가 없다는 관찰에 근거한 것이었어요.***

여성에 대한 차별과 함께 외국인에 대한 차별도 신화의 중요한 구조를 형성했습니다. 고대 그리스의 경우 외국인을 야만이라고 부르며 차별했는데 이것이 신화에서는 괴물의 형상으로 나타납니다. 이러한 면은 고대 기독교 신화에서도 볼 수 있는데요. 유대인의 신인 여호와에

---

* 조셉 캠벨, 이윤기 옮김, 『신화의 힘』, 고려원, 1992, 201쪽.

** 평야 지대여서 침략과 정복에 많이 노출된 메소포타미아의 수메르 신화는 인류 최초의 신화로 사후 세계보다 현실의 향락을 중시했다. 사랑과 성적 매력과 전투를 상징한 이난나 여신이 이를 방증한다. 아프로디테(베누스)는 이난나의 수많은 변용 중 하나이지만 이난나처럼 주체적이거나 중요한 역할을 하는 신들은 아니었다. 수메르 신화는 9천여 년 전 탄생한 가장 오래된 신화이기 때문에 여신의 지위가 높았다.

*** 이는 당시 생물학적으로 여성의 몸에 대한 이해가 부족했기 때문에 나타난 편견이다.

게 패배한 팔레스타인인(가나안인)의 신인 바알이 악신이나 악령 또는 악마로 남은 것이 그 예입니다.

왜 그리스 '귀신'인가?

한국인은 유달리 신화라는 단어를 좋아합니다. 가령 소위 '스타' 정치인이나 연예인이나 체육인이 세운 대단한 위업(偉業)을 다른 나라에서는 '전설'이라고 하는데 한국인은 곧잘 '신화'라고 말하잖아요?

그런데 저는 이 책 초판의 제목에서 그리스 '신화'가 아니라 그리스 '귀신'이라고 했습니다. 여러분은 아마 그리스 로마 신화에 관한 책이나 기타 매체에서 제우스나 아폴론을 귀신이라고 부르는 것을 본 적이 없을 거예요. 그래서 이 책을 쓰면서도 그리스 로마 신화를 좋아하는 사람들은 반발할지 모른다고 생각했습니다. 지금도 마찬가지고요. 그리스 로마 신화만이 아니라 기독교의 신을 비롯하여 고등 종교의 신을 숭배하는 신자들은 제가 그 모든 신을 귀신이라고 부른다면 역시 크게 화를 낼 것입니다. 그렇지만 신이란 귀신의 준말에 불과합니다. 국어사전에서도 그렇게 설명하고 있어요. 귀신이나 신이나 모두 초인적이고 초자연적인 위력을 가진 존재인 것도 같은 점이지요.

한국인에게 친숙한 귀신들을 들어볼까요? 가령 옛이야기에 나오는 물귀신이나 몽달귀신은 분명 그 모습이 괴기하겠죠. 또는 우리가 아는 죽은 사람이 꿈에 나오거나 환상으로 보였다고 하는 경우, 그 귀신의 모습은 생전에 우리가 알던 모습 그대로이거나 변형이게 마련입니다. 한편 귀신은 그런 꿈이나 환상에 나오는 것으로 그치는 것만이 아니라, 명절이나 기일을 통해 우리가 사는 집에 찾아와 식사하는 존재로 여겨지기도 해요. 우리가 전통적으로 한 해에도 몇 번이나 제사를 지내온 것을 보면 말입니다. 그렇게 제사를 제대로 지내지 않거나 귀신이 사는 묘 자리를 제대로 갖추지 않으면 귀신이 우리에게 해를 끼친다고 믿기도 합니다. 따라서 우리나라의 귀신도 제사를 지내는 집안의 수만큼 그 수가 많겠지요. 어쩌면 이런 토속적인 부분이 우리가 신화를 좋아한다는 것과도 관련이 있을지 모르겠어요.

기독교에서는 유일신을 섬기기 때문에 다른 귀신의 존재를 부정합니다. 그러한 기독교의 신이란 보통 예수의 모습으로 나타나는데 각종 그림이나 조각 또는 영화에서 그려진 것을 보면 서양 백인인 청년의 모습입니다. 기독교의 유일신인 창조신은 미켈란젤로의 「천지창조」에서처럼 긴 수염을 기른 건장한 노인으로 그려지기도 하지만, 우리가 쉽게 찾는 마을의 작은 교회에서 볼 수 있는 것은 예수나 성모상 정도입니다. 한편 설교 등에서 자주 언급되는 사탄 등의 모습은 대단히 괴기합니다. 이런 기독교의 신과 한국의 전통적인 귀신은 얼마나 다른 것일까요? 우리의 귀신은 사탄과 동격일 뿐일까요?*

그런데 이러한 신화에 대한 사람들의 태도는 고대의 그리스와 한반도에서 각기 달랐습니다. 특히 침략 전쟁으로 선주민이 이주민에 의해 정복을 당하면 선주민이 믿었던 신화는 이주민의 신화와 섞이거나 소멸되었어요. 그리스 땅에서 먼저 살고 있던 선주민의 신화는 농업신

---

* 영국의 낭만주의 시인 퍼시 비시 셸리는 사탄을 권력에 투쟁하는 자의 전형으로 좋아했지만 지금 우리나라에 그런 사람이 있을지는 모르겠다.

중심이었지만 전쟁을 즐긴 이주민의 신화는 선주민을 억압하기 위해 강력한 존재로 묘사되었고요. 그리스 로마 신화의 주신인 제우스가 바로 그렇지요. 번개와 천둥으로 벌을 내리는 제우스는 그리스에서 가장 무서운 귀신이었고, 그 밖에도 수없이 많은 무서운 귀신들이 있어요. 우리의 물귀신이나 몽당귀신처럼 기껏 집안사람들에게 불행을 초래하는 시시하고 아담한 귀신들과 달리 기괴하기 짝이 없는 괴물귀신도 있어요. 뒤에서 볼 티탄이나 헤카톤케이르처럼요. 저는 우리의 귀신들에 대해 아는 것이 많지 않지만 그래도 그리스 귀신들이 주는 엄청난 두려움이나 공포나 불쾌감과 달리 그들은 웃음을 자아낸다는 점이 좋습니다.

그리스 로마 신화의 특징

모든 신화는 열등한데 그리스 로마 신화만 우월하다고?

앞서 보았듯 신화는 원시적이고 유치한 것이며 이성적인 철학에 비해 열등하다는 주장이 고대 그리스부터 있었습니다. 또 인간의 문명이 신화의 껍데기를 깨고 종교나 철학으로 발달했다는 주장도 있고요. 따라서 오늘날에는 많은 사람이 종교나 철학은 지적이고 우월한 것, 신화는 원시적이고 열등한 것이라는 이분법을 믿는 듯합니다. 그러나 신화든 종교든, 철학이나 예술, 혹은 과학이든 모두 인간의 생각을 표현하는 방법이라는 데엔 이견이 없지요. 게다가 학문이 오늘날처럼 다양하게 분화되기 전에는 신화가 그 모든 것을 담당했습니다. 그래서 그리스 로마 신화를 비롯한 고대 신화가 인간 사고의 원형으로서 현대까지 사람들의 입에 오르내린 것이고요. 그러니 철학자들이나 종교인들이 철학이나 종교가 신화보다 우월하다는 식으로 주장하는 것은 잘못입니다.

또한, 20세기 후반에 들어 문화인류학이나 신화학이 발전하면서 고대인의 신화적 사고가 단순한 환상이나 비유가 아니라 종교나 논리나 철학과 마찬가지로 현실의 경험을 표현한 방법임이 밝혀졌어요. 즉 신화란 고대인이 경험하고 사고한, 인간과 세계의 관계에 대한 표현이라고 말이에요. 결론적으로 신화든 종교든 철학이든 어떠한 학문이든지 간에 결국 그것이 궁극적으로 어떠한 가치의 삶을 지향하느냐에 따라 평가되어야 할 것입니다.

그런데 근대의 여러 학자나 작가들은 신화에 가치의 상하나 우열의 구별이 있다고 보면서, 그리스 로마 신화가 다른 신화보다 더욱 진화되고 우월하다고 보았습니다.* 그러면서 그리스 로마 신화의 신들은 인간이 세계의 중심이라는 세계관과 종교관(신인동형神人同形)에 토대를 두지만 다른 신화는 그렇지 않다는 점을 근거로 내세웠어요. 이로 인해 동물신을 섬기는 다른 신화들은 비교적 단순하고 원시적인 것으로 평가절하되었고요. 하지만 정작 그리스 로마 신화의 그러한 특징을 고대 그리스의 크세노파네스 같은 학자들이 비판했다는 것이 아이러니한 점이에요. 또한, 대다수 문명의 신화에서 신은 동물이나 반인반수의 모양을 갖기도 했습니다.** 따라서 신과 인간이 닮았는지 아닌지를 두고 신화의 우열을 논할 수는 없어요. 굳이 구별한다면 비(非)서양 사

---

* 가령 괴테에 의하면 중국, 인도, 이집트의 고대 문화는 희귀성을 가질 뿐이고 미학이나 도덕의 차원에서 별로 도움이 안 되지만, 그리스 신화는 매우 고상한 감각적 세계로서 지상과 하늘의 중요한 사건을 의인화하여 보편적 인간의 운명과 불가피한 행위를 다뤄 지구상의 그 어느 문화보다도 수준이 높다고 했다(안진태169 재인용). 안진태170은 그리스인이 역사상 가장 우수한 민족이라고 하지만 그 근거를 밝히고 있지는 않다.

** 고대 이집트만이 아니라 힌두교나 불교에서는 지금도 인간은 윤회에 따라 동물로 다시 태어난다고 믿는다.

회에서는 농업 중심-자연 중심이어서 자연과 더욱 친화적인 반면, 서양 사회에서는 그렇지 못하다는 정도겠지요. 그러나 더 주목할 문제는 그리스 외의 신화에서는 동물이 신인 반면 그리스 로마 신화에서는 동물이 괴물로 묘사되어 신에 의해 퇴치된다는 점입니다. 따라서 굳이 신화의 우열을 따져야 한다면, 투쟁적인 그리스 로마 신화냐, 아니면 우리의 단군 신화와 같이 평화적인 비(非)그리스 로마 신화냐의 구별이 기준이 되어야 하는 것 아닐까요?

오늘날 어떤 사람들은 단군 신화와 그리스 로마 신화를 비교하기도 해요. 단군 신화는 대단히 단순하지만ㆍ그리스 로마 신화는 그 수십 배는 복잡합니다. 그런데 여기서 유의할 점은 단군 신화만이 우리 신화의 전부가 아니라는 점입니다. 역사서에 남은 건국 신화로는 주몽,

---

* 일연이 『삼국유사』에 기록한 고조선의 건국 신화는 다음과 같다(일연 외 저, 이병도 외 옮김, 「삼국유사」, 『한국의 민속ㆍ종교 사상』, 삼성출판사, 1990, 45~47쪽).

"옛날에 환인(桓因)의 서자 환웅(桓雄)이 천하에 자주 뜻을 두어 인간세상을 구하고자 하였다. 아버지가 아들의 뜻을 알고 삼위태백(三危太伯)을 내려다보니 인간을 널리 이롭게(弘益人間)할 만한지라, 이에 천부인(天符印) 3개를 주며 가서 다스리게 하였다. 환웅이 무리 3천을 이끌고 태백산(太白山) 꼭대기 신단수(神壇樹) 밑에 내려와 여기를 신시(神市)라고 하니 이로부터 환웅천왕이라 불렸다. 풍백(風伯), 우사(雨師), 운사(雲師)를 거느리고 곡(穀), 명(命), 병(病), 형(刑), 선(善), 악(惡) 등 무릇 인간의 3백 60여 가지의 일을 주관하고 인간 세상에 살며 다스리고 교화하였다. 이때 곰 한 마리와 호랑이 한 마리가 같은 굴에서 살면서 항상 신웅(환웅)에게 빌기를, "원컨대 (모습이) 변화하여 사람이 되었으면 합니다"라고 하였다. 이에 신웅이 신령스러운 쑥 한 타래와 마늘 20개를 주면서 이르기를 "너희들이 이것을 먹고 백일 동안 햇빛을 보지 아니하면 곧 사람이 될 것이다"라고 하였다. 곰과 호랑이가 이것을 받아서 먹고 기(忌)하였는데 삼칠일(三七日:21일) 만에 곰은 여자의 몸이 되었으나 범은 기하지 않아 사람이 되지 못하였다. 웅녀(熊女)는 그와 혼인할 사람이 없었으므로 항상 신단수 아래서 아이를 가지기를 빌었다. 이에 환웅이 이에 잠시 (사람으로) 변해 결혼하여 아들을 낳으니 이름을 단군왕검(檀君王儉)이라 하였다. 당고(唐高, 요[堯])가 즉위한 지 50년인 경인년에 평양성(平壤城)에 도읍하고 비로소 조선(朝鮮)이라 칭하였다. 또 도읍을 백악산아사달(白岳山阿斯達)에 옮겼으니 그 곳을 궁홀산(弓忽山) 또는 금며달(今達)이라고도 한다. 나라를 다스리기 1천 5백 년이었다. 주(周)나라의 호왕(虎王, 무왕)이 즉위한 기묘년에 기자(箕子)를 조선(朝鮮)에 봉하니, 단군은 곧 장당경(藏唐京)으로 옮겼다가 뒤에 아사달(阿斯達)에 돌아와 숨어서 산신이 되니, 수(壽)가 1천 9백 8세였다 한다."

박혁거세, 수로왕 신화 등도 있지요. 또 더욱 중요한 점은 문헌에 기록된 그런 공식적인 국가 신화 외에 비공식의 토속 신화가 풍부하다는 점입니다.*

서양 고대사를 전공한 김경현은 그리스 로마 신화와 단군 신화의 그런 차이를 민족사 길이의 차이, 민족사 전개와 민족의 기질적·문화적 특징 때문이라고 해석했습니다(에스틴6~7). 그러나 제 생각은 다릅니다. 우리 민족의 역사가 그리스보다 짧지 않거든요. 다른 민족들의 역사도 마찬가지고요.** 저는 그리스 로마 신화가 복잡하다는 점을 그것이 대단한 것임을 의미한다고 생각하지 않아요. 지금부터 3천 년 전즈음, 대부분의 민족이 농사를 지으며 평화롭게 살았을 때 여러 섬으로 이루어진 군도에서 살았던 그리스인들은 무역과 전쟁을 주로 하며 강도나 해적처럼 위태롭게 살았어요(물론 그들도 처음에는 농업을 하며 평화롭게 살았겠지만). 『일리아스』나 『오디세이아』는 그리스인들의 침

---

* 단군 신화를 보면 단군 이전에 이미 인간이 살았고 세상도 존재했다. 따라서 창세 신화라고 보기 어렵다. 우리 민족의 창세 신화로 평가되는 제주의 '천지왕본풀이'는 다음과 같다. "태초에 천지가 혼돈하여 하늘과 땅이 맞붙어 암흑 가운데 맷돌처럼 혼합된 상태였다. 갑자년(甲子年) 갑자월(甲子月) 갑자일(甲子日) 갑자시(甲子時)에 하늘의 머리가 자방(子方)으로 열리고, 을축년(乙丑年) 을축일(乙丑日) 을축시(乙丑時)에 땅의 머리가 축방(丑方)으로 열려 하늘과 땅이 금이 생기고 점점 벌어지면서 땅덩어리에는 산이 솟아오르고, 물이 흘러내려 하늘과 땅의 경계가 분명해졌다. 이때 하늘에서 청(青) 이슬이 내리고, 땅에서는 흑(黑, 혹은 물) 이슬이 솟아나 서로 합수(合水)되어 음양상통(陰陽相通)으로 만물이 생겨나기 시작했다. 먼저 별들이 생겨났으나 아직 암흑은 계속되었으며, 동쪽에서는 청(青) 구름이, 서쪽에서는 백(白) 구름이, 남쪽에서는 적(赤) 구름이, 그리고 중앙에서는 황(黃) 구름이 오락가락 하였다. 이때 천황닭[天皇鷄]이 목을 들고, 지황닭[地皇鷄]이 날개를 치고, 인황닭[人皇鷄]이 꼬리를 쳐 크게 우니 갑을동방(甲乙東方)에서 먼동이 트기 시작했고, 옥황상제(玉皇上帝) 천지왕(天地王)이 해 둘, 달 둘을 내보내어 천지는 활짝 개벽이 되었다. 그러나 아직 천지의 혼돈은 바로 잡히지 않았다. 해가 둘이어서 낮에는 백성들이 더워 죽게 마련이고, 달이 둘이어서 밤에는 추워 죽게 마련이었으며, 초목이나 새와 짐승들이 말을 하고, 귀신과 인간의 구별이 없었다." 이어 하늘의 천지왕과 지상의 총명부인이 대별왕과 소별왕이라는 형제를 낳는데 그들은 각각 이승과 저승을 차지하여 인간 세상의 질서를 정리한다는 이야기가 나온다.

** 또 그리스 민족의 기질이나 문화가 특별하다는 점도 정치·경제·사회적으로 특수했던 탓이라고 본다.

략과 지배, 전쟁과 정복, 약탈과 해적 행위를 시적으로 미화한 것에 불과합니다. 가령 그중의 아킬레우스로 대표되는 자유분방하고 신을 두려워하지 않는 영웅적 태도도 그리스인들이 언제 위기에 닥칠지 모르는 비상 상황 아래에 있었음을 의미합니다. 따라서 손에 잡히는 모든 것은 쟁탈의 대상이요, 개인적 모험의 대상이었어요. 그들의 세계에서는 개인의 완력과 용기와 숙련과 꾀에 따라 모든 것이 결정되었습니다. 트로이의 목마 이야기가 그 단적인 보기지요.

그런 위기 속에서 사람들은 이를 극복하기 위해 복잡한 신화를 만들어 신들에 기댈 필요가 있었을 것입니다. 그리스를 이은 로마의 경우는 물론 지금까지의 서양도 마찬가지예요. 그리스 로마 신화는 그리스 민족만의 특별한 것이 아니라 서방 세계의 고대 민족에게서 공통으로 나타나는 서사 구조를 지닙니다. 어쩌면 단군 신화를 포함한 모든 고대 민족의 신화와 공통된 요소도 찾아볼 수 있겠지요. 그러나 그 안에 농업민족과 상업민족, 제국민족과 변경민족 등으로 인한 차이는 분명히 존재합니다. 가령 단군 신화에는 평화로운 농경민족의 수확에 대한 꿈이 담겼으나 그리스 로마 신화에는 침략적인 상업민족의 약탈에 대한 야망이 담겨 있어요. 최근 반세기 정도부터 우리나라도 다른 나라로부터 이권을 빼앗으려는 침략적인 야망을 실현하려 노력하지만, 사실 수천 년간 우리는 평화로운 농경민족이었습니다. 따라서 그리스 로마 신화는 기질적으로 우리 민족의 본래 정서와 맞지 않아요.

그런 이질적이고 복잡한 그리스 로마 신화를 우리나라 사람 모두가 왜 읽어야 할까요? 서양을 연구하는 학자들이 학문적으로 연구할 이유는 있겠지만, 그리스 로마 신화에 대한 열광은 이해하기 어렵습니다.

이러한 경향은 30여 년 전부터 거의 범국민적인 차원에서 존재했는데요. 우리나라의 그리스 로마 신화에 대한 애정은 20세기부터, 특히 1960년대부터 우리가 서양 문화를 모방하기 시작한 것과 큰 관련이 있습니다. 지금 학생들과 직장인들이 죽기 살기로 공부하는 영어 단어 중에는 그리스 로마 신화를 알면 쉽게 이해되는 경우가 없지 않으니까요. 또 서양의 학문과 예술에도 그리스 로마 신화가 자주 등장하고요. 그러나 그런 이유로 그 복잡한 그리스 로마 신화를 일반인이 반드시 읽을 필요는 없어요. 더구나 그 내용이 지배와 침략과 차별을 수긍하는 것이라면 문제가 있지 않겠어요?

재미로 읽기에도 그리스 로마 신화는 너무나 복잡합니다. 우선 인물들의 이름이 러시아 19세기 소설에 나오는 인물들의 이름보다 어려워요. 특히 그리스 로마 신화 속 신들의 이름은 그리스식과 영어식 발음 등이 뒤섞여 불리기 때문에 더욱 헷갈립니다. 가령 제우스(그리스어)를 주피터(영어)라고 부르는 식이지요. 이름만이 아닙니다. 옛날이야기답게 복잡한 족보 타령이 서사의 중심을 이루는데요. 수백 년 동안 셀 수 없는 사람들이 입으로 전해온 탓에 족보가 서로 맞지 않아서 이야기의 앞뒤가 어긋나는 경우도 많습니다. 그야말로 미로고 미궁이에요. 마치 아리아드네의 실타래 없이는 무사히 되돌아 나올 수 없는 미노타우로스의 미궁처럼 말입니다.

저는 이 책에서 가능한 한 그리스 로마 신화를 간단하게 언급할 것입니다. 역사적으로 가장 중요한 신들은 제우스, 아폴론, 헤라클레스, 아테나, 아프로디테(비너스), 프로메테우스 등 여섯 명 정도인데요. 꼭 덧붙인다면 헤라클레스나 테세우스 등의 영웅 정도만 더 알면 됩니다.

정작 그들보다 더 눈여겨볼 것은 그들이 무찌르는 적인 괴물들의 존재입니다. 이들은 아예 족보에도 등장하지 않고 신이나 영웅들이 죽이는 존재로만 등장해요. 우리 단군 신화에 적대 세력이 존재하지 않는 것과 대조적입니다. 즉 그리스 로마 신화는 구조적으로 적대 관계를 갖는 침략적이고 파괴적인 신화입니다. 반면 우리의 신화는 평화로운 농경민족의 창조적인 신화예요. 그래서 저는 그리스 로마 신화보다 우리 신화가 더 좋습니다. 말할 것도 없이 평화가 전쟁보다 더욱 귀중하기 때문입니다.

그리스 로마 신화는 독창적일까?

현재 우리나라의 도서관이나 서점에는 그리스 로마 신화가 최소한 하나 이상의 코너를 차지하고 있습니다. 신화 없는 민족이나 나라는 없게 마련인데도 서점에서 볼 수 있는 것은 대개 그리스 신화나 로마 신화뿐입니다. 그리스 신화와 로마 신화의 차이점이 뭐냐고요? 로마 신화란 그리스 로마 신화의 신들 이름만 바꾼 것에 불과해요. 따라서 사실상 같은 종류의 신화로 보아야 합니다. 그렇기에 이 책에서도 계속해서 그리스 로마 신화라고 표기하는 거고요. 우리는 로마에 대해 아는 것이 많지 않지만, 서양에서는 로마라는 나라가 최초의 제국으로서 갖는 의미가 대단히 큽니다. 그래서 사실상 그리스 신화에 로마 신화라는 이름을 덧붙인 것이지요. 어쨌거나 위의 사실들을 종합해보았을 때 우리나라 불문학자가 다음과 같이 말하는 데엔 문제가 있습니다.

어찌됐든 신화의 바람은 더욱 세차게 불고 있다. 그리고 그것이 우리 것이 아니라고 해서 무조건 타기할 것은 아니다. 오히려 타기할 것은 우리 것에 대한 광신적인 집착이다(에슨5).

저는 우리 것에 광신적으로 집착하지 않습니다. 지금 한국의 분위기가 그렇다고 생각하지도 않고요. 도리어 그 반대라고 봅니다. 그러나 신화에 관한 관심이 그리스의 것에만 국한되어 있는 것은 문제예요. 서양도 마찬가지입니다. 서양에서도 그리스 문화가 전례를 찾아볼 수 없는 독창적인 기적으로 찬양되곤 했거든요. 역사상 다른 문화를 압도하는 가장 위대한 문화이자 특히 서양 문화의 원형으로 숭상되었고요. 하지만 이는 18세기에 시작되어 20세기 전반까지 극성을 이룬 하나의 유행에 지나지 않아요. 18세기 독일의 미술사가 빈켈만(1717~1768)은 『그리스미술 모방론』(1755)*에서 그리스 조각이 예술의 이상이라고 주장했는데요. 그 후 이러한 사상이 19~20세기의 서양 제국주의에 의해 전 세계적으로 퍼져나간 결과입니다. 빈켈만이 예찬한 그리스는 소위 아폴론적인 조화와 질서로 규정됩니다. 이는 19세기 독일의 니체가 『비극의 탄생』(1872)**에서 말한 디오니소스적 무질서에 반대되는 개념인데요. 그 디오니소스적이라는 것도 사실은 그리스 문화의 일부로서, 니체는 19세기 군사적 팽창주의의 시대에 맞게 그것을 특히 강조했을 뿐입니다.

---

* 민주식 옮김, 이론과실천, 2003.
** 반찬국 옮김, 아카넷, 2007.

빈켈만과 니체는 그리스를 예찬하고 그것을 서양 문화, 특히 독일 문화의 고향으로 보았습니다. 그러나 이는 한때의 유행에 불과했어요. 그전까지는 서양에서도 그리스 문화란 독자적인 것이 아니라 이집트나 메소포타미아를 비롯한 주변 오리엔트 문화의 영향을 받은 것으로서 그것들과 공통되는 부분이 많다고 여겼거든요. 이 당연한 견해는 19세기에 극성이었던 제국주의가 (적어도 지도상에서는) 사라진 20세기 후반에야 부활했습니다. 이는 문화란 본래 서로 교류하는 것이지 독자적인 것이 아니라고 하는 측면에서 당연히 인정되는 것인데, 19~20세기의 교만한 서양 우월주의는 그런 상식적인 원리조차 무시했어요.

그리스 로마 신화에 대한 숭배 경향은 여전히 남아 있습니다. 특히 20세기 후반부터 미국 따라잡기에 안달이 난 대한민국에서 그렇지요. 이는 무엇보다도 서양의 제국주의 문화가 대한민국에 깊이 박혀 있는 탓입니다.[*] 그리스 로마 신화는 이제 서양에서도 위대한 독창이기는커녕 다른 문화의 영향을 받은 것임이 널리 인식되고 있으나, 한국에서만은 여전히 높게 평가되는 경향이 있어요. 인간적인 요소를 드러낸다는 막연한 예찬 아래 그리스 로마 신화에 노골적으로 묘사된 본능적인 야만과 범죄와 독재와 전쟁조차 미화되었고요. 이를 보면 전지전능한 독재자 제우스를 중심으로 한 그리스 로마 신화가 1970년대 유신독재 시대에 소개되기 시작한 것은 결코 우연이 아닌 듯합니다.

---

[*] 그 저변에는 대한민국의 문화적 뿌리가 제국주의에 물들어 있는 탓도 크다. 가령 일제강점기의 제국주의와 그것에 반발한 민족주의라는 형태의 정신적 제국주의, 그리고 그 전부터 중국에 사대해온 소중화주의라는 이름의 정신적 제국주의 등이다. 요컨대 조선은 중국보다 약소한 나라이면서도 그 약점을 정신적 제국주의로 위장하여 통치하고자 했다. 그래서 결국에는 그러한 정신승리법이 극단적인 유교주의로 나아갔다.

그리스 로마 신화를 변호하는 이들은 정말 많습니다. 그리스 로마 신화가 원초적 본능을 숨김없이 드러내는 너무나도 인간적인 것이라고 예찬하거나, 그것이 서양 문화의 원류라는 점에서 서양 문화를 이해하기 위해 반드시 알아야 한다고 주장하는 이들도 많지요. 물론 그들은 그 신화의 서사 구조에 담긴 메시지에 대해서는 언급하지 않습니다. 음란이나 강간 같은 폭력주의뿐만 아니라, 전제주의, 전체주의, 제국주의, 팽창주의, 침략주의, 귀족주의, 영웅주의, 군사주의, 물질주의, 권위주의, 속물주의, 성차별주의, 남성주의, 기계주의 따위에 대해서도 말하지 않아요. 그러나 우리는 현대 미국의 패권주의에 이르는 서양 문화의 부정적인 측면이 바로 고대 그리스 이래 세습되었다는 점을 자각해야 합니다. 이에 대한 비판적 성찰 없이 무조건 그리스 로마 신화를 숭상하는 점도 반성해야 하고요.

그 정점은 두말할 필요도 없이 파시즘입니다. 이는 군사독재 정부의 전체주의에서만 드러나는 것이 아니에요. 폭력과 기술을 숭배하고, 젊고 아름다운 육체에 집착하고 스포츠에만 관심을 기울이며, 영웅만을 치켜세운다는 점에서 현대 한국의 '몸짱'이나 '얼짱' 대중문화와 그 본질이 전혀 다르지 않으니까요. 이를 위해 파시즘은 고대 그리스와 로마제국의 신화를 적극적으로 이용하여 새로운 국가 종교로 만들었고, 이는 20세기 최대의 비극적 참화인 1·2차 세계대전이 발발하는 결과를 불러왔습니다. 오늘날 미국을 비롯한 현대 서양의 제국주의도 마찬가지 양상을 보이잖아요? 저는 그런 반성의 계기를 제공하고자 이 책을 썼습니다. 특히 아이들에게 그런 신화를 함부로 읽히는 데 문제가 많다는 생각'에서, 비판적인 독서를 권하고자 하는 것이 이 글을 집필한 동기입니다.

그리스 로마 신화는 고대 그리스에서 탄생했습니다. 그렇지만 고대 그리스에서도 민주주의가 발달한 시대에는 크게 인기를 끌지 못했고, 민주주의가 발달하지 못한 시대에 인기를 끌었지요. 이는 그 뒤의 역사에서도 마찬가지였고, 지금 우리나라에서도 비슷합니다. 하지만 대한민국은 서양 문화를 수용할 때 이 같은 문제의식을 전혀 느끼지 못합니다. 민주화나 진보를 주장하는 사람들도 로마제국을 추종하듯 아무 생각 없이 그리스 로마 신화를 숭상하니까요. 제가 가장 반민주적이라고 보는 소크라테스나 플라톤, 헤겔이나 니체, 릴케나 엘리엇을 숭상하듯 말이에요. 민주주의자임을 자처하면서도 반민주주의자인 서양인들을 숭상하는 것에 대해 아무런 모순을 느끼지 않는 사람들이 너무나 많다는 뜻입니다." 우리 민주주의에 필요한 사람은 그리스 로마 신화에 등장하는 전형적인 영웅이나 신들이 아니라 착하고 성실하며 생각할 줄 아는 진정한 보통 사람들, 즉 신화 밖의 사람들입니다.

아울러 그리스 로마 신화에는 제우스, 아폴론, 아프로디테, 아테나, 헤라클레스, 프로메테우스, 페르세우스 등 지배층이 내세운 신이나 영웅만이 아니라, 오르페우스, 디오니소스, 데메테르, 페르세포네 등의

---

* 그런 신화를 숭배함은 박정희나 전두환 같은 독재자들을 숭배하는 것과 전혀 다르지 않다. 동시에 서양에 대한 사대주의임은 말할 것도 없을 터이다.

** 어쩌면 그들의 진정한 모습은 반민주주의자일지도 모르겠다. 나는 젊었을 적에는 급진적인 마르크스주의자이자 노동자 혁명 운동가를 자처하던 지식인들이 30여 년 뒤 손바닥을 뒤집듯 우익 정치인으로 변하는 것을 자주 보았다. 그들이 속내에서는 반민주적인 영웅주의자, 귀족주의자, 전제주의자, 군사주의자였다는 점은 그들이 독재정권 하의 일류 학교를 충실하게 다녔다는 점이나 그 뒤 지금까지의 출세 코스에서 충분히 읽을 수 있다.

토속신도 있다는 점에 주목해야 합니다. 그런 토속신들은 19세기 후반 바흐오펜(1815~1887)을 비롯한 새로운 신화연구자들에 의해 발견되었어요.

그러나 우리는 그중 누구든 지배계층의 기득권을 지켜주는 존재였음을 명심해야 합니다. 이러한 신들은 모두 그들이 무찌르는 수많은 괴물에 대응하여 존재했어요. 여기서 괴물들은 '비그리스=비서양 타자'로서 타파해야 할 대상으로만 그려졌지요. 저는 그런 비서양 타자로서 침략하고 파괴해야 할 적대 세력이 괴물로 표상된 그리스 로마 신화의 특질에 주목하여 이 책을 썼습니다.

그리스 로마 신화, 왜 문제인가?

머리말에서 저는 그리스 로마 신화의 맨 첫 부분에 해당하는 이야기를 언급했습니다. 아들이 아버지의 성기를 잘라 권력을 쟁취하는 내용이었지요. 그 외에도 그리스 로마 신화에서는 반인륜적인 서사가 넘쳐납니다. 가령 여자는 강간해도 좋다는 식의 이야기, 평생 싸움질을 잘하면 된다는 식의 이야기가 그렇지요. 게다가 서양의 정신분석학은 인간에게 오이디푸스 콤플렉스가 있다고 합니다. 이는 그리스 로마 신화에서 아버지를 죽이고 어머니와 결혼한 오이디푸스처럼, 모든 인간에게 아버지를 미워하고 어머니에 대해 품는 무의식적인 성적 애착이 있다는 말인데요. 기독교와 로마법이 지배하는 가부장 사회인 서양에서라면 몰라도, 역사상 그처럼 극단적으로 가부장적이지 않았던 비서양 사회에서는 반드시 그렇지는 않으리라 생각합니다.*

　뿐만 아닙니다. 그리스 로마 신화에는 반인륜적 폭력의 권력 투쟁이 끊임없이 반복됩니다. 적대, 경쟁, 전쟁, 정복, 침략, 복수, 음모, 계략, 살인, 절도, 사기, 약취, 유괴, 강간, 간통, 차별 등등 온갖 범죄가 판을 쳐요. 그러니 이를 두고 "경쟁과 폭력이 난무하는 혼란스러운 현대의 가치들을 잠시나마 넘어설 수 있게 해준다"(베르낭8)는 베르낭의 말을 제가 납득하지 못하는 것입니다. 신화학자들은 이런 평가에 대해 비유나 상징에 불과한 신화를 지나치게 도덕적 잣대로 판단한다고 비난할지도 몰라요. 그러나 그들의 주장을 십분 고려한다 해도 그리스 로마 신화는 현대 사회의 혼란을 넘어서기는커녕 심화시킬 뿐입니다.

　더욱 심각한 문제는 그리스 로마 신화는 자신들의 폭력을 정당화한다는 점입니다. 뒤틀린 체계를 합리화하기 위해 그것이 바깥의 사악한 괴물에 대항하는 데 필요하다고 주장해요. 경쟁과 폭력, 범죄와 폭력은 언제나 주체와 타자의 적대적 착취관계를 전제로 합니다. 이를 정당화하기 위해 괴물을 희생양으로 삼는 것이고요. 예컨대 아들이 어머니 부탁으로 아버지 성기를 잘라 권력을 쟁취하는 이야기에서 주체는 아들이지 아버지나 어머니가 아닙니다. 주연은 남자 주인공**이고 여성은 간악한 조연이자 주인공을 타락시키는 존재에 불과합니다. 오이디푸스 콤플렉스도 마찬가지예요. 프로이트는 아들이 아버지에 대한 미움 때문에 어머니에 대한 성적 애착을 갖는데, 이를 극복해야 정

---

* 프랑스의 철학자 들뢰즈와 정신과의사인 가타리는 『안티 오이디푸스』에서 모든 정신질환의 근원을 오이디푸스의 근친상간에서 찾는 프로이트를 비판하고 정신 질환이 사회로부터 생겨난다고 보았다.

** 아들을 말한다. 아버지도 남성이지만 어디까지나 조연이다.

상적인 성관계를 하는 인간이 된다고 주장해요. 그런데 이렇게 성장한 남성은 위대한 신이자 용감한 영웅이고 그 배필인 여성은 정숙한 아내여야 합니다. 그들에 대적하는 남성은 비굴한 괴물이고 여성은 음탕한 창부여야 하고요. 조금 더 나아가면 같은 도식 아래 그러한 남성은 문명적인 그리스, 여성은 야만적인 비(非)그리스를 상징합니다.

이처럼 그리스 로마 신화에서 주체는 신과 영웅들이고 객체는 괴물들입니다. 주체는 지배자이고 남성이고 서양이고, 객체는 피지배자이고 여성이고 비(非)서양이에요. 주체는 그리스, 객체는 비그리스이죠. 그 후 2천 년 이상 그리스를 정신적 지주로 삼은 서양은 비서양에 대해 대립과 정복, 경쟁과 폭력, 차별과 지배를 감행했습니다. 그러면서 자신들을 역사의 주체라고 여겼지요. 한편으로 피지배자나 여성은 괴물의 위치에서 계급차별, 성차별의 대상이 되었습니다. 괴물과 마찬가지로 사악하거나 음탕한 존재로 묘사되었고요.

그리스 로마 신화는 추방되어야 한다

이런 이야기를 할아버지에게서 들은 순진한 손자는 어떤 가치관을 가지게 될까요? 수많은 나라 중에서 그리스와 서양이 최고이고, 지배자와 남성은 우월한 반면 동양을 포함한 비서구 문화권이나 피지배자, 여성은 열등하다고 생각할 수도 있겠지요. 얼마나 무시무시하고 끔찍한 일인가요? 그래서 저는 그러한 그리스 로마 신화를 대단한 인문학적 교양으로 여기는 한국의 풍조가 싫습니다.* 저는 이러한 살인과 폭력과 막장으로 가득한 이야기를 오히려 상식과 정반대에 있는 것으로 생각해요. 따라서 그리스 로마 신화를 읽어 교양이 생기기는커녕 인간이면 누구나 본래 갖게 마련인 최소한의 교양도 없어진다고 봅니다. 특히 우리 아이들이 그런 이야기에 물드는 것이 겁납니다. 아이들에게 민족차별, 계급차별, 성차별을 강요하고 싶지 않기 때문이에요.

이처럼 경쟁과 폭력을 중심으로 한 그리스 로마 신화는 고대 그리스 이후 지금까지 끊임없이 민족과 계급과 성별 간의 갈등과 차별만을 낳았습니다. 19세기는 토속 모신과 함께 모권제가 발견되는 신화의 혁명을 맞은 시대였지만, 그리스 로마 신화는 인간적이고 민주적이고 평화적인 신화로 탈바꿈하지 못했어요. 도리어 20세기 전반에는 파시즘에 따라 독재의 논리가 됐고, 그 후반에는 자본주의에 따라 소비의 표상이 되었지요. 그리스 로마 신화 붐 역시 강자와 약자를 갈라놓고 신자유주의니 세계화를 부추길 뿐이고요.

19세기 신화의 혁명 이후 그리스 로마 신화에 대한 재해석이 생겨났습니다. 모신 중심의 토속신이 그리스 로마 신화의 원형이라는 것인데요. 그러한 모신을 믿던 원주민은 이민족에게 지배당하는 처지로 내몰렸습니다. 그러면서 제우스 중심의 그리스 국가 신화가 만들어지고 토속신은 주체에서 타자로 몰락해 괴물의 모습으로 변한 거예요. 사실

---

* 그런 교양이란 조선 후기나 유신정권의 가부장적 권위주의 유교 도덕이나 독재주의보다 나은 것이 조금도 없다. 아들이 아버지를 죽이고, 어머니에게 성적 흥미를 느낀다는 그리스 로마 신화의 이야기는 유교 양반이나 유신정권 하의 보수 세력조차 상상도 할 수 없는 이야기이겠지만, 적어도 왕조나 독재정권이 벌여온 권력 투쟁에는 부자간의 살인을 방불케 하는 비정한 사건들이 가득한 것도 사실이다.

그리스 로마 신화는 기이한 이중 구조로 되어 있습니다. 토속신과 국가신이라는 두 가지 신화가 존재하기 때문입니다. 토속신도 기본적으로 12신이고 국가신도 12신인 것을 비롯하여 그 두 신화의 구조는 매우 유사합니다. 저는 이를 토속신의 신화를 뜯어고쳐 국가신을 새롭게 만드는 과정에서 생긴 중복이라고 생각해요. 이는 그리스 로마 신화를 처음 읽어도 당장 알 수 있는 측면인데 이상하게도 지금까지 거의 논의되지 않았습니다. 이유는 간단해요. 그동안 토속신이 그리스 로마 신화에서 제외되었기 때문이죠. 저는 이 책에서 그런 토속신을 새롭게 부각하려고 노력했지만, 우리가 읽는 대부분의 그리스 로마 신화에서 그들은 이미 생소한 타자로 굳어 있어요. 따라서 토속신에 대한 설명을 통해 그리스 로마 신화의 철두철미한 차별 구조를 읽어낼 수 있을 뿐입니다.

이제 그리스 로마 신화는 추방되어야 합니다. 다시 말해 그리스 귀신을 죽여야 해요. 그 태생적 한계로 인해 어떻게 해도 인간적이고 민주적이고 평화적인 이야기로 바꿀 수 없으니까요. 현대 사회가 신자유주의나 세계화를 넘어, 경쟁과 폭력이 아닌 화합과 평화의 새로운 세계로 변모하려면 더는 그리스 귀신을 숭배해서는 안 됩니다. 아들이 어머니 부탁으로 아버지 성기를 잘라 권력을 쟁취하는 이야기나 오이디푸스 콤플렉스 따위는 로마법과 기독교와 부르주아 경제를 중심으로 한 가부장 사회의 특수한 현상이지, 아버지의 권위가 강하지 않은 곳에서는 있을 수 없는 일입니다. 따라서 인간에게 보편적인 것도, 생리적인 것도, 본능적인 것도 아니에요.

고대 그리스의 역사와 지리

고고학이 밝히는 바에 의하면 기원전 5천 년경부터 그리스에 사는 사람들은 밀과 보리를 재배하고 양과 산양을 길렀습니다. 그러다가 선사시대 말인 기원전 3천 년 전후에 침략자들이 그리스에 정착하는데요. 청동기문화를 가진 그들은 에게 해의 키클라데스 섬들을 정복했는데 그 유적이 지금도 남아 있습니다. 이어 기원전 1950년경에 인도-유럽어 족이 다뉴브 강을 건너왔고, 그중 소아시아를 통해온 이오니아인들이 테살리아에 정착해 초기 그리스인들이 됐다는 것이 학계 정설로 취급됩니다. 하지만 여기에도 인도-유럽어 족의 도래에 관한 문제를 비롯해 여러 가지 문제가 있어요.

가령 최근 마틴 버낼은 『블랙 아테나』*에서 고대 그리스를 유럽인이나 아리안과 관련지어온 전통적 견해를 부정했습니다. 대신 기원전 4천 ~2천 년경에 그리스 서북부의 인도-유럽어를 말하는 도리아인이 북쪽에서 그리스로 침입했으며, 이어 기원전 1720년경 이집트인과 페니키아**인이 그리스를 식민지로 삼아 그리스 문화가 시작되었다고 주장해요. 요컨대 이집트와 페니키아가 그리스 문화의 원형이라는 것입니

---

* 마틴 버낼, 오홍식 옮김, 『블랙 아테나 : 서양 고전 문명의 아프리카 아시아적 뿌리』, 1권, 『날조된 고대 그리스, 1785~1985』, 소나무, 2006. 또한 발터 부르케르트, 남경태 옮김, 『그리스문명의 오리엔트적 전통』, 사계절, 2008도 참조하라.

** 페니키아(Phœnicia)는 고대 가나안의 북쪽에 근거지를 둔 고대 문명으로 중심 지역은 오늘날의 레바논과 시리아, 이스라엘 북부로 이어지는 해안에 있었다. 종래에는 기원전 1200년경에서 900년경까지 지중해에서 발전한 해상 무역 문화였다고 보았지만. 최근의 고고학 발굴에 의하면 기원전 40세기에 지중해 문명과 메소포타미아를 연계한 '기시 문명(Gish)'이었다. 고대 그리스와 같이 독립된 도시국가를 이루었다. 최초로 알파벳을 사용했고 당시 가나안 지역의 신들을 믿었다. 기원전 2000년경 대부분 주신은 바알로 간주되었으며, 페니키아 신들은 후일 그리스 신화에 혼합되었다. 에우로파가 이곳의 공주였다고 전해지며, 제우스가 이곳에서 에우로파를 납치해 여기저기 돌아다녔다.

다. 버넬에 의하면 고대 그리스인이나 헬레니즘기 그리스인도 이와 유사한 생각을 했고 그런 견해는 18세기까지 이어졌습니다. 하지만 19세기 제국주의시대부터 서양학자들, 특히 나치 독일의 학자들은 인종적으로 열등한 아랍인의 땅에서 이집트인이나 페니키아인에 의해 그리스 문명이 형성되었다는 사실을 용인할 수 없었고, 따라서 그들은 독일인과 같은 인종인 아리안 기원설을 날조했습니다. 그것이 지금까지 세계적으로 통용되는 것이고요. 즉, 18세기까지의 이집트 기원설이 계몽주의의 이성 중심주의로 나아가 프랑스혁명이라는 결과를 부르자, 이에 반대하는 독일과 영국의 보수층은 그리스를 감정과 예술적 완전성이라는 이상으로 미화하고 날조하여 기독교와 관련지었습니다. 그리고 19세기 제국주의의 유럽 중심주의와 인종주의의 발전은 아리안 기원설을 더욱 확고하게 굳혔지요. 요컨대 그리스가 유럽에서 기원했다는 현재의 통설적 견해는 제국주의자가 만든 조작이라는 것입니다. 이 견해는 종래의 서양 중심주의 세계관이 잘못되었으며 이를 고칠 것을 요구하는 점에서 대단히 흥미롭습니다.

고대 그리스는 천연적인 강우(降雨)에 의존하여 농사와 목축을 하였기에 이집트의 나일 강 유역이나 중국의 황하 유역처럼 치수와 관개 사업이 필요하지 않았습니다. 따라서 소위 동양적인 전제주의를 형성한 통일 국가의 성장은 처음부터 불필요했어요. 그렇기에 그리스는 폴리스라는 수백 개의 소규모 고립사회로 이루어져 있었습니다. 이들은 서로 다른 정치 체계를 지니고 있었는데, 그중 아테네와 이오니아에서는 민주제가 발달했지만, 유목민 전사인 도리아인의 후예인 스파르타에서는 군주제, 도리아에서는 귀족정이 발달했습니다. 그러나 그들은 모두 그리스인이라는 공통된 집단의식이 있었고, 그들과 대립하는 세계는 야만으로 여겼어요. 그렇게 야만으로 취급받은 대표적인 국가가 소아시아의 트로이고, 그 뒤 소아시아를 차지한 페르시아, 그리고 지금까지 그곳에 있는 아랍입니다. 그리스에 살았던 사람들은 기원전 8세기경 자신을 헬레네스(Hellenes)라고 부르고 그 밖의 사람들은 바르바로이(Barbaroi), 즉 야만인이라고 불렀어요. 이처럼 문명과 야만의 대립 사상인 적대주의는 고대 그리스에서 비롯되었습니다.

그리스는 한반도처럼 산이 많습니다. 그런데 그중에서도 특정한 산의 동굴들은 성스러운 토속 여신의 숭배지로 신성시되었어요. 크레타의 초기 종교는 지중해나 아시아와 마찬가지로 여신 중심이었으나 미케네의 종교는 남신 중심이었고, 결국에는 그 남신이 크레타의 토속 여신을 압도했습니다. 특히 도리아인에 의해 제우스와 아폴론과 헤라클레스 같은 침략적인 남신들이 탄생했는데,* 그들 역시 산에서 산다고 믿어졌습니다. 또한, 그리스인들은 산에는 맹수들이나 반인반수의 괴물들도 산다고 믿었어요.

그때나 지금이나 가족은 사회의 기초 단위로 여겨지는데요. 그리스 사회에서 가족은 가정과 결혼의 신인 헤라와 운명의 여신 모이라, 그

---

* 제우스는 본래 메소포타미아 지역의 바빌로니아 신화에 나오는 천둥의 새 '즈'와 관련된 것이었다. 제우스라는 이름도 산스크리트어의 'dyaus pitar(하늘의 아버지라는 뜻)'를 그리스어로 바꾸어 적은 것이다. 유대인은 이를 여호와라고 했다. 그러나 본래의 제우스는 여호와와 달리 인류의 창조자나 입법자가 아니었다. 도리어 창조자-입법자는 제우스의 어머니나 아내인 여신, 즉 레아, 헤라, 가이아였다. 그 여신들은 본래 처녀신들이었다. 그래서 제우스는 처녀에서 나왔다는 의미의 'Marnas'라고도 불렸다. 제우스는 대지를 풍요하게 만들기 위해 비나 번개가 되어 하늘에서 내려온 신이었으나, 뒤에 올림포스 산의 플라톤적인 가부장이 되었다. 그 상징이 자신의 머리에서 아테나를 낳았다는 것이다. 즉 플라톤 철학의 보급과 함께 그 전에는 지적으로 우월했던 여성이 제우스와 아폴론이 주신으로 군림한 지역에서는 단지 노동을 강요당하고 자녀를 낳는 존재로 타락한 것이다.

리고 제우스에게 맹세하는 약혼식으로 시작되어 화로의 여신 헤스티아에게 바치는 결혼식으로 성립되었습니다. 또한, 가정은 아폴론과 헤르메스, 헤카테 여신이 지켜주고 각 집에는 수호신이 살며 가장은 제우스의 보호를 받는다고 생각되었지요. 부인이 자식을 낳지 못하거나 불륜을 저지르면 이혼할 수 있었던 반면, 기원전 4세기의 많은 아테네 남자들은 첩을 거느렸다고 합니다. 이런 기록을 통해 여성이 차별을 받았음을 알 수 있지요. 올림픽 등 여러 국가적인 축제에 여성이 출입을 금지당한 데 비해서, 농업 여신인 데메테르를 기리는 축제는 여성에게 개방되었어요. 특히 디오니소스와 오르페우스 축제를 비롯한 비의(秘儀)에 여성들이 참여했습니다. 이는 소외되고 차별된 여성들이 선택한 신들이었어요. 반면 국가신인 올림포스 신들은 모든 도시에서 공식적으로 주로 지배자와 남성들에 의해 숭상됐고, 각 도시는 그곳을 건설한 영웅을 숭배했어요.

그리스 로마 신화가 형성될 무렵 그리스인의 세계 인식은 매우 제한된 것이었습니다. 근처 산맥들이나 바다 저편의 세계는 신비에 싸여 있었어요. 그리스인들의 여행이란 델포이와 델로스에 집중된 도시나 성지를 방문하는 것에 그쳤고, 바다로 나가는 것도 제한되었습니다. 그보다 더 먼 곳, 가령 서쪽으로는 키클롭스인, 레트리고인, 로토파고스인이 있고, 남쪽으로는 에티오피아인(그리스어로 '그을린 사람'이라는 뜻)과 피그마이오스인이 있으며, 동쪽으로는 인도인, 북쪽으로는 킴메리아인이 있다고 여겼어요. 나아가 세상의 끝인 헤스페리데스, 즉 헤라클레스의 기둥(지브롤터 해협과 세우타 바위)이라고 불린 두 산보다 먼 곳에는 영웅들이 사후에 사는 '행복한 자들의 섬'이 있다고 생각했습니다. 그 모두가 그리스인들에게는 이방이자 타자였고, 대부분 공포의 괴물들이 사는 곳으로 여겨졌어요.

그리스 로마 신화는 많은 시인에 의해 기록되었는데 그중 가장 크게 이름을 날린 이는 호메로스와 헤시오도스입니다. 헤시오도스는 기원전 8~7세기 사람으로 가난한 농부의 삶을 기록한 『노동과 나날』과 신들의 족보를 기록한 『신통기』를 집필했어요. 그렇지만 그의 글에는 이미 서아시아에 있던 신화적 요소와 섞여서 앞뒤가 맞지 않는 부분도 많습니다. 또 트로이 전쟁을 다룬 『일리아스』와 『오디세이아』를 장님인 호메로스가 썼다는 것은 어디까지나 전설에 지나지 않지만, 대체로 기원전 6세기에 그와 같은 시인이 그것들을 문자로 기록했다고 여겨집니다. 「호메로스 찬가」도 신들에 대한 이야기가 호메로스의 서사시와 같은 운율로 기록되어 있는 탓에 과거에는 호메로스의 작품으로 여겨졌지만, 지금은 기원전 7~4세기에 여러 작가들에 의해 기록된 것으로 간주됩니다.

그리스 신화는 기원전 7~6세기에 큰 변화를 맞습니다. 이는 부의 증대와 식민지 활동의 적극적인 전개, 폴리스라는 정치 형태의 성립 및 문자의 보급에 따른 것이었어요. 이후 호메로스와 헤시오도스의 뒤를 이은 시인들과 철학자들이 계속 나와 신화를 다루었으나, 앞에서 보았듯이 신화에 비판적인 견해도 많았습니다. 기원전 5세기에 아테네는 비극의 전성기를 맞아 아이스킬로스(기원전 525/4~456), 소포클레스(기원전 496/5~406), 에우리피데스(기원전 485/4~406) 등의 극작가들이 그리스 신화의 표준적 형태를 확립했습니다. 그 작품 수는 대단히 많았으나, 현존하는 것은 사티로스(쾌락을 즐기고 야수처럼 행동하는 산양 모습의 괴물) 극을 포함해 33편뿐이고, 그중 반인 16편은 트로이 전쟁을 다루고 있어요. 또 당시에는 서사시나 희곡이 아닌 산문으로도 신화가 기록되었는데, 역사의 아버지라고 불리는 헤로도토스는『역사』에서 호메로스와 헤시오도스의 신화를 긍정하면서(역사, 2-53) 대지가 동그란 판 모양으로 이루어졌다는 가설을 인정했습니다. 하지만 그 역시 바다 신 오케아노스의 존재는 믿지 않고 누군가가 지어낸 미신일 뿐이라고 보았어요(역사, 2-21). 최근 우리말로 번역된 아폴로도로스(기원전 180년경~110년경)의『그리스 로마 신화』*는 그의 시대보다도 훨씬 뒤에 편찬된 것입니다.

이어 로마에서도 많은 사람이 신화를 발전시켰습니다. 가령 오비디우스의『변신이야기』등이 당대의 대표적인 작품이라 할 수 있지요. 그러나 이를 포함한 그리스 로마 신화는 상당 부분 그 작자인 오비디우스(기원전 43년~기원후 17년경)가 멋대로 창작한 것임이 학계의 보편적인 관점입니다. 따라서 신화의 원형에 가장 가까운 것은 헤시오도스의『신통기』일 거예요. 그러므로 이 책에서도 그리스 로마 신화의 내용을 주로『신통기』에 따라 소개할 것입니다. 우리나라에 소개된 그리스 로마 신화는 주로『변신 이야기』에 따르는데** 그런 점을 몇 가지 비판적으로 언급할 거고요.

* 천병희 옮김, 숲, 2004.
** 특히 이윤기의 소개에서 그렇다.

그리스 로마 신화와 우리

그리스 로마 신화를 제가 처음으로 읽은 적이 언제였는지는 기억에 남아 있지 않습니다. 하지만 지금까지도 베스트셀러이자 스테디셀러인 벌핀치의 책*이 1950년대부터 국내에 소개됐고, 그 유사한 아동용 요약본도 그 무렵부터 유행했던 것을 보면 아마도 그 무렵에 읽었던 것이 아닐까 싶어요. 그런데 그것이 우리나라에서 대중적으로 널리 읽힌 것은 1970년대 초 유신정권 전후입니다. 그 시절 정부에 의해 주도된 고전 읽기나 자유교양대회부터 나도 너도 반강제로 읽곤 했지요. 이순신과 임경업 같은 장군들의 전기나 공자의 『논어』와 플라톤의 『국가』 등과 함께 말입니다. 그런 고전 읽기가 당시의 유신시대와 전혀 무관한 것이었을까요? 오늘날 이를 제대로 지적하는 사람들은 별로 없습니다. 하지만 유신정권이 고전을 통해 독재의 기틀을 닦으려 했던 것은 가볍게 넘길 일이 아니지요.

특히 그런 고전에 깃들은 국가주의, 전체주의, 집단주의, 반민주주의, 군사주의, 전쟁주의, 경쟁주의 따위와 유신은 과연 전혀 무관한 것

---

* 그 최근 판은 이윤기 옮김, 『그리스와 로마의 신화』, 대원사, 1996. 이 책의 원저 『The Age of Fable』은 1855년 미국에서 나왔다. 150년도 더 전의 책이니 그 내용에는 문제가 많다. 우선 고대 그리스의 신화 원형이 아니라 로마에서 오락화한 그리스 로마 신화를 이야기하고, 지극히 서양 중심적이다. 가령 "로마인들은 이 그리스인들로부터 과학이나 종교를 전수했고, 그 밖의 국민들은 로마인들을 통하여 그리스인들의 과학과 종교를 물려받았"(21-22쪽)다고 한다. 이는 최근 번역된 19세기 독일에서 나온 그리스 로마 신화의 경우에도 마찬가지다. 그래서 한국의 그리스 로마 신화는 로마 판에 근거한 서양의 19세기 것들이 대부분이다. 19세기 유럽에서는 신화가 일반적인 교양이 되었으나 20세기에는 그 중요성을 잃기 시작했다지만(구드리히7), 21세기 한국에서는 마치 19세기 유럽처럼 신화가 누구나 당연히 알아야 할 일반적인 교양이 되어 19세기에 영어권에서 유행한 벌핀치나 베렌스(정명진 옮김, 『인문의 숲』, 부글북스, 2008), 독일어권에서 유행한 슈바브(이동희 옮김, 물병바리, 2006) 등 19세기의 그리스 로마 신화 책까지 번역되고 있다. 특히 1855년에 처음 나온 벌핀치의 책은 반세기 이상 몇 번이나 번역됐다. 20세기 초 미국에서 나온 헤밀턴(장왕록 옮김, 문예출판사, 2005)의 책도 마찬가지다. 그런 책들을 한국인이 윤색한 책들도 너무나 많다.

이었을지 의문입니다. 유신은 군사 독재자 박정희와 그 아류들의 권력욕에 불과했을까요? 그들이 사라졌으므로 우리나라는 완전히 민주화된 것일까요? 물론 오늘날 대한민국의 대통령은 군인이 아닌 민간인 출신이지만, 그렇다고 해서 과연 민주주의가 완성되었다고 볼 수 있을까요? 과거 왕조시대에 흔히 등장하던 폭군과 얼마나 다를까요? 유신 정권 아래 조성된 국가주의, 전체주의, 집단주의, 반민주주의, 군사주의, 전쟁주의, 경쟁주의 따위가 여전히 남아 있는데 말입니다. 문제는 이러한 관념들이 그리스 로마 신화를 비롯하여 당대 억지로 숭배하던 고전들 속에 고스란히 감춰져 있다는 점입니다.

저는 정확한 통계자료를 가지고 있지는 않습니다. 하지만 유신시대가 끝난 뒤 민주화 바람이 분 1980년대에는 그리스 로마 신화에 관한 책들의 출간이 조금은 뜸해졌다가 경제적으로 발전한 1990년대에 들어와서 다시 붐이 일었다는 것은 기억하고 있어요. 그 후로 그리스 로마 신화의 열풍은 사그라지지 않았고요. 어떤 자료에 의하면 1994년에 나온 『소설로 읽는 그리스 로마 신화』란 책은 20만 부나 팔렸다고 합니다. 그 뒤에도 그리스 로마 신화에 관련된 책들은 줄곧 베스트셀러가 되었고, 심지어 만화나 동화, 영어교재 등으로도 줄기차게 나왔어요. 한편으로는 이토록 폭력적이고 선정적인 신화가 단순한 애니메이션이나 판타지 소설로 읽히면 청소년들에게는 독이 될 수도 있음을 염려하며, 그리스 로마 신화의 인류학과 문화사적 배경을 고려하여 어문학, 예술, 철학, 심리학을 동원해 썼다는 인문학 책도 많이 출간되었습니다. 이는 그리스 로마 신화의 복잡한 배경을 알아야만 그것이 독이 아니라 약이 될 수 있다고 보는 것 같은데, 그럴 정도로 신화에 문제가 많다면 차라리 읽지 않는 것이 약이 되지 않을까요? 최근에는 서양에서의 또 다른 유행을 따르는 듯 페미니즘 입장에서 그리스 로마 신화를 비판적으로 바라보는 글도 자주 눈에 뜨입니다. 그리스 로마 신화에 대해 나올 수 있는 책은 다 나온 것 같아요.

이러한 추세를 보면 그리스 로마 신화가 반드시 유신으로 상징되는 군사 독재와 관련되기만 한 것은 아니었던 듯합니다. 그렇지만 그리스 로마 신화에 분명하게 드러나는 국가주의, 전체주의, 집단주의, 반민주주의, 군사주의, 전쟁주의, 경쟁주의 따위의 성격이 유신체제와 전혀 무관했다고는 할 수 없어요. 1990년대의 그리스 로마 신화에 관한 독서 경향에 대해 그동안 여러 사람이 그 신들의 소위 '인간적 성격'을 강조하거나, 또는 이른바 무한한 '상상력의 발현' 등의 단어를 쓰면서 변호해왔습니다. 그런데 흔히들 1990년대 이후 우리의 민주주의가 상당히 진전되었다고들 하지만 그리스 로마 신화에서 저는 민주주의적 성향을 찾아볼 수 없어요. 도리어 1990년대 이후 우리 사회의 또 다른 측면인 향락적, 본능적, 폭력적, 경쟁적, 투쟁적, 전체적 경향과 그리스 로마 신화가 합치되는 측면이 있는 것은 아닐까요?

그리스 로마 신화의 반민주적 성격을 분석한 글을 그나마 하나 꼽는다면 1996년에 나온 유시주의 『거꾸로 읽는 그리스 로마 신화』일 것입니다. 그러나 그 '거꾸로 읽기'라는 책마저 기본적으로는 신화에 표현된 그리스 문화의 인간주의적 측면을 찬양하는 관점에서 쓰였어요. 또 이 책이 근거로 한 페미니스트 시노다 볼린의 『우리 속에 있는 여신들』*이 있는데요. 이 책은 그리스 로마 신화 여신들의 속성이 모든

---

* 조주현 외 옮김, 또하나의문화, 1992.

여성의 내면에 잠재한다고 보고, 여신들은 여성의 다양한 생활방식(가령 아테나는 자립적 성질)을 이상적으로 표현하고 있으므로 모든 여성은 자신이 어느 여신의 유형에 속하는지를 알면 자기 행동을 결정할 수 있다고 봅니다. 그러나 가부장제하의 그리스 로마 신화에 나오는 여신들을 과연 이상적인 여성상이라 볼 수 있을지 의문입니다.

제가 쓰는 이 책은 그런 그리스 문화를 찬양하는 태도를 품지 않습니다. 물론 제가 그리스 문화의 민주적 측면을 전적으로 부정하는 것은 아니에요. 오히려 고대 그리스 폴리스 중 아테네에서 잠시 시행되었던 직접민주주의에 상당한 호의를 품고 있습니다. 적어도 우리나라에 나온 어떤 책의 저자보다도 그럴 거예요. 그러나 그 민주주의마저도 불평등한 노예제나 여성차별*과 함께 제국주의적인 기반을 갖는다는 점에 한계가 있다고 생각합니다.**

여하튼 제가 이 책에서 그리스 로마 신화를 어떻게 다룰지는 이쯤이면 충분히 설명한 것 같습니다. 저는 그 신화를 민주주의라는 관점에서 비판적으로 분석하여, 그것을 토대로 삼은 그리스 문화라는 것이 기본적으로 반민주적이었음을 설명하는 근거로 삼을 것입니다. 그러한 그리스 신화를 그대로 이은 로마 신화도 마찬가지입니다. 말했듯이 로마에 와서 오비디우스 등이 개작한 그리스 로마 신화는 더욱 반민주적인 경향이 심해졌거든요.

---

* 사에구사 가즈코, 한은미 옮김, 『여성을 위한 그리스 로마 신화』(시아출판사, 2002)나, 베티 본햄 라이스, 김대웅 옮김, 『여신들로 본 그리스 로마 신화』(두레, 2007)는 그리스 로마 신화를 여성차별의 입장에서 보는 것이 아니라 일반적인 그리스 로마 신화 이야기책이다.

** 박홍규, 『소크라테스 두 번 죽이기』, 필맥, 2005.

그리스 로마 신화 부활과 적대주의

여태까지 그리스 로마 신화를 소재로 한 영화는 많았고 관객에게도 친숙합니다. 「알렉산더」, 「트로이」, 「300」이나 애니메이션 「헤라클레스」 등의 할리우드 영화들이 우리나라를 비롯한 전 세계의 극장에서 요란스럽게 개봉되었지요. 그중 대부분은 공교롭게도 개봉 시기가 미국의 제국주의가 대통령 부시의 대통령 당선과 재선을 맞아 더욱 강화된 시기와 맞물립니다. 그래서 제게는 전 세계를 대상으로 한 부시의 제국주의를 축하하는 영화로 보였어요. 오늘날 터키 땅인 '트로이'를 그리스 연합군이 격파하고, 지금의 아랍 땅에 있던 페르시아를 그리스가 쳐부순다는 「300」이나 「알렉산더」의 내용이 아프가니스탄과 이라크를 폭격하고 이란까지 위협하는 부시를 연상하게 하지 않을 수 없었거든요.

제국주의에는 반드시 적이 있습니다. 따라서 제국주의는 적대주의라고도 지칭할 수 있어요. 적대주의를 영어에서는 'antagonism'이라 하는데 영어사전은 이를 적대, 대립, 반대, 반항, 반감, 적의, 반목, 상반 등으로 번역합니다. 그런 번역어들은 틀린 해석은 아니지만 어떠한 주의(主義)의 사고나 행동의 방침, 주장, 경향으로서의 뜻을 표현하기에는 부족하므로 저는 앞으로 적대주의라는 말을 사용하겠습니다. 이 말을 사용해야 그리스 로마 신화를 비롯한 서양 문화의 본질을 이해할 수 있다고 생각하기 때문입니다. 서양 문화에는 본질적으로 적대주의가 깃들어 있어요. 적대주의는 상대주의와 정반대입니다. 상대주의란 진리나 가치의 절대성을 부정하고 모든 것이 상대적이라는 태도를 보이는 학설이나 견해를 말하는데, 이에 비해 적대주의란 자신을 절대적인 진리나 가치라고 주장하면서 상대의 진리나 가치는 그 존재조차 부정하는 것을 말합니다. 따라서 상대주의와는 정반대인 절대주의의 일종이라고도 할 수 있지요.

「알렉산더」, 「트로이」, 「300」 등은 서양의 가치는 절대적으로 우월하다는 전제 아래 비서양은 절대적으로 열등하다는 가치 평가를 담고 있습니다. 이러한 영화는 대개 근육질에 잘생긴 톱스타들을 서양의 상징으로 등장시켜요. 이와 대조적으로 비서양인들은 괴기하고 비정상적으로 묘사하고요. 그래서 주인공 역할을 맡은 서양의 스타들은 백인의 세계 지배라는 신화를 재창조하는 일에 이바지하게 되지요. 이처럼 고대 그리스는 유럽과 미국의 제국주의를 빛내기 위한 역사적 장식물입니다. 즉 서양이 장구한 역사적 전통을 갖는다고 뽐내기 위해 가져다 붙인 것에 불과해요. 이러한 할리우드 영화만큼이나 비판의 대상이 되어야 할 것이 바로 디즈니 영화입니다. 가령 「신데렐라」와 「포카혼타스」는 각각 계급사회와 제국주의 침략을 미화해요. 1997년에 개봉한 애니메이션 「헤라클레스」의 줄거리도 선의 상징인 백인 제우스와 헤라클레스가 악의 상징인 괴물과 싸워 이기는 내용이고요.

흔히 '세계문학'은 호메로스의 『일리아스』와 『오디세이아』로부터, '세계철학'은 소크라테스, 플라톤, 아리스토텔레스에서 출발합니다. 본격적인 '세계사'는 그리스에서 출발하고요. 이 모두 그리스가 모든 인류 문화의 발상지라 보는 시각 탓인데요. 이러한 '세계문학', '세계철학', '세계사'에서 말하는 세계란 사실 유럽, 그것도 서유럽과 미국을 포함한 서양에 불과합니다. 따라서 진정한 의미에서의 세계가 아니라 강대국만의 반쪽짜리 세계라고 해야겠지요. 심지어 서유럽 문명의 발상지라는 그리스조차 그 발상의 시기인 고대 그리스를 빼면 '세계문학', '세계철학', '세계사'에 다시 등장하지 않습니다. 마찬가지로 아메리카 대륙의 경우도 유럽 사람들이 건너가기 전의 인디언 선주민의 역사는 전혀 등장하지 않아요. 따라서 '세계문학', '세계철학', '세계사'처럼 우리가 '세계'라는 말로 이야기하는 모든 것은 사실 서유럽과 미국에 사는 백인의 관점에서 조작된 시각일 뿐입니다.

그런데 그렇게 서구의 자기선전에 이용되는 그리스 로마 신화에 왜 우리나라가 더욱 열광적일까요? 우리의 고조선 역사에 대해서는 깜깜하면서 왜 당시의 그리스에 매달릴까요? 답은 간단합니다. 서양인들의 주장에 따르면, 지금 우리가 숭배하는 서양 문화의 원류가 그리스이기 때문입니다. 따라서 그런 서양 문화를 제대로 알려면 고대 그리스를 알아야 한다고 주장하는 것이지요.

맞습니다. 서양 문화에는 그리스 로마 신화가 끝없이 등장합니다. 따라서 서양 문화를 제대로 알려면 그리스 로마 신화를 제대로 알아야 해요. 그러나 이를 정말로 똑바로 보기 위해서는 무조건 찬양하는 태도를 버리고 비판적으로 검토해야 합니다.

2장

토속신과

괴물,

그리고 인간

창세 신화의 차별 구조

헤시오도스의 『신통기』 vs. 호메로스의 『일리아스』

일반적으로 신화란 우주를 비롯한 만물이 어떻게 만들어졌는지에 대한 이야기부터 시작합니다. 성경의 「창세기」도 그렇고 고대 이집트 신화˙도 그렇지요. 그런데 고대 그리스의 우주 생성 이야기는 다른 신화에 비해 대단히 복잡합니다. 게다가 그 내용을 살펴보면 남녀차별 및 민족차별을 인정하는 가부장적이고 자기 민족 중심적인 메시지가 가득하지요. 그런데도 그리스 로마 신화의 이러한 침략성은 그동안 잘 알려지지 않았습니다.

　그리스 로마 신화에서 우주가 어떻게 시작되는지 설명하는 이야기

---

* 사막에 둘러싸여 타민족의 침입이 적었기에 강력한 전제 왕권 아래 신화 체계를 종교로서 확고하게 정립한 이집트 신화는 수메르 신화와 비슷한 시기에 형성되었지만 비교적 큰 변동 없이 고유한 체계를 유지했다. 안정적 전제 국가의 통치 아래 평생 노동하며 살아가던 이집트인들은 사후의 행복을 추구했다. 자연과 싸우던 바이킹, 게르만 족은 전투에서 죽어야만 신들의 궁전에 초대받을 수 있다고 여겼지만 상업에 눈이 밝은 그리스인들은 사후 세계에 무관심했다.

는 둘입니다. 하나는 국가 신화이고 하나는 토속 신화이지요. 그중에서 가장 흔하게 소개되는 것은 국가 신화입니다. 이 국가 신화에도 두 가지가 있어요. 첫째는 헤시오도스의 설명입니다. 그리스 로마 신화에서 "우주와 신들의 탄생에 관한 한 가장 체계적이고 가장 신뢰할 수 있는 문헌"(신통기11)이라고 인정받는 헤시오도스의 『신통기』부터 읽어볼까요?

이야기는 그리스 로마 신화의 대신(大神)인 제우스의 딸들인 무사이 여신들의 노래로 시작합니다.* 그녀들은 제우스를 비롯한 여러 신의 이름을 차례로 호명해요. 그중 최초의 신들을 가이아(땅)와 우라노스(하늘)라고 부릅니다(신통기45). 여기서 세상에서 "맨 처음에 생긴 것은 카오스"라는 말이 나와요(신통기115). 비록 헤시오도스는 카오스**가 무엇인지를 구체적으로 묘사하지 않았지만 말입니다.

그 800년쯤 뒤 로마 시인 오비디우스는 카오스를 혼돈***이라고 정의했어요. 이러한 혼돈은 "온 우주와 온 땅은 그냥 막막하게 퍼진 듯한 펑퍼짐한 모양", "형상도 질서도 없는 하나의 덩어리",**** "생명이 없는 퇴적물, 사물로 굳어지지 못한 모든 요소가 구획도 없이 밀치락달치락하고 있는 하나의 상태"라고 묘사되지요. 이는 코스모스(질서)의 반

---

* 무사이 여신들은 제우스와 티탄 족 여신 므네모쉬네 사이에서 태어난 딸들로 '기억'을 뜻하는 므네모쉬네의 딸답게 인간의 기억력을 돕는 역할을 했다. 무사이 중 하나인 탈리아와 아폴론 사이에 코뤼반테스가 태어나 키벨레를 따라다니는 광란의 무용수가 됐다는 전승이 있는 것을 보면 모신 키벨레와도 무사이는 관련이 있고, 무사이 역시 모신의 하나로 볼 수 있다. 뮤즈는 무사이의 영어식 발음이다.

** 파라겔수스와 반 헬몬트 같은 연금술사들은 'chaos'에서 'gas'라는 말을 만들었다.

*** 구드리히178은 이를 무질서라고 하고 성서에 나오는 천지창조 이전의 '혼돈' 상태와 같은 의미라고 하지만 의문이다.

**** 성서에서 천지창조 전에 형태가 없는 땅의 상태였다는 것도 이와 관련된다.

대인 무질서를 뜻합니다. 그리고 그런 카오스를 '자연'이라는 신이 정리했다고 해요(변신15-16).* 그러나 위에서 나온 "평퍼짐한 모양", "덩어리", "퇴적물"이라는 묘사도 어떤 "형상"이나 "상태"를 뜻한다는 점에서 완전한 무질서라고 하기엔 그 설명에 모순이 있습니다. 또한, 카오스를 '혼돈'이라고 보고 이를 '자연'이라는 신이 정리하여 세상에 질서를 세웠다고 하는 것도 800년 뒤의 가부장적인 로마시대 이후에 나온 생각이에요. 원래 헤시오도스의 『신통기』에는 '자연'이라는 신이 없기 때문입니다. 고대 그리스어에서 카오스란 혼돈이나 무질서가 아니라 그냥 공허를 뜻하는 개념인데요.** 베르낭은 이를 '구멍', 즉 아무것도 구분되지 않는 캄캄한 빈 공간, 끝없이 추락하는 공간이라 일컬었습니다(베르낭25). 이처럼 우주의 기원이 구멍에서 나왔다고 하는 헤시오도스의 『신통기』는 오늘날 듣기에 황당무계하지요.

또 하나의 국가 신화라고 할 수 있는 호메로스의 『일리아스』에 의하면 천지는 오케아노스와 테티스의 결합으로 창조됐다고 합니다. 오케아노스***는 땅도 하늘도 없는 공간을 무질서하게 흐르는 크고 힘찬 남성적인 강이고, 테티스는 오케아노스의 흐름에 섞여 있으면서도 그 못

---

* 이윤기44는 오비디우스의 견해를 그대로 따르고 있다.

** 기독교는 세상이 유일신에 의해 창조됐다고 하지만 그리스 로마 신화에서는 그런 창조 신화를 말하지 않는다. 기독교식의 천지창조를 그리스 로마 신화에 응용한다면 올림포스 신화의 주신인 제우스가 우주를 창조한 최고신이 되겠지만 그런 이야기는 등장하지 않는다. 페레퀴데스(기원전 6세기)의 『신론』에서는 세계가 제우스와 크토니스가 결혼할 때 제우스가 신부에게 땅을 선물한 것으로 나온다. 카오스는 남성으로 자신이 생성한 여신 가이아인 딸과 결혼하고 그녀가 세계를 창조할 수 있도록 에로스를 사용하여 그녀에게 모든 권한을 주었다고 하는 전승도 있다.

*** 'Oceanos'는 거대한 물뱀의 신으로 대지를 감고 있다고 여겨진다. 바다 'ocean'이 여기서 나왔다. 오케아노스는 가이아와 우라노스의 아들이라는 이야기도 있다.

지않게 생동적이면서도 개성을 간직한 여성적인 물줄기입니다. 그 둘의 결합으로 땅과 하늘이 만들어지고 셀 수 없는 자식들이 생겼으며 오케아노스는 태양이 되었다는 것입니다(일리아스14, 201 등). 제 생각에 헤시오도스의 이야기보다는 더 그럴듯한 것 같네요. 세상의 시작에 대한 호메로스의 이야기는 그 정도로 그칩니다.

한편 헤시오도스는 카오스로부터 암흑의 남신 에레보스*와 밤의 여신 닉스**가 생기고, 그 둘 사이에서 다시 대기의 남신 아이테르와 낮의 남신 헤메라가 생겼다고 해요.*** 즉, 밤(에레보스와 닉스)으로부터 낮(아이테르와 헤메라)이 태어나, 밤과 낮 즉 시간(운동과 변화)이 있게 되었다는 것입니다. 어떤 전승에 따르면 카오스는 때(크로노스)의 아들이고 하늘과 형제라는 이야기도 있으나, 보통은 카오스의 아들인 에레보스(암흑)가 여동생인 닉스(밤)와 관계해 낮과 하늘을 낳았다고 합니다. 이를 보면 카오스란 암흑과 밤에 가까운 것인데 그 둘 사이에서 정반대인 낮과 하늘이 태어났다는 것이 제법 아이러니합니다. 어쨌거나 낮과 하늘을 제외하면 카오스에서 나오는 것은 어두운 것들뿐입니다. 이에 반해 가이아에서 생기는 것은 신들과 현실 세계를 구성하는 여러 가지 유형의 것들이에요.

---

* 'Erebos'는 오르페우스 신비종교에서 '심연과 같은 자궁'으로 묘사된 황천, 즉 죽은 사람들의 나라이지만 다른 신화에서와 마찬가지로 재생의 장소이기도 하다.

** 'Nyx'는 '어머니 밤'을 뜻하는 그리스어로 노르웨이어로는 'Nott'라고 한다. 우주가 시작되고 끝날 때의 어둠의 카오스를 의인화한 '어머니 밤'으로부터 부정이나 무(無)를 뜻하는 'nix'라는 말이 생겨났다.

*** 닉스 스스로 낳았다는 이야기도 있다. 또 에이테르를 순수한 빛이나 창공의 빛, 헤메라를 낮의 빛이라고도 한다. 아리스토파네스(기원전 445~385년경)는 『새』에서 태초에 카오스(공기, 태초의 공기)·닉스·에레보스·타르타로스의 4가지 힘이 있었으며, 아직 게(Ge: 가이아)와 아이르(Aer: 공기, 대기)와 우라노스는 존재하지 않았다고 했다.

그런데 호메로스의 우주 생성 이야기에는 헤시오도스와 비교해서 눈여겨볼 점이 있습니다. 닉스(밤)가 혼자서 운명과 죽음, 잠과 꿈, 고뇌, 비난, 고초, 운명의 여신들, 죽음의 여신들, 응보, 기만, 정, 늙음, 다툼 등을 낳는다는 것입니다. 또한, 마지막에 낳은 '다툼'으로부터 노고, 망각, 기아, 고통, 전투, 살해, 도륙, 언쟁, 거짓말, 핑계, 반론, 무질서, 미망, 맹세 등이 생겨났다고 한 점이지요(신통기223-232). 이는 헤시오도스가 『노동과 나날』에서 여성의 기원으로 설명하는 판도라 이야기와 유사점이 있습니다. 바로 남성들이 끝없는 괴로움을 겪게 되는 원인을 여성 탓으로 설명하는 가부장적 태도입니다. 특히 헤시오도스가 닉스의 자식이라고 한 것 중에서 중요한 것은 죽음, 즉 타나토스예요. 가장 두렵고 꺼려지는 죽음이 여성에서 비롯됐다고 함은 극단적인 가부장적 사상을 보여줍니다.[*]

닉스의 딸 중 더욱 유명한 존재는 네메시스입니다. 네메시스는 제우스도 쫓아내지 못한 의분과 복수의 여신으로, 인간의 오만에 대해 모면할 수 없는 천벌을 내리는 여신이에요.[**] 헤시오도스는 그녀를 닉스

---

[*] 타나토스는 바흐오펜과 프로이트의 그리스 로마 신화 해석에서 삶과 대립하는 죽음의 신으로 중요한 존재가 된다. 호메로스에 의하면 죽음은 잠(휴프노스)의 형제다. 죽음은 인격신이라기보다도 추상적인 존재이지만, 호메로스는 그와 휴프노스가 사르페톤의 시체를 트로이에서 그리스로 운반했다고 하고, 에우리피데스의 『알케스티스』에서처럼 드라마에서는 사자를 저승으로 데려가는 저승사자로 등장하기도 한다. 또 기원전 5세기의 작가 프뤼니코스는 그를 처음으로 인격신으로 취급해 그가 아르케스티스를 사신과 격투시켜 구한 헤라클레스나 사신을 속여 잡힌 시지포스의 이야기에 등장시켰다.

[**] 'Nemesis'는 '지켜야 할 법령'을 의미하고 디케나 튜케(운명)라고도 불리는 시간의 여신이기도 하다. '카르마(업)와 시간의 바퀴 어머니'인 카라네미에서 비롯된 여신으로서, 오비디우스는 '자기자랑을 혐오하는 여신'으로 불렸다. 영웅이 아무리 교만해도 결국은 그 여신에 의해 파멸되기 때문이다. 스토아학파에서는 때가 오면 모든 것을 구성 요소로 환원시키는 자연의 세계 지배 원칙으로 그 여신을 숭배했다. 그녀는 모든 신에게 생명과 죽음을 부여했으며 제우스를 파괴하기도 했다.

의 딸이라고 하는데요. 그녀와 관련된 신화로 제우스가 그녀와 성관계를 맺고자 따라다니자 그녀가 여러 가지 모습으로 변해 도망치는 이야기가 있습니다. 그러다가 닉스가 독수리로 변했을 때 제우스는 백조로 변해 결국 그녀와 관계를 맺어요. 그리고 그녀가 낳은 알을 양치기가 발견해 레다*에게 줍니다. 여기서 디오스크로이와 그리스 로마 신화의 최고 미녀인 헬레네**가 태어나지요.

이상 두 가지의 국가 신화 외에도 「오르페우스 찬가」***에는 알과 관련한 신화가 등장합니다. 즉 알이 깨어져 신들이 탄생했다는 것입니다. 또 오르페우스교에서는 알 외에도 닉스(밤)가 만물의 기원으로서 중요한 역할을 합니다. 이처럼 알이 깨어져 우주가 탄생했다는 것은 오늘날의 빅뱅 이론과 유사하다는 견해도 있어요. 여하튼 세상의 생성에 대해서 우리는 고대 그리스는 물론이고 지금까지도 아는 것이 거의 없습니다. 결국 상상력의 문제일 뿐이니 여기서는 더 논하지 않겠습니다.**** 분명한 것은 그리스 로마 신화의 우주 생성론이 우주가 어떻게 만들어

---

* 'Leda'는 여주인이나 여성이라는 뜻으로, '세계알'을 낳았고 그 알에서 '아침 샛별(明星)'과 '저녁 샛별'에 해당하는 카스토르와 보르크스 형제인 디오스크로이, 지상의 달 여신의 화신인 헬레네, 크류타임네스트라(Clytemnestra)를 낳았다. 헬레네가 트로이의 여왕이었듯이 크류타임네스트라는 미케네의 여왕이었다. 신화기자들은 레다를 네메시스와 혼동하여 하크초우왕으로 변신한 제우스를 레다와 관계하게 만들었다. 그 결과 레다는 레토라는 별명 하에 '황금의 알'(태양신 아폴론)을 낳는 유명한 가초우가 되었다. 이 가초우는 이집트인 사이에서 '나일의 가초우'(여신 하톨)라고 불린다.

** 'Helene'는 트로이의 헬레네라고도 하고, 헤카테의 딸이라고도 한다. 트로이에서 태어난 헬레네는 메넬라오스(달의 신)와 결혼하는데 그 결혼으로 메넬라오스는 불사(不死)를 약속받았다. 그러나 헬레네가 새로운 연인인 파리스와 함께 트로이로 돌아가자 메넬라오스는 결혼으로 받은 영생과 트로이 영토를 상실했기에 이를 되찾고자 트로이 전쟁을 일으킨다. 그래서 트로이 전쟁을 모권제 트로이와 부권제 그리스 사이의 전쟁이라고도 한다. 스파르타의 헤레네포리아 제(祭)에서는 광명(狂冥)의 신으로 숭배되었다.

*** 이는 오르페우스와 관련된 문학작품을 말하는데 그 진위 여부는 분명하지 않다.

**** 뒤에 나오는 가이아와 연관시켜 본다면 대모여신의 자궁과 그 속에 있는 액체가 우주 창성의 원료라고 할 수 있다.

졌는지에 대한 어떤 지혜도 우리에게 주지 않는다는 점입니다. 도리어 이들의 창세 신화에서 볼 수 있는 것은 차별적 구조뿐이에요.

가이아와 타르타로스, 그리고 에로스

헤시오도스는 카오스 다음으로 나타난 존재가 가이아라고 말합니다. "눈 덮인 올림포스의 봉우리에 사시는 모든 불사신들의 / 영원토록 안전한 거처인 넓은 가슴의 가이아와 / 길이 넓은 가이아의 멀고 깊은 곳에 있는 타르타로스와 / 불사신들 가운데 가장 잘 생긴 에로스였"다고 말입니다(신통기117-120). 가이아는 지상의 대지를 뜻했고, 타르타로스는 지하,* 에로스**는 창조력을 뜻했어요. 그런데 그 셋은 지위가 동등하지 않았습니다.

가이아, 타르타로스, 에로스 세 가지 모두 카오스에서 발생했습니다. 그중에서 세상의 생성에 가장 주도적으로 관여하는 것은 모신인 가이아예요. 가이아는 땅, 즉 뚜렷하게 경계 지어진 데다 분명한 형태를 보이는 명료하고 확실하며 안정된 공간입니다. 또한, 신과 인간과 짐승이 안심하고 걸어 다닐 수 있는 곳이에요. 가이아는 우주의 어머니로서 숲, 산, 지하 동굴, 바다의 물결을 낳습니다. 가이아는 '게(Ge)'라고 불

---

* 이를 지옥이라고 번역하기도 하지만, 아래에서 설명하듯이 지옥에 가까운 개념은 하데스다.

** 에로스에 대해서 이윤기는 닉스가 검은 날개를 퍼덕거려 일으킨 바람의 정기를 받아 거대한 알을 낳았는데 그 속에서 그리움의 신 에로스가 태어났다고 하면서 "이 땅에 살아갈 온갖 것들을 낳게 될 에로스가 밤의 여신 닉스의 자식"이고 "이 땅에 살아갈 인간이 밤에 잉태되는 것도 다 이 때문"임을 잊지 말아야 한다고 강조하지만(이윤기47) 나는 잊어도 좋다고 생각한다. 적어도 헤시오도스의 경우 에로스는 닉스의 자식이 아니라 원초의 신이고 에로스가 인간을 비롯한 모든 생물의 시조도 아니며 인간이 반드시 밤에 잉태되는 것도 아니기 때문이다.

렸는데, 지리(geography)나 지질(geology) 등의 영어 단어의 앞글자인 'ge'
는 여기서 비롯되었습니다. "영원토록 안전한 거처인 넓은 가슴"(신통기
118)인 가이아 여신은 혼자서 하늘 신 우라노스를 낳고 산과 "추수할
수 없는 폰토스"(신통기131)를 낳았습니다.'

그리스 로마 신화의 도입부에 등장하는 대지의 어머니 가이아는 여
신이 생명의 모태로 숭배되던 원시 모권 사회의 흔적입니다. 이는 인
도-유럽어 족이 그리스에 이주하기 전에 그리스에 살던 선주민의 펠라
스고이 신화를 바탕으로 해요. 태초에 만물의 어머니인 에우리노메 여
신이 오피온이라는 뱀과 어우러져 우주의 알을 낳았다는 것이지요(윤
일권39). 그렇지만 가이아 중심의 모권제 사회는 기원전 3천 년에서 2천
년 사이에 인도-유럽어 족인 그리스인에 의해 정복되었고 그 뒤 제우
스 중심의 부권제 사회가 성립됩니다. 제우스가 지배함에 따라 올림포
스 신들이 가이아의 낡은 신전을 접수한 후에도, 신들은 여전히 가이
아의 법을 따랐으므로 가이아의 이름으로 결속의 맹세를 했지요.

부신(남신)들이 생겨나기 전에 유일하게 존재하던 여신인 모신, 그녀
는 처녀 수태로 우주에 생명체를 탄생시킨 강력한 창조신으로서 생
명-죽음-부활(하늘-대지-지하)을 담당합니다. 또한, 처녀-어머니-노파
의 세 가지 모습으로 나타나곤 했지요. 그 뒤 모권 신화에 곡물과 대

---

* 가이아는 1968년 영국의 과학자 러브록에 의해 재해석되기 시작해 1979년의 『가이아: 살아 있는 생명체
로서의 지구』(홍욱희 옮김, 갈라파고스, 2004)라는 책으로 나온 "지구는 살아 있는 하나의 유기체"
라는 가설의 이름으로 현대적 재조명을 받았다. 모든 자연현상이 가이아가 치르는 장엄한 생명 현상의 일
부라는 느낌은 고대 그리스인을 비롯한 고대인부터 현대인에까지 충분히 있을 수 있겠으나, 과학 이론으
로서의 그런 가설에 대해서는 여러 가지 비판이 당연히 나왔다. 특히 환경오염이 가이아, 즉 지구에게 미칠
영향이 거의 없다는 러브록의 주장은 환경오염을 자행하는 산업계에 대한 면죄부라는 비판을 받아왔다.

지가 첨가된 것은 모든 고대 농경사회의 공통적인 흔적입니다. 모신은 구석기 시대부터 숭배된 흔적이 남아 있어요. 그 뒤를 이은 신석기시대에는 동물 사육과 식물 재배가 시작되어 다산과 풍요, 그리고 삶과 죽음을 상징하는 모신이 더욱 숭상되었습니다. 이러한 모신 숭배는 고대 그리스를 포함한 남동유럽에 널리 퍼졌어요. 모신의 상징은 뱀, 나무, 달 등이었습니다. 그녀가 그리스 로마 신화에서는 가이아로 나타난 것이지요.

헤시오도스에 의하면 타르타로스는 가이아의 아들이었습니다. 이는 모신인 가이아가 가졌던 죽음의 기능이 타르타로스에게 분화됐음을 말해요. 세상의 가장 낮은 곳에 있는 타르타로스는 원래는 하늘과 땅 차이만큼 저승과 떨어져 있었으나, 타르타로스와 저승은 점차 하데스가 죽은 자들을 무자비하게 다스리는 지하 왕국과 섞이게 되었습니다.

한편 에로스도 최초에는 창조력을 뜻했으나, 뒤에 호메로스에 의해 성적 탐닉과 성적 만족의 영(靈) 정도로 관할이 축소되었습니다. 에로스가 지닌 그 최초의 창조력도 부활의 기능을 가진 가이아에서 분화된 것입니다.

---

* 이에 대해 "이 태초의 에로스는 나중에 남성과 여성, 수컷과 암컷의 존재와 함께 나타나는 에로스와는 다르다. 남성과 여성의 존재가 출현하고 나서야 비로소 서로 다른 두 성을 한 쌍으로 맺어주는 것이 문제가 된다"(베르낭27)고 보는 견해가 있다. 그러나 이미 가이아는 여신, 타르타로스는 남신으로 등장하고 있다.

태초에 괴물이 있었다;
괴물 1세대

악의 측면만 강조된 티탄

헤시오도스에 의하면 가이아는 자신이 낳은 우라노스, 폰토스, 타르
타로스와 다시 관계를 맺어 많은 자식을 낳습니다. 이를 묘사한 조각
을 보면 최초의 여성인 땅의 모신 가이아는 아래쪽에 누워 있고, 최초
의 남성인 하늘의 남신 우라노스가 위쪽에 올라타고 있지요. 이는 이
집트 신화에서 남신이 땅을 지배하고 그 위에 여신이 활 모양으로 굽
어 있다고 생각한 것과 반대로 그리스 로마 신화가 가부장적임을 보여
줍니다.

　가이아는 우라노스와 교접하여 "깊이 소용돌이치는" 대양의 신 오
케아노스를 비롯한 12신(남녀 각각 6신)과 "이마 한복판에 눈이 하나밖
에 없"(신통기143)는 외눈박이 괴물(키클롭스)* 셋, "백 개의 팔"과 "쉰 개

---

* 뒤에 번개로 만든 투창을 제우스에게 물려준다.

의 머리"를 가진(신통기151-152) 괴물 헤카톤케이르 셋"을 낳습니다. 이 자식들을 우라노스는 티탄 족이라 부르는데(신통기208) 일반적으로는 그중 12신만을 티탄이라고 해요." 처음에는 티탄에게도 당연히 선악의 양면이 있었지만, 이들은 지배 민족과는 인종적으로 다른 민족(선주민 포함)을 상징했습니다. 따라서 지배 민족과의 투쟁을 통해 그 선의 측면이 무시되고 악의 측면이 강조되어 오늘날에는 올림포스 12신에게 대항하는 괴물로까지 여겨집니다. 따라서 그 거인 족이 선량하거나 우수하게 묘사될 리 없지요.

12신 중 남신은 오케아노스, 코이오스, 크레이오스, 휘페리온, 이아페토스, 크로노스이고, 여신은 테이아, 레아, 테미스, 므네모쉬네, 포이베, 테티스입니다. 그 외에 여신 디오네가 추가되기도 해요. 그 일부는 선주민족 신들의 계승이고, 일부는 이름에서 보듯이 테미스(규범)," 무네모쉬네(기억)와 같이 추상명사를 의인화한 신들입니다. 이러한 티탄 족은 올림포스 신족 이전의 토속신으로서, 세계를 나누어 지배했어요. 즉 크로노스는 하늘, 휘페리온은 태양, 오케아노스""와 그의 아내

---

* 콧토스, 브리아레오스, 퀴게스

** 티탄이란 12신의 자손들인 프로메테우스, 헤카테, 레토 등을 뜻하는 말로도 사용된다. 거인을 뜻하는 타이탄, 1912년 빙하에 부딪혀 침몰한 거대한 영국의 호화 여객선 타이타닉이 티탄에서 나온 말이다.

*** 테미스는 그리스 신화의 법과 정의의 여신으로 남매인 이아페토스의 아내이면서 제우스의 고모이자 두 번째 아내이기도 하다. 15세기 이후에는 눈을 가리고, 천칭과 검을 들고 있는 모습으로 변했다. 눈을 가리고 있는 것은 보이는 것에 현혹되지 않고 마음의 눈으로 보기 위함을 상징하며, 천칭은 공정함, 검은 천벌을 상징한다. 독일의 법학자 라드브루흐는 그의 저서 『법철학』에서 법률가가 제정법의 보편 개념의 안정을 통하여서만 개개의 인간과 사건을 보는 것을 테미스의 눈가리개를 통해 인간과 사물의 대체적 윤곽만 보는 것에 비유했다.

**** 오케아노스는 물의 신으로서 호메로스 등에 의하면 평탄한 원형의 대지 주위를 돌아 흐르는 대하(大河)나 대양(大洋)으로서, 세상의 모든 하천과 샘이 지하를 통하여 지상에 나타나게 하는 근원이다. 따라서 지상의 모든 먼 장소나 나라는 오케아노스 위에 있고, 태양은 이 강에서 사라져 황금의 큰 잔을 타고

테티스는 바다, 그리고 모신들인 레아와 테미스는 땅을 맡아 다스렸습니다. 이러한 구도는 올림포스 12신과 유사하지요.

가이아와 우라노스 사이에서 태어난 자식들은 무시무시한 외관을 지니고 있었습니다. 그래서 아버지인 우라노스는 그들을 싫어했어요. 신화에는 우라노스가 그들이 "태어나는 족족 우라노스는 모조리 / 가이아의 깊은 곳에다 감추고는 그들이 햇빛 속으로 / 나오지 못하게 했다, 자신의 악행을 즐기면서"(신통기156-158)라고 나와 있습니다. 그래서 가이아는 막내아들 크로노스를 시켜 아버지의 생식기를 낫으로 자르게 합니다. 이렇게 부성을 모독하는 잔인한 이야기가 그리스 신화의 머리를 장식한다는 점에 저는 경악을 금할 수 없습니다. 이러한 서사 다음 부분에 남성을 정액 공급 이후 제거하여 결과적으로 위대한 여신의 힘을 영속시킨다는 의미가 있다는 점을 고려해도 말입니다. 게다가 가이아의 깊은 곳에 있던 크로노스가 어떻게 아버지의 성기를 자를 수 있는지도 의문입니다.*

이러한 가이아를 "자신이 잉태한 모든 것을, 그것이 사랑스럽고 정의롭건, 추악하고 괴물 같건 가리지 않고 무조건적으로 보호하고 사

밤에 동쪽으로 건너가 다시 강에서 떠오른다고 여겨졌다. 오케아노스는 지리적인 신이자 인격적인 신으로서 그리스만이 아니라 세상의 모든 강과 바다를 뜻했다. 즉 지상의 모든 외국도 포함됐다. 그러나 고대 그리스의 지리학자들은 대양이 순환하면서 큰 강물을 만들어낸다는 오케아노스라는 개념을 어처구니없는 것으로 보고 먼 땅에는 아무것도 없다고 생각했다(에스틴27).

* 이윤기는 가이아와 우라노스의 아들들 중에서 괴물 아들들이 행패를 부리자 그것이 남편 우라노스 탓이라고 생각하고 가이아가 그렇게 했다고 말하나(이윤기50-51), 이는 헤시오도스의 서술도 오비디우스의 묘사도 아니다. 헤시오도스는 『신통기』 앞부분에서는 우라노스가 괴물만이 아니라 아들 모두를 가이아의 자궁 속에 가두었다고 했다가 뒷부분(신통기617-620)에서는 여섯 괴물 가운데 뒤의 괴물 셋의 "엄청난 체력과 체격과 생김새가 못마땅하여" 가두었다고 한다. 그것이 나중에 '괴물이 행패를 부렸다'는 식으로 변하는 것은 로마제국 시대에 괴물인 이민족에 대한 반감이 더욱 커진 탓일 것이다.

아버지 우라노스를 거세하는 크로노스

랑하는 존재, 그러니까 질서를 부여하고 가치 있는 것과 가치 없는 것을 가리려는 부성적 시도를 거부하는 존재"로 보는 해석이 있습니다 (정재서190). 그러나 적어도 헤시오도스의 기록에 따르면 가이아는 자신이 잉태한 자식 가운데 괴물 셋이 자궁*에서 나오지 못하는 것을 보고 태어나게 했을 뿐입니다.

한편, 아들이 아버지의 성기를 자르고 그의 후계자가 되는 이 잔혹한 신화는 당시 다양한 문화에 퍼져 있었고 헤시오도스는 그것을 듣고 글로 옮겼을 뿐이라고 하는 견해가 있습니다(엘리아데1, 378). 즉 이는 권력의 세대교체를 상징하는 것으로 모든 오리엔트 문화에 공통으로 나타난다는 주장입니다. 따라서 미국의 문학가이자 현대의 대표적

---

* 대지에서 가장 깊은 곳인 타르타로스는 대지신 가이아의 자궁으로 상징되기도 한다.

인 종교학자인 미르치아 엘리아데는 이를 선주민 권력이 이주민 권력으로 교체되는 것으로 보는 견해에 찬성하지 않아요(엘리아데1, 672). 그러나 다른 문화의 신화와 달리 그리스 로마 신화에는 모신 가이아의 자식으로 괴물들이 최초로 등장한다는 차이점이 있습니다. 따라서 크로노스가 우라노스를 거세한 것은 그리스 로마 신화의 주체인 이주민이 당시 농업 중심 사회를 영위한 선주민이나 이민족을 정복한 것을 뜻한다고 해석할 수 있겠죠. 또는 이 신화를 고대 여신들이 배우자를 죽이거나 산 채로 잡아먹은 것과 유사한 구조로 보는 견해도 있습니다. 프로이트는 이를 오이디푸스 콤플렉스의 원형으로 보았고요. 그러나 프로이트의 이론은 가부장제를 토대로 하므로 가모장제에 기반을 둔 가이아 신화와는 성격이 다릅니다.

그리스 로마 신화에 대한 설명에서는 괴물이 주체로 등장한 경우가 없습니다. 그들은 언제나 신이나 영웅의 토벌 대상인 객체로 등장할 뿐이에요. 원시인이 위협적인 미지의 세계에 대해 갖는 공포의 산물인 마법적인 요소가 그리스 로마 신화에는 최소한으로만 나타난다고 보는 견해(정재서75)도 있지만 저는 그렇지 않다고 생각합니다. 그리스 로마 신화만큼 다양하고 기괴한 괴물들이 나타나는 신화도 달리 없으니까요.

그리스 로마 신화에서 신이나 영웅은 항상 선과 미를 대표하는 반면 괴물은 악과 추를 대표하는 괴상한 모습으로 나타납니다. 그리스 로마 신화에는 대체로 네 종류의 괴물이 등장하는데요. 이들은 모두 정상적인 인간의 모습보다 지나치게 거대하거나, 지나치게 작거나, 신체 일부가 기형이거나, 동물과 인간 또는 동물들을 섞어놓은 모습으로 나타납니다.

첫 번째가 사악하고 야만적인 거대 괴물입니다. 대표적으로 그리스 로마 신화 최초의 농경 여신인 가이아의 자식들인 티탄, 그리고 우라노스의 자식인 기간테스 등이 있습니다. 농경 여신인 가이아는 그리스 선주민의 여신으로서 그녀 자신도 거대한 대지를 상징하는 존재입니다. 또한, 그녀의 자식인 거대 괴물인 티탄은 노동에 큰 힘을 필요로 하는 선주(先住) 농경민족의 상징이며, 기간테스 등은 외국인들이라고 볼 수 있습니다. 이를 통해 앞에서도 말했듯이 그리스 로마 신화에는 "태초에 괴물이 있었다"고 할 수 있어요.

키클롭스와 헤카톤케이르

신체 일부가 과잉이거나 결여된 기형적인 괴물도 있습니다. 키클롭스는 눈이 하나밖에 없는 괴물인데요. 이들은 법도 도시도 없이 유목생활을 하는 야만적이고 난폭한 식인종으로, 『오디세이아』 9권에는 오디세우스가 그들이 사는 시시리아에서 부하들과 함께 키클롭스인 폴뤼페모스*의 동굴에 갇히는 장면이 나옵니다. 그들은 땅 밑 깊은 곳에서 거대한 망치로 제우스의 번개를 만들어내는 무서운 괴물이지만 오디세우스는 멍청한 그들을 속여 넘겨요. 이는 무지한 외국인을 현명한 그리스인이 속여 이긴다는 트로이의 목마 신화와 동일한 자민족 우월주의 이야기입니다.

우라노스가 흉측한 키클롭스를 싫어하여 지하 세계에서 가장 깊숙

---

* 호메로스에 의하면 그는 포세이돈의 아들이다.

한 타르타로스에 가두었다는 것도 자민족 중심주의에 지나지 않습니다. 티탄들이 크로노스의 지휘 아래 우라노스에게 반항하자 키클롭스는 티탄의 편을 들었지만, 티탄은 우라노스를 제압한 뒤 다시 키클롭스를 타르타로스에 가두었어요. 그 뒤 제우스와 올림포스 신들은 크로노스와 티탄의 지배를 무너뜨리기 위해 흉측한 친척들을 타르타로스에서 풀어줍니다. 결국 그들의 도움으로 제우스는 티탄과의 싸움에서 승리해요. 특히 제우스의 무기인 번개를 만들어준 것이 키클롭스입니다. 그런데 아폴론의 아들이자 의사인 아스클레피오스가 의술로 죽은 사람을 되살리자 제우스가 저승의 권한을 침범한 그를 번개로 죽였고, 이에 대한 복수로 아폴론은 키클롭스를 죽입니다. 아폴론의 원수는 제우스지만 자신보다 강력한 제우스는 죽이지 못하고 그에게 번개를 준 키클롭스를 죽인 것입니다.

신체 일부가 과잉인 괴물 헤카톤케이르는 팔이 백 개나 달려 있습니다. 그들 역시 키클롭스처럼 타르타로스에 갇혔다가 제우스를 도와 티탄과의 전쟁에 맞서 싸웠어요. 그러나 이들은 그 후 다시 타르타로스에 갇히고 맙니다.

가이아는 우라노스와 낳은 자식들 외에도 바다의 신 폰토스와 결합하여 바다의 신 포르퀴스와 케토 등을 낳아요(신통기239). 이 둘은 남매지만 결혼하여 여러 괴물을 낳습니다(이에 대해서는 뒤에서 다시 볼 거예요). 로마에서는 포르퀴스를 이탈리아 반도 앞의 섬들인 코르시카와 사르디니아의 왕이라고 했습니다. 이는 코르시카가 오랫동안 로마와 적대적이었던 카르타고에 속해 있다 로마의 식민지가 되었고, 사르디니아 역시 페니키아인의 식민지였기 때문입니다.

요한 하인리히 빌헬름 티슈바인이
1802년에 그린 키클롭스

정부에 대한 노동자의 반항을 다룬 1890년대 풍자만화에 그려진 헤카톤케이르

또한 가이아는 타르타로스와 관계를 맺고 세계가 생긴 이래 가장 끔찍한 몰골인 거인 티폰을 낳습니다. 티폰은 인간과 동물이 섞인 반인반수 괴물인데요. 주의할 것은 그가 태어난 시기가 제우스가 신들의 전쟁에서 승리한 뒤라는 점입니다. 즉 헤시오도스에 의하면 제우스가 티탄 족을 하늘에서 몰아냈을 때 분노한 가이아가 타르타로스와 관계하여 낳은 막내아들이 티폰이라는 거예요. 사실 여기에는 다른 전승도 많지만 말입니다. 여하튼 티폰은 힘이 누구보다 막강하고, 키가 어느 산보다도 높았으며, 두 팔을 뻗으면 각각 동양과 서양에 닿았고, 어깨에는 뱀의 머리가 100개나 있어서 "말로 표현할 수 없는 온갖 소리를 냈다"고 합니다(신통기826-830).

티폰은 자기를 미워하는 올림포스 신들을 공격했는데 제우스의 번개도 그에게는 먹히지 않았어요. 오랜 싸움 끝에 제우스는 큰 산을 통째로 내리쳐 티폰을 박살낸 뒤 불사인 그를 타르타로스에 가두었습니다. 그는 제우스를 대신해 최고신이 되고자 하는 야망을 품었지만, 제우스에 의해 타도되어 타르타로스로 던져진 것입니다(신통기868).*

티폰의 신화적 기원에 대해서는 여러 의견이 있습니다. 그중 하나는 태초의 위대한 여신인 뱀이 가부장제 아래에서 남자 괴물로 변했다는 것입니다. 또한, 비슷한 견해 중 하나는 그를 이집트 신화**의 세트

---

* 티폰은 헤라클레스가 잡아 죽인 네메아의 사자, 벨레로폰이 페가수스의 도움을 받아 죽인 키마이라, 오이디푸스가 죽인 스핑크스, 코카서스에 묶인 프로메테우스의 간을 쪼아 먹은 독수리 등을 자식들로 남겼다. 즉 그리스 로마 신화에 등장하는 모든 본격적인 괴물들의 아버지인 셈이다.

** 이집트 사람들이 주로 믿었던 신화는 오시리스와 이시스 신화이다. 태양신 라로부터 세상의 지배권을 상속받은 오시리스는 종종 혼돈과 결합하는 그의 동생 세트의 시기 때문에 살해당한다. 오시리스의 누이이자 아내인 이시스는 세트가 빼앗은 남편의 왕좌를 되찾기 위하여 세트에 의하여 토막 난 오시리스의 시신을 모아 부활시킨다. 오시리스는 사후 세계에 들어가 죽은 자들의 통치자가 되며, 이시스는 그의 아들

와 같은 존재로 보는 것입니다. 세트는 이집트 신화에서 선악을 동시에 체현했으나 그리스 로마 신화에서 티폰으로 변하면서 악의 화신으로 등장했는데요. 어쨌거나 두 가설 모두 티폰이 외국의 신이었기 때문에 그리스인과의 투쟁을 통해 권위가 떨어지게 되었다는 것을 암시합니다.

우라노스의 다른 자식들

헤시오도스에 의하면 "거대한 우라노스가 밤을 끌어올리며 다가와서 사랑을 바라고 / 사방으로 뻗으며 가이아 위에 자신을 펼치자"(신통기 176-177), 그 순간 그의 성기는 낫으로 잘리고 말았다고 합니다. 그러자 우라노스는 높은 곳으로 도망쳤고, 그 바람에 하늘과 땅이 완전히 분리되었다는 것이지요.* 절단된 생식기에서 흘러나온 피에 의해 복수의 여신들(에리니에스)과 거대한 기간테스, 멜리아데스(거대한 물푸레나무의 님프들) 등의 괴물들이 태어났고요. 따라서 우라노스의 핏방울은 폭력, 복수, 전투, 전쟁, 살육 등을 구현하는 존재**를 낳았다고 정리할 수 있는데요. 여기엔 세 가지 유형이 있습니다.

인 호루스를 출산한다. 성인이 된 호루스는 세트와 싸워 승리한다. 세트는 이 싸움에서 혼돈을 상징하며, 오시리스와 호루스는 파라오를 수호하는 정의의 지배자를 의미한다. 오시리스의 죽음과 부활은 나일 강의 범람 주기를 포함한 이집트의 농업 순환과 사후 세계에 대한 인간의 부활에 대한 믿음과 관계가 있다.

* 여기에 모순적인 부분이 있다. 이미 낮과 밤이 생겨 있으므로 하늘과 땅은 그 전에 분리되었다고 보아야 하지 않을까?

** 그리스 신화에서 이러한 폭력을 담당하는 다른 존재가 불화의 여신 에리스이다. 그녀는 위에서 말한 닉스에게서 태어난 존재로, 온갖 형태의 갈등과 불화를 상징한다.

오레스테스를 쫓아다니는 에리니에스.
맨 왼쪽 여인은 아들의 손에 살해당한 클리타임네스트라이다(윌리앙 아돌프 부그로, 1862).

첫째, 에리니에스는 근친 간에 이루어진 불명예의 기억을 간직하고 있다가 반드시 그 대가를 치르게 하는 태초의 신들입니다. 이들은 이복형제인 티탄 족이 저지른 범죄에 대해 복수합니다. 또한 이들은 법질서가 가족 단위에 한정되어 가문끼리 피의 복수가 행해진 신화시대의 여신들로, 후일 아테네로 상징되는 국가와 법의 질서가 확립됨에 따라 추방되지요. 『일리아스』 9권에서 그들은 저승 세계에 살면서 한번 내린 저주를 절대 거두지 않는 냉혹한 여신들로 나옵니다. 또한 『오디세이아』 15권에서는 죄인을 미치게 만들거나 눈이 멀게 만드는 존재로 묘사되고요.

　　에리니에스를 본격적으로 다룬 작품은 아이스킬로스의 비극 「에우메니데스」입니다. 에우메니데스란 에리니에스를 달래기 위해 지은 이름으로, '친절한 여인들'이라는 뜻인데요. 「에우메니데스」는 「아가멤논」, 「무덤가의 희생 제물」과 함께 아이스킬로스의 3부작 『오레스티아』*를 구성하는 극입니다. 이는 뒤에서 보는 트로이 신화에서 유래한 것으로, 그리스군 총사령관 아가멤논이 아내 클리타임네스트라와 그녀의 정부 아이기스토스에 의해 살해당하자 아가멤논의 아들 오레스테스가 복수하는 이야기예요. 여기서 에리니에스는 합창단으로 등장하여 오레스테스를 뒤쫓습니다. 이를 다룬 현대 작품으로 사르트르의 『파리떼』**가 있지요. 이 작품에서 파리떼는 에리니에스로, 민중을 억압하는 공포 정치를 상징합니다.

---

* 김세영 외 옮김, 『그리스비극-아이스킬로스 편』, 현암사, 2006.
** 김붕구 옮김, 신양사, 1958.

둘째, 기간테스'는 거대하다는 뜻의 영어 단어 'giant'의 어원이기도 한데요. 주의할 점은 단지 형태가 거대한 자를 말하는 것만이 아니라 중심 관념에 '대지에서 태어난', '대지에서 생겨난', '토착적', '토속적'이라는 의미가 더 강하게 들어 있다는 것입니다. 이는 앞서 본 티탄처럼 기간테스 역시 선주민을 포함한 이민족임을 뜻해요. 기간테스는 신들과 달리 유한한 생명을 지녔다고 보는 견해가 있으나(에슌35) 이는 헤시오도스의 이야기는 아닙니다.**

셋째, 멜리아데스는 물푸레나무의 님프들입니다. 당시 물푸레나무는 서로 피를 흘리게 하는 창을 만드는 나무였는데요. 흉악한 청동시대의 인간이 그 나무에서 태어났다고 해요. 여기서 우리는 그리스 로마 신화의 인간에 대한 기원이 악에서 비롯됨을 볼 수 있습니다(그리스 로마 신화의 인간 기원에 대해서는 뒤에서 다시 살펴볼 테지만, 인간을 악한 존재로 본다는 점에서는 변함이 없어요).

넷째, 아프로디테입니다. 이에 대해서는 뒤에서 설명하겠습니다.

---

* Gigas, 거신을 뜻하는 Giants는 그 말에서 나왔다.

** 크로노스는 자신이 우라노스를 폐하고 권력을 잡자 형제괴물인 헤카톤케이레스, 퀴클롭스를 다시 타르타로스로 감금해버렸고, 새로이 우라노스의 피를 받아 태어난 기간테스도 지하세계에 가두어버렸다. 나중에 크로노스와 다른 티탄들은 크로노스의 막내아들 제우스와 그 형제들과 10겁간의 거대한 전쟁을 벌이는데, 이때는 크로노스가 패하여 지하세계에 감금되었다. 티탄들의 어머니인 가이아는 올림포스 신들이 티탄들을 지하에 가둔 것에 불만을 품고 기간테스를 부추겨 제우스에게 맞서게 했다. 기간테스는 알키오네우스의 지도 아래 올림포스 신들과 싸움을 벌였는데, 이 싸움을 기간토마키아라고 부른다.

토속신의 정체성

토속신들의 본래 모습

지금까지 본 괴물 1세대의 이야기는 뒤에서 다시 2, 3, 4세대까지 이어질 텐데요. 여기서는 '추락한 토속신=괴물 1세대'라는 전제 아래 토속신들의 본래 모습을 살펴보겠습니다. 모든 사람에게는 아버지와 어머니가 있듯이 신에게도 마찬가지예요. 특히 어머니 신인 모신은 부신 이전부터 존재했습니다. 모신의 존재를 원시 모권사회의 흔적이라고 볼 수 있는지에 대해서는 논쟁이 있으나 모권사회의 존재는 대체로 인정됩니다. 최초의 모신의 이름은 그리스 로마 신화에서는 가이아였으나 뒤에 데메테르, 케레스,* 페르세포네, 키벨레와 동일시되거나 혼동

---

* 케레스는 그리스가 아니라 로마의 풍요 여신이었다. 그 제사인 케레알리아는 4월 19일에 행해졌는데 이는 대지 여신(Tellus Mater) 제사(4월 15일)와 밀접하게 관련된 점에서 케레스에 지하신의 성격이 있음을 알 수 있다. 사람이 죽은 집에서는 케레스에게 제물을 바쳤다. 에트루리아인이 포르세나 왕의 지휘 하에 로마에 들어오자 대기근이 생겨 시불레 나무의 신탁에 의해 기원전 496년 그리스의 데메테르와 디오니소스 숭배가 시작되고 기원전 493년 신전이 아벤티누스 언덕에 세워지면서 케레스 숭배는 사라졌다.

되어 나타납니다.

　토속 모신만큼 중요하지 않다고 해도 얼마 뒤에 나타난 토속 부신도 점차 숭배되기 시작했습니다. 토속 부신의 상징은 창이나 검, 번개처럼 긴 선 모양의 남근을 연상시키는 것들이 많아요. 토속 부신의 존재에 대해서는 지금까지 논의가 없었으나, 적어도 고대 그리스의 디오니소스나 오르페우스의 비밀 의식을 보면 그 존재를 확인할 수 있습니다. 그런데 호전적인 인도-유럽 문화의 침입 이후 새로운 남신들이 등장하고부터 모신은 남신들을 위협할 수 없게끔 여러 형태로 나뉘거나 남신 중심 신화에 흡수되고 종속됩니다. 가령 생명-죽음-부활(하늘-대지-지하)을 담당하던 모신 가이아는 죽음을 담당하는 아들 타르타로스와 부활을 담당하는 에로스로 나뉩니다. 가이아의 처녀-어머니-노파라는 측면은 가부장적 가치관에 의해 변질되고, 남신들과의 관계에 의해 처녀-아내-애인 또는 정부(창부)로 분리돼 각각 아테나, 헤라, 아프로디테로 바뀌었고요.

　또 가부장제는 새로운 신화의 주인공인 영웅을 낳습니다. 영웅은 각자 개인의 업적을 중시해 모신의 원형적인 순환성이 아니라 직선적인 발전성을 강조했어요. 그리고 모신은 영웅의 손에 퇴치당해야 할 위협적인 악의 존재로 변모되었습니다. 가령 모신인 뱀이 용으로 바뀌는 등 괴물로 변한 것이 그 예지요.

　그 후 기원전 8세기경에 고대 그리스인이 폴리스를 세우면서 호메로스가 지어낸 올림포스 신화는 국가 종교로 자리를 잡습니다. 즉 올림포스 신화란 그리스 침략에 성공한 이주민 지배자들의 종교라고 할 수 있어요. 그러나 이는 그 피지배계급인 선주민 농민들과 여성들을 위한 것이 아니었기 때문에, 피지배자들은 토속 모신인 가이아나 데메테르, 토속 남신인 디오니소스나 오르페우스를 비롯한 여러 신비주의 밀교나 비밀 의식에 기울었습니다. 이는 곡물을 성장시키고 현실의 고통을 보상해주는 천국을 약속한 민중의 종교였기 때문입니다. 반면 정치적으로 공적인 종교인 올림포스 신들은 지배계급의 통치를 정당화하는 데 이용되었습니다.

다시 말해 올림포스 신화는 우주의 구조를 밝혀내려 한 신화라고 볼 수 있어도 우주가 생성된 원리를 지배하는 것은 아니었습니다. 이는 고대인이 지닌 자연관의 두 가지 흐름과 관련됩니다. 첫째가 디오니소스가 중심이 된 우주 생성론의 시간적 전통이고, 둘째는 올림포스가 중심이 된 우주 구조론의 공간적 전통입니다. 시간적 전통은 오르페우스, 디오니소스, 데메테르, 페르세포네 등 현실과 천국을 오가며 재생의 비밀 의식을 상징하는 토속신이 중심입니다. 공간적 전통은 권력 쟁탈의 주체인 제우스, 아폴론, 헤르메스, 아테나 등의 국가신이 중심이고요. 그런데 주의할 점은 제우스 같은 국가신도 처음에는 토속신˙이었다는 사실입니다.

---

* 아르카디아에서는 지금도 리카이오스(제우스의 별칭) 산에 제우스를 제사 지내는 신앙이 남아 있는데, 그 제사 의식에 바쳐진 사람의 고기를 먹은 자는 9년간 늑대로 변한다는 전설이 있다. 이는 늑대인간의 먼 조상 뻘이다. 또 크레타 섬에서 유래한 '진정시키는 자'라는 의미의 제우스-메이리키오스 신앙은 땅에 대한 숭배와 연관되어 제우스를 뱀의 형태로 묘사했다.

토속신의 변모

우리가 읽는 대부분의 그리스 로마 신화 책은 국가신을 중심으로 다루고 토속신은 언급조차 하지 않아요. 토속신을 다룬다 해도 아주 예외적으로, 그것도 국가신의 하나로 설명할 뿐입니다. 게다가 그리스 로마 신화의 정통 계보에서는 토속신들이 제외됩니다. 하지만 앞으로는 토속신을 국가신과 분명하게 분리하고 중요하게 살펴야 합니다. 그리스 로마 신화가 처음 만들어졌을 때 토속신들은 주체적인 위치를 차지했지만, 국가신들이 등장한 뒤 타자의 위치로 바뀌는데요. 이러한 변모는 대개 다음 세 가지로 나타납니다. 첫째는 주체적인 그리스 토속신이 국가신으로 변모한 것입니다. 가령 가이아, 데메테르, 페르세포네를 비롯한 상당수의 토속신들이 여기에 해당하지요. 둘째는 외국 토속신이 국가신으로 변모한 것입니다. 키벨레, 아프로디테, 오르페우스, 디오니소스 등을 말해요. 셋째는 그 외에 선주민들이 숭배한 많은 토속신들이 침략자들의 신으로 대체됨에 따라 지위를 박탈당하고 괴물로 추락한 것입니다. 그들 중에는 티폰, 티탄, 기간테스나 그들의 자식들 같은 남성도 있으나 이는 예외적이고, 대부분 여성의 특징을 지닙니다. 그중에는 판도라와 같은 최초의 여성 인간도 있어요. 즉 대표적인 토속 모신인 데메테르가 암말의 머리를 지닌 여신으로 그려지고, 모신의 상징인 뱀이 에키드나, 에리니에스, 고르곤 자매* 등의 괴물로 형상화된 것이 이에 속합니다. 새도 본래는 모신의 상징이었으나, 여러 가지 괴물로 변형되었어요. 가령 상반신은 여인의 몸에 하반신은 새의

---

* 스테노, 에우리알레, 메두사

몸통을 가지고 노래로 선원을 유혹하는 바다의 괴물 세이렌,* 얼굴은 처녀고 몸통은 독수리인 괴물로서 전염병을 퍼뜨리는 하르피아이 등이 그래요.** 그 대부분은 제우스 등 국가신이나 헤라클레스와 테세우스라는 불멸의 남자 영웅들에게 처단 당합니다. 토속신의 일부는 오르페우스를 노래한 르네상스의 단테를 거쳐 릴케에 의해 다시 노래로 불리고, 그 사이에 디오니소스를 찬양한 니체에 의해 재등장하지만, 그것은 그리스 토속신의 전통과는 이미 단절된 것에 불과했습니다. 그러므로 새로운 형태의 국가신 내지 영웅신이라고 보아야 하겠지요.

---

* 『오디세이아』 12권. 물고기 몸통으로도 형상화되기도 했다.

** 서너 명이라고 하는 하르피아이는 질풍을 뜻하는 아엘로, 빠른 날개를 뜻하는 오키페테, 검은 여자를 뜻하는 켈라이노, 발이 빠른 여자를 뜻하는 포다르게다. 약탈하는 여자라는 뜻의 하르피아이는 영어에서 탐욕스러운 인간, 특히 욕심 많은 여자를 뜻하는 'harpy'의 어원이다.

토속 모신

곡식의 여신 데메테르

헤시오도스의 『신통기』에는 세상의 기원을 말하면서, 우선 최초의 신인 가이아와 그녀가 낳은 괴물들의 신화를 설명합니다. 그다음에 크로노스와 레아 사이에서 태어나는 신들인 헤스티아, 데메테르, 헤라, 하데스, 포세이돈, 제우스가 소개됩니다(신통기455). 그중 가이아, 레아, 헤스티아, 데메테르, 헤라가 위에서 말한 토속 모신이에요. 최초의 모신인 가이아에 대해서는 우주의 기원과 관련하여 앞에서 살펴보았으므로 여기서는 그 나머지를 살펴볼게요.

최초의 모신인 가이아의 처녀-어머니-노파라는 세 가지 기능은 대부분 데메테르에게 이어지고 그 일부는 여러 여신과 괴물로 분화됩니다. 가령 처녀는 아테나, 어머니-아내는 헤라, 연인은 아프로디테로 나뉘었어요. 또한, 노파는 죽음을 휘두르는 고르곤 자매와 같은 끔찍한 노파들이나 헤카테 같은 마녀, 아르테미스와 같은 무서운 여신들로 변했습니다. 그 대부분은 제우스 등 국가신이나 영웅에게 종속되거나 퇴치되는 운명을 맞았지요.

데메테르(Demeter)*는 그리스 로마 신화가 정립되기 이전에 생긴 그리스 선주민의 토속신 중에서 가장 유명한 존재이자 곡식의 여신입니다. 그녀의 이름은 그리스어에서 대지를 뜻하는 'De'와 어머니를 뜻하는 'meter'를 합성한 거예요. 'De'는 'delta', 즉 삼각형을 뜻하는데, 이는 그리스의 성스러운 알파벳이자 여음을 표시하는 문자로 여성 성기의 표시이기도 합니다. 그리스의 'de'에 대응하는 산스크리트어의 'dwir', 히브리어의 'daleth'는 모두 탄생, 죽음, 성적 낙원의 입구를 뜻했어요.

미케네에서 데메테르에게 제사를 바친 최초의 제의 중심지는 둥근 천장의 지하납골당인데 이곳은 여성에게 바쳐진 장소였습니다. 출입구는 삼각형이고 통로는 질의 모습으로 짧아 여성의 자궁을 상징했지요. 수메르에서는 그 출입구가 붉게 칠해져서 여성의 '생명의 피'를 나타냈습니다. 비슷한 관습으로 이집트에서는 종교적 의식을 위해 출입구에는 인간의 피를 묻혔어요. 유대인들에게도 그런 관습이 있었고요.

이처럼 삼각형-출입구-여음은 데메테르의 처녀-아내-노파, 또는 창조자-유지자-파괴자의 세 가지 상을 상징했는데 이는 힌두교의 여신 칼리와도 공통적인 면입니다. 데메테르가 처녀였을 때 딸을 뜻하는 코레가 되는데 이러한 역할은 페르세포네에게 넘어갔지요.

본래 처녀신으로 숭배되던 데메테르는 그리스 로마 신화에서는 크

---

* 로마 신화에서는 케레스다. 데메테르는 프랑스 공화국에서 가장 선호되었고 지금 유로화에도 새겨져 있는 풍요의 여신이다.

로노스와 레아의 딸로 등장하는데, 그녀가 남매 사이인 제우스와 관계하여 페르세포네를 낳는 것을 보면 최초의 처녀 수태 능력을 박탈당했음을 알 수 있어요. 토속신들이 제우스에게 성적으로 범해졌다고 하는 것은 침략 이주민이 원주민을 강제로 종속시키는 수법이었습니다. 그래서 그리스 로마 신화 속의 여신들은 대단히 비인간적인 꼴을 당해야 했지요 그녀들은 아버지와 외삼촌의 음모로 강제 결혼을 해야 했으며, 그 와중에 약탈, 유괴, 음란, 변장, 복수, 죽음 등과 연관된 방법들이 사용되었습니다.*

데메테르 숭배는 기원전 13세기 미케네에서 확고하게 자리를 잡았

---

* 이는 다음의 짧은 이야기로도 충분히 증명된다. 『호메로스 찬가』에 나오는 「데메테르 찬가」에 의하면 어느 날, 데메테르의 딸 페르세포네가 들판에서 꽃을 따는데 갑자기 대지가 갈라지고, 데메테르의 남매인 지옥의 하데스(페르세포네의 외삼촌. 로마 신화에서는 플루톤)가 나타나 제우스(페르세포네의 아버지)의 승인 아래 그녀를 강제로 지하로 유괴한다. 데메테르는 반광란 상태에 빠져 음식을 거부하고 딸을 찾아 헤매다가 남편이자 남매인 제우스와 하데스가 그 유괴에 가담했음을 알고 분노한다(여기서도 대지 여신의 기능이 상당 부분 약화됐음을 알 수 있다). 노파로 분장한 그녀가 아테네 부근의 엘레우시스 궁에 들어갔을 때 그곳 시녀들이 하는 음란한 잡담을 듣고 음식을 입에 댄다. 다른 전설에 의하면 음란한 잡담이 아니라 어느 시녀가 자신의 성기를 노출했기 때문이라고도 하지만 음란한 이야기이기는 마찬가지다. 그 뒤 데메테르는 엘레우시스 궁의 유모가 되어 왕자를 불로불사하게 하는 의식을 올리지만 실패로 끝나 노파 변장을 버리고 신으로 나타나 자기를 위한 신전의 건설을 왕에게 명하고 신전이 완성되자 그곳에 은둔한다. 여신의 분노와 은둔으로 인해 세상에 한발과 기근이 초래되자(여기서 대지 여신은 여전히 농업에 대해 권한을 갖고 있음을 알 수 있다) 제우스를 비롯한 신들이 데메테르에게 하늘로 돌아오도록 설득하지만 여신은 거부한다. 결국 제우스는 하데스에게 딸을 돌려주라고 명한다. 그러나 하데스는 그녀를 돌려보내지 않으려고 페르세포네에게 은밀히 석류를 먹게 한다. 죽은 자의 나라에서는 음식을 먹게 되면 되돌아 갈 수 없기 때문이다. 그 결과 그녀는 1년의 3분의 1을 지옥에서 하데스의 아내로 살고, 3분의 2는 어머니와 함께 하늘에서 살게 된다. 모녀가 올림포스로 돌아가자 세상에는 다시 풍요가 찾아온다. 이 이야기는 대지의 여신이 풍요 및 죽음과 관련됨을 보여준다. 페르세포네는 씨앗이 지하에 뿌려지고 난 뒤 몇 달이 지나 지상에서 싹이 트는 생산을 상징한다. 다른 이야기에 의하면 데메테르가 딸을 찾아다닐 때 포세이돈(데메테르 남편의 형제)이 따라다니자 그녀는 암말로 모습을 바꾸어 방목 중인 말 떼 속에 숨었다. 포세이돈은 그것을 알고 종마가 되어 그녀와 성교해 수수께끼에 쌓인 딸과 검은 종마를 낳았다. 또 오르페우스교에 의하면 제우스의 어머니인 레아이기도 한 데메테르가 제우스와의 결혼을 거부하고 뱀으로 모습을 바꾸자 제우스도 뱀이 되어 그녀와 교미했다. 뱀이 된 제우스는 자기의 딸인 페르세포네와도 교미하여 디오니소스를 낳았다(디오니소스의 출생에 대해서는 다른 신화도 있다). 데메테르가 제우스의 어머니든 딸이든, 그 어떤 성교 이야기도 우리의 상상을 벗어나는 반인류의 근친상간과 강간을 보여준다.

고, 기독교 전파 이후에도 계속되었어요. 데메테르와 페르세포네 모두 윤회를 믿는 엘레우시스 비밀 의식에서 신앙의 대상으로 우러름을 받았습니다. 엘레우시스는 아테네 서쪽 12킬로미터 떨어진 곳에 있는 도시로 1882년부터 발굴되었는데요. 그 결과, 청동기시대부터 침략지가 있었음이 드러났습니다. 또한, 그 유적들은 적어도 기원전 8세기부터 그곳에서 데메테르와 페르세포네가 숭배됐음을 보여줘요.*

엘레우시스는 '강림'이라는 뜻으로 신자들은 중요한 비밀 의식에 의해 성스러운 아들, 즉 구세주가 강림한다고 믿었습니다. 그 구세주의 이름은 프리모스, 디오니소스, 트리프토레마스, 이아시온, 에레우테리오스(정치적 자유의 수호신) 등으로 다양했어요. 구세주는 곡물과 같이 데메테르-대지에서 태어났으며, 그 육체는 처음이나 마지막 곡물의 묶음으로 만들어진 빵이라는 형태로 숭배자들에게 먹히고, 그 피는 포도주로 마셔졌습니다. 예수와 마찬가지로 구세주는 대지에 들어갔다가 부활했고요. 빵과 포도주를 먹은 자들은 구세주의 영생을 받는다고 여겨졌고 사후에 '축복받은 데메테르의 존재(Demetreioi)'로 여겨졌습니다.

---

* 그 숭배에는 두 가지가 있었다. 하나는 아테나가 주최하여 풍요를 비는 공식적인 테스모포리아(메르테르의 다른 이름) 제전으로 10월에서 11월 사이에 열린 그 공식 제전에는 여성만이 참가했다. 여성들은 몇 달 전에 잡아서 땅에 묻어 부패한 새끼 돼지의 시체와 곡물의 씨앗을 제단에 바쳤다. 이는 다른 신들에게는 보통 소나 양을 산 채로 바치는 것과 달리, 돼지가 다산을 상징하는 동물이기 때문이다. 제전의 이틀째에는 슬픔으로 인해 단식한 모신 데메테르의 전설을 따라 참가자들은 단식을 하고, 서로 비열한 잡담을 했다. 이는 데메테르가 음식을 거부했을 때 왕의 시녀들이 음란한 잡담으로 데메테르를 비웃었다는 에피소드에서 비롯된 것이다. 또 하나는 민중의 비의였다. 그들은 비의에 의해 페르세포네가 하늘에서 다시 지상에 내려오듯이 인간도 죽음 뒤에 다시 소생한다고 믿었다. 그 비의 의식은 1년에 두 번 대제(大祭)와 소제(小祭)로 행해졌다. 대제는 씨를 뿌리는 9월경에 행해졌는데 이는 페르세포네의 귀환을 뜻했다. 그리고 소제는 밀을 수확하는 봄에 행해져 그 수확된 씨앗은 항아리에 넣어져 지하에 저장됐다. 비의의 내용은 철저히 비밀에 붙여졌으나 그 비의는 연령, 성별, 계급, 가문 등에 관계없이 모든 사람에게 개방되어 자유인은 물론 노예도 믿었고, 아테네의 국력이 증대됨에 따라 그리스 전역으로 널리 퍼졌다.

그리스에서 데메테르는 19세기까지 농부들에 의해 '대지와 바다의 여신'으로 숭배되었습니다. 그러나 초기 기독교인들은 그 비밀 의식에 성적 요소가 있다는 이유로 이를 거부했어요. 광신적인 수도사들은 신전을 파괴하기도 했고요. 반대로 중세의 프리메이슨은 데메테르 비밀 의식을 자신들의 상징으로 채택했습니다.

고대 그리스로부터 근대에 이르기까지 모신은 문학과 미술에 의해 찬양됩니다. 이는 중세 기독교에서는 성모 마리아상으로 형상화되었으며, 근대 문학에서 실러(1759~1805)는 『케레스의 비애』를 썼고, 루벤스나 렘브란트도 모신을 주제로 다룬 작품을 그렸으며, 로댕은 데메테르 여신의 흉상을 만들었어요. 그렇지만 그러한 작품은 모신의 원래 모습이라기보다 그리스 로마 신화에 의해 변모된 여신의 모습으로 보는 편이 옳습니다.

외국 출신의 여신들

위에서 설명한 데메테르 외에도 훗날 국가신에 포함된 여신들 대부분은 본래 토속 여신들이었습니다. 먼저 외국 출신의 여신들을 볼까요? 레아와 동일시된 대지여신 키벨레는 본래 소아시아 고대국가인 프리기아의 프레시누스를 중심으로 한 아나토리아(현재의 터키)에서 숭배된 외국 모신이었습니다. 그러다 기원전 204년에 그녀는 프리기아에서 로마로 모셔졌어요. 전설에 의하면 화려하게 장식된 키벨레가 항해하는 동안 수많은 기적이 일어났다고 합니다.

키벨레는 풍요와 다산을 상징하는 수많은 젖가슴을 가진 최고의 여신으로 예언, 질병의 치유, 전쟁에서의 보호, 삼림 야수의 보호 등에서 힘을 갖는 존재였습니다. 그녀의 신관들은 사내들의 남근을 거세하고 다니며 디오니소스처럼 광적인 춤을 추는 여성들인 마이나데스들과 코뤼반테스들이었어요. 신화에 따르면 키벨레에게는 아티스라는 젊은 애인이 있었는데, 그는 그녀가 아닌 다른 여성을 사랑하지 않기 위해서 자기 자신을 거세하고 성적 불능 상태가 되어 일찍 죽었습니다. 또한, 출산의 여신을 위한 초기 제의에서는 모신을 대리하는 여사제의 애인이 들판에서 그녀와 성교한 뒤 제물로 바쳐졌습니다.*

키벨레의 신전은 기독교가 득세한 4세기 전까지 바티칸에 세워졌으나 지금 그곳에는 성 베드로의 바실리카 성당이 서 있어요. 비밀 의식이 행해지던 전성기에 키벨레는 헤카테나 엘레우시스의 데메테르와 함께 로마 주신의 하나였고 로마제국에서는 최고의 신으로 떠받들어졌습니다. 그러나 기독교의 국교화 이후 키벨레는 악마의 대명사로 여겨져 차차 그 숭배도 없어졌어요.

그리스 여신의 대명사로서 비너스라고도 불리는 아프로디테도 오리엔트(시리아)에서 기원한 외국 출신입니다(엘리아데1, 430). 종교학과 역사학에서 아프로디테는 그리스 여신 중에도 오리엔트의 영향을 가장 크게 받은 신으로 알려져 있어요. 특히 아프로디테에게 올린 제의에서는 지중해적 요소(비둘기)와 함께 아시아적 요소(신전 창녀)를 볼 수 있습니다. 그런 그녀가 고대 그리스 신화에서는 무서운 관능의 여신으로 등

---

* 이를 배경으로 모신인 아프로디테와 그녀의 애인인 아도니스의 이야기가 만들어졌다. 뒤에서 보는 크로노스의 거세도 그 잔재라고 볼 수 있다.

장했지요.* 아프로디테에 대해서는 뒤에서 다시 상세히 설명할게요.

그리스 선주민의 모신 헤라

제우스의 아내가 된 헤라는 그리스의 여신 중 단언컨대 최고의 자리를 차지했습니다. 올림픽의 발상지인 올림피아에서 가장 오래된 신전이 제우스 신전이 아니라 헤라 신전이었다는 것도 그녀가 얼마나 중요하게 숭배되었는지 보여주는 예이죠. 이름인 'He Era'가 '대지'라는 뜻인 점에서도 알 수 있듯이 헤라는 대지의 여신이었고, 그리스 이전에는 대지의 여신 레아가 그 전신이었습니다. 하지만 그리스 로마 신화에서 레아는 헤라의 어머니로 바뀌었어요. 헤라도 레아도 에게 문명 초기에 대모신으로 추앙받았으며, 모두 남신이 등장하기 전부터 존재했습니다. 영어로 우주를 뜻하는 '갤럭시(galaxy)'가 'gala', 즉 헤라의 젖에서 나온 단어라는 데서도 그녀의 영향력을 볼 수 있지요.

또한 헤라는 '성스러운 자'를 뜻하는 히에라와도 어원이 같습니다. 히에라는 고대의 여신-여왕을 부르던 칭호로 그들은 그 이름을 대대로 물려받으며 나라를 다스렸어요. 뮤시아의 히에라로 불린 아마존의 여왕 펜테실레이아는 동맹국이자 모권제 국가였던 트로이를 지키기 위해 그리스와 싸웠습니다.**

---

* 『일리아스』에서 아프로디테는 제우스와 디오네의 딸로 나오며 트로이 사람들을 보호하지만 그 후 가부장제 그리스에서 그녀는 바람둥이나 정부, 애인, 창녀 등 합법적 지위를 인정받지 못하는 부정적인 이미지로 변했다. 그럼에도 아레스와의 관계에서 아프로디테는 전쟁의 여신이라는 모신의 잔재를 가지고, 아도니스와의 사랑에서도 죽음과 부활이라는 모신의 이미지로 남았다.

** 피로스트라투스에 의하면 히에라의 위대함에 비하면 헬레네는 너무나도 가치가 없기에 호메로스가

헤라는 크레타의 뱀 여신의 후예이자 가이아가 지닌 처녀 수태의 창조적 힘을 물려받은 출산의 수호 여신'이었으나" 이주민의 침략 후 제우스의 아내로 전락했습니다. 헤로도토스는 헤라가 그리스 북부의 토속민 펠라스고이로부터 그리스인에게 전해진 신이라고 기록했는데 이는 고고학적으로도 증명된 사실이에요. 『일리아스』에서는 헤라가 암소의 눈을 가졌다고 했는데, 소는 농업을 중시하던 크레타 섬에서 성스러운 짐승으로 숭배되었습니다. 이렇듯 헤라에 대한 노래는 그녀가 풍요와 대지의 상징이었음을 보여줍니다."""

헤라와 유사한 신은 여러 곳에서 찾아볼 수 있습니다. 가령 바빌로니아에서는 '출산을 다스리는 여왕 에루아'가 그녀와 비슷해요. 에루아는 몇 명의 왕을 선택하고 그들과 결혼하여 왕위를 부여하고 퇴위시켰습니다. 헤라는 올림포스 신들은 물론 모든 신의 어머니로서 영원한 생명을 부여하는 신의 잔치를 그들에게 베풀었습니다. 고대 그리스 신화에서 헤라는 제우스에게 종속된 지위로 서술되었으나 원래는 헤

『일리아스』에서 히에라에 대해 한마디도 하지 않았던 것이라고 한다(바흐오펜107).

* 그녀의 딸 에일레이튀이아는 출산의 여신이다.

** 구드리히68은 헤라가 대모신임을 보여주는 흔적이 없다고 하지만 의문이다.

*** 그리스 로마 신화에서 제우스와 최초 혼외 정사를 하는 이오는 암소로 변해 이집트로 도망치는데 그때부터 이집트에서 데메테르 비의가 전성됐다. 이오는 이집트 여신 이시스와 합성되기도 하는데 이는 이시스가 뿔 달린 여신으로 묘사된 탓이었다. 또 헤라도 암소여서 이오는 헤라의 변신으로 여겨지기도 했다. 이주 민족의 침략에 의해 선주민족 종교의 신들은 괴물이나 인간으로 전락하기도 하지만 헤라만은 그렇지 않았다. 그 본래의 자주 독립성은 상실돼 제우스와의 결혼에 의한 아내 자리로 타협됐으나, 그 타협과 융화는 원만하지 못했음을 우리는 신화에 나오는 부부관계를 통해서도 알 수 있다. 즉 헤라는 제우스에 대해 정절을 지킨 반면 제우스는 끝없이 바람을 피워 헤라를 배신했고, 헤라는 질투의 화신으로 등장하여 남편의 애인을 죽이는 등 많은 남성의 빈축을 사는 행위를 저지른다. 가령 번개의 힘을 이용해 간접적으로 세멜레를 죽이고 그 아들인 디오니소스도 박해한다. 특히 그리스 최대의 영웅 헤라클레스를 박해한 것은 그리스인이나 유럽인들에게 수천 년간 혐오감을 안겨주었는데 이는 헤라가 여전히 모신의 성격을 가졌음을 뜻했다.

라가 제우스보다 훨씬 먼저 존재했어요. 이는 종교의례나 축제에서 확인할 수 있습니다. 청동기시대 그리스에서 헤라 신전(헤라이온)은 가장 오래되고 중요한 신전이었습니다. 게다가 그 신전에는 남편인 제우스에 대한 어떠한 상징도 새겨져 있지 않아요. 올림피아에도 두 신의 신전은 따로 세워져 있고, 심지어 헤라 신전이 먼저 세워졌는데, 이는 남성을 위한 축제였던 올림픽보다 여성 올림픽인 헤라 제전이 먼저 시작되었음을 보여줍니다.

헤라는 원래 미의 여신 아프로디테보다도 더 아름다운 여신이었습니다. 그녀의 젖이 은하수가 되었다는 이야기에서 알 수 있듯이 우주의 여신이기도 했고요. 그러나 그리스 로마 신화에서는 도리어 언제나 남편 제우스의 애인들을 괴롭히는 질투의 화신으로 나타납니다. 또한, 제우스와 헤라는 원래 부부가 아니라, 각각 부권제 사회와 모권제 사회의 독립된 주신이었는데, 부권제 사회가 모권제 사회를 정복한 뒤에 부부라고 전해지게 되었지요. 나아가 헤라의 본래 파트너는 '헤라의 영광'이라는 뜻의 헤라클레스였으나, 역시 부권제 사회 이후 헤라클레스는 헤라의 연적인 알크메네의 아들로 격하되었고요.

아테나, 아르테미스, 헤카테, 헤스티아

그리스 로마 신화에서 헤라 다음으로 중요한 여신으로는 아테나(로마 신화에서는 미네르바)를 꼽을 수 있어요. 그녀는 토속 여신으로서의 여러 가지 상징물을 지닙니다. 가령 호메로스의 서사시에서 그녀를 말하는 표현으로 'glaukopis'라는 말이 자주 등장하는데 이는 새의 눈을 뜻해요. 또 그녀가 항상 가지고 다니는 방패 뒤에는 위대한 여신의 뱀이, 그리고 방패 앞쪽에는 뱀의 머리칼을 가진 고르곤의 머리가 붙어 있다는 점에서 뱀의 여신이라는 점을 읽을 수 있지요. 또한, 아테나의 다른 상징이 올빼미를 비롯한 새들이라는 점도 그녀가 토속 여신이라는 것을 보여주는 흔적 중 하나입니다.* 아테나에 대해서는 뒤에 다시 상세히 설명하겠습니다.

제우스 이전의 토속 여신들은 그 밖에도 많습니다. 신석기시대의 여신은 짐승들의 주인이기도 했는데, 이는 사냥과 숲과 동물들의 수호신인 아르테미스로 이어졌어요. 아르테미스는 본래 다산과 아이들의 수호신으로 아이를 낳는 여성의 신화는 모두 아르테미스 신화였어요. 하지만 그리스 로마 신화를 다루는 문헌에서 그녀는 처녀신으로 등장합니다. 그렇지만 처녀신 아르테미스도 초기에는 수많은 젖가슴을 단 모신이었지요.**

아르테미스와 종종 혼동되는 헤카테는 풍요의 속성 때문에 데메테르와도 연관됩니다. 헤시오도스는 『신통기』에서 남신의 모든 힘이 헤카테에서 비롯된다고 하면서 그녀를 제우스가 가장 숭배한 여신으로 묘사했는데요. 지하 세계와 연관된 탓에 훗날 그녀에 대한 평가는 무

---

* 그녀가 도자기나 물레 잣기 등, 가정 내 수공예의 창안자이고 전쟁의 수호신이자 가족에 대한 여성의 의무와 가족 간의 유대를 상징하는 점도 토속 여신으로서의 잔재다.

** 그리스 로마 신화에서 아르테미스는 성에 관한 한 아프로디테와 반대되지만 아프로디테 이상으로 무서운 여신이다. 아르테미스는 제우스와 레토 사이에서 아폴론과 쌍둥이로 태어난 사냥과 달의 여신이어서 지하 세계 여신인 헤카테와도 연결된다. 아르테미스는 여러 동물로도 비유되는데 사슴이나 토끼인 경우에는 붙잡기 어려운 성질, 암사자는 사냥꾼으로서의 용맹과 위엄, 멧돼지는 파괴적이고 잔인한 성향을 보여준다. 또한 아르테미스가 여신 가운데 유일하게 제우스에게 종속되지 않은 점도 모신으로서의 성격을 보여준다.

시무시한 늙은 마녀 괴물로 바뀝니다.

크로노스와 레아의 장녀인 헤스티아*도 가정과 화로의 여신으로서 태초의 모권제 사회에서 섬김을 받던 모신 중 하나였습니다. 모권제 시대에 화로는 가정의 상징이자 혈통을 잇는 상징이기도 했어요. 그리스인들은 아이가 화로에서 태어난다고 생각했거든요. 고대 도시는 가정과 씨족의 집합으로 여겨진 탓에 시청(prytaneion)에도 시의 화로가 있을 정도였는데, 시민들은 보호자인 헤스티아에게 제사를 바쳤습니다.**

데메테르 조각상

나아가 헤스티아는 대지의 모신이기도 했습니다. 이는 독일어의 'Herde(화로)'와 'Erde(대지)'라는 단어, 영어의 'hearth'와 'earth'라는 단어의 유사점을 보아도 알 수 있지요. 그리스의 수학자이자 철학자 피타고라스는 헤스티아의 불이 우주의 중심이라고 했습니다. 또한 로마의 저명한 정치가 키케로는 우에스타의 힘이 모든 제단과 화

사자를 곁에 두고
왕좌에 앉은 키벨레

---

* 'Hestia'는 화로라는 뜻이고, 라틴어로는 우에스타라고 한다.

** 그리스 로마 신화에서 그녀는 아폴론과 포세이돈으로부터 구혼을 받았으나 제우스에 의해 영원한 처녀로 사는 것을 인정받았고, 제우스는 그녀에게 모든 인간의 가정과 신들의 신전에서 제사되는 특권을 부여했다. 다른 신들이 천상의 거처에서 벗어나 세계를 자유롭게 다닌 반면 그녀는 화로를 떠나지 않아 그녀에게는 신화가 없다. 그녀는 올림포스 12신 중 하나이지만 그 이름이 화로인 것에서 보듯이 하나의 추상적인 관념의 의인화에 불과하다. 그녀를 12신의 하나로 숭배하는 이유를 화로가 가부장제의 유지를 상징하는 것이기 때문이라고 보는 견해(장영란44)가 있으나 화로가 모권신의 상징이 될 수 있는 점도 부정하기는 어렵다.

헤라 조각상

베르사유의 아르테미스 조각상

에페소스의 아르테미스

로에 미치고 그 여신은 가장 내면적인 수호자이기 때문에 모든 기도와 제사가 그녀에서 시작되어 그녀로 끝난다고 찬양했지요.

　헤스티아는 한 번도 남편을 가진 적이 없습니다. 이는 그녀가 다스리는 순수한 모권적 영역인, 각 도시에 공공화로가 설치된 프류타네이온에는 남신이 분담해야 할 역할이 없었기 때문입니다. 그녀는 천상의 중심에 자리 잡고 제사의 대상이 되는 신 가운데 인간 남자들의 가장 큰 존경을 받았습니다.

토속 남신

황금시대의 왕 크로노스

가이아나 데메테르 등은 위대한 토속 모신으로 숭배되었으나 우라노스와 크로노스 같은 토속 남신들은 제대로 평가되지 못했습니다. 제우스가 가부장적인 국가신으로 등장하기 전에 가이아가 모권사회의 풍요를 상징한 여신이었다면, 그녀의 남편인 우라노스나 아들인 크로노스도 풍요를 상징한 남신이라고 보는 것이 이치에 맞겠지요. 우라노스에 대한 문헌은 남아 있지 않지만, 크로노스의 경우 그를 받드는 크로니아 제사가 경작과 추수의 제사였음을 알 수 있게 해주는 자료가 남아 있습니다. 그렇다면 크로노스의 아버지인 우라노스에 대한 제사도 행해졌을 테지요? 물론 그러한 토속 남신들의 중요도는 여신들에 비해 낮고 여신들보다 뒤늦게 숭배되긴 했지만요.

뒤에서 보시겠지만, 헤시오도스는 크로노스를 '황금시대의 왕'이라 불렀어요. 여기서 말하는 황금시대란 바로 이상적인 원시사회를 뜻합니다. 그러한 이상사회에서는 제사를 지낼 때 주인과 그를 위해 들판에서 일한 사람들이 함께 연회를 즐기는 것으로 유명해요. 일부 전문가들은 이를 역할 반전의 통과의례라고 보기도 합니다. 주인과 하인들이 잠시나마 역할을 서로 바꿈으로써 갈등을 해소하는 것이지요.

그런데 황금시대의 왕이 가이아가 아닌 크로노스로 되어 있는 점도 뒤에 가부장사회에 와서 변조된 것이라는 의견이 있습니다. 한편 제우스가 그렇게도 왕성한 생식력을 보여주는 것도 그가 전통적인 풍요신의 상징이었기 때문으로 볼 수 있어요. 즉 그리스 로마 신화의 국가신들은 토속신에서 변화한 것입니다. 다만 토속신의 차원에서는 차별 구조가 존재하지 않았으나 그들이 국가신으로 변한 뒤 남신과 여신 간의 차별 구조가 생겨난 것이지요.

크로노스(Cronos)는 시간을 뜻하는 'Chronos'와 혼동되었는데 시간(때)이야말로 자신이 낳은 모든 것을 집어삼키는 존재이기 때문입니다. 이는 자신의 자리를 빼앗을까 두려워 자식들을 하나하나 집어삼키는 크로노스의 신화와도 분명 관련이 있어요. 그런데 크로노스의 어머니이자 아내이기도 한 레아 크로니아는 시간과 운명의 여신이자 실제로 그런 성격을 가진 여신이었습니다. 레아 크로니아는 전승에 따라 여러 가지 모습으로 나뉘었는데요. 크로노스를 낳은 대지의 모신이자 크로노스와 결혼한 레아, 또한 크로노스의 아들인 제우스와 결혼한 헤라이기도 했습니다. 이 세 여신은 북구 신화에서 모신, 조모신, 증조 모신으로 나타나기도 합니다.

원시적인 구세주의 전형 디오니소스

고대의 비밀 의식 중 가장 잘 알려진 것 중 하나가 디오니소스 밀교입니다. 이는 앞에서 본 데메테르 비밀 의식과 점차 합병되었지요. 디오니소스는 데메테르와 페르세포네에게 대응되는 남성으로서 식물, 포도주, 도취, 분노하는 존재를 상징합니다. 그러나 나중에는 염소 또는 수소 또는 수소의 뿔을 지닌 괴물로 변했지요. 이는 그가 그리스가 아닌 이방 출신이었기 때문입니다. 그를 따르는 사티로스들도 염소 발굽과 말의 귀와 꼬리를 갖는 반인반수로, 탐욕스럽게 요정들을 따라다니는 음탕한 존재로 그려졌고요. 그러나 그는 본래 프리기아로 추정되는 고향에서 출산의 여신 세멜레의 아들로 숭배되었습니다.*

디오니소스는 다른 여러 구세주-신과 동일시되었고, 동시에 바카스, 자그레우스, 사베지오스, 아도니스, 안테우스, 자르모크시스, 펜테우스, 판, 라베르 파텔, 해방자라고 불렸습니다. 그의 토템 동물은 퓨마(panther, 목신 판의 짐승인 Pamnthreos)였고, 그의 상징은 남근 형태의 홀인 튜르소스였어요.

디오니소스는 조잡한 포도주의 신, 포도주 양조의 발명가로만 알려졌으나 사실 그는 그 이상인 신으로서 그리스도의 원형이기도 했습니다. 그는 중동 지방의 도시 대부분에서 숭배되었는데, 특히 예루살렘이 그 중심지였어요. 유대인은 그들의 오두막 축제에서 디오니소스를 숭배했다고 하는데요. 고대 로마의 그리스인 시인인 플루타르코스

---

* 그리스 로마 신화에서 세멜레는 테바이를 창건한 영웅 카드모스의 딸로 바뀌고, 디오니소스도 제우스의 아들로 변신해 신화화됐다. 헤시오도스의 『신통기』에는 디오니소스가 제우스와 세멜레의 아들인 신으로 나온다(신통기941).

는 유대인들이 돼지고기를 먹지 않는 이유가 디오니소스가 수퇘지에게 살해되었기 때문이라고 기록했습니다. 더불어 유대인들은 기원전 1세기경에 디오니소스를 그의 프루기아 이름인 제우스 사바지오스라는 이름으로 숭배했어요.* 5세기경 디오니소스는 여호와와 함께 동전의 양면에 새겨졌어요. 한편 팔레스타인에서 디오니소스는 노아**와 동일시되었습니다. 그 밖에도 디오니소스는 여러 지역에서 숭배를 받았어요. 이러한 신화는 디오니소스가 최초의, 가장 원시적인 구세주의 전형이었고, 대지와 여성의 자궁에 풍요를 불러오는 피를 뿌리기 위해 살해된 왕이었음을 말해줍니다.

디오니소스는 고대 그리스의 민중 종교인 디오니소스(바커스) 비밀 의식의 주인공이었습니다. 이는 데메테르 비밀 의식과 마찬가지로 광기를 동반한다는 점에서 오늘날의 시각으로 보면 독특한 점이 많습니다. 그의 신자는 대부분 여성으로서 마이나데스(Maenades), 즉 열광하는 여자들이라고 불리었어요. 그들은 지팡이와 횃불을 들고 산과 들을 질주하며 악기를 두드리면서 열광적으로 춤을 추었습니다. 그 비밀 의식의 특징은 자아를 잃고 광란에 빠지는 오르기아(orgia)라는 행위에 있었어요. 도취와 황홀감으로 가득 찬 이 의식은 살아 있는 짐승을 여덟 조각으로 찢어 먹는 순간에 절정에 이르렀습니다. 이 같은 짐승 찢기는 죽음과 재생을 반복하는 신을 상징했고, 그녀들은 신의 생

---

* 이를 보아 알 수 있듯이 디오니소스는 제우스나 오르페우스와도 동일시되기도 했다.

** 구약성서 「창세기」 6장에서 8장까지 등장하는 인물. 인간들의 타락한 작태에 질린 신은 대홍수를 내렸다. 그러나 그 전에 의로운 인간인 노아에게는 큰 배를 만들라고 명령해 대피할 수 있도록 했다. 노아는 신의 뜻에 따라 가족들과 함께 거대한 방주를 만들고, 그곳에 모든 동물을 암수 한 쌍씩 태웠다고 한다.

춤추는 마이나데스

아티카의
술잔에 그려진 마이나데스.

육을 몸에 넣음으로써 바커스와 하나가 되어 바케[*]로 거듭난다고 믿었어요. 고대 그리스의 또 하나의 민중종교인 데메테르 비밀 의식이 특정 장소에서 일정 시기에 조직적으로 행해진 반면, 디오니소스 비밀 의식은 부정기적으로 개인적으로 행해졌다는 점에서 차이를 보입니다.

디오니소스 신앙은 청동기시대부터 나타났지만, 언제나 무시와 탄압을 당했습니다. 호메로스는 디오니소스에게 중요한 지위를 부여하지 않았고 포도주를 만드는 신으로만 묘사했는데요. 이는 호메로스 서사시의 귀족적 성격 때문이기도 했지만, 더 근본적인 이유는 디오니소스가 이방의 신이었기 때문입니다. 한편 기원전 5세기의 비극 시인 에우리피데스는 마지막 비극인 『어린 디오니소스』에서 디오니소스의 황홀경과 타락의 위험성을 경고했고, 그보다 조금 늦게 태어난 희극 시인 아리스토파네스의 『개구리들』에서는 그가 연극의 신으로 등장하기도 했지요.

또 에우리피데스는 비극 『바카이』에서 테바이의 청년 왕 펜테우스가 디오니소스 신앙을 억압하고자 한 것을 극의 소재로 삼았습니다. 펜테우스는 디오니소스 숭배를 중지하려다가 광기에 찬 여신도들의 분노를 사서 갈기갈기 찢어져요. 게다가 그 광신도들의 실질적인 지도

---

* 바케(Bacche)는 디오니소스의 다른 이름인 바코스(Bacchos)의 여성형이다.

틴토레토의 바커스와 비너스와 아리아드

자가 왕의 어머니였다는 점이 아이러니를 더해줍니다. 이러니 디오니소스 축제를 실제로 금지하기란 어려운 일이었지요. 그러다가 기원전 186년 로마 원로원은 그 난폭한 제전을 금지하는 법을 제정해 이에 반발하는 수천 명의 사람에게 사형을 선고합니다. 그 뒤 의식의 형태는 순화되어 축제 행진이나 신에게 바치는 비극을 상연하는 것으로 바뀌었지요.

디오니소스가 재조명된 것은 낭만주의 시대 이후입니다. 독일의 시인 프리드리히 횔덜린(1770~1843)은 『빵과 포도주』에서 그를 미래의 신으로 묘사했어요. 한편 니체는 『비극의 탄생』에서 자유분방하고 광기에 찬 '디오니소스적인 것'을 질서와 조화를 상징하는 '아폴론적인 것'과 대립하는 것으로 보는 동시에, 이 역시 인간 존재의 완성을 위한 근본 속성이라고 여겼습니다. 그 후 정신분석학자 프로이트는 디오니소스적인 충동과 욕구를 계속해서 억누르면 광기, 즉 노이로제에 걸린다고 주장했습니다. 한편 예술 쪽에서 디오니소스는 이탈리아의 화가인 틴토레토의 그림, 독일의 작곡가인 리하르트 슈트라우스의 오페라 등으로도 창조되었습니다.

서민층에 어필한 오르페우스

토속 남신과 관련한 신앙을 보여주는 것으로 디오니소스 비밀 의식과 함께 오르페우스 비밀 의식을 들 수 있습니다. 이는 초기 기독교시대에 가장 일반적으로 행해진 비밀 의식 중의 하나였어요. 오르페우스 숭배는 디오니소스 신앙으로부터 파생되어 함께 발전했습니다. 따라서 오르페우스는 디오니소스의 지상의 예언자, 구세주가 된 아들로 여겨지기도 했지요.

　고대 그리스 사람들은 영혼이 2월에서 3월 사이의 안테스테리아 제전 시에 일시적으로 하데스에서 지상으로 회귀한다고 믿었습니다. 이 제사는 포도주의 신 디오니소스를 기리는 것이었어요.* 오르페우스는 본래 트라케의 왕 오라그르(또는 오다그르)와 9명의 무사이(Mousai)** 중 지위가 가장 높은 칼리오페의 아들이었습니다.*** 트라케는 흑해와 에게 해 사이의 지역으로, 일부 신화학자들은 오르페우스가 그곳의 왕이었다고 설명해요. 이는 그 역시 이방의 존재로서 올림포스 신들과는 별개의 계열이었음을 의미하지요.****

---

*　하데스로부터의 생환은 뛰어난 영웅의 위업으로서 이는 그리스 로마 신화의 영웅 중에서도 헤라클레스, 오디세우스, 테세우스, 아이네아스, 오르페우스 등에 의해서만 가능한 것으로 되어 있다.

**　영어로는 뮤즈(Muse)라고도 한다. 시와 춤과 노래, 음악, 연극 등 예술을 주관하는 여신들이다. 이들은 시인과 예술가들에게 영감과 재능을 불어넣는 존재로 추앙되었다.

***　그 밖에도 여러 가지 전승이 있다.

****　그리스 로마 신화에서 그는 아르고 선의 신화와 관련되어 그 배가 위험을 피하도록 비는 시인 사제의 역할을 하기도 한 것으로 변모됐다. 오르페우스에 대한 가장 유명한 이야기는 사랑하는 아내 에우리디케를 잃은 그가 지옥에서 그녀를 데려오려고 시도하나 실패한다는 것이다. 이는 기원전 300년경의 마케도니아-바빌로니아 시대에 문학의 주제로 발전된 것으로서, 베르길리우스의 『농경시』 4권에 가장 완전한 형태로 남아 있다. 에우리디케는 요정이라고도 하고, 또는 아폴론의 딸이라고도 하는데 이는 올림포스 신들과 그녀를 연관 짓기 위한 후대의 날조라고 볼 수도 있다. 그 결합의 방식도 강간과 살인 등으로 어둡기 짝이 없다. 그리스 로마 신화에 의하면 그녀는 어느 날 트라케의 강가를 산책하다가 아리스타이오스에게 겁탈당할 위험에 처해 도망치다가 뱀을 밟아 그 뱀에게 물려 죽는다. 오르페우스는 아내를 찾아 지옥에 가서 칠현금을 연주해 지옥의 괴물들과 신들을 감동시킨다. 그래서 지옥의 신 하데스와 그의 아내 페르세포네는 에우리디케를 오르페우스에게 넘겨주려고 한다. 단 지옥을 벗어나기 전에는 그녀를 보기 위해 뒤돌아서서는 안 된다는 조건이 붙는다. 지옥을 거의 벗어났을 때 오르페우스는 페르세포네가 자기를 속인 것은 아닌지, 에우리디케가 자기를 따르고 있는지 의문이 생겨 뒤돌아보고, 에우리디케는 다시 죽는다. 그 밖에도 전설이 많다. 그중 하나는 그가 그 뒤 에우리디케에게만 정신이 팔려 또는 소년애에 빠져 디오니소스 신녀들의 분노를 야기한 탓으로 그녀들은 제전의 광란을 이용하여 그를 찢어 죽였다는 것이다. 또 다른 전설은 오르페우스가 지옥에서 돌아온 뒤, 지옥에서의 경험을 바탕으로 신비주의 종교를 창설하고 남성들만 출입하게 했는데, 여인들이 남성들의 무기를 뺏어 오르페우스와 남자들을 모두 죽였다고 한다. 그 밖에

그리스인의 종교에는 창시자도, 성경 같은 경전도 없었습니다. 하지만 오르페우스교는 오르페우스를 창시자로 섬기고 그가 지었다고 전해진 시를 경전으로 삼는 독특한 종교였어요. 이 종교는 그리스 로마 신화에서 포도주의 신인 디오니소스를 자그레우스(Zagreus)라는 신과 동일시하는 독자적인 신화를 갖고 있었어요. 이에 의하면 데메테르의 딸 페르세포네가 뱀으로 변신한 제우스와 성관계를 맺어 디오니소스 자그레우스가 태어났다고 합니다. 제우스는 자기의 권력을 자식에게 물려주려고 했지만, 티탄 족이 어린 자그레우스를 장난감으로 유혹한 뒤 그의 몸을 찢어 사지를 먹어치우고 맙니다. 그 후 아테나가 그의 심장을 구출해내고 이를 제우스가 삼키지요. 그 뒤의 이야기는 그리스 로마 신화에 나오는 것과 비슷합니다. 제우스가 테바이의 공주 세멜레와 관계하여 새로운 디오니소스를 낳았다는 것이지요.

오르페우스교에서는 제우스가 어린 디오니소스를 잡아먹은 티탄 족의 만행에 분노하여 그들을 번개로 내려치자 그 재에서 인간이 생겨났다고 합니다. 그래서 인간에게는 어린 디오니소스에서 비롯되는 선한 부분과 티탄 족에서 유래하는 악한 부분이 있다고 보았어요. 또한, 이들은 선한 부분은 영혼과 결부되고 악한 부분은 육체와 결부된다고 여겼습니다. 따라서 육체는 영혼의 무덤이라는 가치관을 지니게 되었지요.

인간의 탄생에 대해 이러한 시각을 지닌 오르페우스교에서는 육체와 관련된 현세적 요소를 부정하고 신자들에게 살생과 육식을 금지했

도 수많은 전설에 의해 오르페우스는 낙원에 이르는 방법을 아는 자로 간주되어 신격화되었다.

습니다. 현세를 부정하는 것은 내세에서의 구원을 뜻했기에, 신도들은 영혼이 윤회한다고 믿었어요. 이어 살아 있는 동안 종교 의식을 받아 덕이 높은 삶을 살고 하데스에서 죄를 보상받는 절차를 3회 되풀이하면 죄가 없어져 극락세계인 엘리시온 동산에서 살 수 있다고 했습니다. 이처럼 행복은 사후 세계에 있다는 교리는 현세에서 고통을 받는 서민에게 호소력이 컸어요. 따라서 이들의 신앙은 기원전 7~6세기에 걸쳐 아테네를 중심으로 한 아티카 지방과 남부 이탈리아에 널리 퍼졌습니다.

이처럼 오르페우스교는 구원의 신학을 외쳤고 원조라는 교의를 가르쳤습니다. 또한, 인간의 본성은 이원적으로 구성되어 있다고 여겼어요. 즉 육체와 밀접하게 연결된 티탄적 요소와 영혼과 연결된 디오니소스적 요소로 이루어진다는 것입니다. 이들의 금욕적 도덕률에 의하면 전자를 억누르고 후자를 갈고닦아야 했고, 그렇게 한다면 영혼은 궁극적으로 무덤에서 탈출하듯이 육체에서 탈출할 수 있다고 보았지요. 이는 반복되는 윤회에 시달리지 않아도 된다는 것을 의미했습니다. 이를 볼 때 오르페우스교는 서양의 불교라고도 할 수 있어요. 금욕적인 명상 속에서 육체를 떠난 영혼이 경험하는 영적인 여행, 그리고 정교한 계시에 의한 인과응보의 윤회로부터 해방이라는 교리에서 두 사상의 공통점을 찾아볼 수 있습니다.

이후로도 오르페우스 신화가 초기 기독교의 형성에 영향을 미쳤다는 것은 기독교 성상(聖像)학에 의해 확인되었습니다. 르네상스 시기 신플라톤주의 철학은 오르페우스교적 예술을 인용하여 자신들의 이론을 조명했는데요. 즉 세계는 신성이라는 본질과의 조화를 통해 이

오르페우스의 머리와 리라를 든 트리키아인 소녀

루어지며, 그 조화는 음악으로 행해진다는 것입니다. 최초의 오페라 작품이 『에우리디케』라는 점을 볼 때 오페라는 오르페우스 신화와 함께 태어났다고 볼 수 있지요.

괴물 2세대

차별 구조를 만든 제우스

앞에서 우리는 괴물 1세대로부터 크로노스에게 권력이 넘어가는 과정을 통해 그리스 로마 신화가 시작된다는 것을 보았습니다. 그런데 이러한 세대교체는 한 번으로 끝나는 것이 아니에요. 크로노스는 우라노스를 무력화한 다음 아버지의 지위를 차지하고 누이인 레아를 아내로 맞아 5남매를 낳습니다. 그 제2세대 중 하나가 제우스예요. 따라서 제우스에게도 괴물인 티탄의 피가 흐르고 있다고 볼 수 있어요. 하지만 그는 동족인 괴물을 물리치고 새로운 민족을 세우면서 괴물과 구별되어 국가신이 됩니다. 여기서 괴물 2세대 이후의 차별 구조가 생겨나지요.

그런데 제우스에게 권력이 넘어오는 계기가 되는 다음 이야기도 잔혹하기는 마찬가지입니다. 크로노스가 약속과 달리 형제 괴물들을 풀어주지 않자, 분노한 가이아는 크로노스에게 "너는 아비를 내친 자식

아들을 잡아먹는 사투르누스

이니 너 또한 같은 운명을 맞으리라"고 저주해요(신통기463이하). 그래서 크로노스는 자신의 자식들을 모두 집어삼킵니다(제우스만은 어머니의 기지로 빼돌려져 이를 피했지요). 이를 묘사한 프란체스코 고야의 그림 「아들을 잡아먹는 사투르누스」를 보면 크로노스가 자식을 찢어서 잡아먹고 있는데요. 이는 신화에 나오는 이야기와 조금 다릅니다. 신화에 따르면 크로노스는 자식을 통째로 집어삼켰고, 따라서 이들은 아버지의 뱃속에서 전부 살아 있었거든요. 그래서 훗날 제우스가 자신의 형제들을 그대로 구출해낼 수 있었고요.

아버지가 아들을 경쟁상대로 여기고 소외시키는 비극은 오이디푸스에게서 가장 극단적으로 드러납니다. 바로 아버지를 죽이고 어머니와 결혼하는 인물로요. 정신분석학에서는 이를 아들의 무의식에 자리 잡

제우스 조각상

은 본능적인 욕망 중 하나로 보고, 오이디푸스 콤플렉스라고 부릅니다. 하지만 이는 아버지가 아들에 대해 갖는 적개심을 정당화한 것에 불과해요. 반면 크로노스의 경우, 그는 남성 성기에 대한 욕구의 상징이 아니라 여성 자궁에 대한 욕구의 상징이라는 점에서 다릅니다. 왜냐하면 크로노스는 한때 어머니 가이아의 자궁 속에 존재했기 때문이에요. 이는 모신 중심의 모권사회를 뜻하는 것으로서 크로노스가 황금시대의 왕으로 묘사되는 것과 관련이 있습니다.

그렇다면 제우스의 아버지 살해는 무엇을 의미할까요? 제우스를 비롯한 올림포스 신들의 세

계 정복에 의한 토착신들의 패배를 뜻합니다. 이를 캠벨은 『신화의 힘』에서 다음과 같이 설명해요. 아래에서 두 민족이란 셈 족*과 인도-유럽어 족**을 일컫습니다.

> 이 두 민족은 원래 수렵민족입니다. 그래서 이들의 문화는 다분히 동물 지향적이지요. 수렵민은 죽이는 민족입니다. 왜냐? 이들은 끊임없이 움직이면서 만나는 문화는 모조리 정복해버리는 유목민이기 때문입니다. 바로 이런 침략적인 민족에서 제우스나 야훼 같은 벼락을 주무기로 쓰는 호전적인 신들이 나오는 겁니다. (……) 제국주의적 국민의 특성은 침략한 나라의 지역 신을 우주의 어정쩡한 촌뜨기로 만들어버린다는 거예요. 이렇게 하자면 먼저 거기에 있던 신과 여신을 없애버려야겠지요.***

벼락을 주된 무기로 쓴 제우스 같은 신들은 사실 비가 별로 내리지 않던 그리스나 이스라엘의 기후에는 어울리지 않아요. 그렇지만 이들은 침략자에 의해 주신으로 숭배되었고, 토속신들은 괴물로 전락하고 말았습니다. 그리스인들은 선주민의 지역 신만이 아니라 주변의 모든 존재를 그런 괴물로 생각했어요. 괴물들을 무찌르는 영웅 헤라클레스

---

* 아랍어와 히브리어 등을 사용하는 어족. 기독교와 이슬람교를 창시한 이들이다. 오늘날 서남아시아와 북아프리카를 포함한 중동지역에 분포한다.

** 영어, 프랑스어, 독일어, 스페인어, 포르투갈어, 러시아어, 힌두어, 그리스어, 이란어 등을 사용하는 어족을 뜻한다. 오늘날 유럽, 러시아 및 인접 국가, 서남아시아 인도 북부에 분포하며, 16세기 이후부터는 아메리카, 오세아니아, 남아메리카에 이르는 지역으로도 식민 지배를 통해 넘어왔다.

*** 조셉 캠벨, 빌 모이어스, 이윤기 옮김, 『신화의 힘』, 고려원, 1992, 320~321쪽.

는 그리스 로마 신화 최대의 영웅으로 대접받고요.

그림이나 조각을 보면 제우스는 길게 수염을 기른 강인하고 위엄 있는 남신으로 묘사됩니다. 또 상체는 나신이며 한쪽 손에는 번개나 제왕의 홀(笏)을 들고 있어요. 제우스는 번개나 비 같은 기상 현상을 주관하고 세계의 질서와 정의를 유지하며, 왕권 및 사회적 위계질서를 보장합니다. 그는 최대한 자식을 많이 만들어서 자신의 지배를 도울 영웅들을 탄생시키고자 했는데요. 이는 그가 아내인 헤라의 질투에도 불구하고 여신이나 인간 여성 그리고 님프들과 사랑을 나누는 것으로 나타납니다.

그리스 로마 신화에 나오는 이름난 영웅들은 대부분 제우스의 후손들이나 사생아입니다. 제우스와 헤라 사이의 적자들보다 오히려 제우스의 사생아들이 능력이 훨씬 뛰어난 경우가 많았어요. 가령 제우스와 헤라 사이에서 태어난 아들인 헤파이스토스는 모든 신 중 가장 뛰어난 손재주와 착한 심성을 지니고 있었지만, 못생긴 데다 절름발이고 불구였어요. 또한, 아레스는 전쟁의 신에 걸맞게 잔혹하고 성급했지요. 이에 비해 제우스가 인간 알크메네와의 사이에서 얻은 헤라클레스는 모든 신 중 가장 힘이 셌으며, 레토 여신에게서 얻은 아폴론은 잘생기고 지혜도 많았으며 예술과 예언에 능했습니다. 또 마이아와 바람을 피워 생긴 헤르메스는 잔꾀로는 따라올 이가 없었지요. 그리고 헤라 이전의 아내 메티스에게서 얻은 아테나는 제우스의 자식 중 가장 지혜로우며 강인한 존재로 묘사됩니다.*

---

* 미의 여신 아프로디테는 신화의 한 전승에 따르면 크로노스가 우라노스의 남근을 베어냈을 때, 그것이

티타노마키아

가이아의 예언대로 아버지 크로노스를 폐위하고 신들의 왕이 되고자 결심한 제우스는 우선 자신을 도와줄 동료를 모으고자 합니다. 이를 위해 그는 아버지가 삼킨 형제들과 누이들을 되찾으려고 해요. 제우스는 아내 메티스로부터 구토제를 구해 어머니 레아에게 건네줍니다. 레아는 남편인 크로노스에게 자신이 직접 담근 술이라며 구토제가 섞인 술을 건네고, 이를 의심 없이 마신 크로노스는 자신이 삼켰던 모든 자식을 토해냅니다. 그들이 바로 헤스티아, 데메테르, 헤라, 하데스, 포세이돈이지요. 구출된 그들은 제우스와 힘을 합쳐 크로노스를 포함한 티탄 신들과 전쟁을 벌여요. 제우스는 가이아와 우라노스의 자식들인 키클로프스 3형제와 헤카톤케이르 3형제의 도움을 받습니다. 또한, 전쟁 막바지에 그는 아들 헤파이스토스가 키클로프스들과 함께 발명한 무기인 벼락을 얻어요. 이로써 올림포스 신들은 마침내 승리를 거머쥐어 티탄 신들을 대지의 가장 깊은 곳인 타르타로스에 가둡니다.

이상이 그리스 로마 신화의 첫 막입니다. 전쟁에 승리한 제우스는 일부 티탄들의 지지를 얻어요. 특히 지옥 강의 여신 스틱스, 그리고 그 아들인 크라토스와 비아의 지지는 그에게 큰 힘이 되지요. 크라토스는 지배력을, 비아는 폭력을 상징합니다. 제우스는 항상 이 둘의 보필을 받았으며 형제들로부터 지배자로 추대되어 왕위에 오릅니다.

우라노스와 크라노스가 어떻게 권력을 찬탈 당했는지 아는 제우스는 자신의 왕위를 지키기 위해 늘 고심했습니다. 그 하나가 지혜의 여

바닷물에 빠져 생긴 거품에서 태어났다고 한다. 따라서 제우스의 자식으로 여겨지지 않는다.

타르타로스로 추락하는 티탄들

신인 메티스와의 결혼이었지요. 그녀는 제우스가 위기에 빠질 때마다 언제나 사려 깊은 조언을 해주었습니다. 그런데 가이아는 메티스가 아들을 낳으면 제우스를 뛰어넘는 권력자가 될 것이라고 예언했어요. 그러자 제우스는 임신 중이던 메티스를 물방울로 변하게 해 삼켜버립니다.* 그 뒤 제우스는 극심한 두통을 겪는데, 그의 머리를 가르고 태어난 이가 바로 지혜와 정의의 여신 아테나지요.

제우스의 통치가 안정되었을 때 가이아는 타르타로스와의 사이에서 반인반수의 괴물인 티폰을 낳습니다. 티폰은 제우스를 비롯한 올림포

---

* 메티스를 파리로 변하게 한 뒤, 자신은 개구리가 되어 그녀를 삼켜버렸다는 이야기도 있다.

티폰에게 번개를 던지는 제우스

기간테스를 쳐부수는 모이라 여신들

스 신들을 위협했어요. 처음 보는 막강한 적을 두려워한 올림포스 신들은 전부 이집트로 도망갔으나, 아테나 혼자 그 자리를 지켰습니다. 아테나의 비웃음에 참을 수 없던 제우스는 다시 올림포스로 돌아와서 티폰과 전투를 벌였어요. 그러나 티폰의 힘에 굴복한 제우스는 그에게 힘줄을 잘려 아무 힘도 쓸 수 없게 되었습니다. 티폰은 그를 동굴에 가두었고, 이후 헤르메스와 판 신이 그의 힘줄을 찾아 돌려주었지요. 힘을 되찾은 제우스는 티폰의 머리를 번갯불로 맞춘 후 곧바로 에트나 산을 티폰의 머리 위로 던져 가둬버립니다. 그래서 그리스 사람들은 에트나 화산이 분화할 때마다 티폰이 움직이기 시작한 거라고 믿었습니다.

이어서 제우스와 올림포스 신들은 거대한 기간테스와 힘겨운 일전을 펼쳤는데요. 인간의 힘을 빌려야 이 전쟁을 끝낼 수 있다는 예언을 받은 제우스는 반신반인 헤라클레스를 천상으로 불러와 기간테스와 싸우게 합니다. 헤라클레스는 기간테스의 맏이인 알키오네우스를 비롯한 무수한 기간테스를 죽였고, 전쟁은 올림포스 신들의 승리로 끝났어요. 흔히 기간테스는 하반신은 뱀의 형상이고 거대한 거인의 상반신을 한 모습으로 그려집니다. 일설에 따르면, 기간테스는 그들이 태어난 대지에서는 불사의 몸이기 때문에 아무리 부상을 입어도 죽지 않았는데, 헤라클레스가 그들을 하늘로 들어 올려 죽였다고 해요.

오케아노스의 자식들

바다의 신인 오케아노스는 가이아와 우라노스의 자식들인 티탄 12신

중 맏이입니다. 그는 누이인 테티스와 결혼하여 스틱스를 비롯한 많은 강을 수호하는 3천 명의 딸을 낳습니다. 그녀들이 바로 요정, 즉 님프인 오케아니데스예요(신통기 336-361). 이런 근친상간은 그리스 로마 신화에 너무나 흔한 것이니 더는 새삼스러울 것도 없지만, 그렇게 해서 낳은 자식의 수가 3천 명에 달했다니 놀라운 일입니다.

오케아노스와 테티스 사이의 장남인 강의 신 아켈로오스는 그리스에서 가장 큰 강을 상징하는 괴물입니다. 그는 데이아네이라에게 구혼하는 과정에서 헤라클레스와 연적으로서 다투기도 했는데요. 그가 황소로 변신했을 때 헤라클레스가 그의 뿔 하나를 뚝 분지르자 기가 꺾여 자신의 뿔을 돌려받는 대가로 헤라클레스에게 풍요의 뿔을 주었다고 합니다.

오케아노스와 테티스 사이의 딸 중 신화에 미친 영향력이 가장 큰 자는 지혜의 여신 메티스입니다. 그녀는 제우스의 최초의 아내이자, 크로노스에게 구토제를 먹여 그가 삼킨 아이들을 토해내도록 하는 방안을 떠올린 장본인이기도 해요. 그러나 가이아는 메티스가 사내아이를 낳으면 그가 제우스의 왕위를 뺏으리라는 예언을 내렸고, 이를 두려워한 제우스는 임신한 메티스를 잡아먹습니다. 그 후 출산이 가까워지자 제우스는 극심한 두통으로 울부짖었고, 이때 프로메테우스'가 제우스의 머리를 도끼로 쪼개자 거기에서 아테나가 완벽하게 무장한 채로 뛰쳐나왔다고 합니다. 이를 고대 모신의 처녀 수태와 관련짓는 견해도 있지만, 그렇다 해도 너무나도 비정하고 잔인한 이야기임을 부정

---

* 전승에 따라서는 헤파이스토스라고도 한다.

아켈로오스의 뿔을 분지르는 헤라클레스

아테나의 탄생. 제우스의 왕좌 밑에 작게 메티스가 그려져 있다.

할 수는 없습니다. 어쨌거나 이러한 배경에도 불
구하고 아테나는 제우스가 가장 사랑하는 딸이
되는데, 이에 대해서는 뒤에서 다시 볼게요.

그렇다면 다른 딸 중 언급해둘 만한 이는 누
가 있을까요? 우선 행운의 여신 튀케가 있습니
다. 그녀의 로마 이름인 포르투나(Fortuna)에서
행운을 뜻하는 영어 단어 'fortune'이 생겨났지
요. 그리고 저승 앞을 흐르는 강의 여신 스틱스
도 있어요. 그 스틱스가 낳은 딸 중 하나가 승
리의 여신인 니케(Niche)인데, 그녀의 영어 이름
을 본 따 만들어진 것이 유명 운동화 상표인 나

로마 황제와 함께 동전에
새겨진 빅토리아 여신

이키(Nike)입니다. 그리스 로마 신화에서 니케는 제우
스나 아테나의 힘을 드러내는 존재에 불과했지만, 로마에서는 승리의
여신 '빅토리아'로 독립하여 수많은 권력자의 정치적 승리를 상징하게
되었습니다. 로마의 지배자들이 발행한 많은 동전에 황제의 얼굴과 아
테나, 빅토리아 여신이 같이 새겨져 있는 것을 보면 알 수 있지요. 이
는 황제가 그들과 다르지 않다는 것을 상징하는 것이기도 합니다. 한
편 니케의 자매인 젤로스(Zelos)는 질투의 여신으로서 그녀의 이름에
서 질투를 뜻하는 영어 단어 'jealous'가 파생되었습니다.

오케아노스의 딸 테이아의 자식들인 케르코페스 형제는 나그네를
습격하는 도적인데, 이들은 결국 헤라클레스에게 토벌되는 운명을 맞
습니다. 오비디우스의 『변신 이야기』 14권에서 그들은 제우스의 벌을
받아 원숭이로 변해 그리스의 식민지인 나폴리 만의 두 섬에 살게 되

었다고 서술되어 있어요. 이러한 묘사는 당시 그리스의 식민지에 대한
공포를 표현한 것이라 볼 수 있습니다.

에키드나의 자식들

가이아와 타르타로스의 자식인 티폰은 제우스 최후의 적으로 손색
이 없는 거대괴물입니다. 그런데 그의 짝인 에키드나와 그 자식들에
대해서도 살펴볼 필요가 있어요. 그녀 역시 한때 위대한 토속 여신으
로 숭배되었다가 그리스 로마 신화에 의해 괴물로 전락한 존재 중 하
나이기 때문입니다.

헤시오도스는 『신통기』에서 가이아와 폰토스의 딸이 케토이고 그
딸이 에키드나라고 전하지만(신통기295), 에키드나의 출생에 대해서는
전해지는 이야기마다 말이 엇갈립니다. 그렇지만 어느 이야기에서나
그녀가 여성의 상반신에 뱀의 꼬리를 달고 있다는 것은 똑같아요. 에
키드나의 이러한 모습은 여성이자 뱀인 토속 모신이 변한 것입니다. 그
녀의 거처가 일정하지 않다는 점은 맹수나 이방인을 상징하고요. 흑
해 연안의 그리스 식민지 전설에 의하면 에키드나는 그 지방의 동굴에
살면서 헤라클레스의 말들을 훔쳤고, 헤라클레스가 되돌아오자 그와
관계를 맺어 스키타이 족의 조상이 되는 자식들을 낳았다고도 해요.
이 역시 그녀가 이민족의 여신임을 알 수 있게 해주는 이야기지요.

에키드나는 날고기를 먹고 신과 인간에게서 떨어져 지하 동굴에 서
식합니다. 또한, 신들과 마찬가지로 불로불사의 존재이지요. 그녀는 모
든 괴물의 어머니로서 티폰과 관계를 맺어 키마이라를 비롯한 수많은

괴물을 낳습니다. 그중에는 지옥을 지키는 개 케르베로스, 목이 아홉 개 달린 뱀 히드라가 있습니다. 또 세 남성이 한데 붙은 꼴인 거인 게리온의 가축을 지키는 머리 둘 달린 개 오르토스 역시 에키드나의 자식입니다.

티폰과 에키드나가 낳은 괴물 중에서 키마이라*는 머리가 셋인 괴물인데, 각각 사자, 암염소, 용의 머리를 하고 있으며 꼬리는 뱀입니다. 이 괴물은 입에서 불을 뿜는 것으로 악명이 높았지만 결국 영웅인 벨레레폰에게 패배했습니다. 유전적으로 유사한 두 식물을 접붙여서 탄생시킨 잡종 식물이나 키메라마우스 같은 다배(多胚) 생물을 키메라라고 부르는 것은 여기서 유래했습니다.

그 밖에도 에키드나는 바다괴물 스킬라도 낳습니다. 스킬라는 『오디세이아』에 나오는 괴물로 오디세우스의 항해를 방해하는데요. 그녀는 상반신은 아름다운 여성이지만, 허리에는 3중의 이빨을 가진 개의 머리가 여섯 붙어 있으며 하반신은 12개의 다리 혹은 뱀의 꼬리로 이루어져 있다고 합니다. 그녀는 소용돌이를 일으키는 괴물 카리브디스와 마주하고 바위 위에서 선원들을 잡아먹었어요. 그 후 헤라클레스가 게리온의 소를 데리고 오는 도중, 그녀는 그 소를 먹어치운 대가로 헤라클레스에게 퇴치 당했다고 합니다. 그렇지만 후일담에 따르면 그녀의 아버지인 포르퀴스가 마법으로 그녀를 되살렸다고 해요.

케르베로스는 『신통기』에 의하면 지옥문을 지키는 개로 3개(또는 50개)

---

* 그리스어로 키마이라는 암염소를 뜻하는 보통명사이지만, 고유명사인 괴수 키마이라는 신화 속의 괴물이다. 영어로는 키메라(chimera)라고 부른다.

키메라 청동 조각상

스킬라(루브르 박물관 소장)

왕명으로 케르베로스를 사로잡아온 헤라클레스와 겁에 질려 청동 항아리에 숨은 에우리스테우스 왕

의 머리와 청동을 치는 듯한 울음소리를 내며, 인육을 먹는 잔인한 존재로 묘사됩니다. 다른 전승에 의하면 그 머리와 꼬리에는 뱀이 붙어 있다고도 해요. 여러 개의 머리, 인육 식사, 금속성 목소리, 포악한 성격, 사악함의 상징인 뱀 등, 케르베로스는 괴물의 전형이라고 할 수 있어요. 그 외에도 에키드나는 괴물 자식들인 네메아의 사자, 머리칼이 뱀인 히드라를 낳는데 이들 모두 헤라클레스에게 패하고 맙니다. 헤라클레스의 조각이나 그림에 그가 사자의 가죽을 두른 이유지요.

　에키드나는 포르퀴스와의 관계에서 그라이아이*, 그리고 메두사를

포함한 고르고 자매, 케르베로스, 히드라, 라돈 등의 괴물도 탄생시킵니다. 그라이아이라는 3명의 노파인데, 태어나면서부터 머리가 백발이고 외눈에 이가 하나밖에 없었다고 해요. 그래서 자매들끼리 눈알과 이빨을 번갈아 사용하며 살아간다고 합니다(신통기270~273). 그라이아이와 자매 관계인 세 명의 고르곤 자매들은 오케아노스 저편에 살았는데요. 이들은 멧돼지 이와 청동 손과 황금 날개를 지니고 용처럼 목에 비늘이 있었다고 해요. 가장 무시무시한 점은 그들의 눈빛과 마주치면 누구나 돌로 변하는 저주였습니다. 세 자매 중 메두사만이 불사신이 아니어서 훗날 영웅 페르세우스에게 죽음을 맞이하게 되지요. 또한 에키드나는 아들 오르토스와 관계를 맺어 스핑크스와 네메아의 사자를 낳습니다. 스핑크스는 흔히 인간의 얼굴과 사자의 몸과 새의 날개를 가진 반인반수로 묘사되는데요. 이집트의 피라미드 옆에 있는 스핑크스는 남성이지만 그리스의 스핑크스는 대개 여성의 얼굴입니다. 이 괴물을 죽인 오이디푸스는 아버지를 죽이고 어머니와 결혼해 훗날 정신분석학에서 오이디푸스 콤플렉스라는 용어를 탄생시킨 장본인이에요.

메두사

메두사

티폰이 낳은 기형적인 괴물 중에서 가장 유명한 것이 메두사입니다. 헤시오도스는 『신통기』에서 고르고 자매의 하나로 그녀를 언급합니다. 메두사는 원래는 아름다운 처녀였는데, 포세이돈과 아테나 신전에서 관계를 맺은 죄로 여신의 미움을 사 끔찍한 괴물로 변해버렸다고 해요. 또 페르세우스가 그 목을 베었을 때 날개 달린 말 페가수스와 거인 크리사오르가 튀어나왔다고 합니다(신통기280~284). 이후 페가수스는 제우스에게 천둥과 번개를 날라주는 역할을 맡았습니다(신통기286). 한편 황금 머리칼을 가지고 태어난 크리사오르는 오케아노스의 딸 칼리로에와 결혼하여 머리가 셋인 게리온을 낳았어요. 스페인 남부에 살았다고 하는 전설도 있는 게리온은 소를 많이 가졌으나 나중에 헤라클레스에게 죽임을 당합니다.*

프로이트는 메두사의 얼굴이 여성의 음부를 상징한다고 보았습니다. 어머니의 음부를 본 아이가 이를 성기가 잘린 것이라고 상상해 거세당하는 공포에 사로잡힌다는 것이지요. 따라서 아이는 음모 하나하나를 성기를 상징하는 뱀으로 상상해 거세의 공포가 줄어들도록 합니다.

---

* 메두사에 대한 그 밖의 이야기는 오비디우스의 『변신 이야기』에서 나온다. 『변신 이야기』 4권에 의하면 메두사는 본래 머리칼이 아름다운 미녀였으나, 아테나 여신의 신전에서 해신 포세이돈과 관계한 탓으로 아테나에 의해 그 머리칼이 뱀으로 변한다. 한편 외손자에게 살해된다는 신탁을 받은 아크리시오스 왕은 딸 다나에를 청동탑 안에 가두지만 황금비로 변한 제우스가 다나에와 관계하여 아들 페르세우스를 낳게 한다. 그러자 아크리시오스 왕은 모자를 궤짝에 넣어 바다에 띄워 세리포스 섬까지 떠내려간다. 그곳의 왕 폴리덱티스가 다나에에게 추근대지만 아들의 보호로 욕심을 채우지 못한다. 그래서 왕은 페르세우스에게 메두사의 머리를 가져오라고 명한다. 메두사를 찾아 나선 페르세우스는 아테나 여신의 조언에 따라 그라이아이를 찾아간다. 눈 하나를 함께 사용한 세 노파가 서로 눈을 넘겨주는 순간 페르세우스는 그것을 훔친 뒤 날개 달린 신발과 얼굴이 보이지 않는 투구를 가진 요정들의 거처를 알고서 그것을 돌려준다. 그리고 요정에게 그 두 가지와 헤르메스에게 예리한 낫 도끼를 받아 고르고 세 자매를 찾아간다. 페르세우스가 세 자매를 찾았을 때 그들은 잠이 들어 그 눈을 보지 않고 메두사의 목을 벤다. 메두사의 피에서 포세이돈과 관계하여 임신한 페가수스라는 날개 달린 말이 생겨나 페르세우스는 그것을 타고 날아오른다. 에티오피아에서 그가 구출한 안드로메다를 아내로 삼은 그가 세르포스로 돌아와 왕에게 메두사의 머리를 보여주자 왕은 돌이 된다. 페르세우스는 은인인 아테나에게 메두사의 목을 바친다. 아테나는 그것을 자신의 상징으로 삼는다.

이는 남성 중심적인 사고방식에서 나온 해석이지만 원래 메두사 신화 자체가 남성 중심적이라는 점을 짚어두고 넘어가지 않을 수 없군요.

프랑스의 페미니스트 엘렌 식수는 『메두사의 웃음』*에서 메두사의 신화를 남성 중심 문화에서 이루어지는 여성 타자화의 본보기로 제시합니다. 즉 아름다운 여성에 대해 남성이 느끼는 매혹과 두려움을 표현하는 동시에, 남성에게 여성에 대한 매혹에 빠지지 말도록 경고하는 남성 중심주의의 책략이라는 말이지요.

메두사처럼 날개 달린 여성 괴물로 새의 머리를 한 하르피아가 있습니다. 이들은 무지개의 여신 이리스의 자매들이기도 하죠. 이들의 이름에는 '납치자'라는 의미가 있는데, 이름대로 하피는 무덤가에 출몰해 영혼을 잡아가곤 합니다. 또한, 그들은 지독한 기후의 이방에서 살며 한없는 굶주림을 겪어 언제나 창백한 얼굴에 고통에 차 있는 모습으로 그려집니다.

이처럼 그리스 로마 신화에 등장하는 괴물에는 공통점이 있습니다. 전부 동물의 형상이 섞여 있다는 것이지요. 이는 다시 인간과 동물을 혼합한 것과 여러 종류의 동물끼리 혼합한 것으로 분류할 수 있습니다. 그중 그리스 로마 신화에 더욱 많이 등장하는 괴물은 인간과 동물을 합성한 것입니다.

---

* 엘렌 식수, 박혜영 옮김, 『메두사의 웃음/출구』, 동문선, 2004.

단테의 신곡 삽화에 등장한 하르피아

괴물 3세대

크리사오르와 페가수스

괴물 3세대로는 위에서 본 디오니소스와 메두사의 자식인 거인 크리사오르와 페가수스를 들 수 있어요. 앞에서 보았듯이 헤시오도스의 『신통기』에는 디오니소스가 제우스와 세멜레의 아들로 나옵니다(신통기941). 그런데 디오니소스는 그리스가 아닌 이방 출신의 신이기 때문에 수소 혹은 수소의 뿔을 지닌 괴물로 취급당하기도 했어요. 그를 따르는 사티로스들도 염소 발굽과 말의 귀와 꼬리를 갖는 반인반수로 그려지는 한편, 탐욕스럽게 요정들을 따라다니는 난봉꾼으로 손가락질을 받았지요. 한편 거인 크리사오르는 '황금의 검을 가진 자'라는 뜻으로 그 검을 가지고 태어났다고 합니다. 또 날개 달린 천마(天馬) 페가수스는 신을 두려워하지 않고 인간의 한계를 넘어 사유하고 창조하는 예술가와 학자의 상징으로 여겨졌어요.

메두사의 잘린 머리에서
태어나는 크리사오르와 페가수스

로렐라이 바위

세이렌

다른 괴물 3세대인 세이렌은 강의 신 아켈로오스의 딸입니다. 인간과 물고기가 합쳐진 인어의 이미지는 세이렌에서 나온 거예요. 독일에 가면 장크트고아르스하우젠 부근 라인 강 오른쪽 기슭에 132미터가량 되는 바위가 솟아 있는 것을 볼 수 있는데요. 전설에 따르면 이 바위 위에서 물의 요정이 노래를 부르면 뱃사람들이 넋을 잃고 그 모습을 바라보다가 암초에 부딪혀 난파당했다고 합니다. 이러한 전설의 근원이 바로 세이렌이라고 할 수 있어요. 『오디세이아』에 의하면 세이렌들이 사는 섬은 인간의 해골과 배의 잔해로 온통 허옇게 물든 강으로 둘러싸여 있다고 해요.

프로메테우스

괴물 3세대 중 가장 유명한 것은 프로메테우스입니다. 그는 오랫동안 제우스에 반항하여 인간에게 불을 가져다준 문명의 아버지로 숭상됐어요. 그러나 최근 프로메테우스를 비난하는 시각도 나왔답니다. 그로 인해 인간이 자연을 지배하게 되었고, 이에 따라 자원을 낭비하고 생태계를 혹사한 탓에 오늘날처럼 어려운 환경에 처했다고 말입니다.*

　헤시오도스에 의하면 프로메테우스는 가이아와 크로노스의 자녀인 티탄 12신 중 하나인 이아페토스가, 오케아노스의 딸인 클리메네와의 사이에서 얻은 아들로(신통기 507-509) 티탄 족 괴물 3세대에 속합

---

* 데이비드 아널드, 서미석 옮김, 『인간과 환경의 문명사』, 한길사, 2006, 37쪽.

니다. 프로메테우스는 호메로스의 작품에는 등장하지 않고 헤시오도스의 『신통기』에만 등장하는데요. 여기에서 프로메테우스는 인간을 창조한 것이 아니라, 신과 인간을 갈라서게 한(신통기535) 존재로 나옵니다. 프로메테우스는 제사를 지낼 때 신이 맛있는 살코기를 가져가는 것을 못마땅하게 여긴 나머지 제우스더러 공물을 직접 선택하라고 합니다. 그러고는 황소 한 마리를 죽여 뼈를 먹음직스러운 비곗덩어리로 덮었지요. 제우스는 뼈와 살코기 중 겉보기에 맛있어 보이는 뼈를 골랐습니다. 그 후로 뼈는 신을 위한 음식, 살은 인간의 몫이 되었다고 합니다. 그 후 사람들은 신에게 바치는 공물로 뼈를 태우게 됐고(신통기556), 이를 괘씸하게 여긴 신은 더는 인간에게 불을 주지 않았습니다(신통기564). 엘리아데의 해석에 따르면 이로 인해 제우스는 황금시대의 채식을 포기한 인간을 미워하게 되었고, 인간은 고기를 요리할 불을 빼앗겼다는 것이지요(엘리아데1, 390). 그 후 프로메테우스가 불을 훔쳐 인간에게 주자 제우스는 화가 나서 그를 큰 쇠사슬에 묶었습니다(신통기615). 또 이에 대한 앙갚음으로 최초의 여인 판도라를 보내 인간 세상에 재앙이 퍼지게 하지요. 이처럼 그리스 초기의 프로메테우스는 인간에게 행복을 준 영웅이 아니라 불행을 가져다준 티탄 족 괴물이었습니다.

프로메테우스는 본래 선주민이 숭배한 불의 신이었습니다. 따라서 상식적으로 생각하면 본래 불의 신인 그가 굳이 이주민의 신인 제우스로부터 불을 훔칠 이유가 없겠지요. 반면 그리스 이주민들이 숭배한 불의 신은 헤파이스토스였어요. 이주민들은 인류에게 불을 준 것이 선주민의 신이라는 것을 인정하기 싫어서 본래의 신화를 뒤틀어 프로메테우스가 불을 훔친 것으로 바꾸었습니다. 판도라 신화도 마찬가지예요. 판도라는 원래 선주민의 모신이었습니다. 그러나 이주민들은 이를 받아들이지 않고 그녀를 저주를 몰고 온 여인으로 바꾼 것입니다.*

이상의 설명과 달리 가이아의 손자인 프로메테우스가 진흙으로 인간을 만들었다는 전승도 내려오는데요.** 프로메테우스에 관한 이야기가 처음으로 나오는 헤시오도스의 『신통기』에서 그는 인류에게 불을 가져다준 자로 소개됩니다. 하지만 그 후 플라톤의 『프로타고라스 혹은 소피스트들』에 의해 프로메테우스는 모든 종족의 시조로 주장됐고, 그 영향에 의해 소포클레스, 에우리피데스, 아리스토파네스 등에 의해 거인 족 전설이 생겨나지요. 즉 프로메테우스의 인간 창조설이라는 것은 기원후 4세기경에 생긴 전승에 의한 것이지(엘리아데1, 389) 그 전에 나오는 것이 아니라는 뜻입니다. 그렇지만 이러한 전승은

---

* 프로메테우스의 형제로 에피메테우스와 그의 동생인 아틀라스가 있다. 아틀라스는 제우스에게 저항했다가 하늘을 짊어지는 벌을 받는다. 옛 지도책에는 그의 그림이 함께 실려 그 이름은 지도를 뜻했다. 아프리카 북단의 거대한 산을 아틀라스에 비유하고 그 아래 바다를 아틀라스의 바다(Atlantic Ocean)라고 한 것이 지금의 '대서양'이다. 프로메테우스의 동생인 에피메테우스는 '나중에 생각하는 남자'라는 뜻인데, 두 사람의 이름에 공통된 메테우스란 메티스, 즉 지혜에서 유래한다. 프로메테우스는 티탄 족이면서도 제우스와 크로노스의 권력 투쟁에서는 제우스가 이길 것을 미리 알고 그의 편에 선다. 그래서 동생인 아틀라스가 제우스에게 벌을 받고 티탄 족이 땅 밑에 갇히게 됐을 때도 프로메테우스는 아무런 벌을 받지 않는다. 프로메테우스가 괴물이면서도 숭상된 것은 침략 지배자인 제우스의 편에 섰기 때문이다. 그러나 인간에게 불을 주었다는 이유로 그는 극형을 받는다. 불이 그만큼 중요했다는 뜻이다.

** 흙으로 인간을 만드는 신화는 수메르·이집트·그리스에서 인간 창조 신화는 수메르 이집트 그리스 신화를 거쳐 기원전 4세기경에 이르러서야 구약성서에서 아담 이야기로 각색되었다. 『에리두 창세기』에서는 바다의 신 남무와 출산의 신 닌마가 바다에 떠 있는 진흙을 가지고 검은 머리의 사람들을 만들었다. 『바빌로니아 창세기』에서는 진흙에 반란 주동자 신의 피를 섞어 인간을 만들었다. 이집트 신화에서는 크눔 신이 나일 강의 진흙으로 인간의 형체를 만들자 헤케트 여신이 생명을 불어넣었다. 구약의 『창세기』에서는 "하나님이 가라사대 우리의 형상을 따라 우리의 모양대로 우리가 사람을 만들고… 여호와 하나님이 흙으로 사람을 빚어 만드시고 생기를 그 코로 불어넣으시니 사람이 생명이 된지라"라고 했고 신약의 『요한복음』에서는 "이 말씀을 하시고 저희를 향하사 숨을 내쉬며 가라사대 성령을 받으라"고 나온다(20장 22절).

오늘날 대중적으로 정설인 것처럼 퍼져 있는데요. 가령 이솝 우화에도 프로메테우스가 인간을 창조한 것으로 나옵니다. 또 우리나라에서 발간된 그리스 로마 신화 서적을 보면 프로메테우스라는 이름이 '먼저 생각하는 남자'라는 뜻이어서 그는 "장차 올 세상을 먼저 깨달아 알고 인간을 만들었"(이윤기118)다고 설명하기도 해요. 그러나 『신통기』에 의하면 프로메테우스가 인간에게 불을 전하기 전에 이미 인간은 존재했습니다. 그러다가 프로메테우스가 위대한 인류애의 영웅으로 변모한 것은 아이스킬로스에 의해서고 기원전 5세기부터 아테네에서는 프로메테우스를 위한 축제가 매년 거행되었어요.

프로메테우스는 기독교가 지배한 중세에서는 한동안 잊혔다가 16세기 르네상스기에 아이스킬로스*의 비극 작품이 유럽인들에게 다시 읽히면서 재조명되었습니다. 덕분에 사람들은 그를 다시 "자유로운 영혼의 상징"으로 여기게 되었지요. 또한, 합리성과 자연에 대한 정복을 중요시한 18세기에 프로메테우스는 인류를 진보할 수 있게 한 선구자로도 해석되었습니다. 이어 낭만주의 시대에 와서 신을 능가하는 인간 본성의 가치를 직접 실천한 인물이 되었고요. 시인과 극작가들은 그를 전제 정치에 대항하는 숭고한 희생자의 모습으로 묘사했지요. 가령 괴테는 미완성 희곡 『프로메테우스』(1773)에서 독재자 제우스를 조롱하는 프로메테우스의 목소리를 그렸습니다."

---

* 그리스의 3대 비극 작가 중 한 사람. 정확한 출생 연도는 알려지지 않으나 기원전 4세기 즈음에 활동했다. 모두 90여 점에 이르는 비극을 지었으며 오늘날에는 『사슬에 묶인 프로메테우스』, 『오레스테이아』 등 7개의 작품이 남았다.

** 시선을 낮추어라 제우스, 나의 세상으로… 그가 거기 살고 있다! 나의 형상에 따라 나는 그를 빚었다.

프로메테우스

근대의 정치인 중에서 특히 나폴레옹은 프로메테우스와 자주 연결되었습니다. 비록 스스로 황제에 오르고 권력을 쥐면서 그러한 이미지를 잃고 말았지만요. 가령 베토벤의 3번 교향곡 「에로이카」(1804)는 그가 젊은 시절에 쓴 『프로메테우스의 창조물』을 음악적 요소와 결합한 작품인데요. 그는 처음에 이 작품을 나폴레옹에게 헌정할 생각이었다고 합니다. 그런데 나폴레옹이 황제에 등극했다는 소식을 듣자 이를 취소하고 이미 적어두었던 제목을 찢어버렸다고 해요.

영국의 낭만파 시인인 바이런은 「프로메테우스」 1절과 3절에서 다음과 같이 노래했습니다.

> 티탄이여! 인간의 현실이 아무리 고통스럽더라도
> 신들이 능멸해도 좋을 것으로 여기지 못하게 했던
> 불멸의 눈을 가진 이여!
> 인간에 대한 그대의 연민이 어떤 보상으로 돌아왔던가?
> 침묵의 고통, 견디기 어려운 고통, 바위, 독수리, 그리고 사슬,
> 잘난 체하는 자가 맛볼 수 있는 모든 고통,
> 그들에겐 어림없는 번민,
> 질식시킬 듯한 낭패.
> 그대의 신성한 죄는 인간에 대한 사랑,

나와 닮은 종족으로,
고통스러워하고, 울어야 하고, 즐기고, 쾌락을 맛보아야 하므로
그리고 널 경멸해야 하니까
나처럼!(에슨84-85 재인용)

그것은 그대가 들려준 교훈으로, 인간은 이로써 비참한 경험을 줄이고

'인간'을 제정신으로 강화할 수 있었다.

그러한 노력은 하늘의 이름으로 좌절당했으나,

그대의 끈질긴 인내로 이겼으니 '하늘'도 '땅'도 어찌할 수 없었다.

그대 불굴의 정신이 보여준 끈기와 저항에서

우리는 큰 가르침을 받는 것이다.

바이런은 나폴레옹에게 바친 송시에서도 이렇게 적었어요.

혹은. 천상에서 불을 훔쳐온 이처럼 그대로 이 충격을 견디어낼 수 있을까?

그리고 그 불도둑처럼, 용서받지 못할 이여,

독수리와 바위의 고통을 맛보려 하시는가?

바이런과 같은 영국의 낭만주의 시인인 퍼시 비시 셸리(1792~1822)˙도 『사슬에서 풀린 프로메테우스』(1820)에서 제우스를 독재자로 비난하며 그에 대항하는 프로메테우스를 다음과 같이 아나키스트로 찬양했습니다.

˙ 셸리는 밀턴의 『실락원』(1674)에서 묘사된 사탄을 프로메테우스와 마찬가지로 신의 권위에 도전한 존재로 보면서도 사탄보다 프로메테우스를 선호했다. 그 이유는 "용기와 당당함, 그리고 절대 권력에 맞서는 단호하면서도 끈기 있는 저항 의식과 더불어 그는 야망이나 시기심, 복수심, 그리고 개인적인 지위를 높이려는 갈망 따위의 흔적들로부터 면제된 존재로 묘사할 수 있는 여지가 많기 때문이다."(해리스, 2, 324 재인용)

왕홀(지배권) 없이 존재하는 자, 자유롭게 존재하는 자, 모든 한계를 떨쳐낸 자이다. 그는 계급도 없으며, 종족도 없으며, 국가도 없다. 다른 누군가로부터의 경외나 숭배도 없이 계급의식도 없이 그는 그 스스로 왕이다. 정의롭고 온화하며 지혜로움으로 가득한 그이기에 정열이 없다고 말해야 할까? 그렇지 않다. 다만 죄악과 고통과 그의 옛 주인으로부터 자유로울 뿐이다. 그의 의지가 그것을 만들어냈고, 그것을 따르고 있기 때문이다(에슨87 재인용).

20세기에 들어 프로메테우스는 프랑스의 소설가 카뮈의 『여름』(1946)이나 『반항인』(1951)을 제외한 다른 작가의 작품에서는 딱히 등장하지 않습니다. 카뮈는 그를 반항인이자 휴머니스트의 조상으로 그렸어요. 그러나 퍼시 비시 셸리의 아내이자 오늘날 SF 장르의 창시자라고 불리는 메리 셸리가 쓴 소설 『프랑켄슈타인 또는 현대의 프로메테우스』(1831)에서는 완벽한 인간을 창조하려다가 괴물을 만들고 마는 과학자가 등장합니다. 이처럼 과학기술의 남용은 자칫 재앙을 불러올 수 있으며, 이러한 관점에서 볼 때 현대의 프로메테우스는 자연을 파괴한 원흉이기도 해요.

프로메테우스는 고통스러운 시대였던 한국의 20세기에는 더욱 중요한 의미를 지닙니다. 20세기 전반인 일제강점기에 윤동주는 자신의 시 「간」에서 다음과 같이 노래했어요.

바닷가 햇빛 바른 바위 위에
습한 간을 펴서 말리우자.

코카서스 산중에서 도망해 온 토끼처럼

들러리를 빙빙 돌며 간을 지키자.

내가 오래 기르던 독수리야!

와서 뜯어먹어라, 시름없이

너는 살찌고

나는 야위어야지, 그러나,

거북이야!

다시는 용궁의 유혹에 안 떨어진다.

프로메테우스 불쌍한 프로메테우스

불 도적한 죄로 목에 맷돌을 달고

끝없이 침전하는 프로메테우스

　이 시에서 윤동주는 『별주부전』과 그리스 로마 신화에 나오는 간을 일부러 섞어 말하고 있습니다. 간은 생명의 핵심이에요. 그래서인지 굉장한 재생력으로도 유명하지요. 특히 코카서스 산중에 묶인 프로메테우스의 간은 독수리에게 매일 쪼아 먹히면서도 끊임없이 새로 돋아납니다. 이는 그에게 죽지 않는 삶과 끊임없는 고통을 가져다줘요. 그런데 이 시를 읽으면 의아한 부분들이 있습니다. 얼핏 보면 '나'는 토끼이고 '너'는 독수리인 것으로 해석하기 쉽지만, 그리스 신화에서 독수리는 제우스의 명으로 프로메테우스의 간을 쪼는 존재예요. 그렇다면 간을 지키는 '나' 토끼가 기른 독수리 '너'에게 간을 뜯어 먹으라고 하는 것은 무슨 의미일까요? 『별주부전』에서 토끼는 용궁을 찾아갔다가 지상으로 돌아왔는데 위 시에서는 코카서스 산중에서 도망친 것으로 나옵니다. 이 부분에 대해서는 여러 주관적인 의견이 있을 수 있지만, 일반적인 해석은 토끼가 프로메테우스이자 시인 자신을 뜻한다는 것입니다. 그렇다면 용궁은 제우스의 올림포스 궁전을 뜻하는 것일까요? 혹은 시대적 배경을 고려해서 일본 정부의 총독부 관저를 뜻하는 것으로 볼 수도 있겠네요. 그리스 로마 신화에는 프로메테우스가 목에 맷돌을 달고 침전한다는 장면은 없습니다. 이는 신약성서에서 예수가 산상설교(山上說教)에서 남에게 죄를 짓게 이끄는 자는 차라리 "연자 맷돌을 목에 달아 바다에 빠뜨리는 게 낫다"고 한 구절을 연상하게 해요. 20세기 후반 한국의 저항 시인 김남주도 프로메테우스를 소재로 독재에 저항하는 시를 썼고요.

그런데 이러한 노래 속의 프로메테우스가 신화 속의 그와 일치하는지 의문이에요. 그리스 로마 신화에 나오는 프로메테우스는 인간에게 불을 가져다준 신이자 인간의 편에서 제우스에게 저항했습니다. 따라서 괴테나 마르크스는 물론 윤동주나 김남주도 그를 예찬했겠지요. 일반적으로 잘 알려지지 않은 사실은 히틀러나 무솔리니 같은 독재자들도 그를 숭배했다는 점입니다. 독재자들은 자신을 백성에게 은혜를 주는 프로메테우스에 비유했을 뿐만 아니라 프로메테우스를 처벌한 제우스에도 비유하기도 했어요. 이러한 자기숭배는 갖다 붙이기 나름입니다. 제우스는 때로 위대한 지도자만이 아니라 사악한 독재자나 침략자에 비유되기도 했지만, 서슬 퍼런 절대 권력을 상징하는 번개와 천둥을 가진 자로서 모든 독재자의 부러움을 샀으니까요. 정복하고자 마음먹은 대상은 성별을 가리지 않고, 수단을 가리지 않고 정복하는 제우스야말로 모든 권력자가 이상으로 추구한 존재 아닐까요?

괴물 4세대와 그 밖의 괴물들

괴물의 씨가 마르다

앞에서 살펴본 프로메테우스와 크리사오르는 모두 괴물 3세대에 속한다고 볼 수 있습니다. 그중 프로메테우스는 클리메네와의 사이에 데우가리온을 낳았어요. 그리고 데우가리온은 에피메테우스와 판도라의 딸인 피라 사이에서 자식을 두었는데, 그 후손이 기원전 1220년경에 그리스에 침입한 인도-유럽어 족인 도리아인이라고 합니다. 한편 크리사오르는 오케아노스의 딸 카리로에와의 사이에 세 남자가 한 몸에 붙은 괴물 게리온을 낳았는데, 게리온은 후일 헤라클레스의 열 번째 과업에 의해 퇴치됩니다. 기타 괴물 4세대나 그 후의 세대는 그리스 로마 신화에서 거의 등장하지 않습니다. 아마도 영웅들이 괴물들의 씨를 말려서가 아닐까 싶어요.

게리온과 싸우는 헤라클레스

여성 전사 아마존

그리스 로마 신화에는 그 밖에도 많은 괴물이 등장합니다. 첫 번째로 소개할 것은 여성으로만 이루어진 전사 부족 아마존입니다.* 이들은 코카서스 산맥에서 약탈과 노략질을 일삼았다고 하며 오늘날에도 여러 대중문화를 통해 재창작되고 있는데요. 아마존의 여전사가 실재했는지는 분명하지 않지만** 바흐오펜은 이들을 모권제 사회의 증거로 보았습니다. 'Amazon'이란 가슴(mazos)이 없다(a)는 뜻으로 활을 쏘기에 거추장스러워 한쪽 유방을 잘라냈다고 하는데, 실제로 그러했는지는 알 수 없어요. 여하튼 대부분의 그림에서 그들은 가슴이 있는 것으로 그려집니다. 신화에 등장하는 다른 괴물들과 마찬가지로 아마존 역시 그리스인들과 싸운 외국인들이었어요. 그러나 야만을 상징하는 거인 족이나 켄타우로스와는 달리 아마존은 잔인하고 포악한 동시에 조형 예술품을 통해 아름답게 묘사되었습니다. 아마 당대의 그리스인들은 아마존에 대해 에로틱한 매력을 느꼈나 봅니다. 아마존에 대한 그리스인의 이러한 이중적인 묘사는 가부장제의 침입자에 저항한 원주민 모권 족을 두려워하여 비하한 것으로 볼 수 있습니다.

---

* 아마존 토벌의 기원은 기원전 7세기에 쓰인 『아이티오피스』라는 서사시로, 그리스 군이 토로이 성 밖 평원에서, 트로이를 구원하러 온 동양 여전사 군단인 아마존을 토벌하고 그 여왕 펜테시레이아를 죽였다는 것이다. 아테네인은 이 이야기에 아마존 군이 아티카 본토에 침입하자 아티카 영웅 테세우스에게 토벌됐다고 추가했다. 이는 아테네의 기원에 남녀 대립을 가미한 것이다. 그 뒤에 항아리 그림에서는 아킬레우스가 여왕을 죽인 것으로 바뀌었다.

** 아마존의 실존을 부정하는 견해는 그리스인들이 히타이트 족이나 몽골로이드 족과 싸움을 벌일 때 그들의 얼굴에 수염이 없어서 여성으로 오인하였다고 보기도 한다. 그러나 최근 중앙아시아 등에서의 여러 가지 고고학적 발굴은 아마존 사회가 존재할 수 있었다는 사실을 보여주기도 한다.

아마존은 그리스가 페르시아 전쟁* 등을 겪으면서 비그리스인들을 어떤 관점으로 바라보았는지 잘 보여줍니다. 한편으로 이는 부권사회인 그리스에서 자기들의 정치 체계와 정반대인 여성 통치에 대한 두려움을 표현한 것으로 볼 수도 있어요. 즉 남성 중심 사회인 그리스인들이 자신들과 대조적인 사회를 상상한 것 중의 하나가 아마존이며, 그런 모권사회를 멸시하고 자기들 사회의 우수성을 과시했다는 것입니다. 그리스인들은 이러한 과장된 대립관계

전투를 준비하는 아마조네스

를 설정하여 대립적인 이념의 세계를 상상했는데요. 즉, 자신들의 사회는 정의와 법을 지키는 문명사회인 반면 비그리스인의 사회는 불의와 폭력이 지배하는 야만사회라는 식인데요. 페르시아 전쟁을 계기로 이민자가 증가하여 아테네 인구가 급격히 늘어나면서 이민자에 대한 불안과 공포가 이러한 상상을 부추겼을 가능성이 큽니다.

---

* B.C492에 시작되어 여러 번의 원정에 걸쳐 B.C448까지 이어진 그리스와 페르시아 사이의 전쟁. 당시 마라톤 전투의 결과를 알리기 위해 쉬지 않고 달리다 숨진 전령을 기리기 위함이라는 마라톤 경기가 유래한 전쟁이기도 하다. 그리스를 정복하려고 한 대제국 페르시아를 그리스의 도시국가들이 연합하여 용맹하게 막아냈다는 것이 일반적인 해석이었으나, 오늘날에는 이러한 해석이 서구 중심적이라는 비판도 제기되고 있다.

라이스트리곤

식인종 거인인 라이스트리곤은 오디세우스가 트로이에서 귀국하는 항해 도중에 마주친 야만족들입니다. 이들은 이방인인 시칠리아인들을 상징해요. 이들로부터 부하 대부분을 잃고 간신히 도망쳐 나온 오디세우스는 이번에는 기억상실증을 일으키는 로토를 먹는 로토파고스를 만납니다. 그의 부하들은 이 이민족으로부터 로토를 얻어먹고 환각에 빠져요. 그 밖에도 그리스 로마 신화에는 다양한 이방인들이 등장하는데, 그중에는 동굴에서 파충류를 먹고 박쥐 소리 비슷한 말을 하는 에티오피아인, 거대한 거미들이 사막에 땅굴을 파서 드러내 놓은 금을 채취한 인도인도 있습니다. 또 킴메리아인은 땅속, 안개가 자욱한 나라에서 살았고, 외눈박이 아리마케스들은 무시무시한 그리핀*이 지키는 금을 뺏으려 했다고 전해지지요.

난쟁이 족

그리스 로마 신화에는 거대형인 거인 괴물뿐만 아니라 과소형인 난쟁이들도 등장합니다. 이들은 보통 흑인으로 상상되는데요. 가령 아프리카의 피그미 족으로 추측되는 피그마이오이 족은 신체가 지나치게 작고 괴이하되 유독 남근만이 크게 과장되어 그려집니다. 그 종족의 이름이 약 35cm를 뜻하는 pygme에서 유래했을 정도니 참 희한한 상상력이라고 할 수 있겠네요. 그리스 로마 신화에서 그들은 아프리카, 인도,

---

* 독수리의 머리와 날개, 앞발을 지니고 사자 몸통을 지닌 괴물.

스키타이에 산다고 여겨졌습니다.* 이들의 존재는 신화만이 아니라 역사로도 기록되었습니다. 가령 기원전 6세기 소아시아 밀레토스의 역사가인 헤카타이오스는 피그마이오이 족이 남아프리카에 살았다고 했고, 기원전 4세기의 역사가인 크테시아스는 그들이 인도에 살았다고 했어요. 또 헤로도토스와 아리스토텔레스는 중앙아프리카의 난쟁이 족이 이집트를 통하여 일찍부터 그리스에 왔다고도 했습니다.

기형 괴물

그리스 로마 신화에는 신체 일부가 너무 많거나 적게 달려서 기형이 된 괴물도 많이 등장하는데, 전자가 후자보다 많습니다. 대표적인 것이 앞에서 본 "백 개의 팔과 쉰 개의 머리를 가진"(신통기151-152) 헤카톤케이르 3형제지요. 또 온몸에 눈이 백 개나 달린 아르고스도 있습니다. 아르고스는 제우스의 아내 헤라의 명령을 받아 암송아지로 변한 이오를 감시했는데, 눈이 백 개라서 잠을 잘 때조차 눈을 뜨고 있어 도저히 도망칠 수 없었다고 해요. 이에 제우스가 연인 이오를 구출하기 위해 전령의 신 헤르메스를 파견했고, 헤르메스가 피리로 자장가를 연주하자 아르고스는 결국 모든 눈을 감고 졸았다고 합니다. 그 기회를 타 헤르메스는 단칼에 아르고스를 살해했다지요. 헤라클레스가 싸운 괴물에도 신체 일부가 과잉인 존재가 많습니다. 가령 제2 위업의

---

* 이들은 트로이 전쟁을 다룬 서사시 『일리아스』의 3권 첫 부분에서 비유적 표현으로 언급되기도 한다. 여기서 그들은 겨울의 태풍과 장마를 피해 오케아노스 남쪽으로 온, 키가 큰 두루미 족과 매년 싸워 패배하여 죽음을 맞았다는 전승이 있음을 알 수 있다.

오딜롱 르동이 그린 키클롭스(1900년경 작품)

히드라, 제10 위업의 게리온, 제12 위업의 케르베로스 등 대부분 머리가 여럿 달린 괴물들이 그렇지요. 그들의 머리가 몇 개였는지는 3에서 100까지 전승에 따라 다양합니다. 그중 히드라는 머리를 하나 자르면 두 개가 자라나는 것으로 악명이 높았어요.*

다음은 외눈박이 거대 괴물 키클롭스처럼 신체 일부가 결여된 존재들을 보겠습니다.** 키클롭스는 아버지 우라노스에 의해 지하에 갇혔다가 제우스에 의해 해방되어 그 감사의 표시로 제우스에게 번개와 천둥을 선물합니다. 키클롭스는 『오디세이아』 9권에서는 바다의 신 포세이돈의 아들 폴리페모스로 등장하는데요. 선주민인 가이아의 아들이든 바다 신의 아들이든 모두 그리스 밖의 외부 출신임을 상징한다는 점은 마찬가지입니다.

동물-인간 합성 괴물

그 밖의 기형 괴물들로서는 동물과 인간의 합성형이 있습니다. 먼저 새와 인간의 합성으로는 『오디세이아』 12권에 나오는 세이렌과 하르피아가 유명합니다. 동물끼리 섞어놓은 것으로는 대표적으로 키마이라가 있지요. 그리스와 이집트의 상징이 합쳐진 세라피스는 영원을 상징하는 신인데 그는 과거·현재·미래를 상징하는 동물과 뱀을 몸에 감고

---

* 헤라클레스의 적으로는 막대한 피해를 초래하는 괴물들도 있다. 제1 위업의 적인 사자 네메아나, 제7 위업의 크레타 황소는 가축이나 토지를 황폐하게 만든다. 물뱀인 히드라는 물을 오염시키고 제8 위업의 디오메데스 식인마는 야만의 상징인 인육을 먹는다. 단 제10 위업의 게리온 황소는 머리와 몸이 각각 셋인 괴물이지만 무법자가 아니라 도리어 자신이 키운 많은 소를 뺏기는 피해자다.

** 그는 거대 괴물이기도 하므로 이 항목에서 첫 번째로 살펴본 분류에도 들어맞는다.

W BOVGVEREAV 1873

사티로스와 님프들

있습니다. 그 밖에도 여러 가지 모습으로 둔갑하는 무시무시한 복수의 여신 네메시스가 있어요.

반은 인간이고 반은 염소나 말인 사티로스들은 간교하고 짓궂은 숲의 악마들이었고 요정과 인간 여성들을 뒤쫓으며 괴롭혔습니다. 이들은 마음대로 변신할 수 있었고 늙어서는 실레노스라고 불렸어요. 반은 인간이고 반은 염소인 판도 사티로스처럼 변신 재주가 있었는데, 그 역시 성욕에 허우적거리며 요정들을 쫓아다녔습니다. 또 텔키네스는 바다와 땅의 아들인 악마들로서 하반신이 물고기나 뱀으로 그려졌고, 발에는 물갈퀴가 달려 있었지요. 이들은 눈빛으로 마법을 걸 수 있었다고 합니다. 그들은 로도스 섬에 살며 화산 폭발과 지진을 일으키기도 했어요.

그리스 로마 신화에서 반인반수의 혼합형 괴물로 대표적인 존재는 미노타우로스입니다. 미노타우로스는 크레타 섬의 왕인 미노스와 암소를 뜻하는 그리스어 타우로스의 합성어인데요. 미노스 왕의 아내 파시파에가 소와 교접해서 낳은 자식이라고 합니다. 이 괴물은 이름에서 보듯이 머리는 소고 그 아래는 인간인 반인반수예요.*

---

* 제우스가 에우로페를 겁탈해 낳은 미노스가 왕위에 오르기 전 바다의 신 포세이돈에게 자신이 제우스의 아들이라면 황소 한 마리를 보내달라고 청한다. 황소 덕분에 왕이 된 미노스는 포세이돈에게 황소를 제물로 바친다는 약속을 어겨 포세이돈이 그 벌로서 미노스의 아내인 파시파에로 하여금 황소에게 욕정을 갖게 한다. 그 뒤 파시파에가 '지상의 헤파이스토스'라는 다이달로스의 도움을 받아 수간으로 낳은 아들이 미노타우로스다. 미노스는 인육을 요구하는 이 위험한 괴물을 다이달로스가 만든 미궁에 가둔다. 그 미궁은 일단 발을 들인 뒤에는 나올 수가 없다. 미노스는 미노타우로스의 식욕을 채우기 위해 소년 소녀를 산 채로 크레타로 보내도록 아테네에 요구한다. 이에 대해 아테네 왕자 테세우스는 스스로 희생자로 자원하여 크레타로 간다. 미노스 왕의 딸 아리아드네는 테세우스에게 반해 그에게 실 꾸러미를 준다. 테세우스는 그 실 꾸러미의 한쪽을 미궁 입구에 묶고 미로를 들어가 미노타우로스를 죽인 뒤 실 꾸러미와 함께 무사히 탈출한다. 그 뒤 테세우스는 아리아드네와 함께 크레타 섬을 벗어나지만 낙소스 섬에 그녀를 두어 그녀는 아르테미스의 화살에 맞아 죽었다거나 디오니소스의 아내가 됐다고도 한다. 한편 테세우

또 다른 괴물로 켄타우로스가 있습니다. 하반신은 말이고 상반신은 인간인 반인반마인 종족이지요. 판타지 소설 『해리 포터』나 이를 원작으로 한 영화에서 켄타우로스는 지적이고 현명한 부족으로 그려집니다. 하지만 이와 달리 그리스 로마 신화에서 이들은 야만적이고 공격적인 종족입니다. 또 호색한인 데다 술에 취하면 난폭해져서 걸핏하면 사고를 저지르죠. 켄타우로스의 이러한 양면적 성격은 인간의 이성과 야성의 결합을 상징합니다. 그러나 그들 중에도 총명한 케이론과 선량한 포로스와 같은 예외가 있어요. 케이론은 궁술과 의술, 사냥, 음악 등에 능한 최고의 교육자로 아킬레우스 등의 여러 영웅을 키워낸 스승입니다. 한편 포로스는 헤라클레스를 손님으로 맞았을 때 자신은 평소 식습관대로 날고기를 먹었지만 헤라클레스에게는 구운 고기와 포도주를 대접했는데요. 덕분에 날고기를 먹는다는 야만스러운 점과 함께 손님을 접대한다는 문명적인 면을 동시에 상징하지요.

그 외의 괴물들

또 그리스 로마 신화에는 무시무시한 마녀들도 등장합니다. 세 개의 몸을 지닌 것으로 묘사되는 지하의 여신 헤카테*와 그녀가 데리고 다

스는 아테네에 무사히 귀국하면 배에 흰 돛을 달겠다고 아버지 아이게우스와 약속했으나 이를 잊고 검은 돛 그대로 귀국하여 아들이 죽은 줄 오해한 아버지는 바다에 빠져 죽는다. 그로부터 '아이게우스의 바다'로 불린 것이 오늘의 에게 해라고도 한다. 한편 테세우스가 미노타우로스를 죽이고 미궁을 빠져나가자 미노스는 다이달로스와 그의 아들 이카로스를 미궁에 가둔다. 다이달로스는 날개를 만들어 이카로스를 데리고 첨탑 위로 올라가 탈출을 시도한다. 그러나 이카로스는 날개가 떨어져 추락한다. 이카로스의 이름은 후일 이상을 추구하다 실패한 사람들에게 붙여졌다.

* 달의 여신과 대지의 여신, 지하의 여신이 하나로 합쳐진 여신. 본래는 번영을 베푸는 여신이었다. 그러나

니는 흡혈귀 케르,* 머리칼이 뱀으로 뒤엉킨 정령으로 범죄자를 끝까지 쫓아다니며 고통을 주는 복수의 여신 에리니에스, 청동의 다리를 가지고 여러 가지 모습으로 변해, 밤에는 여성과 아이들에게 나타나 괴롭히고, 미녀로 변해 남자를 유혹하여 잡아먹는 엠포사 등입니다.

이러한 기형적 존재는 신화만이 아니라 역사적 사실로 취급되기도 했습니다. 가령 역사학의 아버지라고 불리는 헤로도토스는 인도에는 개보다는 작아도 쥐보다는 큰 개미가 있다고 자신의 책에 적기도 했어요. 또 기원전 4세기의 역사가 크테시아스도 인도에는 고개를 젖혀 위를 보고 자면서 다리를 들면 우산을 대신할 정도로 다리가 큰 족속이 산다고 했습니다. 이처럼 주로 페르시아나 중국, 인도 등의 동양 괴물은 르네상스 이후에 더욱 빈번하게 등장해요. 일례로 르네상스 시기 유럽에서 베스트셀러가 됐던 존 만데빌의 『동방 여행기』(1356)에는 저자가 인도와 중국이나 인도양 등에서 목격했다는 여러 괴물이 나옵니다. 가령 머리가 없이 가슴이나 어깨에 눈과 입이 붙은 것, 귓불이 너무 커서 그것에 싸여 잠자는 것, 머리가 학처럼 긴 것, 아랫입술이 너무 커서 그것으로 얼굴을 덮고 자는 것 등이지요. 한반도는 그러한 서양인들의 공상적인 기록에 등장한 적이 없지만, 아마도 우리 조상들 역시 그런 괴물 동양인의 일부로 상상되지 않았을까요?

후일 죽음이나 저주와 연관된 측면이 강해지면서 무시무시한 마녀로 변화했다.

* 검은 날개와 희고 긴 이가 있어서 죽거나 상처 입은 자의 피를 빨아먹는 죽음의 여신.

존 만데빌의 책에 그려진 동양인들

존 만데빌의 책에 그려진 '솜이 자라는 식물'

그리스 로마 신화 괴물의 차별 구조

동서양 신화에 등장하는 괴물들

「괴물」이라는 영화를 보면 미군 부대에서 버린 화학 폐기물 때문에 한강에 괴물이 출몰하는 장면이 나옵니다. 기괴하고도 낯설기 짝이 없는 모습인데요. 우리나라에는 용이나 이무기 같은 전통적인 괴물이 있지만 「괴물」에 나오는 흉측한 서양식 괴물은 없었던 듯합니다. 영화 제작진들이 이 괴물에 대한 착상을 어디서 얻었는지 모르지만 저는 '괴물' 하면 그리스 로마 신화부터 떠오를 때가 많아요. 수많은 종류의 괴물이 역사상 최초로, 가장 화려하고 다양하게 등장하는 것은 아무래도 그리스 로마 신화가 아닐까 싶으니까요.

동서양의 신화에 나타나는 괴물들을 비교해볼까요? 가령 동양 신화에서 일각수는 성인의 탄생을 알리는 존재이며 우정과 평화를 상징하지만, 서양 신화의 유니콘은 위험한 존재로 받아들여졌습니다. 중세 말까지 서양인들은 일각수를 탄 야만인이 이교도들의 황무지에 산다고 여겼고, 신대륙 발견 이후에도 바다 건너 먼 나라에는 켄타우로스를 비롯한 괴물들이 산다고 믿었습니다.

그리스 로마 신화에서 괴물을 동물로 표현한 것과 달리 이집트 신화에서는 신을 동물로 형상화했습니다. 고대 점성학에서는 대담하고 호전적인 '하늘의 신'을 남자 전사(위엄 있는 아레스 신)나 용감한 숫양으로 묘사했는데 양쪽 다 신으로서 위상은 같았어요. 또 이집트 신화에 나오는 신 대부분은 동물의 머리를 얹고 있고 파라오의 수호신인 호루스는 매의 모습을 하고 있는데요. 호루스는 아버지를 죽인 음흉한 삼촌 세트를 죽이고 세계를 악의 구렁텅이에서 구원합니다. 그리고 사랑의 여신인 바스트는 고양이, 파괴와 재생의 여신 세크메트는 암사자로서 인간을 징벌하기도 구원하기도 하는 전사입니다. 또 죽은 이의 인도자이자 저승의 문지기인 아누비스는 개의 모습을 하고 있어요. 비잔티움 사람들이 후일 기독교를 받아들였을 때 그들의 성인을 아기 그리스도를 업은 개로 형상화한 것은 그 영향입니다. 그 외에도 이집트 신화에서는 풍뎅이, 암소, 악어, 자칼의 모습을 한 신들이 있었어요.

이집트 신화만이 아니라 다른 여러 신화에서도 동물은 중요한 상징이었습니다. 가령 인간에게 불을 가져다준 존재는 그리스 로마 신화에서는 프로메테우스예요. 그런데 페루·오스트레일리아·멕시코 신화에서는 벌새, 미국 북서부 연안의 인디언 신화에서는 까마귀, 북미 초원지대 인디언 신화에서는 코요테, 벵골 만의 안다만 제도에서는 물총새가 같은 역할을 합니다.*

---

* 세르기우스 골로빈, 이기숙 외 옮김, 『세계 신화 이야기』, 까치, 2001, 40쪽.

반대로 그리스 로마 신화에서 동물이 괴물과 연관되었다는 것은 앞에서도 보았지요. 머리카락 대신 뱀이 달린 메두사는 영웅 테세우스에 의해 목이 잘립니다. 한편 성서 속의 뱀도 악마의 상징으로 나타날 때가 종종 있지만, 원래의 유대인 전승은 어떤 피조물도 사악한 존재로 보지 않았어요. 모세의 지팡이 이야기에서 보듯이 뱀은 신의 권위를 드러내는 존재였지요. 또한, 가령 뱀들이 뒤엉킨 머리장식을 쓴 아스텍의 여신들처럼 뱀은 다른 신화에서도 생명력과 천지창조의 상징이었습니다. 특히 뱀의 친척인 용은 거대한 변혁을 상징했어요. 그러나 그리스 로마 신화에서는 왕뱀 퓌톤을 죽이고 그 자리에 태양신 아폴론이 신탁을 내리는 델포이 신전을 세웠다는 신화에서도 알 수 있듯이 저주받아 마땅한 괴물일 뿐이었습니다.

그리스 로마 신화와 이집트 신화에는 공통으로 스핑크스가 등장합니다. 하지만 그 역할은 정 반대지요. 이집트 신화에서 스핑크스는 남성이자 위대한 태양신이지만 그리스 로마 신화에서는 여성이자 인간을 죽이는 괴물로 남성 영웅 오이디푸스에 의해 최후를 맞이합니다. 그러나 그리스에서도 시대에 따라 스핑크스는 다양한 모습으로 바뀌었어요. 즉 초기 그리스 도자기에 스핑크스는 우아한 여성으로 그려졌으나, 아이스킬로스의 『테바이를 공격하는 일곱 장수들』에서 그녀는 무서운 요괴로 '국가의 치욕'이자 '날고기를 먹는 자'로 변했습니다. 이는 사회에 가부장주의가 강해지면서 일어난 변화였지요. 그리스 로마 신화에는 왜 괴물이 많이 나올까요?

흔히 그리스 로마 신화는 인간적이라는 찬사를 받습니다. 하지만 이는 그러한 신화를 이상화한 서양인들의 말을 그대로 따라 한 것에 불과해요. 그리스 로마 신화를 보면 인간보다도 괴물이 주인공이라고 할 정도로 종류도 많고 다양합니다. 우선 괴물은 세상의 생성과 함께 태어났어요. 그러니 신이나 영웅이나 인간보다 더 먼저 등장한 셈입니다. 그야말로 "태초에 말씀이 있었다"가 아니라 "태초에 괴물이 있었다"라고 할까요? 그리고 신화를 읽어갈수록 괴물은 너무나도 빈번하게 등장해요.

그렇다면 그리스 로마 신화에서 괴물이 차지하는 비중이 이렇게 큰 이유는 무엇일까요? 그리스인들은 자신들이 무서워한 것들을 모두 괴물로 그려냈기 때문입니다. 여기에는 외부 세계의 자연과 외적과 미지의 세상, 그리고 내부 세계의 이단자와 여성을 포함한 피지배자인 인간 모두가 포함되지요. 그런 점에서 저는 그리스 로마 신화가 반(反)휴머니즘-반인간주의를 담고 있다고 봅니다.* 그렇기에 여태까지 그리스 로마 신화에서 앞세워진 신과 영웅 대신, 무시되어온 괴물과 인간을 통해 신화를 재해석하고자 하는 것이고요.

현실에서와 마찬가지로 신화에서도 괴물은 반드시 억압하거나 타도하거나 죽여야 하는 사악한 존재로 여겨집니다. 그러한 괴물을 죽이기 위해 신과 영웅이 등장하지요. 즉 괴물을 타도하고 죽이는 주체인 신과 영웅 말이에요. 그러한 신과 영웅의 이야기는 조금 있다가 이 책의 3장에서 살펴볼 거예요.

고대 그리스 시대에 괴물의 나라란 그리스 외의 나라인 야만국을 뜻했으며 괴물이란 그곳의 야만인을 뜻했습니다. 당시의 비(非)그리스

---

* 이는 괴물도 본래는 인간임에도 괴물로만 취급하는 묘사가 많다는 점에서도 그러하다.

인에 대한 대접은 백인이 아닌 다른 인종에 대한 배척으로 이어져 지금까지도 흑인종이나 황인종에 대한 인종차별로 남아 있어요. 따라서 그리스 로마 신화는 인종차별의 원형이라고 볼 수 있겠군요. 또한, 오리엔탈리즘*의 모태이자 제국주의의 근원이라고도 할 수 있겠고요.

그리스에서 야만이란 페르시아를 비롯한 동쪽의 적, 즉 동양의 적인 현재의 아랍 지역을 뜻했습니다. 이런 적대관계는 이라크전쟁**이라 불리는 미국 부시 정부의 아랍 침략까지 이어지고요. 「300」, 「트로이」, 「알렉산더」, 「헤라클레스」 등의 할리우드 영화들 역시 그러한 인종차별을 노골적으로 보여줍니다. 이러한 영화 대부분은 역사적 사실을 바탕으로 했음을 강조하기 때문에 아랍인을 아예 괴물로 등장시키지는 않아요. 하지만 그리스 로마 신화에서 이민족은 다양한 괴물로 등장하고, 이를 쳐부수는 그리스 영웅만이 인간 혹은 신으로 대접받습니다. 또 「300」 같은 영화에서 페르시아인은 기형적인 괴물들의 군대로 묘사되며 크세르크세스 대왕마저 흑인에다 동성애자에 대한 선입견을 그대로 보여주는 변태적인 복장으로 등장합니다. 이들과 대조

---

* 본래는 동양학, 또는 유럽의 문화 예술에서 나타난 동양적인 풍조를 가리키는 용어였다. 그러나 팔레스타인 출신의 미국 문학평론가 에드워드 사이드가 저서 『오리엔탈리즘』을 통해 지적한 이후, '동양에 대한 서구의 왜곡과 편견'을 뜻하게 되었다. 가령 서양에는 다양한 나라와 문화들이 존재하지만, 동양은 '동양적인 것'이라는 하나의 선입견으로 뭉뚱그려져 나타나는 것이 이에 속한다.

** 미국과 영국 등의 연합군이 이라크를 침공한 전쟁으로 부시 정권이 명명한 '테러와의 전쟁' 중 두 번째 전쟁. 당시 미국 대통령이던 조지 부시는 이라크가 화학무기나 핵무기 등 대량살상무기를 보유하고 있다고 주장했으며, 미국은 이 전쟁을 통해 사담 후세인 독재 정권을 무너트렸다. 그러나 전쟁 후에도 이라크에 대량살상무기가 있다는 증거는 발견되지 않았고, 오히려 전쟁은 이라크에 수많은 민간인 희생자와 정치적인 혼란만을 불러왔다. 특히 미국은 석유 등 이라크의 이권을 차지하기 위해 전쟁을 일으켰다는 비난을 받고 있으며 이로 인해 이라크에 반미주의 정서를 불러오는 계기가 되었다. 이라크 전쟁은 2003년 3월 20일부터 시작해 2011년 1월 23일에 미군이 철수함으로써 간신히 막을 내렸다.

실제 역사 속의 페르시아 대왕 크세르크세스 1세

적으로 그리스 용사들은 망토만 걸친 채 우람한 복근을 보여주며 건강한 육체미를 과시해요. 이 그리스 용사들은 전부 다 백인으로 묘사되고 이성애자처럼 그려집니다. 그리고 수적 열세에도 불구하고 영화의 거의 마지막까지 페르시아인을 상대로 용맹을 떨치지요. 이렇듯 영웅이 외부의 적인 괴물에 맞선다는 구도는 「스타워즈」나 「람보」 등의 다른 할리우드 영화에서도 끊임없이 되풀이됩니다.

이러한 그리스 로마 신화는 그야말로 서양 문화의 원형이라고 볼 수 있어요. 이는 수천 년 동안 서양 문화에 끝없이 영향을 미쳐왔습니다. 그래서 서양 문화를 이해하려면 반드시 신화를 알아야 한다는 말이 나오는 것이지요. 그러나 신화의 근본적인 부분이 히틀러나 무솔리니를 비롯한 독재자들의 침략과 맞닿아 있다는 사실은 잘 알려지지 않았습니다. 하지만 조금만 생각해보면 이는 잘 알 수 있는 사실이에요. 수천 년간 서양의 역사란 잠시간의 평화를 제외하면 전부 제왕들의 독재와 제국 간 치고받는 침략 전쟁으로 점철된 세월이었기 때문입니다. 또 그 외에도 권력 투쟁과 계급 투쟁과 남녀 투쟁 등을 그리스 로마 신화만큼 적나라하게 드러내는 이야기는 없어요. 그런 점에서 그리스 로마 신화가 서양 문화의 근본이라는 점은 여러모로 진지하게 다뤄져야 할 부분이라고 생각합니다.

그런데도 그 점은 쉽게 간과되고는 합니다. 오로지 그리스 로마 신화를 비판 없이 받아들이는 소설, 동화, 만화, 영화, 게임 등등의 대중적인 오락물이 수천 종 이상 탄생했을 뿐이지요. 아마도 이는 앞으로도 끊임없을 것 같습니다. 뿐만 아니라 그리스 로마 신화를 갖가지 미사여구로 찬양하는 연구서나 학술서도 서점을 점령하고 있어요. 독재와 침략, 탄압과 착취, 억압과 유린, 살인과 절도, 강간과 근친상간 등등의 온갖 끔찍한 이야기가 아무런 거부감도 일으키지 못한 채 고전이라는 이름으로 소비되고 있는 것입니다. 이것이 현재 우리의 대중문화와 학술 문화를 형성하는 것의 실체입니다. 게다가 이는 우리의 정치, 경제, 사회, 문화에도 큰 영향을 미치고 있어요. 이는 일종의 서양에 대한 사대주의와도 관련이 없지는 않을 듯합니다. 그러므로 더는 생각 없이 이러한 신화를 숭배하기만 해서는 안 되겠죠.

그리스 로마 신화 괴물의 전통

이렇듯 세계의 중심인 그리스만이 '정상'이고 나머지 외부는 모두 '이상'이라는 사고방식은 서구 중심주의로 확장되어 오늘날까지 이어지고 있습니다. 어쩌면 이러한 사고방식 자체가 부당한 것이라고 볼 수는 없을지도 몰라요. 우리나라는 물론 모든 나라 사람들에게도 자신과 다른 존재를 주변으로 내세우는 한편 자신을 중심에 두는 경향이 있으니까요. 가령 조선시대에 '작은 중국'을 자처하며 일본 등 주변국들을 주변으로 밀어낸 소중화주의도 그중 하나지요. 대단히 비현실적인 공상이었지만 미국이 우리의 영원한 우방이라는 공상이 지금도 존재하는 것을 보면 조상 탓만 하기도 어렵습니다. 이를 모든 인간이나 문화에 공통적으로 존재하는 '타자화'라고 부르기로 합시다. 다만 문제는 이러한 서구 중심주의가 서구를 넘어 전 세계에 퍼져나가고 있다는 점입니다.

서양은 비서양에 대한 이미지를 끝없이 창조하면서 자신의 정통성, 중심성, 보편성을 확인해왔습니다. 서양의 이러한 타자화 작업은 군사국가로서 비서양과 끝없이 전쟁을 치러왔던 그리스 로마 이래 지금까지 유지되었어요. 그리스 로마는 전쟁의 명분으로 야만적인 타자와 싸우는 문명적인 자신들을 내세웠습니다. 이는 중세 기독교가 공포의 적인 오스만 제국의 동방을 이교도가 사는 괴물의 야만국으로 묘사한 것과도 같은 맥락이지요.

그 예를 몇 가지 살펴볼까요? 우선 기원전 5세기에 활동한 그리스 역사가인 헤로도토스가 이집트를 여행한 이후 이집트에는 '이상'한 것이 많다고 하면서 다른 민족의 풍습을 멸시한 것을 들 수 있습니다. 또 기원전 4세기 페르시아 왕의 의사였던 그리스인 크테시아스나, 시리아 왕 세레우코스 1세의 대사로 인도 마우리아 왕조를 건설한 찬드라쿱타에 부임한 그리스인 메가스테네스 등이 인도에 대해 쓴 글에도 마찬가지의 편협한 시선이 담겨 있어요. 그들 세 사람의 책들은 13세기까지 서양사회에서 매우 믿을 만한 저술로 평가되었습니다. 이는 당대 서구인들이 서양 중심주의에 빠지는 것에 한몫했지요. 그들이 활동하기 이전의 역사가인 호메로스의 시대부터 중세 말까지 서구의 시각은 유럽이 세계의 중심이고 그 밖의 세계는 괴이하고 비정상적인 괴물인 "인어가 사는 나라"라는 것이었습니다. 여기서 말하는 인어란 아름다운 여성이 아니라 사람을 홀려 잡아먹는 여성 괴물을 뜻해요.

성경 삽화에 그려진 노아의 방주와 인어

로마시대도 마찬가지였습니다. 1세기 로마의 박물학자인 대(大) 플리니우스(23~79), 3세기 솔리누스 등의 책에도 동방에는 괴물이 산다고 기록되었으니까요. 3세기 초 알렉산드리아에서 쓰인 『알렉산드로스 이야기』에는 알렉산드로스 대왕이 머리 없는 인간인 괴물을 퇴치했다고 나옵니다. 기원전 1세기 루크레티우스의 『사물의 본성에 대하여』에도 비슷한 괴물에 관한 이야기가 있고요. 또 6세기 세빌리아의 이시돌스(560경~636), 9세기의 라파누스 마우루스(784경~856) 등과 같은 백과전서가의 책이나, 동아시아에도 기독교로써 통치하는 왕이 있다는 내용의 위사(僞史)인 12세기의 『사제 요한네스 편지』에는 인도에는 수많은 종류의 괴물이 산다고 서술되었습니다. 그런 묘사를 담은 13세기 마르코 폴로의 『동방견문록』, 만데빌(1670~1733)의 『동방여행기』는 당대

괴물을 처단하는 성 게오르기우스

의 베스트셀러가 되었지요.

중세에 세워진 성당은 그런 동방의 괴물로 장식되곤 했어요. 15세기의 『뉘른베르크 성서』에는 신의 구제를 받는 노아 가족이 방주를 타고 홍수가 끝나기를 기다리다가, 인어의 유혹을 받고 고뇌하는 모습이 묘사되어 있습니다. 인어는 외부의 적이자 동시에 육욕을 상징했지요. 성당의 벽에는 미덕을 빗댄 성상이나, 그리스 영웅 페르세우스를 중세식으로 꾸며낸 영웅인 성 게오르기우스가 죄를 상징하는 괴물을 발로 딛고 있는 모습이 그려졌어요. 또 16세기에는 그리스도가 직접 괴물을 밟고 있는 모습이 새겨지기도 했습니다. 이러한 모습은 종교개혁으로 기독교 내부의 투쟁이 격심할 때 더욱 분명하게 나타났지요. 또 대항해시대에 그려진 마젤란*의 해협 발견 판화에도 코끼리보다도 훨씬 거대한 새 로크가 나는 하늘과 뱀의 형상을 한 여자들이 헤엄치는 바다가 새겨져 있습니다.

이러한 관점은 16세기의 소위 '지리상의 발견' 시대에 큰 변화를 맞습니다. 대항해시대 이후 외부 세계는 괴물이 사는 공상적인 세계에서 서양인들이 "조사, 수집, 침략, 지배, 소유"할 수 있는 현실의 대상으로 급변한 것이지요. 즉 마젤란이 해협을 발견한 1520년 다음 해에 스페

---

* 대항해시대의 탐험가. 1480년에 태어나 1521년에 사망하였다. 포르투갈에서 하급 귀족의 아들로 태어났고 이후 조국의 왕실에 원정 후원을 요청했지만 거듭 거절당한다. 이에 그는 스페인의 후원을 받아 함대를 거느리고 출항하여 고난 끝에 결국 마젤란 해협을 발견하고 태평양을 지나 필리핀 제도에 도착한다. 하지만 그는 그곳에서 원주민들의 분쟁에 끼어들어 사망한다. 오늘날 마젤란은 세계 최초로 세계 일주를 시도한 사람으로 알려져 있으며, 그는 비록 살아서 돌아오지 못했지만, 그가 지휘하던 함대 일부는 세계 일주에 성공하였다. 또한, 그가 죽은 막탄 섬에는 그의 동상과 그를 죽인 족장 라푸라푸의 동상이 같이 세워져 있는데 마젤란의 동상에는 '포르투갈의 위대한 탐험가 마젤란이 죽은 곳'이라고 적혀 있고, 라푸라푸의 동상에는 '위대한 족장 라푸라푸가 침략자를 쫓아낸 곳'이라고 적혀 있다.

인의 에르난 코르테즈는 멕시코 정복을 끝냈고, 1531년부터 프란시스코 피사로가 잉카제국 정복을 시작했으며, 이어 세계 각국에 서구의 식민지가 세워졌습니다. 즉 스페인과 포르투갈은 브라질을 비롯한 남미를 식민지로 만들었고, 영국인들은 북아메리카에서 원주민을 내쫓고 자신들의 땅으로 삼았어요. 또 영국, 프랑스, 네덜란드는 동인도회사를 설립하여 식민지를 수탈하고 무역을 독점했지요. 이에 따라 서양을 제외한 모든 세계는 "조사, 수집, 침략, 지배, 소유"의 대상으로 바뀌었습니다. 이 시대에 메디치가를 비롯한 군주나 부호는 진기한 동식물을 열심히 수집했고, 당시의 그림에는 발가벗은 남미인이나 난폭한 아랍인 또는 무지한 중국인들이 기이하면서도 흉측하게 그려졌어요. 이러한 전통은 19세기 제국주의 시대에 더욱 증폭되었고 이는 20세기에도 그대로 이어집니다.

인간 기원의 차별 구조

남성 기원의 차별 구조

그리스 로마 신화에 나오는 인류의 기원에 대한 설명은 상당히 애매합니다. 헤시오도스의 『신통기』를 보아도 그래요. 이 이야기에도 처음엔 인간이 전혀 등장하지 않습니다. 그러다가 제우스가 티탄 족을 물리친 뒤 대신(大神)으로 군림하고 나서 신과 인간이 대립하는 장면(신통기535)이 시작되면서 별안간 인간이 나타납니다. 인간이 언제부터 세상에 탄생해 있었는지에 대한 설명이 전혀 없어요. 굉장히 이상하지요? 게다가 그 인간을 부르는 명칭도 그리스어로 남자와 남편을 뜻하는 'anthropoi'입니다. 남편은 있는데 아내는 도대체 어디로 간 걸까요? 이는 그리스 신화의 남성 중심적인 측면을 보여주는 점 중 하나입니다.

그런데 헤시오도스의 『신통기』와 『노동과 나날』은 프로메테우스의 이야기로 시작하여 여성의 기원인 판도라가 나온 뒤에야 인간의 기원과 역사에 관해 설명해요. 따라서 이야기의 순서로 보아 뒤에 설명하는 인간에는 여성도 포함되는 듯합니다. 그런데 엘리아데의 해석에 따르면 그리스인들은 인간의 첫 시대인 황금시대에는 남성만이 존재했다고 보았어요(엘리아데1,386). 또 그 뒤 여러 시대, 즉 헤시오도스가 자신의 시대라고 말하는 철의 시대까지도 남성만이 존재했고 그 뒤에 여성의 기원인 판도라가 나타났다는 거예요.

이상의 설명은 너무나 황당무계하여 도무지 이해하기 어렵습니다. 하지만 이를 아무리 따져보아도 딱히 모순을 해결할 방법이 나오지 않아요. 그리스 로마 신화가 아무리 가부장적이라 해도 여신은 태초로부터 등장하는데 여성 인간이 헤시오도스가 살았던 철의 시대 이후에 등장한다는 것은 말이 안 되잖아요? 그런 문제점을 기억하고서 이하 헤시오도스의 문헌과 엘리아데의 해석에 따라 남성의 기원을 살펴보도록 합시다.

헤시오도스에 의하면 인간은 신들과 "한 곳에서" 생겨났습니다(일 108). 이는 인간 역시 가이아에서 생겼다는 뜻으로도 해석할 수 있지만, 그 의미가 확실하지는 않아요. 여하튼 최초의 인간은 "황금의 종족"으로 크로노스가 왕일 때, 즉 제우스가 통치하기 이전 시대에 존재했지요. 그들은 다음과 같이 신들과 같은 삶을 살았습니다(일110-111).

마음에 아무 걱정도 없이,
노고와 곤궁에서 멀리 벗어나. 비참한 노령도 그들을
짓누르지 않았고, 그들은 한결같이 팔팔한 손발로
온갖 재앙에서 벗어나 축제 속에서 즐겁게 살았소.
그리고 그들은 마치 잠에 제압된 양 죽었소. 좋은 것은 모두

황금시대

그들의 몫이었고, 곡식을 가져다주는 땅은 그들에게

그 열매를 자진하여 아낌없이 듬뿍 날라다주었소. 그리고 그들은

한가로이 즐겨 밭을 가꾸었소. 풍성한 축복을 받으며.

[많은 가축 떼를 갖고, 축복받은 신들의 사랑을 받으며.]

하나 이 종족을 대지가 아래에 감춰버리자

그들은 위대하신 제우스의 뜻에 따라 지상에서

착한 정령들이 되어 죽게 마련인 인간들을 지켜주고,

[그들은 또 정의를 수호하고 못된 짓을 막으며

안개를 입고 온 지상을 돌아다니오.]

복을 가져다주오. 이것이 그들의 왕 같은 특권이오.(일112-126)

헤시오도스가 묘사한 황금시대는 고대의 모든 신화에서 볼 수 있는 황금시대와 유사점이 많습니다. 즉 메소포타미아나 이집트, 인도, 조로아스터와 유태인의 신화에서도 이처럼 도덕도 노동도 존재하지 않는 유토피아가 등장하지요. 그런데 헤시오도스의 두 저서 『신통기』와 『노동과 나날』에 등장하는 크로노스를 비교하면 어쩐지 위화감이 생깁니다. 앞서 보았듯이 『신통기』에서 크로노스는 가이아와 우라노스 사이에 태어난 막내아들로서, 어머니 가이아의 명에 의해 아버지의 생식기를 낫으로 자르고, 그 뒤 누이인 레아를 아내로 맞아 5남매를 낳았으나 그 모두를 잡아먹어 결국 제우스에게 쫓겨난 신인데요. 같은 저자의 『노동과 나날』에서는 이상국의 왕으로 묘사되고 있으니 말이에요. 이에 대해 어떤 학자는 헤시오도스가 "크로노스에 의해 이루어진 역사적 대전환에 감명 받아서일 것"이라고 보기도 하지만(에슨48)

전 그다지 동의하지 않아요. 그 대전환이란 "무정부주의적으로 우주가 전개되던 시절"을 일단락 지은 것을 뜻하(에슨49)는데 그렇다고 하더라도 이는 크로노스에 의해 일단락된 것은 아니기 때문입니다.

크로노스는 플라톤에 의해 완전무결한 이상국의 왕으로 찬양되었고 로마시대에는 낫을 상징하는 농업의 신으로 숭배되었습니다. 자기 아버지의 성기를 자른 낫이 농업용 낫으로 변화된 것이지요. 그리고 로마 시인 베르길리우스의 장편 서사시 『아이네이스』에서는 크로노스가 한 해를 여는 신인 야누스*와 결합하여 아우구스투스 황제의 조상이 됩니다.

엘리아데는 황금시대 신화를 '근원에 대한 향수'라고 정의했어요. 이에 대해 프랑스의 비교문학가 아리안 에슨은 다음과 같은 사람들의 사상도 같은 맥락에서 이해할 수 있다고 했습니다. 자연으로 돌아가라고 한 루소, 엄격한 도덕과 시민의 절대적 헌신만이 로마의 영광을 되돌릴 수 있다고 믿은 프랑스혁명 시대의 공포정치가 생쥐스트 말이에요(에슨57). 또한 에슨은 물질 문명에 대한 탐욕 없이 자연이 주는 것으로 만족하던 '선한 야만인' 설화나 아르카디아** 등의 유토피아에 대한 동경도 마찬가지라고 보았지요(에슨60).

---

* 그리스 신화에 대응하는 신이 없는 로마 신화의 고유한 신이자 문의 수호신이다. 앞뒤가 없는 문처럼 두 개의 얼굴을 지닌 것으로 묘사되며, 문은 시작을 나타내므로 모든 것의 시초로 여겨졌다. 야누스는 1월을 나타내는 영어 단어 'January'의 어원이기도 하다.

** 그리스의 펠로폰네소스 반도에 있는 지역의 이름으로, 농경에 적합하지 않은 산악 지역이라 양을 방목하는 목축업이 발달했다. 로마 시인 베르길리우스는 아르카디아를 목동들의 낙원이자 목가적인 이상향으로 찬양한 목가시를 여럿 남겼으며, 이후 르네상스시대의 고전주의 풍조에 따라 서양에서 여러 예술 작품의 주제로 등장한다.

인간의 타락

헤시오도스에 의하면 황금의 종족이 죽은 뒤 그들보다 열등한 은으로 된 두 번째 종족이 태어났으나 "그들은 서로 / 범죄 행위를 억제할 능력이 없고, 여러 나라에서 / 인간들에게 정해진 대로 불사신들을 섬기려고도 하지 않고 / 또 축복받은 신들의 신성한 제단 위에 제물을 / 바치려고 하지 않기 때문"에 제우스가 그들을 감추었다고 합니다(일133-140). 이어 제우스가 세 번째의 청동 종족을 만들었으나 그들은 전쟁과 "폭행에 몰두했고, 곡식을 먹지 않았으며" 결국은 사라지고 말았지요(일146).* 제우스가 네 번째로 만든 종족은 테바이와 트로이 전쟁에서 활약한 영웅들로 유명한데, 그들은 죽음 이후에 크로노스가 다스리는 대지의 끝에서 살았다고 합니다(일168).** 이어 다섯 번째로 만들어진 철의 종족은 밤낮 "노고와 곤궁에서 벗어나지 못하"(일177)는 불행한 족속입니다. 바로 오늘날의 인류이지요. 엘리아데는 이러한 인간 종족 변화의 신화도 다른 문화에서 공통으로 발견된다는 점을 지적하면서, 이는 왕조나 나라의 변천을 상징한다고 보았습니다(엘리아데1,388). 한편 그에 의하면 그리스인들은 인류의 기원에 대해서는 별로 관심이 없는 대신 자신들이 속하는 지역이나 부족의 기원에 관심이 컸어요. 그들은 자신이 주로 신화에 나오는 영웅들의 후손이라거나, 대지에서 자연스럽게 태어났다거나, 개미나 물푸레나무와 같은 생물에서 나왔다고도 생각했습니다. 이는 그리스인들이 인간을 'Autochtones', 즉 대지

---

* 이를 대홍수 신화와 관련지어 설명하는 견해(김준섭52)가 있지만 적어도 이는 헤시오도스의 설명에 근거를 둔 견해는 아니다.

** 이윤기245는 영웅의 시대를 생략하고 있다.

은의 시대

영웅(헤라클레스)의 시대(Virgil_Solis판화 버전)

철의 시대(Virgil_Solis판화 버전)

(chton)에서 자동적으로(autos) 태어난 것으로 본 것과 관련이 있어요.

따라서 그리스 각 부족 시조의 탄생 설화도 다양했습니다. 가령 아테네를 포함한 아티카 지방의 초대 왕 케크롭스는 대지에서 솟아났다고 하는데, 그는 상반신은 인간이고 하반신은 뱀의 모습을 했다고 합니다. 또 그를 잇는 왕들도 대지에서 태어났다고 해요. 한편 트로이 전쟁에서 아킬레우스의 지휘를 받아 원정에 나선 미르미돈(Myrmidon) 족의 이름은 개미(myrmex)에서 유래했는데요. 여기에는 제우스가 아이아코스 왕의 부탁을 들어 개미떼를 인간으로 변화시켜 백성으로 삼게 해주었다는 이야기가 있습니다.

이상이 인간 남성의 기원에 대한 설화입니다. 당연히 여성의 기원에 관한 이야기도 있어야 하지만, 그것은 훨씬 뒤인 판도라 이야기에서야 등장하지요. 이는 그리스 사회가 가부장사회였기 때문일 것입니다. 여성의 기원에 대해 살펴보기 위해서는 먼저 프로메테우스를 살펴보아야 해요. 여성은 프로메테우스의 반항에 화가 난 제우스에 의해 만들어지기 때문입니다.

여성 기원 설화의 차별 구조

헤시오도스에 의하면 프로메테우스 때문에 화가 난 제우스는 대장장이 신 헤파이스토스에게 여성 판도라를 창조하게 했습니다(일60). 그러면서 그는 "파멸을 가져다주는 여자들의 종족"(신통기591)의 기원인 판도라에게 불행을 주었지요. 헤시오도스는 여성들은 "남자들과 함께 살 때에는 인간들에게 큰 고통"(일591)이라고 하면서 제우스는 "못된 짓

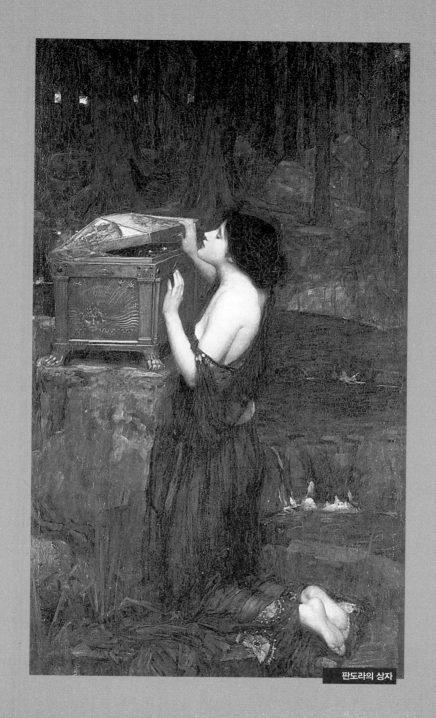

판도라의 상자

을 하기로 공모한 여자들을 남자들에게 화가 되게"(일601) 만들었다고 서술했습니다. 또 다음과 같이 적기도 했어요. "엉덩이를 흔들어대는 여자가 그대의 곡간을 뒤적이며 / 아첨하는 말로 그대의 마음을 흐리지 못하게 하시라. / 여자를 믿는 것은 사기꾼들을 믿는 것이오."(일373-375) 따라서 그는 "여자는 / 결혼한 여자가 아니라 소들을 따라다닐 수 있는 노예로 마련"하라고 조언했습니다(일405~406).

판도라(Pandora)는 '온갖 선물(dora)을 다 받은 여자'라는 뜻으로 이는 그녀가 본디 모신이었음을 뜻합니다. 그녀가 제우스에게 받은 '판도라의 상자'는 여러 문학·예술 작품의 모티브가 되었을 정도로 유명한데요. 이는 『노동과 나날』에서는 원래 항아리였던 것이 16세기의 에라스무스(1466?-1536)가 『3천의 격언』(1508년)에서 상자로 잘못 기록하면서 변한 것입니다.

상자를 닫으려고 하는 판도라

프로메테우스의 동생인 에피메테우스는 '나중에 생각하는 남자'라는 뜻인데요. 프로메테우스는 그에게 제우스의 선물을 받지 말라고 충고했으나 그는 그것을 잊고 판도라를 아내로 맞았습니다. 제우스는 판도라에게 그 상자(항아리)를 열지 말라고 했지만, 판도라는 결국 호기심에 그 뚜껑을 열어보고 말아요. 그 순간 질병, 가난, 불행 등 온갖 재앙이 빠져나와 인간

세상에 퍼졌습니다. 그곳에서 빠져나오지 못한 것은 '헛된 희망'뿐이었고요. 그래서 인간은 '헛된 희망'에 매달려 산다고들 합니다.

고대 그리스에서 이 이야기는 신에게 바치는 공물의 기원에 대한 것이자, 신과 인간 사이에는 넘어서는 안 되는 경계가 엄연히 존재한다는 경고로 해석되었습니다. 또한 불로 상징되는 문명이 인간에게 부여하는 은혜와, 이에 대해 인간이 지불해야 할 대가를 의미한 것이기도 했어요. 한편으로는 인류의 보호자인 프로메테우스의 인간을 위한 행위가 결과적으로는 인간에게 불행을 초래한다는 아이러니한 교훈담이기도 했습니다.

무엇보다도 여기서 우리는 그리스인의 부정적인 여성관을 볼 수 있는데 이는 고대 문화에서 공통으로 나타나는 거예요. 이에 대해 『거꾸로 읽는 그리스 로마 신화』의 저자 유시주는 여성은 물론 남성도 그 신화가 과연 진실한지를 의심해보아야 한다고 했습니다. 그는 "판도라는 인간을 벌하려는 제우스의 각본 때문에 자기도 알지 못하는 사이에 악역을 맡게 된 희생자"(유시주41)라고 생각해보자고 해요. 또 판도라의 상자가 불러온 재앙이나, 이브가 선악과를 먹어 인류가 에덴동산에서 내쫓긴 것 같은 그런 신화는 여성이 세계사적으로 패배한 이후에 생겨났다고 하죠. 따라서 캠벨이 실낙원을 다음과 같이 해석하듯이 판도라를 다시 보아야 한다고 주장합니다.

선악을 아는 것이 왜 아담과 이브에게 금지되어야 했던가요? 그것을 모르고 있었더라면 인류는 삶의 조건에 동참하지 못한 채로 아직도 에덴동산에서 멍청한 아이처럼 살고 있을 테지요. 결국 여자가 이 세상의 삶을 일군 것입니다. 이브는 이 속세의 어머니입니다. 꿈같은 낙원 에덴동산은 시간도 없고, 탄생도 없고 죽음도 없는 곳입니다. 그것만 없습니까? 삶도 없습니다(유시주45재인용).

여기서 캠벨은 에덴동산 이야기를 거꾸로 읽고 있어요. 같은 맥락에서 판도라에게 찬사를 보내고 "희망이 인류를 구원하리라"고 보는 관점에는 언뜻 문제가 없어 보입니다. 다만 여자가 이 세상의 삶을 일군 것을 굳이 이브나 판도라의 이야기를 거꾸로 읽어야 알 수 있는 것은 아니에요. 따라서 이러한 거꾸로 읽기는 도리어 여성을 멸시해온 이야기를 여성을 예찬한 이야기로 왜곡할 수 있다는 점에서 주의해야 합니다. 실제로 판도라가 그림의 소재로 자주 등장한 19세기부터 20세기 초엽까지 여성은 극단적인 멸시와 숭배라는 이중적인 취급의 대상이 되어 왔습니다. 그러다가 20세기 후반에 와서 판도라 신화는 멸시 대신 숭배를 배경으로 재창작되고 있는데, 이를 반드시 나쁘다고는 할 수 없겠으나 숭배 역시 멸시와 함께 동전의 앞뒷면 같은 관계에 놓여 있음을 주의해야 합니다. 따라서 오늘날 우리에게 필요한 태도는 숭배나 멸시라는 편견이 아닌 자유와 평등임을 기억해야겠죠?

여하튼 그리스 로마 신화에서 여성이 창조된 배경은 유대교의 신화와 다릅니다. 구약성서에서 이브는 남성의 고독을 달래주려는 신의 사랑에 의해 창조되는 반면, 그리스 로마 신화의 판도라는 신을 기만한 프로메테우스에 대한 징벌로 내려진 존재이니까요. 물론 이브로 인해 인류가 낙원에서 추방된다거나 판도라에 의해 인류에게 불행이 닥친다는 등 여성이 원죄를 저지른다는 결과는 같지만 말입니다.

차별적 여성관의 전통

기독교와 그리스 로마 신화의 공통점은 여성을 열등한 존재로 보았다는 것입니다. 구약성서의 첫 장인 「창세기」에서 남성은 신이 흙으로 빚어 숨을 넣은 존재이지만, 여성은 남성의 갈비뼈로 만들어졌을 뿐 신의 숨을 받지 못한 존재예요. 신의 숨은 영혼을 상징하므로, 이는 남성은 영적 존재지만 여성은 단지 육체일 뿐이라는 의미를 품고 있어요. 이렇듯 영혼과 육체를 나누는 사상은 가부장사회의 토대라고 할수 있는데, 이는 그리스에서 비롯된 것입니다. 가령 플라톤은 영적인 것과 세속적인 것을 이데아와 물질로 나누었는데요. 이러한 이원론에 근거해 그의 제자 아리스토텔레스는 남성의 정자가 인간의 형상을 결정하고, 여성의 자궁은 그 물질을 제공할 뿐이라고 정의했습니다. 이 이론은 그가 "남성은 형상과 운동의 원리를 제공하나, 여성은 신체, 즉 질료를 제공한다"라고 『동물발생론』(729a10-11)에서 말한 부분에서 확인할 수 있지요(장영란148재인용). 또 그는 남성은 뇌가 발달해 이성적이지만, 여성의 몸은 남성보다 허약하고 차가운 자연의 실패작으로서 아이처럼 불완전하고 본성이 병적이라고 했습니다. 이런 관점은 중세 신학에도 그대로 계승됩니다. 당시 사람들은 다음과 같은 교리를 믿으며 살았어요. "자신들보다 현명한 타자에 의해 통치되지 않으면 인간 가족은 훌륭한 질서를 결여하게 된다. 이성의 분별은 남자가 탁월하므로 정복에 의해 남자는 여자를 지배한다."(신학대전, la, 92i)

이러한 사고방식은 세계 공통적이지만 특히 기독교에서 강력했습니다. 이는 원시사회나 초기 그리스 로마 신화에서 내려온 모권적 종교 전통을 부정하기 위해서였어요. 이 같은 신체에 대한 멸시와 격하는

죄 없이 잉태된 성모 마리아

곧 근육과 폭력에 의한 신체의 억압으로 이어졌고, 가부장사회를 이끄는 동력이 되었습니다. 신체를 악이라고 규정하면 생명을 뺏는 것도 상황에 따라 악이 아니게 되잖아요? 여기서 잔인한 이단 심문, 십자군, 마녀 사냥이 비롯된 것입니다. 중세와 근세에 수만 명의 무고한 약자들을 죽인 마녀 사냥도 그리스 로마 신화의 괴물 전통에 그 근원을 두고 있지요.

여성에 대한 멸시는 월경과 출산의 피가 신의 형벌이라고 보았던 데 원인이 있습니다. 따라서 처녀 마리아의 수태는 월경을 상징하는 달과 뱀을 밟고 하늘로 오르는 모습으로 그려졌어요. 기독교 교리에 따르면 월경은 인류가 타락하던 당시 괴물인 뱀이 여자를 유혹하여 지혜를 제공한 대가로 그녀를 관통하면서 시작되었다고 해요. 또한, 마리아가 괴물인 뱀을 밟고 있음은 월경에서 면제되고 성령을 받아 성교 없이 수태했다는 의미라고 합니다. 또 유대교에서는 월경 중인 여성이 누구에게 접촉하거나 그녀에게 남이 접촉하는 것을 부정(不淨)을 탄다며 금기시했고(예배규정15; 19-24) 출산의 경우도 마찬가지로 보았습니다(예배규정12:2,5). 반면 성모는 월경도 출산의 고통도 겪지 않았으며 예수는 빛처럼 성모의 몸에 들어갔다가 물처럼 흘러나왔다고 해요.

여성의 신체가 타락했고 악마적이라고 보는 관념은 1세기의 바울*

---

* 기독교의 사도로 '이방인의 사도'라고 불린다. 기독교 최대의 전도자이며 사실상 그리스도교가 오늘날과 같이 널리 퍼져나가도록 만든 장본인이다. 또 기독교의 틀을 잡은 인물이기도 하다. 본디 기독교를 반대하고 신자들을 박해하였으나, 다마스쿠스로 가던 길에 예수의 음성을 듣고 놀라 회개하였다고 한다. 그 후로 세례를 받고 본래 사울이었던 이름도 바울로 바꾼 후 예수의 복음을 전파하는 데 전 생애를 바치다가 순교한다.

과 4~5세기의 아우구스티누스*에 의해 더욱 강화되었습니다. 이는 남성에 의한 여성의 지배를 합리화했지요. 의학 지식이 없던 고대와 중세에는 성교가 월경의 원인으로 여겨졌기에 월경을 하지 않는 것이 순결의 상징이었습니다. 중세의 성 히에로니무스는 여성이 단식을 철저히 하여 영양 실조로 월경이 끊기는 것이 이브의 죄를 면하는 길이라고 수녀들에게 가르쳤어요. 그러나 마리아가 원죄 없이 수태했다는 교리가 공식적으로 결정된 것은 1854년이었고, 마리아가 그리스도에 의해 승천했다는 교리는 더욱 뒤인 1950년에 와서 인정되었습니다.**

새로운 세계_홍수 전설

판도라 신화에는 후일담이 있습니다. 바로 프로메테우스의 아들 데우칼리온과 판도라와 에피메테우스의 딸 퓌라의 결혼 이야기지요. 제우스가 사악한 인간들을 멸망시키기 위해 대홍수를 일으켰을 때 그들은 선견지명이 있는 프로메테우스의 충고에 따라 미리 배를 만들었어요. 9일간에 걸쳐 엄청난 비가 쏟아진 뒤 부부가 배에서 나오자 세상에는 아무도 없었습니다. 그들이 제우스에게 감사의 공물을 바치자 신은 그들에게 모든 소원을 다 들어주겠다고 약속했어요. 부부가 인간으로 세상을 채워달라고 원하자 신은 어머니의 뼈를 어깨너머로 던지라고 예언했습니다. 부부는 고민하지만, 곧 어머니란 대지의 신 가이

---

* 초기기독교 교회의 아버지라 불리는 인물로, 교부 철학과 신(新)플라톤주의 등 여러 철학을 종합하여 가톨릭교회 교리의 기틀을 세웠다. 그의 저서인 『고백록』을 통해 그의 생애가 전해지고 있다.

** 다만 개신교에서는 성모 마리아가 원죄 없이 잉태되었다는 것을 대체로 인정하지 않는다.

아, 따라서 그녀의 뼈는 돌임을 깨달았지요. 두 사람이 각각 돌을 어깨너머로 던지자 돌은 남자와 여자로 변했다고 합니다. 이 이야기는 민중(laos)의 기원을 돌(loss)로 보는 것으로 말장난 같은 느낌이 없지 않지만, 당시 그리스인들은 자신들이 그 두 사람의 후예라고 생각했습니다. 즉 그리스인들이 스스로 'Hellenes'라고 함은 두 사람의 아들인 'Hellen'에서 비롯된 거예요.

이 홍수 전설이 「창세기」에 나오는 노아의 홍수와 비슷하다는 것은 누구나 쉽게 눈치 챌 수 있을 것입니다. 그 밖에도 유사한 홍수 전설은 메소포타미아 등 서아시아에 일반적으로 퍼져 있었어요. 고대 오리엔트 문학에서 가장 유명한 『길가메시 서사시』*에도 나타나지요. 따라서 그리스의 홍수 설화는 오리엔트 설화의 영향을 받은 것으로 받아들여집니다. 그리스의 경우 연간 강수량이 매우 적어 홍수에 관한 이야기가 탄생하기 어렵다는 점을 고려하면 더욱 설득력 있는 이야기가 되겠지요.

지금까지 살펴본 인간의 기원에 대한 헤시오도스의 설명은 고대 그리스의 신화적 순환관을 보여줍니다. 미국의 철학자 아서 러브조이는 이에 대해 "중세와 현대의 원시적인 공산주의에 관하여 특별히 중요한 것이다"**라고 말했는데요. 이는 구약성서의 「다니엘서」나 헤겔의 역사 철학에 나오는 역사관과도 유사합니다. 위에서 살펴본 헤시오도스의 창세 신화는 훗날 로마 시대에 오비디우스의 손에 의해 크로노스

---

* N. K. 샌다스, 이현주 옮김, 범우사, 2000.

** Arthur Lovejoy and George Boas, Primitivism and Related Ideas in Antiquity, John Hopkins University Press. p. 49.

등 뒤로 돌을 던지는 데우칼리온과 퓌라

의 황금시대와 제우스의 현대로 축약되고, 제우스의 통치 이후 타락이 잇따른 것으로 서술되지요. 단 오비디우스는 황금시대로의 복귀를 묘사하지는 않았으나 이후 베르길리우스는 그 복귀를 묘사하여 순환론을 완성합니다.[*]

프랑스의 역사학자 장 피에르 베르낭 역시 자신의 저서에서 같은 결론에 이릅니다. 나아가 그는 헤시오도스의 설명에 대해 디케[**]와 히브리스[***]의 근본적 대립 구조를 밝혀내요. 디케란 플라톤이『국가』[****]에서 주장하듯 사회 구성원들이 각자의 맡은 바 임무를 다하여 실현하는 완벽한 조화의 상태를 말하고, 히브리스는 그 반대로 각자의 임무를 벗어나 타인의 임무를 침해하는 오만과 만용에 의한 혼란과 무질서 상태를 말한다는 것입니다. 베르낭은 아무리 타락한 상황에서도 디케의 뜻을 실현하면 다시 황금시대로 돌아갈 수 있다고 주장해요.[*****] 그렇지만 역사라는 것이 과연 그렇게 단순한 것일까요? 이에 관한 판단은 독자 여러분께 맡기겠지만 저는 다소 회의적임을 밝히지 않을 수 없습니다. 플라톤뿐만 아니라 셀 수 없는 철학자들이 이상 세계를 꿈꿔왔지만, 오늘날까지도 그중 성공한 사례는 없으니 말입니다.

[*] 그레이스 케언스, 이성기 옮김,『역사철학』, 대원사, 1990, 199~206쪽.

[**] 그리스 로마 신화에 등장하는 정의의 여신. 그리스어로 정의를 뜻하며, 헤시오도스의『신통기』에서는 제우스와 테미스 사이의 딸이라고 설명된다.

[***] 그리스 로마 신화에 등장하는 오만의 여신. 불경함과 방종함, 폭력과 부정을 상징한다.

[****] 박종현 옮김, 서광사, 2005.

[*****] 장 피에르 베르낭, 박희영 옮김,『그리스인들의 신화와 사유』, 아카넷, 2005, 23~131쪽.

그리스 로마 신화에 등장하는 인간들

메데이아

그리스 로마 신화에는 많은 인간이 등장합니다. 그중 메데이아는 이방인 여성으로서, 잔인하고 악마적이라며 마녀 취급을 받았습니다. 그녀는 흑해 북쪽 해안의 야만국 콜키스 왕인 아이에테스의 딸이고, 마법을 부리는 요정 키르케의 질녀로 마법에 대한 지식이 많았어요. 콜키스에는 나라를 수호해주는 황금 양가죽이 왕족 대대로 내려오고 있었는데요. 어느 날 이를 가져가고자 이아손이 헤라클레스, 오르페우스, 디오스쿠로이 등을 데리고 아르고 원정대를 꾸려옵니다. 당연히 아이에테스 왕은 인간이라면 통과할 수 없는 시험을 부과하고 이를 통과하지 않으면 황금 양가죽을 가져갈 수 없다고 선언해요. 한편 메데이아는 이아손과 사랑에 빠지는데요. 이아손은 메데이아의 도움으로 고난을 이겨내고 황금 양가죽을 가지고 고국으로 돌아가요. 하지만 그는 왕이 되려는 욕심으로 코린토스의 공주 글라우케와 결혼

복수심에 자식들을 죽이는 메데이아

하면서 메데이아를 버립니다. 그러자 메데이아는 남편은 물론 그의 새 신부와 그녀의 가족과 결혼식의 하객, 자신의 아이들까지 죽이는 처절한 복수를 자행합니다. 이후 메데이아가 낳은 또 다른 아들 메도스는 고대국가 메디아의 시조가 되었습니다. 그리고 메디아 왕 아스티아게스의 외손자가 페르시아 제국을 세운 키루스 대왕이지요.*

시시포스

그리스 로마 신화의 남성 인간 중에 눈여겨볼 이로 시시포스가 있습니다. 그는 알베르 카뮈**의 『시시포스의 신화』로 널리 알려진 인물이기도 해요. 시시포스는 『일리아스』에서 모든 인간 중 가장 교활한 이로 묘사되는데, 그는 신에게 사기를 친 대가로 죽은 후에도 영원한 저주를 받는 인물입니다.***

가족 단위로 저주를 받은 인간들로는 아트레우스 가문이 있어요. 이 가문의 이야기는 글자 그대로 패륜과 존속 살인으로 가득합니다. 우선 선조인 탄탈로스는 제우스의 아들로, 신들의 연회에 초대받았다

---

* 『신통기』에서는 페르세이스가 키르케의 어머니이자 메데이아의 할머니로 나오는데, 여기서 페르세이스는 헤카테의 어머니, 혹은 동시에 헤카테 본인으로도 볼 수 있을 것이다.(956-62)

** 알베르 카뮈는 프랑스의 문학가로 1913년 태어나 1960년에 사망하였으며 1957년에 노벨문학상을 받았다. 그는 소설 『이방인』, 『페스트』 등을 통해 삶의 부조리와 인간 실존에 대한 주제들을 다뤄서 실존주의자라는 칭호를 얻었다. 그의 에세이인 『시시포스의 신화』는 아무리 바위를 언덕 위로 굴려도 바위가 반대편으로 떨어져 영원히 바위를 굴려야 하는 벌을 받은 시시포스의 운명에 대한 것으로, 이 역시 인생의 허망함과 그로 인한 고뇌를 다루고 있는데, 여기서 카뮈는 단순히 염세주의적인 태도를 보이는 대신 이렇게 부조리한 인생을 어떻게 살아나갈 것인가에 초점을 맞추고 있다.

*** 『일리아스』의 이 표현은 시시포스의 아들인 오디세우스의 영리함을 돋보이게 하려고 꾸며진 것일 가능성이 크다.

티치아노가 그린(1548~49) 시시포스

가 음식과 음료를 훔쳤습니다. 뿐만 아니라 자신의 죄를 들킬까 염려해 신들을 잔치에 초대하고는 자기 아들을 죽여서 상 위에 내놓아 그들의 전지함을 시험하기도 했지요. 결국 탄탈로스는 그 죄로 제우스의 저주를 받아 지옥인 하데스에서 끝나지 않는 고통을 받게 되었습니다. 손을 뻗어 과일을 따려고 하면 나뭇가지가 올라가고, 물을 마시려고 하면 물이 빠져나가는 것이지요. 또 그 자손들인 아트레우스와 티에스테스는 권력 쟁탈 중 배다른 동생인 크리시포스를 살해했습니다. 이 가문의 패륜은 여기서 끝나지 않아요. 티에스테스가 낳은 아이기스토스는 아가멤논의 왕비인 클리타임네스트라와 불륜을 저지르다가 원래 남편인 아가멤논을 죽입니다. 이 범죄는 아가멤논의 자식들인 엘렉트라와 오레스테스 남매가 두 사람을 죽이는 것으로 앙갚음 되지요. 이러한 참혹한 이야기는 뒤에서 다시 설명하겠습니다.

아르고 호(로렌조 코스타 작)

3장

국가신과

영웅

국가신의 차별 구조

제우스의 별

이 책의 첫 부분에서도 말했듯이, 베르낭은 그리스 로마 신화가 "21세기를 살고 있는 우리가 받아들이기에는 때로는 고리타분하고 낯설기도 할 것"이지만 그것을 읽음으로써 "경쟁과 폭력이 난무하는 혼란스러운 현대의 가치들을 잠시나마 넘어설 수 있게 해준다"고 보았습니다. 그러나 위에서 우리는 그리스 로마 신화의 구조를 하나씩 살펴보면서, 그것이 약자를 괴물로 몰아 배척하고, 오로지 승자만을 영웅으로 치켜세우는 서사로 이루어져 있음을 알았습니다. 우리가 더욱 경쟁과 폭력의 난무에 빠져든 것은 그러한 신화를 이의 없이 받아들인 까닭이 아닐까요? 그리스 로마 신화를 읽으면서 저에게 끝없이 생긴 의문은 바로 이 점입니다.

그리스 로마 신화에는 여러 수식어가 붙습니다. 무구한 시간을 뛰어넘는 영원성이 있다느니, 모든 공간을 가로지르는 보편성이 있다느니

하는 것들이지요. 사실 고대부터 지금까지 일상 곳곳에 영향을 미치며 살아남은 것을 보면 그런 식으로 추어올리는 것도 무리는 아닌 듯합니다. 가령 지금까지도 여러 별의 이름에 그리스 로마 신화에 나오는 신들 이름이 붙어 있잖아요? 지상의 스타들은 길어야 몇 년, 아니 몇 달 만에 대중에게 외면 받는 시대지만, 2~3천 년 전의 그리스 로마 신화는 아직도 별의 이름으로 친숙하게 불리고 있으니 놀랍다면 놀라운 일입니다. 물론 이는 그리스인을 비롯한 서양인들이 멋대로 붙인 이름에 불과해요. 그러나 서양인들이 쓴 책이나 글을 읽으려면 그들의 말장난을 알 필요가 있습니다. 가령 아폴론은 해, 아르테미스(디아나)는 달, 제우스는 목성, 아프로디테(비너스)는 금성, 헤르메스는 수성, 사투르누스는 토성, 마르스는 화성이라는 식 말입니다. 그중 목성에는 그리스 로마 신화의 최고신 목성인 제우스의 이름이 붙어 있습니다. 영어로는 주피터(Jupiter)라고 하는데 이는 제우스의 로마 이름인 유피테르(Juppiter)에서 비롯했지요.

행성만이 아니라 그 위성들의 이름도 그리스 로마 신화에서 유래했습니다. 가령 목성에는 16개의 위성이 있어요. 그것들은 르네상스 이후에 발견되어 그리스 로마 신화에서 나오는 인물들의 이름으로 불립니다. 그중 네 개는 1610년 갈릴레오 갈릴레이와 시몬 마리우스가 각각 발견했는데요. 갈릴레오는 후원자인 코지모 데 메디치에게 경의를 표하기 위해 이를 메디치 위성으로 부르자고 제안했으나, 결국은 마리우스의 제안에 따라 갈릴레오 위성이라고 부르게 되었어요. 그 네 위성의 이름인 이오, 에우로페, 칼리스토, 가니메데는 모두 제우스를 사랑한 여성이나 소년들의 이름을 본뜬 것입니다.

갈릴레오가 가장 먼저 발견한 위성 이오는 아르고스 지방에 있는 강의 신' 이나코스의 딸로서 제우스의 아내인 여신 헤라를 섬기는 무녀입니다. 검은 구름으로 변해 이오와 사랑을 나누던" 제우스는 그만 헤라에게 들키고 말아요. 부인의 분노를 피하고자 제우스는 이오를 흰 암송아지로 변하게 하여 헤라에게 선물로 줍니다. 헤라는 눈이 백 개인 아르고스에게 암소를 감시하게 하고 절대 도망치거나 가족들과 만나지 못하게 하지요. 이에 제우스가 헤르메스에게 이오를 탈출시키라고 명령하는데요. 헤르메스는 피리 소리로 자장가를 불러 아르고스를 잠들게 한 뒤 죽입니다."' 이에 격분한 헤라는 등에를 보내 이오를 괴롭히지요. 이오는 고통을 견디지 못하고 정신없이 이오니아 해안을 헤매다가 보스포러스"" 해협을 지나 아시아까지 헤엄쳐갑니다. 헤라의 시선이 닿지 않는 이집트에 가서야 이오는 사람의 모습을 되찾을 수 있었지요. 그 후로 이오는 이집트의 여신 이시스가 되었고, 아들 에파포스는 소의 신 아피스로 숭배되었다고 합니다."""

두 번째로 발견된 위성 에우로페는 유럽이라는 단어의 어원이 된 여

---

* 전승에 따라서는 인간이되 왕이라고도 한다.

** 이를 그린 명화가 이탈리아의 코레지오(본명은 안토니오 아레그리, 1489경~1534)의 「이오」(1532경, 빈미술사미술관)이다. 검은 구름으로 변해 이오의 등을 손으로 안는 제우스의 얼굴 옆의 이오 얼굴이 황홀경에 젖어 있음을 코레지오는 다빈치의 스프마토 기법으로 표현한다. 이 그림이 너무나 너무 관능적이어서 프랑스 오를레앙공의 아들인 루이 도르레앙이 칼로 찢었다는 에피소드가 있지만 사실은 코레지오의 다른 그림이었다. 한편 이오의 얼굴 모습을 신앙에 의한 희열로 보는 견해도 있다.

*** 이를 그린 명화가 루벤스의 「메르쿠리우스와 아르고스」(프라도미술관)이다. 헤라는 아르고스의 눈을 빼어 자신의 공작새에 달아주었는데 이를 그린 루벤스의 명화가 「아르고스의 눈을 공작에게 붙이는 헤라」(1611경, 른, 발라프리차즈미술관)이다.

**** 암소의 길이란 뜻이다.

***** 물론 이는 그리스 중심적인 해석으로, 이집트에서는 이시스 여신에 대한 전혀 다른 기원이 존재한다.

아르고스로부터 이오를 구출하는 헤르메스

에우로페를 납치하는 제우스

신입니다. 페니키아 왕의 딸 에우로페를 유혹하기 위해 제우스는 황소로 변했어요. 초승달 모양의 금빛 뿔을 지닌 아름다운 하얀 황소였지요. 바닷가에서 놀던 그녀는 황소에 관심을 보이다가 등에 올랐습니다. 그 순간 황소는 파도를 뚫고 크레타 섬으로 한숨에 달려가 그녀와 관계를 맺었고 에우로페는 세 아들인 미노스, 라다만티스, 사르페돈을 낳았어요.*

목성의 위성 가운데 두 번째로 큰 칼리스토(가장 아름다운 여인이란 뜻)는 처녀신 아르테미스를 섬기는 사제였어요. 따라서 평생 순결을 유지하기로 맹세했지요. 그런 칼리스토의 눈을 속이기 위해 제우스는 아르테미스의 모습으로 변해 그녀를 유혹합니다.** 그 뒤 그녀는 이를 비밀로 해오다가, 아르테미스와 시녀들과 목욕하던 중 임신 사실이 발각되어요. 자신의 시녀가 순결을 깨트렸다는 아르테미스의 분노에 의해*** 칼리스토는 곰으로 변해 숲속을 방황하게 됩니다. 그녀의 아들 아르카스는 사냥꾼이 되어 숲을 돌아다니다 곰을 보고 활을 들어 겨누어요. 그러자 제우스는 모자를 별로 변하게 합니다. 그래서 어머니는 큰곰자리, 아들은 소먹이자리 알크트로스가 되어 오늘날까지 밤하늘에 박혀 있다는 것이지요.

---

* 티치아노의 「에우로페의 납치」(1559경, 보스턴 이사벨라 스튜어트 가드너 미술관)나 렘브란트의 「에우로페의 납치」(게티미술관)처럼 많은 화가들이 이 주제의 그림을 그린 이유는, 고대 신화를 기독교의 비유로 본 중세의 「오비디우스의 가르침」에 의해 소의 모습을 한 그리스도가 인간의 영혼을 천국으로 인도하는 것으로 해석한 탓이다.

** 비슷한 패턴으로 헤라클레스의 어머니가 되는 테바이 여왕 알크메네를 유혹하기 위해 그녀의 남편으로 변신하는 것이 있다. 헤라는 알크메네의 출산을 막으려 했으나 실패했다. 이에 화가 난 헤라는 그 시녀를 그 자리에서 족제비로 만들어버렸다.

*** 또는 헤라의 질투에 의해서라는 말도 있다.

목성 위성 중에서 제일 큰 가니메데는
미소년인 가니메데스입니다. 『일리아스』
의 무대가 된 트로이 왕가의 조상인 트
로스의 아들이라고 하죠. 어느 날 소년의
아름다움에 취한 제우스는 독수리로 변
신하여 그를 납치했습니다.*

지금까지 설명한 네 개의 천체는 목성
에 부속되는 위성들입니다. 즉 이들은 독
립적인 존재가 아니라, 제우스에 속하는
비독립적 존재라는 것이지요. 이는 신화
의 이야기에서 따온 것이기 때문에 그렇
게 설정되어 있다고 이해할 수 있지만, 적
어도 자유와 평등을 존중하는 민주적 발
상과는 거리가 멉니다.

가니메데스를 납치하는 제우스

기왕 제우스의 바람기에 관해 이야기를 꺼냈으니 좀 더 살펴보기로
해요. 그는 다섯 번이나 결혼했습니다. 제우스의 첫 아내는 바다의 신
오케아노스의 딸이자 지혜의 여신인 메티스였어요. 이어 그는 호라이**
와 모이라***의 어머니이자 질서와 법의 여신인 테미스와 혼인합니다. 그

---

* 「오비디우스의 가르침」은 가니메데스를 복음서 저자 요한, 독수리를 그리스도의 상징으로 보았고 르네
상스 인문주의자들은 신에게 이끌리는 인간 영혼의 비유라고 보았다. 가니메데스는 대부분 관능적인 모
습으로 그려지지만 렘브란트는 공포에 사로잡힌 추악한 아이로 그렸다.

** 그리스 로마 신화에 나오는 계절의 여신들.

*** 그리스 로마 신화에 등장하는 운명의 세 여신. 그리스인들은 인간의 운명을 실에 비유하곤 했는데, 운명
의 세 여신은 이 실을 엮거나 길이를 정하는 일을 주관했다. 첫째 클로토는 실을 엮고, 둘째 라케시스는 실

백조로 변신해 레다를 범하는 제우스

후 셋째 아내인 에우리노메와의 사이에서는 미의 여신인 세 딸 카리테스를 얻었고요. 넷째 아내인 기억의 여신 므네모시네는 아홉 명의 뮤즈를 낳았어요. 다섯 번째 아내인 여동생 헤라는 헤베, 에일레이티아, 아레스, 헤파이스토스를 출산했습니다. 또한, 제우스는 강간의 전문가라고 할 수 있는데 그는 앞에서 소개한 이오나 오이로파 외에도 다나에, 레다, 안테오페 등과 강제로 관계를 맺었지요.

제우스는 스파르타의 왕인 틴다레오스의 부인인 레다가 에우로타스 강에서 목욕하는 것을 보고 한눈에 반합니다. 그래서 그녀를 유혹하

을 감으며, 셋째 아트로포스는 실을 끊어버리는 역할을 맡았는데, 실이 끊기는 순간 그 인간의 수명은 다 한다고 한다.

기 위해서 백조로 변신해 접근하지요. 그 결과 왕비는 두 개의 알을 낳았는데, 첫째 알에서는 '제우스의 자식들'이라는 뜻으로 디오스쿠로이라 불린 폴리테우케스와 카스토르가 태어납니다. 이들은 훗날 아르고 원정대,* 즉 아르고나우타이가 되며, 죽어서는 하늘에 올라 쌍둥이자리가 되었지요. 그리고 둘째 알에서는 레다의 남편 틴다로스의 딸들인 클리타임네스트라와 헬레나가 태어났는데, 전승에 따라서는 그 둘도 제우스의 자녀라고도 합니다.** 이후 클리타임네스트라는 미케네의 왕 아가멤논과 결혼하고, 헬레네는 틴다레오스의 뒤를 이어 스파르타의 왕이 된 메넬라오스***와 결혼해요.****

다나에는 아르고스의 왕 아크리시오스의 딸입니다. 왕은 손자가 태어나 자기를 죽일 것이라는 신탁의 말을 듣고 딸을 청동탑에 가두어요. 그러면 어떤 남자도 딸에게 접근하지 못하리라고 여긴 것이지요. 그러자 제우스는 황금비로 변해 다나의 몸을 흠뻑 적십니다. 결국, 다나에는 임신을 해 페르세우스를 낳게 되지요. 제우스의 분노를 두려워한 아크리시오스는 손자를 차마 죽이지는 못해요. 대신 다나에와 페르세우스를 상자에 넣어 바다로 던집니다.***** 그 밖에도 제우스의 여

---

* 이아손과 함께 아르고 호를 타고 황금 양가죽을 찾아 콜키스로 떠난 50명의 영웅을 뜻한다. 이들은 콜키스의 마녀 메데이아의 도움으로 양가죽을 얻어 고국으로 귀향한다.

** 레다와의 사랑으로 인해 트로이 전쟁이 발발하고 로마가 세워진 점에서 가장 중요한 제우스 사랑이라고도 한다.

*** 'Menelaus'는 '달의 왕'이라는 뜻으로 헬레네의 남편이자 스파르타의 왕. 신들은 그에게 헬레네를 아내로 삼았기 때문에 영생을 누린다고 했으나, 아내를 잃자 그 영생과 함께 재산도 박탈되었다.

**** 레다는 성모 마리아의 처녀 수태에서 성령이 깃드는 것의 비유가 된다.

***** 제우스의 부탁을 받은 포세이돈은 상자가 바다에 가라앉거나 파도에 휩쓸리지 않도록 보호했다. 상자는 세리포스의 바닷가에 닿았고, 폴리덱터스 왕의 동생이자 어부인 딕티스가 상자를 발견했다. 딕티스는 다나에와 페르세우스를 극진히 대접했고, 특히 페르세우스를 자기 아들처럼 잘 길렀다. 그러나 딕티스의

성 편력은 수없이 많습니다.

권력자의 전형_연쇄 강간범 제우스

이상의 이야기에서 여러분은 무엇을 느꼈나요? 그리스 로마 신화 애호가들이 말하듯이 정말로 그리스 로마 신화에는 영원성이나 보편성이 존재하다는 생각이 들었나요? 제가 느낀 것은 무엇보다도 제우스가 강간을 밥 먹듯이 하는 연쇄 강간범이라는 점입니다. 그러나 국내에 출간된 상당수의 그리스 로마 신화 책들은 위의 이야기를 제우스의 재미있는 바람기 정도로 소개하는데, 이는 아동용 책에서도 마찬가지예요. 그런 점을 보면 저는 몹시 황당해집니다. 이 책을 쓰게 된 이유도 바로 그런 점에 있고요. 왜 아이들에게 제우스는 강간범이자 악당이라는 지적을 하지 않고 도리어 이를 제법 로맨틱하거나 멋있는 짓으로 미화하는 것일까요? 더욱이 소녀가 독자라면 도대체 성폭력에 대해 어떻게 생각하기를 바라는 걸까요? 이러한 이야기를 쉽사리 미화하는 짓은 정말이지 부도덕하고 무책임한 태도입니다.

　이러한 비판에 대해 왜 옛날이야기를 두고 도덕 타령이냐면서 피곤해할 독자도 있을 텐데요. 그러나 그리스 로마 신화의 이런 점은 지난

형인 폴리덱터스 왕은 아름다운 다나에와 결혼하기 위해 페르세우스에게 메두사의 머리를 가져오라는 위험한 임무를 주어 떠나보낸 뒤 죽이려 획책했다. 폴리덱터스의 기대와는 달리 페르세우스는 헤르메스 신과 아테나 여신의 도움을 받아 메두사를 죽이고 안드로메다를 구출한다. 신탁을 들은 페르세우스는 아르고스로 가는 대신 라리사로 향했다. 그곳에서 열리는 창던지기 대회에 참가한 페르세우스가 던진 창은 우연히 그 자리에 와 있던 외할아버지 아크리시우스를 꿰뚫는다. 이렇게 하여 예언자의 신탁은 실현되었다. 세리포스로 돌아온 페르세우스는 억지로 다나에와 결혼하려는 폴리덱터스를 죽이고 인정 많은 양부 딕티스를 왕위에 올렸다.

2,500년 동안 폭력주의와 여성 차별을 부추기고 강간을 합리화하는 등, 지금까지도 사회에 만연한 문제들의 근원이라는 점에서 예민하게 보아야 합니다. 이에 대해 그리스 로마 신화 애호가들은 고대 그리스에서는 강간이 별것이 아니었으니 당시의 시대적 상황을 고려해야 한다고 주장할지도 모릅니다. 사실 고대 그리스에서 그러했다는 것은 분명한 사실이에요. 고대 그리스뿐만이 아니라 고대사회 대부분에서 여성은 소유물로 다루어졌고, 강간은 여성 본인이 아닌 그 집안과 아버지에게 손해를 입힌 것으로 여겨졌으니까요. 그렇다고 해서 지금 우리가 그것을 정당하다고 수긍해야 할까요? 도리어 철저히 비판하는 것이 옳지 않을까요?

강간은 기원전 5세기 아티카 신화에서 자주 등장한 소재 중 하나로, 수많은 항아리 그림에 그려졌습니다. 사적인 용도의 항아리에 그렇게 빈번하게 등장했다는 것은 당시에도 강간이 드문 일이 아니었음을 의미하는 것일 테지요. 또한, 남성이라면 당연히 강간을 저지를 수도 있다는 사회적 분위기는 군사적인 남성 중심주의를 뒷받침하는 것이었을 겁니다. 그리스 로마 신화에는 수많은 강간 사건이 등장하는데 주신 제우스는 말할 것도 없고 다른 신들도 강간을 저지르지 않은 이가 없을 정도입니다. 가령 북풍 보레아스는 오레이티아를, 서풍 제피로스는 클로리스를, 아폴론은 다프네를, 지옥의 신 하데스는 페르세포네를 강간했어요. 또 반인반수인 사티로스와 판은 숱한 처녀들을 겁탈했고요. 헤라클레스는 영웅의 아이를 얻으려는 왕의 계략에 빠져 하룻밤에 50명의 처녀를 강간하기도 했습니다.

유명한 강간 이야기들은 명화의 대상이 되기도 했는데요. 그중 하나

켄타우로스와 라피타이의 싸움

인 「켄타우로스와 라피타이 인의 싸움」은 라피타이 왕의 결혼식에서
일어난 소동을 그린 것입니다. 결혼식 축하연에 하반신이 말인 켄타우
로스도 초대받았는데 이들이 술에 취해 신부를 강간하려고 하고 손님
인 그리스 영웅 테세우스는 이를 말리려고 하다가 싸움이 붙은 거예
요. 이는 아폴론이 개입해 켄타우로스를 패배시키면서 정리됩니다.

또 강간은 로마제국의 건국 신화가 되면서 '사비니 족 여자들의 강
간'이라는 이야기로 내려옵니다. 이는 플루타르코스의 『로물루스의 생
애』와 리비우스의 『로마사』에 바탕을 두어요. 로마 건국의 왕인 로물
루스는 로마에 여자가 부족하자 이웃 나라 사비니의 남녀를 초대한
후 일제히 여성을 겁탈했어요. 사비니의 남자들은 우왕좌왕하며 도망

사비니 여인의 강간(니콜라 푸생 그림)

사비니 여인의 중재(다비드 그림)

쳤고 여자들은 꼼짝없이 낯선 로마인들의 아내가 될 수밖에 없었지요. 로마제국은 이렇게 시민을 확보했습니다. 이는 국가 번영이나 공공 인구 정책을 위한 집단적 강간이 공적으로 인정받는 것을 넘어 신성시되었음을 뜻해요. 이 역시 수없이 많은 미술 작품을 통해 마치 영웅적인 잔치라도 되는 듯이 미화되었는데요. 16세기에 피렌체의 조각가 잠볼로냐에 의해 조각되었고 니콜라 푸생 등 여러 바로크 화가들의 손으로도 묘사되었습니다. 또 프랑스혁명 때 그림으로 나폴레옹을 찬양한 다비드는 사비니 여인들이 자신들을 겁탈한 로마인들을 변호하는 그림을 그리기도 했지요. 여하튼 이러한 강간 그림은 티치아노, 베르니니, 프라고나르, 들라크루아, 피카소 등에 의해서도 그려진 바 있습니다. 한편 강간은 고대 신화만이 아니라 유대 성서에서도 빈번히 묘사되었어요.

이러한 강간의 신화를 비판하고 그것에 대립하는 새로운 신화를 세우고자 하는 시도가 그동안 여러 번 행해졌습니다. 또는 적어도 여태까지의 신화를 재해석해 조금 덜 폭력적인 방향으로 순화시키려는 노력도 있었지요. 즉 기존의 신화를 부계 신화나 가부장 신화라고 비판하고 그 이전에 모권 신화나 이를 바탕으로 한 모권사회가 있었다고 하는 주장 말이지요. 특히 이러한 시도는 페미니즘의 견해에서 많이 이루어져 왔습니다. 그러나 그런 노력은 성공하기 어려워요. 고작해야 그리스 로마 신화가 철저히 가부장적인 차별 신화였음을 비판하는 것으로 끝나지요. 그렇다면 그리스 로마 신화는 이제 버리는 것이 옳지 않을까요? 더욱이 그리스와 아무 상관도 없는 우리가 그것을 국민 교양이랍시고 열심히 읽을 필요는 없으니 말입니다.

우주의 3층 구조

헤시오도스나 호메로스*의 설명에 의하면 우주는 세 겹으로 이루어졌다고 합니다. 첫째는 신들이 사는 하늘 우라노스, 둘째는 인간이 사는 지상 가이아, 그리고 마지막은 지하 타르타로스지요. 이 세 층은 모두 신 혹은 여신으로 의인화됩니다. 그중 우라노스와 가이아는 신화의 첫 부분에 중요한 인물로 등장하지만, 타르타로스가 의인화되는 부분은 한 번뿐이에요. 즉 가이아와 관계하여 괴물 티폰을 낳는 부분입니다. 이는 올림포스 족이 티탄 족을 쳐부순 뒤의 일인데 티폰은 올림포스 족을 위협하는 새로운 강적이 되지요. 그러나 그 역시 제우스의 번개에 의해 쓰러지고 티탄 족과 함께 타르타로스에 갇히는 신세가 됩니다. 따라서 타르타로스는 단순한 감옥에 불과해요. 그것도 우주의 질서가 정해지는 과정에서 최종 승리자가 된 올림포스 신들에게 반역한 자만이 갇히는 감옥이지요.

호메로스는 『일리아스』 8권에서 제우스는 신들에게 절대 복종을 요구하며 그들을 위협하는 수단으로 타르타로스를 들먹인다고 언급합니다. 헤시오도스도 타르타로스가 신들에게조차 무서운 곳이라고 언급하지만 '갇히는' 것 외에는 특별히 무서운 곳은 아닌 듯합니다. 물론 어두컴컴한 지하 감옥에 갇힌다는 것 자체가 엄청난 공포를 불러일으키는 것은 틀림없겠죠. 그러나 기독교나 불교 등에서 묘사하는 지옥처럼 어마어마한 고문을 당하는 곳은 아니잖아요? 죽은 자가 생전에 지은 악행으로 무서운 보복을 당하는 곳도 아니고요. 그러나 로마시대

---

* 일리아스 15권

에 와서 베르길리우스는 『아에네이아』 6권에서 죄인들이 타르타로스에서 가혹한 벌을 받는다는 내용을 덧붙였습니다. 그 죄는 신에 대한 모독을 중심으로, 부모에 대한 폭력이나 형제간의 증오나 근친상간 같은 인륜의 위배, 의뢰인에 대한 기만, 신의의 배반, 부의 독점, 불의의 밀통에 의한 살인, 돈을 위한 매국 등 당시에 패륜이라고 여기던 행위들이었지요.

이러한 사후 보복이라는 관념이 그리스인에게 없었을 리 만무합니다. 그러나 호메로스는 인간이 죽어서 자신의 죄를 앙갚음 당하는 곳이 타르타로스가 아니라 하데스라고 생각했어요. 호메로스에 의하면 인간이 죽을 때 혼이 몸에서 빠져나온다고 해요. 그 혼을 프시케(psyche)라고 하는데 여기서 심리학(psychology)이라는 단어가 유래했지요. 『오디세이아』 24권에 의하면 혼은 헤르메스에게 이끌려 하데스로 간다고 합니다. 그래서 헤르메스에게는 '혼의 운반자'라는 뜻의 프슈코폼포스라는 이명(異名)이 있다고 하네요. 여기서 하데스는 지옥을 뜻함과 동시에 저승을 다스리는 왕의 이름을 뜻해요. 또 호메로스는 사회질서를 어지럽히거나 인륜을 저버린 것에 대한 처벌보다, 신을 모독한 것에 대한 보복이 더욱 무겁다고 말했습니다.

호메로스에 의하면 하데스는 이 세상 사람들 대부분이 가는 사후세계입니다. 『오디세이아』에 따르면 헤라클레스 같은 탁월한 영웅들도 보통의 인간과 마찬가지로 죽은 뒤에는 하데스의 주민이 되지요. 물론 헤라클레스는 죽은 이후 하늘에 올라 불사의 특권을 누린다는 전승이 내려오지만, 헤라클레스의 신격화는 호메로스의 책에서는 아직 볼 수 없습니다.

제우스, 포세이돈, 하데스

올림포스 1세대인 제우스, 포세이돈, 하데스는 각각 하늘, 바다, 지옥을 다스립니다. 제우스는 신들의 왕이기에 지상을 통치하는 일도 도맡고 있지요. 이 세 신을 삼주신(三主神)이라 부르는데, 셋 모두 상징하는 바가 다릅니다. 우선 제우스는 가부장제 문화에서 나타나는 지배자의 원형으로서 권력과 의지의 세계를 상징해요. 한편 포세이돈은 감정과 본능의 세계를 상징하는데, 이는 가부장제 아래에서 억압되어 있고 그 가치를 인정받지 못하며 의식의 깨달음과는 분리되는 영역이지요. 마지막으로 하데스는 실체가 분명하지 않아 공포를 자아내는 영혼과 무의식을 상징합니다.

제우스에게는 결혼도 권력을 위한 동맹관계에 불과해요. 또 그는 자식에게도 철저한 충성과 복종을 요구합니다. 그래서 아폴론이나 아테나 같이 감정을 다스리는 데 익숙하고 성취욕이 강하며 능력 있는 자식을 사랑하지요. 이에 비해 포세이돈은 예술가 기질을 지니고 있으며 변덕스러운 파도처럼 감정적인 측면을 보입니다. 한편으로는 전략적 사고나 의지력이 제우스보다 뒤떨어져 실패하기 쉽다는 평가를 받고요. 지하의 왕 하데스는 배타적인 자기 세계에 갇힌 은둔자입니다. 가부장제에서는 낙오자라고 할 수 있지요.

제우스는 그리스 로마 신화의 주신(主神) 또는 대신(大神)이기 때문에 그리스 로마 신화에서 가장 많은 일화를 지닌 것으로 유명하지만, 여기서는 간단히 언급하겠습니다. 크로노스와 레아가 낳은 여섯 번째 아들인 제우스는 레아의 기지로 아버지에게 잡아먹히지 않고 목숨을 건질 수 있었어요(신통기478이하). 성장한 제우스는 레아에게 토하는 약을 주어 크로노스에게 몰래 먹이게 해요. 형제자매들을 구해낸 그는 보답으로 형제들로부터 번개와 천둥을 선사 받아 "인간들과 불사신들을 다스리게" 됩니다(신통기506). 그리고 형제들과 힘을 합친 제우스는 아버지 크로노스와 10번의 겁이란 긴 세월 동안 싸워 이겨서 세상의 주인이 됩니다.

제우스란 이름은 순수한 인도-유럽어로서 하늘, 낮, 빛을 뜻해요. 그러나 똑같이 하늘을 뜻하는 그의 아버지 우라노스와는 다릅니다. 즉 제우스는 바람, 비, 번개 등의 여러 기상 현상을 낳는 하늘의 신이에요. 신의 모습은 다른 신과 구별되는 자신만의 힘과 속성을 상징함과 동시에 보편적인 의미를 지니는 것이기도 하는데, 제우스는 신 가운데 최고의 신이자 최고 지배자인 남자답게 왕좌에 앉아 번개와 독수리와 지팡이를 쥐고 있는 거인의 모습이지요. 이는 제우스가 왕으로서 품은 권위를 나타내요. 번개와 검은 독수리는 그가 하늘의 지배자이자 초자연적인 불과 형벌을 소유했음을 뜻합니다. 또한 그는 절대적인 정력의 소유자로서 누구든 멋대로 유혹할 수 있어요. 그가 유혹한 대상에는 심지어 소년도 포함되어 있었으니 말입니다.

제우스는 앞서 본 괴물 2세대와 같은 세대인 신이데요. 그는 귀족적이고 유산계급*이었던 그리스 지배층의 인생관을 상징합니다. 여기에는 우주란 움직이지도 생성되지도 않는 고정된 구조를 지니며, 천체도 일정한 질서와 균형을 보유하여 규칙적으로 운행한다고 보는 사고

---

* 자본가나 지주처럼 재산이나 토지를 많이 소유하고 있어서 딱히 일하지 않아도 이득을 생산해내는 계급을 뜻한다. 후일 자본가계급인 부르주아를 일컫는 말이기도 하다.

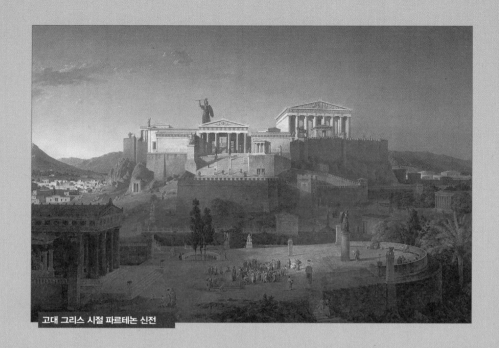

고대 그리스 시절 파르테논 신전

파르테논 신전

가 반영되었습니다. 또 그리스인들은 인간의 영혼과 육체도 대우주의 핵심이 집약된 소우주라고 보았습니다. 따라서 이상적인 비례를 갖는 인간의 몸이 신을 나타내는 것으로 생각했지요. 그러한 우주관은 아테네 아크로폴리스의 파르테논 신전에서도 찾아볼 수 있습니다. 신전 왼쪽에는 태양신인 아폴론이 마차를 타고 바다에서 떠오르는 모습이, 오른쪽에는 달의 여신 셀레네의 마차가 바다로 들어가는 모습이 새겨져 있어요. 이는 해가 뜨고 달이 진다는 시간의 질서를 나타냄과 동시에 하나의 지평선에서 다른 지평선에 이르는 우주의 넓이를 보여줍니다. 이 질서 있는 운행 속에 세계의 중심인 제우스의 왕좌가 있고, 그 오른쪽에서 아테네 수호신인 국가, 문화, 학예, 군사, 전쟁의 여신 아테나가 탄생하고 있지요. 그 부분의 조각 원본은 오늘날 남아 있지 않으나 복원을 통해 제우스의 머리를 헤파이스토스가 도끼로 내리친 곳에서 무장한 아테나가 탄생하는 장면을 볼 수 있습니다. 이는 자연이 남성에게 모든 능력을 부여했어도 생명을 잉태하는 일은 여성의 몸에서만 가능하지만, 제우스는 전지전능한 신으로 이마저도 담당하고 있음을 보여줍니다.

제우스의 첫 아내는 지혜의 여신 메티스였습니다. 그녀는 티탄 족이었으나 신 중에서 가장 현명했다고 해요. 그런데 하늘의 신 우라노스와 대지의 여신 가이아는 제우스가 자신들의 왕위를 뺏은 것처럼 제우스 역시 자식에게 권력을 넘겨주게 될 것이라고 예언했습니다. 그리고 그 자식은 메티스와 제우스 사이의 아들이 될 것이라고 했지요. 그래서 제우스는 임신한 메티스를 잡아먹습니다. 이에 대해 지혜를 가진 아내를 남편이 흡수하여 지배권을 확보한 것을 뜻한다는 해석이 있는데,* 어쨌거나 이 일화는 권력을 위해서 아내를 잡아먹은 제우스의 비정함을 보여주지요. 제우스의 상징은 번개와 독수리인데요. 이는 결단력을 가장 중시하는 가부장적 리더십을 나타냅니다. 그리고 그 절대적인 리더십은 아들과 딸인 아폴론과 아테나에 의해 보완되지요. 메티스의 아기는 달이 차자 제우스의 머리를 가르고 완전무장한 성인의 모습으로 태어나는데요. 이것이 여신 아테나입니다. 아테나에 대해서는 잠시 후에 설명할게요.

이어 제우스는 법의 여신 테미스와 결혼합니다. 그리고 호라이(계절의 여신)이라고 불리는 세 명의 여신을 낳지요. 이들은 평화를 상징하는 에이레네, 질서를 상징하는 에우노미아, 정의를 상징하는 디케입니다. 그 후 제우스는 셋째 아내인 유리노메아 사이에서 미의 여신인 세 딸 카리테스를 얻습니다. 넷째 아내인 기억의 여신 므네모시네는 아홉 명의 뮤즈를 출산해요. 다섯 번째 아내이자 여동생인 헤라는 헤베, 에일레이티아, 아레스, 헤파이스토스를 낳았습니다. 그 밖에도 그는 결혼 관계 밖의 수많은 여자와 관계하여 더욱 수많은 자식을 얻어요. 앞에서도 잠깐 말했듯이 제우스는 그리스 로마 신화에 나오는 신과 영웅 대부분을 탄생시킨 장본인이에요. 영웅의 씨를 뿌리는 종마라고나 할까요?

그러한 제우스가 그리스 로마 신화의 주신이라는 것은 모든 그리스 남자들의 성적 판타지와 욕망을 담은 것이었습니다. 그것은 낭만적이고 지속적인 사랑과는 거리가 멀었어요. 그보다는 본능에 충실하며,

---

*   Marina Warner, Monuments & Maidens, The Allegories of the Female Form, 1985.

어떤 조건이나 저항도 없는 섹스 자체에 탐닉하는 것이었습니다. 제우스는 섹스에 대한 그러한 절대적이고 무한한 욕구를 상징해요. 그는 섹스를 위해서라면 어떤 변신도 가능했고, 그 대상은 남녀노소를 따지지 않았습니다. 물론 노파나 흉측하게 생긴 괴물은 당연히 제외되었지만 말입니다.

처녀의 전형_아테나

미국의 정신분석학자 진 시노다 볼린은 저서 『우리 속에 있는 여신들』에서 그리스 로마 신화의 여신을 다음 세 가지 분류로 나누었습니다. 첫째는 '자신이 목표하는 바를 추구하는 원형'인 세 처녀신 아르테미스, 아테나, 헤스티아로 그들은 자율적이고 활동적인 한편 관계에 얽매이지 않고 독립적이에요. 둘째는 '상처받기 쉬운 여신들'인 헤라, 데메테르, 페르세포네로서 각각 아내, 어머니, 아내의 전형을 뜻하며 관계 속에서만 자신의 정체성을 찾을 수 있지요. 셋째는 '창조적인 여신'인 사랑과 미의 여신인 아프로디테입니다.

아테나(Athena)는 이름에서 볼 수 있듯이 도시 아테네(Athenai)의 수호신이에요. 즉 아테나를 복수형으로 말한 단어가 아테네입니다. 그래서 아테네를 영어로 표기한 Athens에도 다른 복수 형태의 단어들처럼 '-s'가 붙지요. 아테나의 신전은 파르테논(Parthenon)이라고 부르는데, 그 이유는 그녀가 처녀(parthenos)이기 때문입니다.

헤시오도스의 『신통기』에 의하면 아테나는 제우스와 그의 첫째 아내인 메티스 사이의 딸입니다. 그런데 제우스는 "꾀와 아첨하는 말로 메티스를 속여" 파리로 변신하게 한 다음 통째로 삼키고 말았어요. 이는 메티스가 영리한 자식을 낳아 훗날 제우스로부터 권력을 빼앗을까 두려워서였습니다. 그러나 정작 태어난 아기는 여자아이였고, 제우스의 왕위를 가져갈 수 없었지요. 신화에서 아테나는 "용기와 지모가 아버지 못지않은 빛나는 눈의 처녀"로 묘사됩니다(신통기890-895). 그런데 아테나의 상징 중 하나는 고르고네이온, 즉 고르곤의 머리가 박힌 방패예요. 인간을 돌로 변하게 하는 뱀 머리칼을 지닌 메두사의 머리를 방패에 달아 자신의 권위를 한층 더한 것이지요.

아테나는 "전투를 불러일으키고 군대를 인솔하는, 아무도 이길 수 없는" 여신이었습니다. 그녀는 완전무장한 채로 태어난 여신답게 "함성과 전쟁과 전투가 마음에 들었다"고 해요(신통기924-926) 호메로스는 그녀의 탄생 신화에 대해서는 언급하지 않고 다만 아테나를 "강한 아버지의 딸"로 불렀습니다. 호메로스와 헤시오도스는 아테나를 소녀로 불렀고 아테네에서는 처녀라고 불렀습니다. 독립적인 처녀신이라는 점에서 아테나는 아르테미스와 비슷한 면이 있어요. 그러나 그녀는 아르테미스와 달리 남자를 피하지 않고 남자와 거리를 두지도 않았습니다. 오히려 여러 영웅에게 가호를 내려주었지요. 가령 『오디세이아』에서 아테나는 오디세우스에게 "나의 지혜와 나의 능숙함을 따를 신은 없다"라고 선언해요(오디세이아13, 297). 아테나는 오디세우스의 친구이자 수호신이었고 그의 강한 개성과 지혜를 존중했습니다(오디세이아2, 169, 407, 636).

그리스 로마 신화에서 아테나는 처녀신으로 여겨지지만, 더 오랜 전승에 의하면 헤파이스토스나 판과 같은 남편이 있었다고 해요. 또 남근의 신 팔라스와도 관계를 맺었다는 설이 있습니다. 여기서 아테나의 이명 중 하나인 팔라스 아테나가 유래하지요. 팔라스 아테나 조각상인 팔라디움은 고대 로마 후기의 최고신으로 섬겨졌습니다.

그런데 아테나는 본래 북아프리카에서 온 여신이었어요. 그녀의 원형은 리비아의 삼상일체 여신 네트, 메티스, 메두사, 아나테(Anath) 또는 아카엔나였습니다. 또 라르낙스-라비투에 있는 비문에는 이 여신을 그리스어로는 아테나, 페니키아어로는 아나투라고 불렀다고 적혀 있어요. 그리고 고대 그리스 이전의 신화에 의하면 아테나는 리비아의 트리토니스(3여왕) 호수의 자궁에서 태어났고 합니다. 한편 이집트인은 이시스를 아테나라고 불렀습니다. 아테나라는 이름의 의미는 "나는 스스로에서 생겼다"는 것이었지요.

엘리아데는 아테나가 궁정의 귀부인으로서 미케네 왕들의 성채 궁전을 보호하는 수호신이었으리라 짐작합니다. 즉 원래는 남녀의 직업과 관련된 가정의 신이었지만, 전쟁과 약탈의 시대에 성채 안에 머물러 있었다는 이유로 전쟁 여신의 속성을 함께 가지게 됐다는 것이지요(엘리아데1, 427). 그러다가 호전적인 이주민들이 선주민 여신 숭배를 계승하면서 왕가의 수호신인 아테나가 전쟁의 승리를 보장하는 신으로 바뀌게 된 것입니다.

아테나는 전쟁에서 정의의 편에 섭니다. 그녀의 이러한 면은 트로이 전쟁을 다룬 호메로스의 『일리아스』에서 가장 두드러져요. 이 서사시에 의하면 아테나는 정의를 모르는 전쟁광 아레스와 불구대천의 원수예요(5, 761, 890). 그녀는 21권(390이하)에서 벌어지는 유명한 전투에서 아레스를 제압합니다. 즉 아레스가 땅으로 내려와 직접 전쟁터를 휘젓고 다니자, 인간 디오메데스에게 가호를 내려 아레스의 아랫배를 창으

로 찌르도록 한 것이지요. 한편 그녀는 아가멤논에게 모욕을 당한 아
킬레우스가 그를 죽이려고 하자, 아킬레우스의 앞에 나타나 싸움을
저지하기도 합니다(일리아스1, 194). 또 아테나는 참된 영웅의 모델인 헤
라클레스의 용맹함을 가상히 여겨, 그가 초인적인 시련을 극복하도록
도우며 그가 육신의 생을 마쳤을 때는 마침내 그를 하늘로 이끌어가
기도 해요.

그리스 로마 신화에서 제우스가 메티스를 잡아먹는 것은 아버지 크
로노스의 행각에 대한 모방으로 해석할 수 있습니다. 그런데 크로노
스가 자식을 소화할 수 없었던 반면 제우스는 메티스를 삼킨 덕분에
지혜를 얻어요. 또 결코 자신에게 반기를 들지 않을 딸도 얻지요. 메티
스는 그리스어로 사고나 기지를 뜻하고, 제우스가 "혼자서 머리로부
터" 낳은 아테나도 용기와 지모를 뜻합니다. 아테나의 탄생 신화는 인
간의 사고가 뇌에서 진행됨을 상징함과 동시에, 사고가 남성의 지배하
에 놓이게 됐다는 점에서 모권적 가치관이 부계적 가치관으로 변했음
을 의미해요. 특히 아테나가 영원히 처녀이기에 제우스는 야심만만한
사위의 도전을 받지 않을 수 있는데요. 이는 여성이 아버지에게 절대
적으로 복종하는 존재임을 뜻합니다. 따라서 아테나는 가부장제와 결
혼을 정당화하는 존재예요. 이로써 과거 모권사회의 거세 공포증은 사
라지고 부계사회가 완성되는 것이지요. 아테나가 완전무장을 하고 태
어났음은 제우스의 권력 장악을 뒷받침합니다.

그리스 로마 신화는 기원전 5세기에 폴리스 국가가 정비됨과 함께
고전적인 비극으로 곧잘 상연되었습니다. 또 고전 미술에서는 세계 질
서를 인간의 육체로 비유한 모습으로 나타났지요. 아이스킬로스의 연

극 『오레스테이아』의 제3부 「자비로운 여신들」은 그리스가 모권제에서 부권제로 변화하는 과정을 보여줍니다. 이는 오레스테스가 어머니인 클리타임네스트라를 죽이고 재판을 받는 내용의 비극인데요. 오레스테스가 어머니를 살해한 이유는 그녀가 불륜남과 짜고 아버지인 아가멤논을 죽였기 때문이에요. 이에 복수의 여신 에리니에스*는 오레스테스의 죄를 고발하며, 어머니를 살해하는 것은 자연에 반하는 최대의 범죄라고 질책합니다. 그러자 부권을 최고로 보는 아폴론이 오레스테스의 정당성을 옹호해요. 마지막에 아테나가 등장하여 어머니란 남편의 씨를 일시적으로 배속에 맡아두는 존재이고 아버지야말로 참된 혈육이므로 오레스테스가 아버지의 복수를 위해 어머니를 살해한 것은 정당하다고 주장합니다. 여기서 아테나는 "어떤 어머니도 나를 낳지 않았다"고 선언하며 이를 자신이 한 주장의 근거로 삼지요. 아테나가 어머니의 뱃속이 아니라 아버지의 머리에서 태어났다는 점도 그녀의 가부장적 모습과 관련이 있는 거예요. 아폴론은 아테나가 "여자의 어두운 자궁이 아니라 남자의 머리에서 태어났다"고 찬양합니다.

아테나는 아버지 제우스에게 봉사하며 평생 독신으로 남았습니다. 그녀는 그리스의 폴리스 중 하나인 아테네의 수호여신이자 영웅 헤라클레스의 수호신이기도 했어요. 또 산업과 학예, 전쟁의 여신으로 널리 칭송받았지요. 아테네의 아크로폴리스 언덕 위에 있는 파르테논 신

---

* 그리스 로마 신화에 등장하는 복수의 여신들. 전승에 따라서는 크로노스가 우라노스를 거세했을 때 잘린 성기에서 나온 피가 대지 위에 떨어져서 태어났기에 우라노스와 가이아의 자손이라고 한다. 박쥐의 날개를 달고 있고 피눈물을 흘리며 한 손에는 채찍을, 한 손에는 횃불을 들고 있다. 이들은 특히 혈육에 대한 살인을 엄격하게 처벌하였다. 또 범죄자를 저승까지도 쫓아가 죄를 치르게 했으며 그 집요함으로 공포의 대상이 되었다.

전은 그녀에게 바쳐진 것인데요. 이곳에는 그녀의 모습을 본뜬 유명한 여신상이 있었다고 합니다. 기원전 438년, 조각가 페이디아스가 황금과 상아로 만든 높이 12미터의 거상이지요. 비록 그 원작은 남아 있지 않으나 지금 아테네 미술관에는 원작과 비슷하게 복원된 조각상이 있습니다. 그 모습을 보면 당시 신에 대한 숭배가 어느 정도였는지 짐작할 수 있어요. 그녀는 오른손에 승리의 여신 니케를, 왼손에 방패를 들고 있습니다. 둘 다 그녀의 권위를 상징하는 존재이지요. 또 방패 겉에는 '티탄 족과의 싸움', 안에는 '아마존과의 싸움'이 그려져 있습니다. 이는 그녀가, 제우스가 지배하기 전에 그곳에 살았던 티탄 족(대지모신의 자손)을 평정함과 동시에 모권시대를 지배한 여성 집단인 아마존 족을 평정했다는 것을 보여줍니다. 그리고 그녀의 가슴에는 메두사의 머리가 붙은 아이기스'가 걸려 있어요. 메두사는 과거에는 대지 여신 중의 하나였지만 앞서 말했듯이 괴물로 추락하고 말았습니다. 그녀는 추악한 얼굴에 머리칼 대신 뱀을 달고 다녔는데요. 그녀를 눈으로 본 자는 모두 돌로 변하는 마력을 가졌으며, 그 피는 죽음으로부터의 부활과 재생을 가능케 하는 힘을 지니고 있었다고 해요. 그 후 아테나의 도움을 받은 페르세우스가 메두사를 퇴치했고, 그 목을 베어서 아테나에게 바쳤습니다. 아테나는 그 머리를 지니고 다녔고, 메두사의 머리를 매단 방패는 여신의 또 하나의 상징물이 되었지요. 이 역시 지혜의 여신 아테나(또는 미네르바)가 원초의 야만적인 여자 괴물을 쓰러트렸음

---

* 그리스어로 산양 가죽이라는 뜻이다. 아테나의 방어구 중 하나로, 가죽으로 만든 가슴 받이(흉갑)라고도 하고 방패라고도 한다. 가운데에 메두사의 머리가 달려 있다.

아테나 조각상

파르테논 신전의 아테나 조각상

을 의미합니다.

위 내용을 보니 어떤 생각이 드세요? 그동안 아테나는 강하고 독립적인 여인의 상징으로 알려져 있었습니다. 어쩌면 여자의 시각을 대변해줄지도 모른다는 이미지도 있었지요. 하지만 정작 그리스 로마 신화를 보면 그렇지 않다는 것을 알 수 있습니다. 오히려 아테나는 당시의 남성 중심주의와 가부장적 사회 구조를 철저하게 받아들인 여신이었으니까요. 이처럼 주신이자 남성인 제우스와 그에게 절대 봉사하는 처녀신을 중심으로 한 그리스 로마 신화는 남성 지상주의를 담고 있다고 볼 수 있습니다.

아테나는 처녀 전사로서 구약성경의 여걸 유디트와 함께 '싸우는

미덕의 정원에서 악덕을 추방하는 미네르바(안드레야 만테냐 그림)

아테나와 켄타우로스(보티첼리 그림)

여성'의 전형으로 부각되었습니다. 성모와 함께 처녀성을 갖는 동시에, 무력뿐만 아니라 지적인 힘을 갖춘 전사로 추앙받았지요. 15세기 이탈리아 화가인 안드레야 만테냐의 그림 「미덕의 정원에서 악덕을 추방하는 미네르바」를 보면 아테나가 여성의 모습을 한 악덕을 내쫓고 있어요. 이처럼 아테나는 전투적인 정절의 미덕을 표상했습니다. 또 르네상스에서는 여성의 이상인 "순결, 이상화된 아름다움, 학예 영역의 여성의 역할과 공적"의 상징이 되었지요. 르네상스를 대표하는 화가 중 하나인 보티첼리의 「아테나와 켄타우로스」에서는 아테나가 훈계하듯 켄타우로스의 머리채를 잡고 있는데요. 이처럼 야만적인 본능을 징벌하는 이성이나 문명을 상징하는 이가 바로 아테나였습니다. 동시에 그녀는 보티첼리를 후원한 메디치 가의 상징이었고 처벌받는 켄타우로스는 피렌체와 싸운 피사를 상징했지요.

16세기는 중세가 끝나고 제국주의가 막을 열었던 시대입니다. 당대의 대표적 군주인 스페인의 카를 5세를 위해 베르날 솔로몬이 만든 판화(1522년)에는 아테나가 군신 마르스와 함께 신성로마제국을 수호하는 군사적인 조언자로 그려져요. 여기에는 다음과 같은 시가 붙었습니다.

신성로마제국을 수호하기 위해
마르스는 힘, 미네르바는 정절
훌륭한 조건을 주었노라

　한편 고대 로마시대에는 황제들이 정복한 속국, 가령 게르마니아, 갈리아, 브리타니아 등이 여성으로 의인화되어 조각상으로 새겨지기도 했는데요. 이는 후일 프랑스, 영국, 독일이 자국이 침략한 식민지에 여성의 이름을 붙이는 것으로도 이어졌습니다. 이는 당대의 보편적인 사고방식 아래에서 여성은 정복의 대상이었음을 보여줍니다. 그런데 이들도 아테나 여신만은 특별한 여성으로 여겼나 봅니다. 본국의 지도자를 아테나 여신에 비유하기도 한 걸 보면요. 가령 19세기 영국의 빅토리아 여왕이나 20세기 영국 수상 마거릿 대처도 아테나라고 불렸지요.

　아테나에 대한 서구인들의 찬양은 그 후로도 이어졌는데요. 1869년 아테나에 대한 연속 강연에서 영국의 비평가 러스킨(1819~1900)은 "아테나는 지혜, 절도, 정의에서 기독교 미덕에 선행"했다고 절찬했습니다. 또 1896년 파넬은 『그리스 국가의 숭배』에서 "아테나는 영국 정치 자체를 대표한다. 아테나의 예견력은 전쟁과 평화에 있어 시민적 공동체의 선견을 의미하고, 그녀가 고취하는 미덕은 정치적 영지, 용기, 조화, 규율, 자기억제라는 공적 미덕을 상징한다"고 예찬했어요.

　또 그녀는 조각상으로도 여러 번 세워졌어요. 1830년 런던 워털루 광장에 세워진 아테네움에는 코린트식 탈을 쓴 황금의 아테나 상이 있었습니다. 더욱 정통적인 아테나 상은 1907년 빈 국회의사당 앞에 세워졌지요.

게르마니아

게르마니아

컬럼비아

「민중을 이끄는 자유의 여신」에 그려진 마리안느

이처럼 절대주의 왕권이 쇠퇴하고 국가주의가 융성한 19세기에도 아테나에 대한 찬양은 쇠퇴하기는커녕 매우 증가했습니다. 이는 게르마니아,* 갈리아나 마리안느,** 컬럼비아*** 등 군국적인 여전사 이미지가 유용했기 때문이에요. 또한 아테나는 서양 근대국가에서 공적으로 숭배된 윤리의 상징이기도 했습니다. 이는 서양 근대국가의 교양 속에 고전 학습이 부활했고, 아폴론과 아테나가 윤리적이고 국가적인 미덕의 상징이 됐음을 뜻합니다.

애인의 전형_아프로디테

흔히 비너스는 미의 여신의 대명사처럼 불립니다. 그런데 비너스는 영어식 이름이고 원래 그리스 이름은 아프로디테예요. 아프로디테(Aphrodite)란 거품(Aphors)에서 태어난 여신이란 뜻****인데요. 헤시오도스의 신화에 따르면 우라노스의 성기가 바다에 빠지자 그곳에서 거품이 일었는데, 여기서 아프로디테가 탄생했다고 합니다. 이에 대해 이윤기는, 아프로디테가 시간을 뜻하는 크로노스*****를 비웃으며 인간들에게

---

* 독일을 의인화한 여성상. 머리에는 신성로마제국의 황제들처럼 월계관을 쓰고 있으며, 중세풍의 갑옷을 두르고 방패나 검을 들고 있다. 또 방패에는 독일 제국을 상징하는 검독수리가 그려져 있다.

** 프랑스를 의인화한 여성상. 자유와 평등, 박애 등 프랑스의 혁명 정신을 상징한다. 외젠 들라크루아의 「민중을 이끄는 자유의 여신」에도 한 손에는 장총, 한 손에는 삼색기를 들고 혁명군을 이끄는 모습으로 그려져 있다.

*** 미국을 의인화한 여성상.

**** 이는 아프로디아제인(성교하다), 아프로디아스티코스(호색의), 아프로디챠(매춘굴)와 같은 성적인 용어와도 관련이 있다고도 한다. 다만 에슨은 이러한 견해를 부정한다(에슨33).

***** 크로노스는 모래시계와 함께 그려지는데 이는 그가 시간을 상징하기 때문이다. 그 이름에서 크로니클(chronicle, 연대기), 크로노미터(chronometer, 시계), 크로노메트리(chronometry, 시간 측정법)

육체적 사랑의 기쁨을 가르친 것이 "사랑은 세월을 초월해서 존재할 수 있다는 뜻"을 전하는 것일 수도 있다고 보아요(이윤기52).*

　그런데 본래의 아프로디테는 카리**와 마찬가지로 처녀-어머니-할머니의 세 모습을 동시에 지닌 삼상일체(三相一體)의 여신이었습니다. 따라서 '운명의 3여신'과 동일시되기도 했지요. 그녀의 옛 이름은 모이라로, '때'보다 오래된 여신으로 모권사회의 자연법에 의해 세상을 다스렸다고 합니다(바흐오펜57, 192). 또 아프로디테는 시리아의 여신이기도 했어요. 그곳에서의 이름은 아슈라(Asherah) 또는 아스타르테(Astarte)***로 끊임없는 외적의 침입으로 점령된 세계 최고(最古) 신전의 여신이었지요. 또 그녀는 훗날에는 로마 건국의 아버지인 아이네아스(Aeneas)를 낳았다는 이유로 로마인의 조상으로 여겨졌습니다. 그리고 비너스라고 불린 뒤에는 베네티인의 조상으로 여겨졌고, 그들의 도시인 베네치아는 '바다의 여왕'으로 불렸어요.

　아프로디테 숭배의 중심지 중 하나는 키프로스 섬의 베포스였습니다. 키프로스라는 이름은 구리(옛 그리스어로 kypros) 광산이 있었기 때문에 붙여진 이름이에요. 그래서 아프로디테는 키프로스 섬의 여신 또는 베포스의 여신이라고 불렸습니다. 여신에게 바쳐진 금속 역시 구

이라는 말들이 나온다.

* 크로노스가 시간을 뜻하게 된 것이 언제부터인지는 명확하지 않다.

** 'Kari'는 말레이반도 신화의 여신으로 처녀-어머니-할머니라고 하는 삼상일체의 여신이자 양성구유의 창조신이기도 했다.

*** 메소포타미아 신화에서는 이슈타르(Ishtar)라고도 한다. 고대국가 바빌로니아에서 사랑과 전쟁의 여신으로 섬겨졌는데, 그녀의 신전에서는 여신을 모시는 무녀와 남성 신자들 간의 매춘이 행해졌던 것으로 유명하다. 이는 다산과 풍요의 여신인 이슈타르를 숭배하는 신성한 의식으로 여겨졌다고 한다. 후일 기독교는 이를 음탕한 의식으로 여겼고 이슈타르는 악마 아스타로트로 추락한다.

리였지요. 또 그녀는 마리(Mari, 바다)라고 불리기도 했습니다. 따라서 이집트인은 여신의 섬을 '아이 마리'라고 불렀어요. 그러다가 후일 기독교 시대에 와서 키프로스 섬의 아프로디테 신전은 성모 마리아의 신전으로 바뀝니다. 기독교도들은 키프로스 섬의 주민들을 오랫동안 악마의 자손이라고 배척했고요.

그리스 로마 신화에서 아프로디테는 2장에서 본 잔인한 권력 투쟁의 이야기와 함께 등장합니다. 헤시오도스의 『신통기』에 의하면 그녀는 크로노스가 낫으로 자른 아버지 우라노스의 생식기가 바다에 떨어져 오랫동안 파도 위를 떠다니면서 생긴 거품에서 탄생했다고 해요(신통기188-192). 잘린 생식기에서 만들어진 거품이라니 대단히 성적인 느낌을 주는 전승이 아닐 수 없군요. 아프로디테의 등장으로 가이아와 우라노스의 "이 기괴하고도 제멋대로인 왕성한 번식력"이 끝나고 정상적인 남녀의 성적 결합이 시작한다고 보는 견해(에슨33)가 있으나 저는 그다지 동의하지 않습니다. 앞에서 보았듯이 아테나가 제우스의 머리에서 태어나는 것도 기괴하고 제멋대로이기는 마찬가지거든요.

적어도 헤시오도스의 신화에 따르자면 아프로디테는 가부장제에서 남성의 성적 쾌락을 극대화한 수호여신이라고 볼 수 있습니다. 이는 우라노스를 거세한 뒤 세워진 제우스의 가부장제에서 아프로디테가 가장 찬란한 트로피가 되는 것과 관련이 있어요. 따라서 아프로디테를 그리스인들이 "인간적 의미에서나 보편적 의미에 있어서 원초성을 지닌 존재로 간주하고 있었음을 반증한다"(해리스1, 115)는 해석은 가부장제도 아래에서만 인정된다고 보아야 합니다.

헤시오도스에 의하면 아프로디테가 태어나 처음으로 발을 디딘 곳은 지금의 사이프러스 섬인 키프로스라고 합니다(신통기193). 그곳 사람을 뜻하는 사이프리언(Cyprian)이란 음탕한 여자라는 의미를 지니고 있어요. 이는 아프로디테가 음탕한 여자이기 때문입니다. 그리스인에게 아프로디테는 성적 충동을 상징했어요. 이는 여러 예술가에게 육감적이고 관능적인 그림이나 조각의 소재가 되기도 했습니다. 15세기 이탈리아 화가 보티첼리가 그린 「아프로디테의 탄생」은 아프로디테가 거품이 이는 바다를 배경으로 거대한 조개를 타고 키프로스 섬에 도착하는 장면을 보여줍니다. 19세기에 프랑스 화가 윌리앙 아돌프 부그로가 그린 같은 제목의 그림도 마찬가지지요. 그러나 두 그림의 시대적 차이는 분명해요. 가령 보티첼리의 아프로디테는 가슴과 음부를 가리고 있지만, 부그로의 경우는 뽀얀 온몸을 과시하듯 긴 머리를 들어 올리고 있지요. 또 완벽한 육체적 균형을 보여주는 보티첼리의 여신은 오른쪽으로 크게 기울어져 실제로 인간이 취하기 어려운 자세를 하고 있는데요. 이와는 반면에 부그로가 그린 여신은 몸을 비틀고 있지만 실제로 취할 수 있을 법한 자연스러운 자세로 서 있습니다.

이는 네오플라토니즘에 젖은 보티첼리가 관념적으로 그림을 그린 반면, 부그로는 모델을 앞에 두고 그린 데서 생긴 차이입니다. 한편 부그로가 그린 여신은 고대 그리스의 조각가인 프락시텔레스의 「크니도스의 아프로디테」*의 모습과 유사합니다.

또한, 마찬가지로 아프로디테를 그린 보티첼리의 「봄」에서 좌측 끝의 헤르메스는 왼팔을 하늘로 치켜들어 이곳이 하늘의 이상향임을 알

---

* 기원전 330년경의 원작을 로마시대에 모각, 대리석, 높이 203.2cm, 바티칸 미술관, 로마.

보티첼리가 그린 아프로디테의 탄생

윌리앙 아돌프 부그로가 그린 아프로디테의 탄생

크니도스의 아프로디테

보티첼리의 봄

사랑의 알레고리
(아뇰로 브론치노 그림)

럽니다. 그 좌측으로 세 여신, 즉 사랑을 뜻하는 타레이아, 정조를 뜻하는 아그레이아, 미를 뜻하는 에우프로슈네가 서 있고, 아프로디테의 머리 위로 나는 큐피드가 정조의 여신을 향해 화살을 날리고 있어요. 그리고 중앙에 있는 아프로디테는 아치형으로 구부러진 나무들이 마치 후광을 비추는 것처럼 그려졌다는 점이 중세 성화와 비슷한데요. 여기에 임신을 한 모습을 더해 성모 마리아를 연상하게 합니다. 그림의 가장 왼쪽을 보면 서풍의 신 제피로스가 님프 클로리스를 붙잡으려고 하고 있는데요. 이는 제피로스가 클로리스를 납치해 결혼한 신화 속 이야기를 뜻합니다. 달아나던 클로리스는 그에게 잡히는 순간 꽃의 여신이자 봄을 상징하는 플로라로 변해요. 그녀 바로 왼쪽에 서 있는 인물이지요. 아프로디테처럼 플로라도 임신한 듯합니다.

한편 역시 이탈리아 르네상스기의 화가인 아뇰로 브론치노의 「사랑의 알레고리」에서 아프로디테는 사랑의 정원인 헤스페리데스에서 지켜지는 금단의 과실인 사과를 왼손에 쥐고 있습니다.* 그리고 오른손으로는 큐피드의 화살을 뺏고 있지요. 이 그림은 제목답게 사랑의 여러 특성이 사물이나 의인화로 그려져 있는데요. 우선 소년이 뿌리고 있는 장미꽃 역시 비너스를 상징하며 장미의 가시는 사랑의 고통을 암시합니다. 또 소년 뒤로 보이는 소녀는 기만을 상징합니다. 자세히 보면 하반신이 물고기 비늘로 덮여 있으며 맹수의 다리를 지녔지요. 두 손은 각각 쾌락의 상징인 꿀이 가득 찬 벌집, 그리고 위험이나 육욕을 뜻하는 작은 동물을 들고 있어요. 왼쪽 위의 모래시계를 짊어

---

* 이는 성서에 등장하는 에덴동산의 사과와도 유사하다.

지고 있는 수염 난 남자는 시간의 신 크로노스로 늙음을 의미합니다. 비너스 발밑의 가면은 사랑의 속임수를, 에로스 발밑에 있는 비둘기는 비너스의 사랑을 상징해요. 큐피드 옆에 얼굴을 감싸 안은 여인은 절망 혹은 질투를 의인화한 것이며 그 위에 있는 여인은 진실을 나타냅니다. 진실과 크로노스로는 부도덕한 사랑을 세상에 보여주기 위해 청색의 커튼을 걷고 있어요. 이는 정열의 덧없음을 상징합니다.

여하튼 키프로스 섬에 상륙한 아프로디테는 올림포스로 올라가요. 여러 신이 그녀를 차지하려고 하자 제우스는 그녀를 추남이자 절름발이인 대장간의 신 헤파이스토스와 강제로 결혼시킵니다(오디세이아8, 266-366). 그러나 육체적 사랑의 신 아프로디테는 남편에게 만족하지 못하고 전쟁의 신인 유부남 아레스와 불륜을 저질러요. 이를 눈치 챈 남편은 묵묵히 눈에 보이지 않는 그물을 만들어 아프로디테의 침대에 걸어요. 그러자 아프로디테와 아레스는 밀회를 즐기다가 그물에 엉겨서 벗어나지 못하고 모든 신들의 구경거리가 됩니다. 낄낄거리다가 동정심이 든 신들은 둘을 풀어달라고 헤파이스토스에게 부탁해요. 하지만 그 후에도 아프로디테는 헤르메스를 비롯한 수많은 신과 사랑을 나누지요. 그런데 이윤기는 아프로디테의 음란함이 도덕적으로 비난받아야 할 음란함이 아니라고 합니다. 그보다는 그녀의 불륜은 원초적인 번식력을 상징하므로 인정해야 한다고 하지요(이윤기115). 하지만 저는 도대체 이것이 무슨 소리인지 이해하지 못하겠습니다. 그런 논리대로라면 모든 불륜을 번식 활동으로 인정해야 할 테니까요. 오히려 아프로디테는 성욕을 위해 불륜을 합리화했던 당대 그리스의 왜곡된 성 관념을 보여준다고 생각합니다. 이는 다른 그리스의 남자 신들이 허구한 날 바람을 피우고 불륜을 저지르는 것과 마찬가지예요.

앞에서 보았듯이 아프로디테는 원래 모신 중 하나였으나 그리스 로마 신화에서는 무서운 관능의 여신으로 변모했어요. 가령 『일리아스』 14권에는 제우스가 전쟁에서 트로이의 편을 들자, 그리스 편을 들던 아내 헤라가 아프로디테의 마법 허리띠를 빌려 차는 장면이 있습니다. 그러자 언제나 다른 여자에게 눈을 돌리던 제우스는 아내와 사랑을 나누는 것 외에는 아무것도 생각하지 못하게 되지요. 그만큼 아프로디테는 관능을 주재하는 여신으로서 최고의 신까지 제압할 힘이 있었습니다. 이에 제우스는 아프로디테에 앙심을 품고 그 보복으로 그녀에게 인간 남자를 사랑하게 해요. 그 대상이 바로 트로이의 왕자 안키세스였지요. 하지만 그리스 로마 신화에서 여신과 인간 남성의 사랑은 금지된 것이었습니다. 아프로디테는 여자 목동으로 변장한 후 안키세스에게 다가가 유혹하지만, 그 뒤 안키세스는 제우스의 벼락을 맞아 성불구자가 되어요. 여하튼 두 사람의 사랑의 결실이 베르기우스의 『아이네이스』의 주인공인 트로이의 영웅 아이네이스입니다. 그는 트로이 함락 후 아버지를 버리고 가족과 함께 로마에 가서 건국 시조가 되지요.

아도니스

아프로디테가 사랑한 또 다른 미청년으로 아도니스가 있습니다. 미와 사랑의 여신인 아프로디테는 어떤 연애에서도 도도했으나 아도니스에게만은 예외였어요. 그는 키프로스의 왕 키니라스와 그의 딸 뮈라 사이에서 태어났습니다. 뮈라는 절세 미녀로 유명했는데요. 그녀의 어머니는 자기 딸이 아프로디테보다 아름답다며 딸의 미모를 찬양해 신의 분노를 사요. 이에 아프로디테는 뮈라에게 아버지를 사랑하도록 하는 저주를 내립니다. 결국 뮈라는 아버지에게 술을 잔뜩 마시게 한 후 정체를 숨기고 아버지와 동침해 아이를 가져요. 뒤늦게 이 사실을 알게 된 키니라스는 격노하여 칼을 듭니다. 도망가던 뮈라는 신에게 도움을 요청하였고, 신들은 그녀의 간청을 들어 그녀의 아버지가 그녀를 죽일 수 없도록 뮈라를 나무로 변신시키지요. 그 후로 키니라스는 자신과 가족의 명예를 회복하는 데 여생을 보냈다고 합니다.

이후 아프로디테는 뮈라의 나무 앞에서 갓난아기인 아도니스를 찾아냈습니다. 여신은 그를 불쌍히 여겨 상자에 넣고 하데스에게 데려갔고 페르세포네는 그를 돌보아주었어요. 하지만 아프로디테가 성장한 아도니스를 되찾으러 지하 세계로 내려갔을 때 페르세포네는 보기 드문 미청년인 아도니스를 돌려주길 거부했습니다. 대신 그와 함께 지하 세계에서 지내고 싶어 했지요. 두 여신은 다투기 시작했고 제우스에게 중재를 부탁했습니다. 제우스는 아도니스로 하여금 남은 인생의 3분의 1은 아프로디테와 지내고, 3분의 1은 페르세포네와 지하 세계에서, 나머지 3분의 1은 그가 원하는 사람과 보내도록 판결했어요. 그러자 아도니스는 아프로디테와 지상에서 더 많은 시간을 보내고 싶어 했지요.

아프로디테는 사냥하는 것을 별로 좋아하지 않았습니다. 하지만 사냥하는 것을 매우 좋아하는 아도니스 곁에 있기 위해 그가 사냥하러 갈 때마다 자신도 따라갔어요. 그들은 깨어 있는 모든 시간을 함께 보냈고 아프로디테는 그에게 완전히 빠지고 말았습니다. 그러다 보니 아

아프로디테와 아도니스

프로디테는 신으로서의 의무를 점점 팽개치게 되었어요. 이에 불안감을 느낀 아프로디테는 잠시 그를 떠나 제 일들을 수행하러 올라갔습니다. 그녀는 떠나기 전 아도니스에게 공포를 모르는 동물과는 맞서지 말라고 경고했습니다. 하지만 아도니스는 귀담아듣지 않았어요.

아프로디테가 떠나고 얼마 지나지 않아, 아도니스는 커다란 야생 멧돼지와 마주치게 되었습니다. 그가 한 번도 본 적이 없는 엄청난 크기의 멧돼지였지요. 결국 아도니스는 그 멧돼지에게 들이받혀 죽어요. 사실 이 멧돼지는 아프로디테의 연인 중 한 명이었던 아레스가 그녀의 총애를 받는 아도니스를 질투해서 변신한 것이라고 합니다. 아프로디테는 아도니스가 멧돼지에게 다쳤다는 소식을 듣자마자 달려왔지만, 이미 아도니스는 차가운 시체로 변한 후였습니다. 이때 아도니스가 흘린 피에서 아네모네가 피어났다고 하며, 아프로디테가 흘린 눈물에선 장미가 피어났다고 해요.

아도니스가 죽은 후에는 지하 세계의 왕비인 페르세포네가 그를 독점했습니다. 이에 아프로디테가 반발해서 두 여신은 다시 싸우게 되어요. 그러자 다시 제우스가 중재에 나섭니다. 그 결과 아도니스는 6개월은 아프로디테, 나머지 6개월은 페르세포네와 보내게 되지요.

이상의 이야기는 오비디우스의 『변신이야기』 10권을 바탕으로 한 것입니다. 참 아이러니한 인생이라 하지 않을 수 없네요. 아프로디테의 술수에 빠진 왕과 공주 사이의 근친상간으로 태어나서, 아프로디테와 사랑을 나누었으나, 사냥 중에 아프로디테의 연인에 의해 죽음을 맞았으니까요. 그가 죽은 자리에서는 바람이 불 때마다 아네모네 꽃이 태어났다고 합니다. 꽃의 이름은 그리스어로 바람을 뜻하는 'anemos'에서 비롯되었다고 해요.

아도니스의 이야기는 동양의 모신 신화와 유사한 점이 있습니다. 여신에게 청년이 따르는 것도 오리엔트 신화의 공통된 특징이고, 그 청년이 죽는 것도 모신 신화에 공통으로 나타나는 서사 구조랍니다.

큐피드

큐피드(Cupido)는, 로마 신화에 등장하는 사랑의 신으로, 대개는 날개를 달고 사랑의 화살을 쏘는 변덕스러운 아기로 그려집니다. 그래서 연인들의 연애가 이루어지도록 돕는 이를 '사랑의 큐피드'라고 부르기도 하지요. 그는 그리스 신화의 에로스와 상응합니다.

그리스 로마 신화를 조금이라도 읽어본 사람이라면 대부분 에로스의 어머니는 아프로디테라고 생각할 것입니다. 그런데 헤시오도스의 『신통기』와 같은 그리스 초기 저작에서 에로스는 우리가 알고 있는 것과 다른 출생 배경을 지니고 있어요. 여기서 에로스는 카오스의 자식인 가이아와 닉스의 남매로 등장하거나 그보다 더 이전의 존재로 여겨집니다. 또 전승에 따라서는 카오스와 에로스가 관계를 맺어 가이아와 닉스를 낳았다고도 하고요. 어떤 경우든지 엄청나게 고대의 신이라는 것이지요.

플라톤은 에로스가 가난의 여신 페니아와 부의 신 포로스 사이에서 태어났다고 말했습니다. 종교대학사전에는 이 신의 어머니 후보로 출산의 여신 에일레이티이아(Eileithyia)나 무지개 여신 이리스를 거론하며 부친으로는 서풍의 제피로스를 언급하기도 해요. 한편 플라톤은 자신의 저서 『향연』*에서 소크라테스는 에로스가 수단을 상징하는 포로스와 결핍을 상징하는 페니아의 자식이며, 에로스는 신이 아닌 다이몬**이라고 설명했다고 말합니다. 여기서 에로스는 아프로디테의 자식이 아닌, 아프로디테의 축하연 자리에 페니아가 구걸하러 왔다가 포로스와 성관계를 맺어 낳은 자식이라고 해요. 아프로디테의 축하연에서 태어났기 때문에 아름다움을 욕망한다는 것이지요. 이 또한 황당무계한 전승이지요?

어쨌거나 오늘날에는 특별한 경우가 아니면 에로스는 아프로디테의 아들로 등장합니다. 그런데 이 신의 아버지가 누구인지는 확실하지 않아요. 헤파이스토스나 아레스 혹은 헤르메스 중 하나이겠거니 하는 정도지요. 다만 이윤기 씨가 집필한 책에서는 아레스의 아들로 분류했습니다. 설화에서도 아레스의 아들이라는 말이 신빙성이 강한 듯해요.

어차피 위에서 보듯 에로스가 카오스 급의 태초신이라면 이런 족보 가르기는 의미가 없어집니다. 농경의 신인 크로노스(Kronos, 혹은 Cronus)와 시간(時間)의 신인 크로노스(Chronos)가 다른 신인 것과 달리 태초신 에로스와 사랑의 신 에로스는 같은 신이기 때문이지요. 위키백과의 아프로디테 자료에 의하면 에로스에게 굳이 아버지를 만들어 주려 한 것은 아프로디테를 따르는 그의 성격을 설명하기 위한 후대의 추가일지도 모른다는 설이 있습니다.

---

* 플라톤의 저서. 아가톤의 집에서 열린 향연에 소크라테스를 포함한 일곱 명이 참석하는데, 이들이 각자 사랑(에로스)에 대한 자기 생각을 논하는 대화 형식으로 되어 있다. 사랑에 대해 다양한 시각에서 다채롭게 다루며 이를 찬양한 책이다.

** 그리스 신화에 등장하는, 신과 인간의 중간적 존재를 뜻한다. 죽은 영웅의 영혼이나 악령을 예로 들 수 있다. 이 단어에서 훗날 악마를 뜻하는 데몬(Demon)이라는 단어가 유래했다.

에로스는 때로는 사랑을 의미하는 아모르(Amor)라고도 불리기도 해
요. 에로스는 보통명사로 쓰일 때도 사랑을 의미하며 아가페(agapē)와
는 대비되는 개념으로 사용됩니다. 에로스가 육체적이고 충동적인 성
애를 의미한다면 아가페는 신과 인간 사이의 상호적인 사랑, 형제애,
유교의 경애(敬愛) 등 정신적이고 포괄적인 의미를 지니기 때문이에요.
헤시오도스는 이런 에로스를 사랑과 아름다움의 여신 아프로디테와
결부시킴으로써 카오스로부터 생겨난 원초적 힘이자 혼돈을 질서로
바꾸는 원리로 간주합니다. 여기서 에로스는 타나토스(죽음)에 대척되
는 삶의 개념이 되지요.*

아프로디테의 아들 에로스는 활과 화살을 든 어린아이의 모습으로
등에는 날개를 달고 있어서 아기 천사의 모티브가 되기도 했습니다.
에로스가 가진 화살통에는 사랑에 빠지게 만드는 황금 화살과 사랑
을 거부하게 만드는 납 화살이 들어 있어요. 이 화살의 효과는 절대적
이기 때문에 신조차도 거부할 수 없습니다. 아폴론이 당한 것**이 특히
유명하며 아프로디테도 살짝 찔렸다가 아도니스를 사랑하게 되었지
요. 심지어는 에로스 본인조차도 이 화살촉에 찔리면 헤어 나올 수 없

---

* 현상학사전 참고.
** 괴물 퓌톤을 활로 쏴 죽이고 기고만장하던 아폴론은 지나가던 길에 에로스와 마주친다. 아폴론은 에로
스의 활과 화살을 보고 꼬마가 그런 무기를 가지고 노는 것은 위험하니 어른에게 넘기고 다른 장난감을
갖고 놀라고 빈정거린다. 이에 에로스가 "당신의 화살은 무엇이든 꿰뚫을 수 있지만 내 화살은 당신을 꿰
뚫을 수 있습니다"라고 말하지만, 아폴론은 귀담아듣지 않는다. 에로스는 높은 산으로 올라가 아폴론에
게는 황금 화살을, 아름다운 님프 다프네에게는 납 화살을 쏜다. 그래서 아폴론은 다프네에게 첫눈에 반
하게 되었고, 다프네는 아폴론을 본 순간 미워하게 되었다. 아폴론은 다프네를 한시도 쉬지 않고 쫓아다
니며 구애했으며 다프네는 그에게서 필사적으로 도망쳤다. 결국에는 아폴론이 다프네를 붙잡았고, 다프
네는 강의 신인 아버지에게 구해달라고 기도했다. 그 순간 다프네는 아름다운 월계수로 변했다. 그 후로
올림픽의 승자나 개선 행렬의 장군은 머리에 월계수로 만든 왕관을 쓰게 되었다고 한다.

이 사랑에 눈이 멀게 됩니다.

제우스의 아들들

제우스의 다섯 아들 중에서 평탄한 부자관계를 유지한 이들은 별로 없습니다. 아폴론과 헤르메스만 아버지에게 편애를 받고, 헤파이스토스는 태어나자마자 버림받으며, 아레스는 경멸당하고, 디오니소스는 애증이 뒤섞인 대우를 받지요.*

　헤르메스는 형 아폴론의 소를 훔친 일화에서 볼 수 있듯이 약삭빠르고 경쟁적입니다. 한 곳에 빠지지 않고 넓은 분야를 두루두루 섭렵하나 깊이가 없죠. 전쟁의 신 아레스는 트로이 전쟁에서 트로이 편을 들었다가 그리스 편을 든 아테나에게 굴욕적인 상처를 입습니다. 고통에 비명을 지르며 올림포스로 돌아간 아레스는 제우스에게 아테나를 혼내달라고 하소연하지만, 제우스는 오히려 신으로서의 체면을 지키라고 혼을 내죠. 아레스는 제우스만이 아니라 이성과 절제를 중시한 그리스인에게도 인기가 없었어요. 그러나 군사력을 중요시한 로마에서는 인기가 높아졌습니다. 그리스의 아레스와 로마의 마르스는 같은 신이지만 그 위상은 천지차이라고 할 수 있어요.

　헤파이스토스는 제우스와 헤라가 싸울 때 헤라 편을 들어 아버지에게 걸어차여서 지상으로 떨어집니다. 그 탓에 평생 절름발이로 살았

---

* 헤파이스토스는(전승에 따라서는 아레스도) 헤라가 혼자 낳은 아들들이라는 점도 제우스가 이들을 탐탁지 않게 여긴 이유 중 하나였다. 헤라는 제우스가 혼자 아테나를 낳은 것에 반발해서 자신도 홀로 출산할 수 있다는 것을 보여주기 위해 헤파이스토스를 낳는다.

고요. 이에 대해 정신분석학의 융 학파는 "부모는 자식에게 상처다"라는 심리적 표현이 신화에 반영된 것이라고 보았어요. 그러나 헤파이스토스가 올림포스에서 소외된 더 큰 이유는 그가 유일하게 노동하는 신이었기 때문이 아닐까 합니다. 권력과 외모가 중시되는 가부장 사회에서 정치력, 사교술, 의사소통 기술이 부족한 그는 소외될 수밖에 없었겠지요.[*]

아폴론

제우스의 아들이자 태양신인 아폴론은 고전기 그리스의 이성화된 문명을 표상하면서 동시에 금발 청년의 이상적 남성미를 구현한 신입니다. 그러나 그는 인간에게 무자비하고 잔인한 측면도 가지고 있었어요. 가령 그가 쏜 화살은 질병을 일으켜 군대나 도시 전체를 파멸시킬 수 있었습니다. 또 그는 마르쉬아스가 자기보다 플루트를 더 아름답게 연주한다고 자랑하고 다녔다는 이유로 산 채로 가죽을 벗겨 죽이는 야만적인 짓을 저지르기도 했어요.

아폴론은 암흑의 상징인 이집트의 큰 뱀 퓌톤에게 1천 발이나 화살을 쏘아 퇴치했다고 합니다. 이를 후대의 신화 작가들은 태양의 광선

---

[*] 본디 가이아의 예언대로라면 제우스와 메티스 사이에도 아들이 태어나 제우스를 대신해 세상을 다스리기로 되어 있었다. 그렇지만 그는 태어나기도 전에 사라졌다. 예언을 두려워한 제우스가 메티스를 먹어버렸기 때문이다. 즉 그녀의 아들은 가부장제에 희생된 것이라고 볼 수 있다. 그러나 실제로는 메티스는 아테나를 임신하고 있었고 그녀는 아버지를 철저하게 따르는 딸이 된다. 볼린은 그 잃어버린 아들을 찾아야 한다고 주장하지만, 아테나의 가부장적인 성격을 보았을 때, 아들이라고 해서 다른 성격을 품었을지에 대해서는 의문이 남는다.

이라고 해석했지요. 즉 어둠을 상징하는 이집트를 이성으로 밝힌 그리스 문명의 상징이라는 것입니다. 그는 시(詩)와 예술의 신이기도 했는데요. 월계관을 쓰고 하프를 들고 고금의 시인을 지배했습니다. 그는 예술 대회의 승리자에게도 자신의 것과 같은 월계관을 수여했어요. 르네상스가 최고로 극에 달했을 때 라파엘은 율리우스 2세를 위해 프레스코화 「학예의 우의-파르나소스」를 그렸는데, 여기에서도 조화의 상징으로 아폴론이 등장하고 있습니다. 또 음악의 신으로서 아폴론이 연주한 하프는 현의 길이로 그 음의 고저가 결정되므로 이는 우주의 기하학적 조화를 상징한다고 여겨졌지요.

벨베데레의 아폴론*은 발굴된 이후 4백 년 동안 그리스 고전미와 인체미의 이상으로 숭상되었는데요. 그것을 최초로 작품화한 것은 미켈란젤로의 「최후의 심판」**에 나오는 그리스도의 모습입니다. 미켈란젤로는 큰 뱀을 향해 활을 쏘는 아폴론의 자세를 악인을 지옥에 떨어뜨리는 대심판관 그리스도의 자세로 그렸어요. 그리스도의 자세를 이교 신의 자세로 그린 점에 대해 기독교 신자들은 불평했습니다. 하지만 르네상스 시기에는 모든 것을 유일신 중심으로 두는 사고방식이 중세보다 느슨했고 그나마 약간은 관용적인 태도가 있었지요. 당대의 화가이자

---

* 안티오의 네로 황제 별장에서 발견된, 대리석으로 만든 아폴론 조각상. 훗날 교황 율리우스 2세가 되는 줄리아노 델라 로베르 추기경이 1500년 전후에 수집했다가 1511년 바티칸 궁전 내부에 있는 벨베데레 정원에 배치하였다. 현재는 바티칸 미술관에 전시되어 있다.

** 바티칸의 시스티나 예배당 천장에 그려진 거대한 프레스코화. 미켈란젤로가 1533년 당시 교황이던 클레멘스 7세로부터 의뢰를 받아 작업에 착수하였는데, 교황이 사망하면서 중지되었다가, 이어 교황이 된 바오로 3세가 다시 의뢰해 1541년에 완성한 그림이다. 이 그림에는 중앙의 예수와 성모 마리아를 비롯하여 총 391명의 인물이 그려져 있다. 그런데 1564년 트리엔트 공의회에서는 이 작품을 외설로 취급해 본래 나체이던 인물들의 성기 부분을 옷으로 가려버렸다. 그러다가 최근에 와서야 화학작품을 통한 복원이 일부 이루어졌다.

최후의 심판

조각가 알브레히트 뒤러가 말했듯이 최고로 아름다운 이교 신이라면 그리스도에 걸맞다고 여기는 것이 르네상스 정신이었다고나 할까요.

예술에서만이 아니라 현실 정치에서도 서양의 왕들은 자신을 아폴론이라 칭하곤 했습니다. 특히 프랑스의 부르봉 왕조는 처음부터 아폴론을 끌어와 상징으로 삼았어요. 이는 앙숙이던 오스트리아의 합스부르크 왕가가 카이사르의 독수리를 통해 자신들을 제우스로 비유한 것에 대한 반발이기도 했습니다. 태양왕이라고 자처한 루이 14세(1643~1715)는 1663년 미술아카데미를 창설하고 프랑스 국민미술을 발전시켰는데 죽은 뒤 그는 아폴론 신으로 새겨졌습니다. 루이 14세는 생전에도 자신이 건설한 베르사유 궁전의 거대한 정원에 '아폴론의 분수'를 만들고 「님프에게 시중 받는 아폴론」 조각상을 세웠어요. 이는 위에서도 언급한 '벨베데레의 아폴론' 조각상을 모방한 거예요. 벨

벨베데레의 아폴론

베데레의 아폴론은 그리스 조각을 로마 시대에 복각한 것으로, 어깨에 망토를 걸치고 왼손에 활을 들고 고개를 돌려 왼쪽을 쳐다보는 전라의 미청년의 모습입니다.

18세기에 『그리스 예술 모방론』을 쓴 독일의 미술 고고학자 요한 요하임 빈켈만은 모든 예술의 이상은 그리스 조각이라고 했습니다. 그리스 조각이야말로 형식적인 면에서 아름다움이 따라야 할 본보기라고요. 그 예로 아름다운 비례미를 갖춘 청년 아폴론 조각상 디아두메노스를 들

었지요. 이는 기원전 430년경 폴리클레이토스가 조각한 것을 로마시대에 다시 만든 것으로, 그 뒤 오랫동안 서양 예술의 모범이 되었습니다.

이처럼 고대 그리스의 예술적 형식은 16세기 이후에는 기독교 정신과 합쳐져 서양 근대의 권위 있는 본보기가 되었고, 그 권위를 뒷받침한 것이 절대주의 시대에 서양 각국에 설립된 왕립 아카데미였습니다. 그곳에서 펼친 교육의 기본은 고대 그리스 조각의 석고상을 모사하는 것이었는데요. 이는 21세기 한국의 미술 교육까지 지배하고 있지요.

하데스의 죄인들

그리스 로마 신화에는 지옥인 하데스 앞을 흐르는 강의 여신 스틱스가 등장합니다. 스틱스는 신이나 인간이 서약할 때 그 증인이 되곤 하는데요. 그녀에게 맹세한 서약을 지키지 않으면 무시무시한 벌을 받는다고 합니다. 또 죽은 이는 그 강을 건널 때 뱃사공인 카론˚에게 동전을 내야 한다는 전설이 있는데요. 이에 따라 고대인의 묘에 안치된 시신의 입에서 동전이 발견되고는 하지요. 하데스에 들어가기 전에도 망자에게는 여러 가지 시련이 기다리고 있습니다. 특히 그 입구에는 머리 셋과 뱀의 꼬리를 가진 케르페로스라는 맹견이 지키고 있어요.

반면 예외적으로 죽음 뒤에 하데스로 가는 대신 낙원인 엘뤼시온에서 영원히 살도록 선택된 자들도 있습니다. 가령 『오디세이아』 4권에서

˚ 그런데 그의 이름은 호메로스나 헤시오도스의 책에 나오지 않는다. 따라서 나중에 첨가된 이야기라고 보는 것이 합당하다.

스파르타 왕 메넬라오스는 사후에 그곳에 들어가리라는 예언을 받지요. 이는 그가 제우스의 딸 헬레네의 남편이기 때문입니다.*

고대 그리스 시인 핀다로스의 『올림피아 축승가』에 의하면 낙원에는 페레우스와 카드모스가 산다고 해요. 페레우스는 영웅 아킬레우스의 아버지이자 바다의 여신 테테스의 남편이고, 카드모스는 테베 건국의 아버지로 아프로디테와 아레스 사이의 딸 하르모니아를 아내로 맞았지요. 이렇듯 그리스의 사후 낙원은 기독교의 교리처럼 선한 행실의 결과로 가는 곳이 아니라 신의 친인척에게 특별히 부여되는 특권입니다. 이를 현실에 대입해 보면 침략자이자 이주민인 지배계급의 일원이 된 자에게 부여되는 특권이라고도 볼 수 있지요.

『오디세이아』 11권에는 오디세우스와 부하들이 하데스를 방문하여 본 끔찍한 장면들이 묘사됩니다. 먼저 그들은 화염의 강과 한탄의 강이 만나는 곳에 구멍을 뚫어 망자들에게 제사를 바칠 준비를 해요. 그리고 준비한 양을 공물로 바치고 먹을 따자 그 피에 홀린 망자들이 모여듭니다. 하데스에 사는 망령들은 레테라는 망각의 강물을 마시고 생전의 기억을 잃어버린 상태예요. 그렇지만 공물의 검은 피를 마시면 일시적으로 기억을 회복한다고 합니다. 하지만 망령에는 실체가 없어요. 따라서 육친을 만나도 서로 안을 수가 없지요. 오디세우스는 그곳에서 어머니가 자신을 그리워하다 결국 목숨을 끊었음을 처음으로 알게 되지만 그녀를 안을 수 없기에 비통해합니다.

---

* 그런데 엘뤼시온 말고도 또 다른 낙원이 있다. 바로 헤시오도스가 마카론(행복한 사람들) 네소이(섬들)라고 칭한 곳이다. 한편으로 이곳은 엘뤼시온과 동일시되기도 한다.

여러 망령을 만난 뒤 오디세우스는 이번에는 형벌을 받는 망령들을 보게 됩니다. 처음에 본 것은 거신 티티오스예요. 티티오스는 가이아의 아들 또는 제우스와 엘라레의 아들이라고 하는데요. 제우스의 아내 헤라는 남편의 불륜에 대한 복수심을 자식인 티티오스에게 돌립니다. 그래서 그에게 여신 레토에 대해 욕정을 품도록 꼬드기지요. 결국 레토를 겁탈하려던 티티오스는 레토의 아들 아폴론과 아르테미스에게 살해당합니다. 그는 죽은 후에도 하데스에 갇혀 두 마리의 독수리에게 간을 쪼아 먹히는 벌을 받아요.

다음에 본 것은 제우스의 아들 탄탈로스입니다. 탄탈로스는 허리까지 물이 올라오는 호수에 서 있는데요. 배가 고파서 나무 열매에 손을 뻗으면 가지가 올라가버리고, 물을 마시려 하면 물이 말라버리는 저주를 받고 있습니다. 따라서 영원한 갈증과 허기에 시달리지요. 이렇게 처참한 벌이 무슨 죄로 인한 것인지 호메로스는 침묵합니다. 한편 다른 전승에 의하면 그는 신들의 사랑을 받아 그들의 식탁에 초대됐으나, 신들의 불로불사의 비결인 술과 음식, 즉 넥타르와 암브로시아를 빼돌린 죄로 그곳에 떨어졌다고 해요. 또 식사자리에서 들은 신들의 비밀 이야기를 몰래 퍼트린 죄라고도 합니다.

그리고 세 번째 죄인이 시시포스입니다. 『오디세이아』에는 다음과 같은 묘사가 나오지요. "시시포스는 두 팔로 거대한 바위를 밀어올렸다. / 그러나 꼭대기에 이르면 갑작스런 힘이 / 바위를 밀어내 다시 아래로 떨어뜨렸다."(오디세이아2, 594) 즉 시시포스는 영원히 바위를 산 위로 굴려야 하는 형벌을 받은 것입니다. 자신이 하는 일이 헛수고임을 알고 있으면서요. 호메로스는 탄탈로스의 경우와 마찬가지로 시시포스의 죄가 무엇인지 언급하지 않습니다. 하지만 다른 문헌에서는 다음과 같은 이야기가 나와요. 시시포스는 코린토스의 왕자였는데, 강의 신 아소포스가 납치된 딸을 찾아다니는 것을 목격합니다. 그는 자신의 나라 안에 마르지 않는 샘물이 솟아나게 해준다는 조건으로 납치범이 제우스임을 알려요. 제우스는 이에 분노하여 죽음의 신 타나토스에게 시시포스를 하데스에 데려가도록 명령을 내립니다. 하지만 오히려 이를 예상한 시시포스의 꾀에 속아 타나토스가 감금을 당하지요. 죽음이 사라지자 세상은 혼란에 빠지고, 이에 제우스는 아레스를 보내 타나토스를 구출하게 합니다. 그러자 시시포스는 아내에게 자신은 죽을 테니 장례를 치르지 말라고 일러두어요. 곧 시시포스는 하데스로 끌려가고, 시시포스는 죽는 것은 서럽지 않으나 자신의 아내가 장례를 치러주지 않은 것은 원통하다고 하소연해요. 이를 다소 딱하게 여긴 하데스는 그를 다시 지상으로 보내어 장례를 치르고 오라고 합니다. 그러나 그는 신들의 명령에 따르지 않고 장수를 누려요. 그 후 그는 수명이 다한 후 죽어서 거대한 바위를 영원히 밀어 올리는 벌을 받게 된 것입니다. 시시포스는 훗날 알베르 카뮈의 『시시포스의 신화』에서 운명에 저항하는 인물상으로 긍정적으로 평가되기도 해요.

위의 세 가지 처벌은 인간이 우주질서의 수호자인 신들에게 반항해서는 안 된다는 교훈을 보여주기 위한 것입니다. 즉 성(性), 식(食), 죽음[死]이라는 인간의 근원적 문제에 대한 질서를 침범하는 경우 반드시 엄벌이 부과된다는 것이지요. 그러나 이 역시 신들로 상징되는 그리스 침입자 이주민에 대한 선주민의 저항을 억누르기 위한 이야기였음이 틀림없습니다.

영웅들의 차별 구조

영웅의 무법성

고대 로마의 서정시인 핀다로스는 신화에 등장하는 인물들을 신, 영웅, 인간으로 나누었습니다. 그중 영웅이란 초인적이지만 신은 아닌 존재로서 특히 그 죽음을 통해 남다른 삶의 정점을 찍는 인물이지요. 이들은 전투, 경기, 예언, 의술, 청소년의 입문 의례, 비밀 의식과 깊은 관계를 지닙니다. 또 그들은 출생부터 인간과 달리 복잡한 비밀의 소유자들이에요. 가령 아버지가 여럿이라 알려지거나, 신의 숨겨진 자식이거나, 심지어 근친상간의 결과이기도 하지요.

영웅은 다른 종교에서도 흔히 찾아볼 수 있습니다. 하지만 엘리아데는 다음과 같이 말합니다. "영웅의 종교적 구조가 그토록 완벽하게 표현된 것은 그리스 종교에서뿐이다. 또한 영웅이 상당한 종교적 위광을 구가하고 상상력과 사변을 살찌우며, 문학과 예술적 창조성을 자극한 경우도 그리스 이외에서는 찾아볼 수 없을 것"이라고요(엘리아데1, 441).

그러나 영웅이 그리스 로마 신화에서 중요한 역할을 한다는 점은 그리스 로마 신화가 그만큼 가부장적이라는 것을 뜻할 뿐입니다. 그 뿐만 아니라 영웅이 활약하는 곳이 주로 외국이라는 점은 그리스 로마 신화의 제국주의적 성격을 가장 노골적으로 보여주는 점이에요.

또 영웅은 제우스와 마찬가지로 정력의 화신입니다. 그들은 헤라클레스에서 보듯이 하룻밤에 테스피오스 왕의 딸 50명을 수태시킬 정도로 성욕이 왕성했어요. 또 강간을 일삼거나 어머니나 딸과 근친상간을 저지르기도 하지요. 그런가 하면 이들은 자신의 남다른 힘을 폭력적으로 과시하기도 했습니다. 가령 질투나 분노를 이기지 못하고, 또는 아무런 이유도 없이 대량학살을 일삼고 심지어 자신의 부모나 친척까지도 서슴없이 쳐 죽이기도 하지요. 예들 들어 아테네에서 가장 사랑받은 영웅 중 하나인 테세우스는 어린 아이였던 헬레네를 납치해 자신의 아내로 삼으려고 했습니다. 이에 헬레네의 오빠이자 제우스의 아들들인 디오스쿠로이, 즉 카스토르와 폴리데우케스는 테세우스가 자리를 비운 틈에 아테네로 쳐들어가 시민들을 잔혹하게 약탈하고 테세우스의 어머니와 여동생을 끌고 가 강간한 후 헬레네의 시녀로 넘겨버렸지요.

이러한 영웅들은 그리스 로마 신화에 끝없이 등장합니다. 이는 그들이 그리스와 로마에서 누렸던 인기를 보여주지요. 하지만 저는 그리스 로마가 우리에게 영웅의 '숭고한' 이상을 전해주었다는 엘리아데의 주장(엘리아데1, 439)에 찬성하지 않아요. 그들의 행적은 강한 이가 저지르는 폭력을 정당화하는 것들뿐이기 때문입니다. 또 영웅 대부분은 남

성이며 여자는 손에 꼽을 정도로 찾아보기 힘든데요.* 이는 이러한 영
웅적 서사 구조가 가부장 사회의 산물임을 말해줍니다.

　캠벨은 모든 영웅 신화의 서사적 구조를 출발-입문-귀환의 방식으
로 설명합니다. 이는 영웅이 탄생에서 성공하기까지의 과정을 보여주
지요. 그러나 이는 그리스 로마 신화를 중심으로 본 것에 불과해요.
캠벨 등은 영웅의 시련을, 아이가 성인으로 성장하면서 부모에게서 독
립하는 과정을 상징한다고 여겼습니다. 그러나 동양의 영웅담에는 그
런 부모가 등장하지 않는다는 점에서 이는 전 세계 모든 신화의 서사
를 설명할 수 없다는 한계를 가집니다.

페르세우스

그리스 로마 신화에 등장하는 수많은 영웅 중 초기의 대표적 영웅을
꼽자면 단연 페르세우스입니다. 앞에서 보았듯이 그는 제우스가 황
금 빗물로 변해 다나에를 겁탈해 탄생했습니다. 그 후 성장한 페르세
우스가 외국의 바다 괴물을 죽이고 아름다운 공주 안드로메다를 구
출해내는 낭만적인 모험담은 서양 문화에서 오랜 전통을 형성했지요.
그는 또 다른 외국의 괴물인 메두사를 죽인 일화로도 매우 유명한데
요. 메두사의 잘린 머리를 들고 가던 그는 이번에는 외국의 괴물인 아
틀라스를 돌로 만들어버립니다. 고작 잠시 쉬고 가도 되겠냐는 청을

---

* 기껏 찾아보자면 아르카디아의 공주이자 달리기의 명수인 아탈란테 정도이다. 그러나 그녀도 히포메네
스와의 달리기 시합에서 패배해 강제로 결혼하게 된다.

첼리니의 페르세우스

거절했다는 이유만으로요. 신화에 따르면 이후 그는 안드로메다 공주를 구출하고 그녀와 결혼해 페르시아인들의 조상이 되었다고 합니다. 당연히 페르시아인들은 말도 안 되는 신화라고 여기지만 말이지요.

페르세우스는 서양 예술에 가장 빈번하게 등장하는 영웅 중 한 명입니다. 고대 그리스나 로마는 물론이고 중세에도 그는 기독교 성인으로 변모해 무용담을 널리 알렸어요. 당대에 가장 사랑받은 성인이자 영국의 수호 성인인 성 게오르기우스의 모델이 바로 페르세우스거든요. 성 게오르기우스는 용에게 희생 제물로 바쳐진 아이아 또는 클레오돌린데라는 아름다운 공주를 구출하고 서로 사랑에 빠진 전형적인 기사 이야기의 주인공입니다. 즉 중세를 풍미한 기사문학의 시초가 페르세우스라고 볼 수도 있겠군요.

르네상스 시기 피렌체 궁전 앞 회랑에 세워진 벤베누토 첼리니의 페르세우스 조각상을 보면 메두사의 머리를 높이 쳐들고 있습니다. 이는 권력자의 전형으로서 바로크 시대의 수많은 페르세우스 상의 모범이 되었어요. 또 그가 안드로메다를 구출하는 장면은 '빛의 화가'라고 불리는 루벤스를 비롯해 수많은 화가의 예술적 소재가 되었습니다.

루벤스의 안드로메다를 구출하는 페르세우스

헤라클레스

이미 앞에서 여러 번 언급한 헤라클레스는 그리스 로마 신화 최고의 영웅이자 완벽한 영웅으로 칭해집니다. 또 무덤과 유물의 소재가 알려지지 않은 유일한 영웅이기도 하지요. 여하튼 그는 그리스 로마 신화에서 굉장히 중요한 위치를 차지해요. 가령 이윤기의 『그리스 로마 신화』 4부작 중 마지막 권은 한 권을 통째로 헤라클레스에게 할애했을 정도입니다. 그러나 뒤에서 이어 설명할 테세우스가 아테네의 건국자로서 주로 아테네 사람들의 사랑을 받은 것과 반대로, 헤라클레스는 아테네를 제외한 그리스에서 더 커다란 숭배를 받았습니다.

헤라클레스나 테세우스나 겉보기에는 인간들 사이에서 태어난 듯하지만 사실 그들의 아버지는 주신인 제우스입니다. 헤라클레스 같은 경우에는 유부녀인 알크메네에게 접근한 제우스가 그녀의 남편인 암피트리온으로 변신해 잠자리를 함께해요. 이것만으로도 이미 강간이 포함된 반인륜적인 이야기인데, 다른 문제는 하필이면 알크메네는 제우스의 증손녀라는 것입니다. 따라서 제우스는 헤라클레스의 아버지이자 고조부이기도 해요. 이러한 근친상간을 아무렇지도 않게 넘어가는 것은 그리스 로마 신화에 패륜적인 점을 더하지요. 제우스가 아무리 어린 여자를 좋아한다고 해도 증손녀까지 겁탈하다니 너무 심한 것이 아닌가요? 여하튼 암피트리온이 아내를 의심해 죽이려고 하자 제우스가 이를 말리고 부부를 화해시킨다는 식으로 이야기는 이어집니다. 전쟁터에 나간 남편만을 믿고 정숙하게 기다린 알크메네로서는 억울할 따름이지요. 헤라클레스의 가계도를 따지기 시작하면 그 밖에도 많은 복잡한 이야기를 들춰보아야 하니 여기서는 생략할게요.

여하튼 그러한 출생 탓에 헤라클레스는 제우스의 아내인 헤라의 증오를 받습니다. 헤라클레스란 '헤라의 영광'*이라는 뜻이지만 헤라로서는 남편이 불륜을 저질러 생긴 헤라클레스가 곱게 보일 리 없어요. 이 영웅의 출생과 성장과 활약에 관한 이야기는 그 밖에도 복잡하게 얽히고설키다가 열두 과업의 수행에서 절정에 이릅니다. 하지만 여기서 그런 것을 다 볼 필요는 없고, 앞에서 지적했듯이 외국의 괴물을 무찌르는 과정에서 제국주의자의 전형적인 모습을 보여준다는 점만 짚어두고 싶어요. 그는 무적의 영웅이었으나 지략에 능했던 테세우스보다는 감성적이고 열정적인 모습을 보였습니다. 또 수많은 여자 사이에 70명 정도의 아들을 두었다는 것 정도만 사족으로 붙일게요. 그러면 이제 그리스인의 헤라클레스 숭배를 잠깐 살펴볼까요?

그리스는 본래 여러 개의 도시국가 폴리스로 조각조각 나뉘어 있었습니다. 그러다가 그리스인의 통합을 이룬 최초의 사건은 페르시아 전쟁에서의 승리와(기원전 479년), 그 후의 델로스 동맹(기원전 477년)이에요. 그 뒤 그리스 공통의 제사인 올림피아 제전**이 펼쳐지던 땅인 올림피아에, 민족 동맹의 상징으로 제우스 신전이 세워졌지요. 그 벽에는 부조가 새겨져 있는데요. 중심에는 제우스가, 그 주위에는 헤라클

* 이는 헤라클레스가 갓난아기 때 제우스(혹은 아테나)의 술수로 자고 있던 헤라의 젖을 훔쳐 먹었기 때문에 붙은 이름이라는 전승이 있다. 이를 통해 헤라클레스는 불사의 존재가 된다. 한편 아기 헤라클레스가 지나치게 강한 힘으로 헤라의 젖을 빨았기에 헤라는 깜짝 놀라 잠에서 깨어났고, 그 힘으로 분출된 젖이 은하수(Milky Way)가 되었다고 한다.

** 오늘날 올림픽이라 불리는 경기의 시초. 고대 올림픽이라고도 불린다. 당시 그리스는 전쟁이 잦았으나 올림픽 경기 기간은 전쟁이 금지되었기에 평화와 화합의 경기라는 별명이 붙었다. 현대와 마찬가지로 4년만에 한 번 개최되었으나 참가할 수 있는 이는 자유민이고 그리스인인 남성뿐이었다. 기혼 여성은 관람조차 불가했으며 만일 여성이 몰래 참가할 시 사형에 처했다.

레스가 열두 과업을 수행하면서 괴물을 퇴치하고 다니는 모습이 그려져 있습니다. 전해지는 이야기로는 헤라클레스가 올림피아 경기의 창시자라고 해요. 여하튼 헤라클레스가 퇴치한 괴물 중에는 네메아의 사자나 히드라 등이 있습니다. 또 크레타의 황소*를 산 채로 잡아오기도 했고, 아마존의 여왕 히폴리테와 그 시녀들을 죽이고 허리띠를 가져오기도 했지요. 이러한 헤라클레스의 일대기 중 아테나는 여러 번 등장하여 그를 돕습니다. 그녀는 헤라클레스의 수호신으로 헤라클레스가 괴물을 퇴치하고 야만족을 평정하는 일을 지지했어요. 또 헤라클레스가 30년간 오물이 쌓인 아우게이아스의 우리를 하루 만에 청소하라는 과업을 받아 골머리를 썩일 때, 그의 앞에 나타나 그 주위를 흐르는 강의 물을 끌어들이면 된다고 조언해주기도 했지요.

헤라클레스는 그리스와 로마의 수많은 작가에 의해 작품으로 재탄생했지만 이를 모두 언급하는 것은 의미가 없습니다. 그만큼 수가 많기 때문인데요. 가령 기원전 510년까지 아티카 식 검은 항아리에 그려진 신화적 주제 가운데 44%가 헤라클레스였고 그 대부분에 아테나도 함께 등장합니다.

한편 헤라클레스는 성욕도 왕성했고, 남성의 근력과 정력의 상징이었습니다. 하룻밤에 여자 50명과 동침한 일화 외에도 그는 아버지 제우스를 닮아 여자를 탐하는 모습을 자주 보이는데요. 이미 본처인 데이아네이라가 있음에도 그는 에우뤼토스 왕의 딸인 이올레를 갖고자

---

* 단 위에서 설명한 미노타우로스와는 다르다. 신화에 따르면 이 황소와 파시파에가 교접하여 미노타우로스를 낳았다고 한다.

열두 과업 중 하나로 암사슴을 사로잡는 헤라클레스.
왼쪽에서는 아테나가, 오른쪽에서는 아르테미스가 지켜보고 있다.

전쟁을 일으켜 왕과 왕자를 죽이고 그녀를 빼앗아옵니다. 이에 남편이 자신에게 마음이 떠났다고 생각한 데이아네이라는 사랑의 묘약을 그의 결혼 예복에 바르지요. 하지만 그 사랑의 묘약은 사실 맹독이었고,[*] 헤라클레스는 끔찍한 고통에 시달리게 됩니다. 하지만 제우스의 아들이자 헤라의 젖을 마신 헤라클레스는 불로불사의 몸이라 죽지 않았고, 결국 장작더미를 쌓아놓고 자신의 몸을 스스로 화장해요. 이에 제우스의 명을 받은 아테나는 헤라클레스의 영혼을 올림포스로 데려와

로마의 폭군 코모두스

신으로 만듭니다. 여하튼 그의 이러한 최후는 그리스의 최고 영웅이라는 헤라클레스의 성적인 탐욕을 잘 드러냅니다.

이어서 그리스 말기에 마케도니아의 알렉산더 대왕은 네메아의 사자 가죽을 덮어 쓴 헤라클레스를 자신의 상징으로 삼았습니다. 그다음부터 헤라클레스는 왕권을 상징하게 되었고요. 기원후 190년경 로마 황제 코모두스[**]는 자신을 헤라클레스처럼 사자 가죽을 덮어 쓰고 곤봉을 든 형상으로 묘사한 조각

---

[*] 헤라클레스의 화살촉에는 그가 퇴치한 괴물 히드라의 피가 묻어 있는데 이는 살아 있는 존재라면 누구든 끔찍한 고통과 함께 죽게 되는 맹독이다. 한편 켄타우로스 넷소스는 데이아네이라를 강간하려다가 헤라클레스의 독화살에 맞아 숨을 거둔다. 그는 죽기 전, 데이아네이라에게 자신의 피는 사랑의 묘약이라고 거짓말을 한다. 그리고 당신이 지금은 아름다우나 나이가 들면 남편의 애정이 떠날 터이니 그때 자신의 피를 남편의 옷에 바르라고 조언한다. 데이아네이라는 이를 귀담아두고 그의 피를 병에 담아 조금 보관한다. 하지만 넷소스의 피에는 히드라의 독이 퍼져 있었다.

[**] 고대 로마의 암군(暗君). 로마의 전성기를 다스리며 훌륭한 치세를 펼친 오현제의 바로 다음에 등극하였으나 무능하고 게으른 데다가 사치가 심한 탓에 국정을 놓아버려 로마를 쇠퇴의 길로 이끌었다.

상을 남겼습니다. 물론 곤봉은 그의 힘과 남성성을 상징했지요.

중세 신부들에 의해 헤라클레스는 용기의 모델로 찬양되었습니다. 게다가 중세 말에는 예수나 하느님의 상징으로도 나타났지요. 또한, 다른 영웅들처럼 중세 기사의 모델로 찬양되기도 했습니다. 근대에 와서도 헤라클레스는 구원자이자 영웅으로 여겨지다가 19세기에는 민중의 영웅으로 탈바꿈했지요. 가령 프랑스 작가 빅토르 위고의 『레미제라블』(1862)에서 민중은 티탄 족에 비유되었고, 역시 프랑스의 역사학자인 쥘 미슐레의 『인류의 성서』(1864)에서 헤라클레스는 신들의 희생자, 사생아, 노예로 묘사되었습니다. 이는 비천하면서도 숭고한 영웅을 의미하며, 당대의 노동자이자 하층민의 영웅으로서 프로메테우스와 같은 의미를 부여받지요. 미슐레는 그리스도의 수동적인 열정은 민주주의에 반한다고 본 반면, 헤라클레스의 적극적 열정이 극기주의적인 스토아 철학자의 사상과 부합한다고 보았습니다.

그렇다면 20세기의 헤라클레스는 어떤 모습으로 등장할까요? 애거서 크리스티의 추리소설에 등장하는 유명한 탐정 에르퀼 푸아로(Hercule Poirot)는 위에서 본 영웅의 이름을 지닙니다. 헤라클레스를 프랑스어로 읽은 것이 바로 그의 이름이거든요. 그는 어떤 사건이든 해결할 수 있는 명민한 탐정으로, 마치 헤라클레스가 열두 과업을 수행하는 것처럼· 해결이 불가능해 보이는 수수께끼를 풀어냅니다. 그 외에도 헤라클레스는 끊임없이 소설이나 영화의 주인공으로 등장하지요.

테세우스

테세우스는 대부분의 과업을 힘으로 밀어붙인 헤라클레스와는 달리 지혜로운 통치자의 모습을 보입니다. 그는 아테네 출신의 영웅으로 아테네인들의 숭배를 받았어요.

테세우스에 대해서는 이미 앞에서 상당 부분을 설명했습니다. 그러니 여기서는 앞서 설명한 것과는 다른 부분들을 정리해볼까요? 앞에서 저는 그가 아테네의 왕 아이게우스의 아들이라고 했습니다. 그런데 어떤 전승에서 테세우스는 바다의 왕 포세이돈의 아들로 등장하기도 해요. 아이게우스가 트로이젠 왕궁에서 공주와 잠자리를 할 때 그는 술에 취해 쓰러져 있었고 대신 포세이돈이 공주와 몸을 나누었다는 것입니다. 그러나 아이게우스와 테세우스가 자신들이 부자지간이라고 믿었던 데엔 변함이 없어요. 여하튼 그리스 영웅은 부모 중 한쪽이 신이어야 하니 포세이돈이 진짜 아버지라고 생각해주도록 하죠.

테세우스는 트로이젠에서 성장해 자신의 아버지가 왕임을 뒤늦게 알게 됩니다. 그래서 아버지 아이게우스에게 왕위 계승을 요구하고자 아테네로 가요. 가는 길에 그는 프로크루테스를 비롯한 강도들을 죽여 명성을 드높입니다. 프로크루테스는 나그네를 철제 침대 위에 눕힌 뒤 그의 키가 침대 길이보다 크면 발목을 자르고 작으면 몸을 늘려 죽인 것으로 악명이 높았어요. 당시 아이게우스는 황금양털을 찾아 떠났던 원정의 주인공인 메데이아에게 홀려 있었습니다. 아이게우스가 아들을 알아보기 전, 메데이아는 마술로 테세우스의 정체를 먼저 알아차려요. 메데이아는 그의 정체가 밝혀지면 자기의 영향력이 줄어질 것을 우려하여 아이게우스에게 테세우스를 궁전으로 초대하여 독살하게 사주합니다. 그러나 독이 든 잔을 메데이아가 테세우스에게 전하는 순간, 테세우스의 칼을 본 아이게우스는 그 칼이 자신이 물려준 것이며 눈앞의 젊은이는 자기 친아들임을 알게 되지요. 아이게우스는 잔을 쳐서 독이 든 술을 쏟아버려 아들의 목숨을 구해요. 이에 메데이아는 아테네를 떠나 아시아로 도망칩니다.

부자는 서로 껴안고 재회를 누립니다. 그런데 테세우스는 조국에 대해 치욕적인 사실을 하나 알게 되어요. 테세우스가 태어나기 전 아테네는 크레타 왕 미노스와의 전쟁에 패해 그 후 9년마다 각각 일곱 명의 처녀와 총각을 크레타의 궁전 크노소스에 제물로 바쳐야 했던 것입니다. 그들은 모두 빠져나올 수 없는 미궁으로 들어가 황소 괴물인 미노타우로스의 제물이 되었지요. 이에 테세우스가 스스로 제물이 될 것을 자처해 크레타로 갑니다. 그곳에서 공주 아리아드네의 도움으로 미노타우로스를 죽이고 돌아오지요.

소포클레스의 비극 『콜로노스의 오이디푸스』에서 테세우스는 왕권을 포기하고 아테네를 공화국으로 새롭게 창건한 위대한 정치가로 묘사됩니다. 한편 근대 미술에서 그는 주로 외국 괴물인 미노타우로스와 싸우는 모습으로 그려지고는 해요.

오이디푸스

오이디푸스는 왕들이 모권제 사회의 규율에 반대하기 시작한 시대의 왕이었습니다. 운명은 피할 수 없다는 그리스 로마 신화의 서사 구조를 잘 보여주는 인물이기도 하고요. 오이디푸스는 본디 테베의 왕인 라이오스와 왕비 이오카스테의 아들이었으나, 아버지를 죽이고 어머니와 동침하리라는 신탁 때문에 태어나자마자 버려졌습니다. 그 후 양치기에게 발견되어 코린토스에서 자라다가 위의 신탁을 듣고는 패륜을 저지르지 않으려 부모님에게서 떠나 테베로 가지요. 그러던 길에 그는 우연히 마주친 남자의 오만한 태도에 화가 나서 상대를 죽이게 됩니다. 자신이 죽인 것이 테베의 왕이라는 것을 모른 채로요. 그 후 오이디푸스는 길을 막고 사람을 잡아먹는다는 괴물 스핑크스의 악명을 듣습니다. 자신을 찾아온 오이디푸스에게 스핑크스는 수수께끼를 내요. 오이디푸스가 이를 풀자 스핑크스는 절벽에 몸을 던져 자살합니다. 괴물을 퇴치한 오이디푸스에게 테베의 시민들은 환호해요. 그 공으로 그는 테베의 왕으로 추대되었고 과부가 된 왕비 이오카스테와 부부가 됩니다. 이렇듯 오이디푸스는 자신도 모르게 신탁대로 움직이게 된 것이지요.

이후 이야기에는 여러 전승이 있어요. 그중 하나는 자신이 아들과 동침했다는 것을 깨달은 이오카스테(Iocaste, Jocaste, 빛나는 달이라는 뜻)가 남편의 몸에 여신의 분노가 내리기를 기원하여 오이디푸스가 여신의 성스러운 숲속에서 살해되었다는 것입니다. 가장 유명한 후일담은 소포클레스의 희곡 「오이디푸스 왕」일 것입니다. 여기서 오이디푸스는 자신이 아버지를 죽이고 어머니를 범했음을 안 후 비통해하며 자기 두 눈을 찔러 장님이 되었다고 해요. 그 후 오이디푸스는 테베에서 추방되어 죽을 때까지 떠돌아다녔다고 합니다. 어쨌거나 오이디푸스가 눈이 멀게 된 것이 이오카스테의 옷 장식인 쇠고리에 의한 것이라는 이야기는 모든 전승에서 일치하지요. 그 쇠고리는 거세에 사용되는 도

스핑크스의 수수께끼를 푸는 오이디푸스

구이기도 했습니다. 헤로도토스는 『역사』에서 아테네 여성들이 쇠고리로 남성을 죽였기에 그 후로부터는 여성이 이를 소지하지 못하게 했다고 기록했어요(303~4). 성경 속 인물인 삼손, 북유럽 신화의 오딘, 그리스 신화 속 예언자인 테베의 티레시아스의 경우에 보듯이 눈을 잃는 것은 거세를 뜻하는 공통의 신화적 상징이었습니다. 이집트에서도 성기는 눈으로 불렸고, 그것을 제거하는 것은 외눈인 신의 빛을 뺏는 것으로 통했지요.

오이디푸스의 근친결혼은 여왕이 왕을 선택하고, 새로운 왕은 선왕의 아들이라거나 선왕의 재림임을 선언하는 관습법적인 성왕(聖王) 교대를 뜻하는 것이기도 했습니다. 그리고 선왕인 라이오스는 고유명사가 아니라 왕이라는 뜻의 일반명사라고 보는 견해도 있어요. 이에 따르면 고대의 모든 왕이 신이었듯이 모든 여왕은 신의 어머니이자 신의 처녀인 신부였지요.

오이디푸스 이야기는 소포클레스의 비극을 비롯해 현대에 이르기까지 여러 사람에 의해 문학이나 미술작품의 소재가 되어 왔습니다. 또 정신분석학에도 영향을 미쳐서 프로이트가 '오이디푸스 콤플렉스'라는 이론을 내세우기도 했고요. 물론 아들이 어머니에 대한 무의식적인 욕정을 품고 그에 따라 아버지를 살해하고 싶어 한다는 프로이트의 이론과는 달리, 소포클레스의 희곡이나 기존 신화에서는 오이디푸스가 딱히 '어머니와 결혼하기 위해' 아버지를 죽인 것으로는 묘사되지 않습니다. 그렇다고 해서 기존의 작품들에서와 달리 프로이트가 나름대로 해석을 내린 것을 부당하다고 할 수 없겠죠. 또 한편으로 역사가들이 이러한 신화를 상속 군주 이전의 왕위 계승 과정을 보여주는 것이라고 보는 것(에슨379)도 일리가 있습니다. 이는 오이디푸스 신화가 그리스 로마 신화의 근본 구조로 나타나는 권력 투쟁 중 하나라고 보는 것인데 저도 이와 같은 시각입니다.

오이디푸스 이야기를 소재로 프로이트가 정의한 오이디푸스 콤플렉스에 대해 조금 더 살펴볼까요. 프로이트는 남성 아동의 성 심리를 설명하기 위해 이를 주장했습니다. 그는 남자아이가 아버지에게서 이탈하여 어머니를 욕망의 대상으로 느끼는 단계를 성공적으로 거치지 못하면 평생 성적 자신감을 얻지 못하고 자립적인 인간으로 성장하지 못한다고 보았어요. 죄의식과 불안이 무의식 속으로 '억압'되어 심각한 정신장애를 낳는다고 여겼습니다. 프로이트는 인간이 무의식적인 충동에 무력하게 사로잡히지 않으려면 자기 행동의 의미를 의식하려고 노력해야 한다고 주장했지요.

안티고네

안티고네는 오이디푸스의 딸로, 아버지 오이디푸스와 함께 방랑하다가 아버지가 죽은 뒤 테베로 돌아옵니다. 하지만 나라는 성년이 된 오빠들이 벌인 권력 투쟁으로 내전이 일어난 상황이었어요. 결국, 두 오빠는 모두 죽고 숙부가 왕위에 오릅니다. 숙부는 오빠 중 차남 에테오클레스는 성대하게 장례식을 치러주지만, 외국 군대를 끌어들여 조국과 전쟁을 벌인 장남 폴리네이케스는 들판에 내버려 까마귀밥이 되게 하라고 명합니다. 게다가 그 시신을 매장하는 이는 누구든 사형에 처하겠다고 공포하죠. 하지만 안티고네는 오빠의 시신을 몰래 묻어줍니다. 이를 알게 된 숙부는 안티고네를 잡아와 왜 그런 짓을 저질렀느냐고 묻습니다. 그러자 안티고네는 신이 내린 법이 국법보다 더 중요하다고 하면서 국가 권력에 저항할 권리가 자신에게 있다고 주장해요. 왕은 그녀에게 사형을 선고합니다. 이에 안티고네는 감옥 안에서 스스로 목숨을 끊지요. 안티고네는 오랫동안 저항권과 용기의 표상으로 찬양되었습니다. 가령 브레히트는 이를 파시즘에 대한 대항과 연관을 지어 개인의 정치적 사회적 참여를 촉구했습니다. 이러한 점들을 볼 때 안티고네는 그리스 로마 신화에 나오는 유일한 민주적 인물이라고 할 수 있습니다.

4장

트로이 신화의

차별 구조

호메로스

트로이 전쟁의 전모

트로이 전쟁은 그리스 로마 신화에 등장하는 전쟁인데 일부 역사가들에 따르면 실제로 벌어진 전쟁이라고도 해요. 고대 역사가들은 이 전쟁이 기원전 13세기 말에 벌어졌다고 믿었습니다. 당시 트로이는 지금 터키에 존재했던 고대의 도시국가인데요. 르네상스 이후 그리스 로마 신화가 다시 문화의 중심으로 떠오를 때조차 그 전쟁은 꾸며진 이야기라고 믿어졌으나, 1870년대에 독일의 아마추어 고고학자인 하인리히 슐리만(1822~1890)이 트로이 유적을 발견한 뒤 실제로 트로이 전쟁이 있었다는 견해가 고개를 들기 시작했습니다. 물론 오늘날까지 발견된 트로이 유적은 전쟁이 아니라 화재에 의해 파괴된 것이라는 견해도 있으며 분명한 진실은 밝혀지지 않았지만 말이에요.

하지만 전쟁이 실제로 있었다고 해도 신화에 나오는 것처럼 미인을 쟁탈한 것이 그 동기라고 보기는 어렵습니다. 이 점은 이미 고대 그리스의 헤로도토스를 비롯하여 여러 역사가가 동의하는 바예요. 최근 연구에서 밝혀졌듯이 트로이가 경제적으로 부유한 곳이어서 그리스 측이 그곳을 지배하고자 한 것이 싸움의 원인이라는 학설이 보다 신빙성을 얻고 있습니다. 원인부터 결과까지 철저히 제국주의적인 전쟁이었다는 것이지요. 또 이를 모권제였던 트로이와 부권제였던 그리스의 전쟁이라고 보는 견해도 있습니다.

그리스 로마 신화의 트로이 전쟁은 '트로이의 목마' 때문에 막을 내린 것으로도 유명합니다. 이는 병법의 하나인 위장 전술의 본보기로 언급되기도 하고, 정치 개혁의 상징으로 비유되기도 하죠. 그러나 실체는 서양이 벌인 침략 전쟁을 매우 지혜로운 것이라도 되는 척 미화한 데 불과합니다. 트로이가 그리스의 술책에 그대로 속아 넘어간 것을 현명한 서양과 무지한 외국으로 대조한 것이지요.

트로이의 목마는 호메로스의 작품 중 『일리아스』에는 등장하지 않습니다. 대신 오디세우스의 귀환 이야기를 담은 『오디세이아』에 언급되지요. 하지만 『오디세이아』에도 그 전체 이야기가 등장하는 것은 아닙니다. 『오디세이아』 4권과 11권에 등장인물의 회고담이라는 간접적인 형태로 목마 이야기가 나올 뿐이에요. 이 이야기가 제대로 설명되는 것은 지금은 전해지지 않는 두 편의 서사시인데요. 『소(小) 일리아스』에는 목마를 고안하고 만드는 이야기가, 『일리아스의 함락』에는 기습 공격을 수행하는 장면이 나옵니다. 그 두 편은 지금은 작품 자체는 존재하지 않으나 줄거리만 전해져 내려오는 소위 '트로이권 서사시(epikos kyklos)' 6편에 속합니다. 따라서 트로이 이야기는 그 6편과 『일리아스』, 『오디세이아』를 합친 8편의 작품을 합해 완성되지요. 『일리아스』와 『오디세이아』의 트로이 이야기는 독자들이 트로이 전설을 전부 안다는 전제를 두고 쓰인 거예요. 즉, 고대인의 경우 누구나 '트로이권 서사시' 6편을 이미 읽었으리라는 생각으로 쓰인 작품이 『일리아스』와 『오디세이아』라는 것입니다. 이 여덟 편의 작품을 통해 트로이 전쟁을 살펴봅시다.

그 6편 중 첫 번째 편인 『퀴프리아』에서는, 트로이 전쟁이 제우스의 뜻이라고 말합니다. 즉 인간이 너무 많아져 가이아(대지)가 고통스러워하고 인간들이 신들을 겉으로만 섬길 뿐 무시하기에 전쟁을 일으켰다는 것이지요. 한편 인간들 시각에서 전쟁 동기는 트로이 왕자 파리스가 스파르타 왕 메넬라오스의 처인 헬레네를 멋대로 고국으로 데려간 일입니다. 그래서 메넬라오스가 아내를 되찾아오기 위해 그리스 동맹국들을 불러 모은 것이지요. 따라서 메넬라오스의 형인 미케네 왕 아가멤논을 지휘자로 하는 원정군이 결성되어 트로이에 도착해 성벽 주위에 진을 치게 됩니다.

이어 『일리아스』에는 원정 10년째에 돌입한 뒤인 51일 정도의 이야기가 진행됩니다. 아킬레우스는 아가멤논에게 치욕을 당해 전쟁에서 빠져요. 가장 강력한 장군이 사라지자 그리스군은 패배의 위기까지 몰립니다. 뒤늦게 후회한 아가멤논이 부하들을 보내 그를 달래보아도 아킬레우스는 고집을 꺾지 않지요. 이에 아킬레우스의 가장 절친한 친구인 파트로클로스가 아킬레우스인 척 그의 갑옷을 입고 출전해요. 하지만 그는 트로이군의 장수 헥토르에게 패배해 죽고 맙니다. 이에 분노한 아킬레우스가 영웅답게 나서서 승리하고 헥토르를 죽입니다. 게다가 헥토르의 시체를 마차에 매달고 끌고 다니며 모독하기까지

하지요. 이에 헥토르의 아버지 프리아모스˙는 밤중에 은밀히 아킬레우스를 찾아가 아들의 시체를 돌려달라고 부탁합니다. 힘없는 노인이 죽음의 위험을 무릅쓰고 적진에 찾아온 것을 본 아킬레우스는 고향에 두고 온 부모를 떠올리고는 마음이 약해져요. 결국에 아킬레우스는 헥토르의 시체를 내주고, 프리아모스가 이를 트로이 성으로 가져가 아들의 장례를 지내는 것으로 『일리아스』는 끝납니다.

다음 이야기는 6편 가운데 하나인 『아이티오피스』˙˙에서 서술됩니다. 여기서 아킬레우스의 죽음과 이를 둘러싼 내분이 등장해요. 이어서 『소 일리아스』에서는 이러한 내분이 비극적 종말을 맞은 뒤 아테나 여신의 지혜로 거대한 목마를 제작하는 이야기가 나옵니다. 이는 『일리아스의 함락』에서 목마에 의한 기습 공격으로 트로이가 멸망하는 이야기로 이어지지요. 오늘날 로마의 바티칸 미술관에서 소장하고 있는 유명한 조각 「라오콘」은 트로이 목마가 적의 계략임을 안 트로이 신관 라오콘이 목마를 파괴하라고 경고하자, 바다에서 두 마리 큰 뱀이 나타나 라오콘과 그의 두 아들을 습격한다는 이야기를 담은 것입니다. 6편 가운데 『귀국 이야기』는 전쟁에서 승리한 그리스 원정군의 험난한 귀국을 이야기해요. 『오디세이아』도 마찬가지로 그리스 장군 오디세우스가 고향 이타카로 돌아가기까지 10년 동안 온갖 고생을 하는 이야기이지요. 이상 트로이 전쟁에 얽힌 이야기는 6편의 마지막인 『텔레고니아』에서 끝을 맺습니다.

˙ 'Priam'은 트로이의 왕. 헤가베(헤카테)의 모습을 한 월모신과 결혼했다. 트로이의 성물인 파라티온은 남근의 형태를 한 프리아모스의 홀이라고 하는 전승도 있고, 파라티온은 여성의 상징이었다고 하는 전승도 있어, 성스러운 결혼을 나타내는 남근과 여음(女陰)의 두 가지 부분을 갖는 것으로 생각된다.

˙˙ 이 이름은 에티오피아(그리스어로 아이티오피아) 왕이 트로이를 원조한 것에서 유래했다.

호메로스, 어떻게 볼까?

『일리아스』와 『오디세이아』는 호메로스의 작품으로 알려져 있습니다. 그런데 과연 호메로스는 실존 인물일까요? 이에 대해서는 역사학자들 역시 확신하지 못하는 모양입니다. 또 그가 남긴 두 가지 이야기 역시 실제로 있었던 일인지 역사적인 근거가 분명하지 않고요. 혹자는 작가도, 작품 내용도 허구라고 여깁니다. 그렇다 해도 그가 서구 문학에 끼친 영향만큼은 무시할 수 없다고들 해요.

오늘날 호메로스는 세계 문학의 시조라고 일컬어집니다. 하지만 그에 대한 평가는 시대별로 달라요. 서양에서의 평가만 보아도 고대 그리스 로마에서 호메로스의 작품은 높이 평가되었으나 중세에는 비기독교적이라며 낮은 평가를 받았습니다. 또 고대 그리스 로마의 전통을 부활시킨 르네상스시대에도 그는 허풍쟁이 취급을 당했지요. 호메로스가 적극적으로 재평가된 시기는 18세기의 독일이었습니다.* 독일의 철학자나 문학가들인 레싱, 헤르더, 괴테 등이 주도한 이른바 '질풍노도'의 시대에는 문학에서 전통적인 규범이나 기교보다도 독창성과 현실성을 기대했는데요. 그러면서 호메로스가 셰익스피어와 함께 새로

---

* 독일에만 한정되지는 않았다. 가령 영국의 19세기 시인 알프레드 테니슨은 「율리시즈」라는 시에서 다음과 같이 노래했다.
자, 친구들이여! 떠나자
더 늦기 전에 새로운 세계를 찾으러 배를 밀어내라,
줄지어 앉아 파도를 가르며 나아가자
내가 가는 곳은 해가 지는 곳,
서녘의 별들이 목욕하는 곳
그곳으로 죽을 때까지 가겠노라
혹시 심연이 우리를 삼킬지 모르나
혹시 행복의 섬에 닿아
우리 옛 친구 위대한 아킬레스 다시 보리라

운 문학의 모범으로 꼽힌 것이지요. 그러나 이러한 시각에 반론을 들자면, 호메로스 작품의 독창성은 적어도 그 전의 작품과 비교할 때 딱히 두드러지지 않으며, 현실성 역시 주인공들이 신의 의지에 따르는 로봇과도 같은 존재라고 하는 점에 문제가 있다고 봅니다.

그리스 영웅의 미덕은 "친구는 도와주고, 적은 반드시 파괴한다"는 것입니다. 위업과 명예를 쌓아 후세에 이름을 남기는 데 집착했고요. 『일리아스』에서 아킬레우스가 토라진 이유도 자신의 명예가 모욕당했기 때문입니다. 그래서 아킬레우스는 부하들과 같이 자신의 함선에 틀어박힐 뿐 싸움터에 나가지 않아요. 그가 전선에서 이탈하자 그리스 군은 계속된 패배를 맞습니다. 이로 인해 아가멤논은 엄청난 비난을 받아요. 그러나 아가멤논은 자신이 아킬레우스에게 치졸하게 굴었던 이유가 제우스와 에리니에스가 보낸 '의식의 흐려짐'에 의해서였다고 책임을 돌립니다.

아킬레우스가 아가멤논에게 분노했던 이유는, 아킬레우스가 전쟁의 전리품으로 얻은 아름다운 공주 브리세이스를 아가멤논이 빼앗아갔기 때문입니다. 더불어 아가멤논이 아킬레우스에게 빈정거리는 말을 던지자, 아킬레우스는 자기의 칼에 손을 얹고 아가멤논을 향해 칼을 뽑을지 말지 고민해요. 그때 아테나 여신이 아킬레우스의 등 뒤로 다가와 그의 머리카락을 움켜잡고 조언합니다. "나는 너의 분노를 달래기 위해 하늘에서 내려왔다. 네가 내 말에 따를 작정이면 싸움을 멈추고 칼에서 손을 떼어라." 아킬레우스는 그 말에 따라요.

이처럼 『일리아스』에서는 신들도 트로이 전쟁에 편을 나누어 영웅들의 운명에 함께 관여합니다. 이를 통해 그리스 신화에서 인간의 삶을 결정하는 존재는 신이라는 것을 분명하게 알 수 있어요. 따라서 그리스의 영웅들에게 자유나 도덕적 책임, 또는 내적인 자아와 영혼 같은 것은 존재하지 않습니다. 모두 신의 손에 놀아나는 꼭두각시일 뿐이죠. 인간이 신을 벗어나는 시기는 호메로스 이후 서정시인들의 시대입니다.

『일리아스』

『일리아스』의 형식과 내용

『일리아스』에 대한 일반적인 견해는 그동안 구전되어 내려오던 이야기를 호메로스가 서사시로 정리해 후대에 전했다는 것입니다. 이 작품은 모두 24권으로 나뉘며, 그리스의 대표적 시운 중의 하나인 6각운 (Hexametre)으로 쓰였고 권마다 그리스 문자의 24 알파벳 순서로 번호가 붙어 있어요. 또 각 권은 500행 내지 800행의 시로 되어 있고, 모두 합하면 15,700행에 이릅니다.

권수와 내용은 큰 연관성이 없습니다. 그렇지만 대체로 15권까지는 그리스군 총사령관 아가멤논에 분노한 아킬레우스가 전투에서 빠진 뒤, 일진일퇴하던 전투가 그리스 측에 불리하게 전개된다는 내용이 담겨 있어요. 그러다가 16권에서 친구가 전사하자 복수심에 찬 아킬레우스가 전투에 나가 헥토르를 죽입니다. 그 후 트로이의 왕 프리아모스가 아들의 시체를 되찾아 장례를 치르면서 마지막 24권이 끝나요.*

　이 서사시의 제목은 트로이 인들의 성인 '일리온'에서 유래했습니다. 즉 '일리아스'란 '일리온의 노래'라는 뜻인데요. 트로이 전쟁 10년째 마지막쯤의 51일간**을 노래한 것으로, 그리스의 장군인 아킬레우스를 중심에 두고 원한과 복수에서 파생되는 인간의 비극을 다룹니다. 그리스 문학이 대체로 운명론에 따른 체념이나 절망을 보여주는 것과 달리 이 작품은 정해진 운명에 굴하지 않고 영광된 죽음을 택하는 영웅의 모습을 보여주지요.***

　『일리아스』에는 완벽한 영웅이 등장하지 않습니다. 가장 중요한 영웅 아킬레우스조차 분노에 사로잡혀 아군의 패배에도 아랑곳하지 않는 모습을 보이지요. 그에 대적하는 트로이군의 영웅 헥토르도 아킬레우스와의 전투 도중 겁에 질려 도망을 가는 모습을 보이며, 자신이 죽으면 트로이를 지킬 사람이 없음을 알고 있음에도 결국 명예 때문에 전투를 벌이다가 성 밖에서 전사하지요. 또 남의 아내를 빼앗아 와 트로이 전쟁을 일으킨 파리스는 아예 소인배로 묘사됩니다. 한편 그리스군의 사령관 아가멤논도 사적인 욕심에 치우쳐 아킬레우스를 분노하게 해 그리스군을 패퇴시킬 뻔합니다.

---

* 3분하는 경우에는 전편이 1~9권, 중편이 10~17권, 후편이 18~24권이다.
** 그렇지만 작중에서 실제로 다루는 기간은 매우 짧다. 휴식기를 빼면 4~5일 정도라고 볼 수 있다.
*** 고대 그리스의 역사가 헤로도토스는 그리스 전쟁의 비극을 부각했다는 점에서 스파르타의 왕 레오니다스를 진정한 영웅으로 보았다. 레오니다스는 할리우드 영화 「300」의 주인공이기도 하다.

『일리아스』의 줄거리

이야기의 시작은 그리스군의 총지휘관 아가멤논이 점령지에 있던 아폴론 신전의 사제 크리세스의 딸인 크리세이스를 끌고 가는 것입니다. 크리세스는 제발 딸을 돌려달라고 간청하나 아가멤논은 눈 하나 꿈쩍하지 않아요. 그러자 크리세스는 신께 빌었고, 아폴론은 그리스군 진영에 흑사병을 내립니다. 회의 중 전염병을 물리칠 방도는 크리세이스를 아비에게 돌려주는 것뿐이라는 예언이 나오자, 아가멤논은 이에 반발합니다. 그는 정 크리세이스를 내놓아야 한다면 아킬레우스의 애인 브리세이스를 대신 가지겠다고 해요. 이에 아킬레우스는 욱 하는 감정이 치밀어 아가멤논을 죽일 뻔하다가, 아테나의 만류로 그만둡니다. 아킬레우스는 자신은 이제부터 트로이군과의 전투에 참여하지 않겠다고 하고, 아가멤논은 그의 막사에 부하 군인들을 보내서 여자를 뺏어가지요. 게다가 아킬레우스의 어머니 테티스는 아들이 푸대접을 받은 데 화가 나서, 제우스를 찾아가 그리스군이 패배하게 하도록 요청해요. 제우스는 그녀의 말을 들어주지만, 그리스 편을 든 헤라와 갈등을 빚지요(제1권).

고심하던 제우스는 아가멤논에게 거짓 꿈을 보내서 현혹하기로 합니다. 꿈에서 트로이가 함락되는 것을 본 아가멤논은 군사 회의를 소집해요. 이때 그는 장병들을 시험하고자 집으로 돌아가자는 연설을 합니다. 9년간의 싸움에 지쳐 있던 군인들은 기뻐하며 함선으로 뛰어가요. 그러자 오디세우스가 장군들을 설득하며 집으로 귀향하는 것을 강하게 가로막습니다. 게다가 오디세우스는 자신이 신의 계시를 받았다며, 올해야말로 트로이가 점령될 때라고 선언해요. 그러자 네스토르도 오디세우스를 거들지요. 결국, 그리스군은 다시 사기를 드높이고 제우스에게 제사를 올린 후 트로이군과 결전을 치르기로 합니다. 한편 제우스는 이리스 여신을 트로이에 전령으로 보내 그리스군과의 싸움에 대비하도록 합니다. 신의 계시를 알아들은 헥토르는 즉각 무장한 후 병사들을 정렬시켜요(제2권).

트로이군과 그리스군은 들판에서 전투를 위해 진을 칩니다. 이때 그리스의 장군이자 헬레네의 원래 남편이었던 메넬라오스는 트로이의 왕자 파리스를 발견하고 죽이려고 덤벼들어요. 그러자 겁을 먹은 파리스는 자기 진영으로 숨어버립니다. 헥토르가 병사들이 보는 앞에서 무슨 추태냐고 동생을 책망하자 파리스는 자신과 메넬라오스가 일대일 결투를 벌여서 모든 것을 매듭짓겠다고 얼버무려요. 그래서 양쪽 진영은 이 결투에서 살아남은 이가 헬레네를 데려가고 전쟁을 끝내는 데에 합의하지요. 파리스는 결투에서 지고 원래대로라면 목숨을 내놓아야 할 위기에 처합니다. 하지만 아프로디테는 그를 안개로 숨겨서 안전한 성 안으로 데려가요. 갑자기 사라진 파리스를 메넬라오스가 길길이 날뛰며 찾아다니는 사이, 파리스는 신혼 방으로 들어가 헬레네를 안습니다. 헬레네는 그의 비겁한 꼴을 보고 잠시 냉대하다가도, 결국엔 아프로디테의 강요 탓에 그와 동침해요(제3권).

여하튼 파리스가 결투에서 도망쳤으니 이제 헬레네는 약속대로 그리스군의 차지가 되어야 했어요. 하지만 헤라와 아테나는 트로이를 멸망시키고 싶었기에 이대로 전쟁이 끝나는 것이 싫었습니다. 그래서 아테나는 판다로스를 속여 메넬라오스에게 활을 쏘아 부상을 입히게 합니다. 이로써 협약은 깨어졌고, 남은 길은 전쟁밖에 없게 되지요(제4권).

한편 아테나는 디오메데스에게 여신의 가호를 내립니다. 이에 디오메데스는 트로이군을 상대로 엄청난 무공을 세워요. 아레스가 인간 장수로 변장하고 강림해 트로이 편을 들어 전장을 휘젓고 다니자, 아테나는 디오메데스가 던진 창에 손수 힘을 실어 아레스의 아랫배에 명중하도록 합니다. 아레스는 만 명의 군사가 내지르는 듯한 비명을 지르고는 꼴사납게 도망치지요(제5권).

신들의 간섭이 사라진 후에도 두 진영은 치열하게 싸움을 벌입니다. 그러던 중 디오메데스는 혹시 지금 자신이 싸우고 있는 상대가 또 신은 아닌지 의심해요. 신에게 대적했다가 후일 처절한 복수를 받고 싶지는 않았거든요. 그래서 디오메데스는 상대의 신분을 묻고, 상대는 자신은 트로이의 장군 글라우코스라고 답하며 자기 가문의 족보를 읊어나가지요. 디오메데스는 이에 기뻐하며 상대와 자신이 조상 대대로 친구였던 집안의 후손이라고 밝힙니다. 그래서 이들은 비록 자신들이 전장에서 마주쳤으나 서로만은 죽이지 않기로 약속하고 가지고 있던 무장들을 교환해요. 이때 글라우코스는 자신의 황금 무장을, 디오메데스는 자신의 청동 무장을 넘겨주었으니 결과적으로 디오메데스가 이득을 본 셈이라고 호메로스는 말합니다.* 한편 헥토르는 잠시 성에 들렀다가, 전투에 나가지 않고 미적거리는 동생 파리스와 마주칩니다. 화가 엄청 난 그는 빨리 전투에 임하라며 동생을 다그치지요. 그후 그는 어머니께 신들에게 트로이를 위해 제사를 올려 달라고 부탁

---

* 호메로스는 글라우코스가 상대의 것보다 최소한 열 배 이상 값나가는 자신의 무장을 넘겨준 것에 대해, 제우스가 그의 판단력을 잠시 빼앗았기 때문이라고 설명한다.

한 후, 다시 성 밖으로 나서다가 아이를 안고 남편을 찾아 헤매던 아내 안드로메케와 마주칩니다. 헥토르는 어린 아들 아스튀르낙스를 안아보려고 하지만 아들은 아버지의 투구 때문에 무서워서 피해요. 그러자 헥토르는 투구를 내려놓고 아들에게 입을 맞춥니다. 그리고 아내를 위로한 후 다시 전장에 나서요(제6권).

전세가 트로이 쪽으로 기울 때 아테나와 아폴론은 트로이의 신관에게 계시를 내립니다. 헥토르에게 그리스의 가장 용맹한 장수와 일대일로 싸우게 하라는 것이지요. 헥토르는 기꺼이 이를 받아들입니다. 그리스 군영에서도 제비를 뽑아 헥토르와 싸울 용사를 찾고요. 텔라몬의 아들, 큰 아이아스'가 그와 대적할 상대로 뽑힙니다. 두 사람이 격렬한 결투를 벌이던 도중 밤이 되어 결투는 중지되어요. 두 장수는 서로의 명예를 치하하고 양측의 군대는 각자의 진영으로 돌아갑니다. 이때 트로이 군영에서는 그냥 헬레네를 그리스에 돌려주고 전쟁을 끝내자는 의견이 나오나 파리스의 반대로 무산되어요. 한편 두 나라는 전사자들을 화장할 수 있도록 하루 간 휴전 협정을 맺습니다. 또 그 하루 동안 그리스인들은 노장 네스토르의 제의로 방벽을 쌓고 참호를

---

* 호메로스의 『일리아스』에는 아이아스가 두 명 등장한다. 그래서 그 둘을 구분하기 위해 한 명을 큰 아이아스, 한 명을 작은 아이아스라고 부른다. 전자는 텔라몬의 아들로, 전쟁에서 큰 무공을 펼쳤으나 마지막에는 아킬레우스의 유품인 갑옷 등을 누가 가져야 하는지에 대해 언쟁을 벌인다. 이때 자존심이 상한 그는 밤중에 오디세우스와 아가멤논을 암살하려고 하다가, 아테나 여신의 마법에 걸려 가축들을 대신 찔러 죽인다. 그리고 자신이 무슨 짓을 했는지 깨달은 그는 수치심을 이기지 못하고 자살한다. 한편 작은 아이아스는 오일레우스의 아들로, 몸집은 작았으나 몹시 재빨랐고 창을 던지는 실력이 좋았다고 한다. 하지만 트로이가 점령된 이후, 아테나 여신상을 끌어안고 있던 카산드라를 강제로 끌어내 아테나 여신의 신전 안에서 강간하여 신의 노여움을 샀다. 분노한 아테나는 제우스에게 부탁해 아이아스의 귀향길에 폭풍우를 일으키게 했다. 아이아스 일행의 모든 선박은 번개를 맞고 침몰했지만, 아이아스는 헤엄을 쳐서 바위에 기어올라 살아남았다. 기고만장한 그는 자신은 신의 분노를 이겨내고 살아남았다고 외쳤는데, 이 말에 화가 난 포세이돈은 삼지창으로 바위를 산산조각 내 그를 죽였다.

파는데, 신들에게 제사를 바치는 것을 깜빡 잊습니다. 이에 노여워한 포세이돈은 제우스에게 불평하고, 안 그래도 트로이 편을 들고 있던 제우스는 재앙을 예고하듯 천둥을 쳐요(제7권).

제우스는 올림포스에서 신들을 소집해 회의를 엽니다. 그리고 다른 신 중 누구도 더는 이 전쟁에 간섭하지 못하도록 엄중하게 경고해요. 누구든 자신의 경고를 어긴다면 타르타로스에 떨어질 것이라고요. 그리고 제우스는 이데 산으로 가서 전투의 흐름을 지켜봅니다. 그리고 헥토르가 그리스 병사들을 쓸어버리도록 돕지요. 트로이 군대는 대승을 거두고 그리스 군대는 패퇴해요. 헥토르는 승패를 완전히 결정짓기 전에 날이 어두워진 것에 아쉬워하면서도, 병사들을 격려하며 사기를 북돋습니다(제8권).

패배가 눈앞까지 다가오자 아가멤논은 다시 장군들을 불러 모아 군사 회의를 엽니다. 아가멤논은 트로이 점령을 포기하고 귀국하자고 제안해요. 아무도 반대 의견을 내지 못하는 가운데 디오메데스가 나서서 끝까지 싸우겠다고 합니다. 그러자 노장 네스토르는 그의 용기에 찬사를 보내는 한편, 아가멤논에게는 아킬레우스와 화해하라고 권합니다. 아가멤논 역시 뒤늦게 후회하며 아킬레우스에게 전령을 보내지요. 그러나 아가멤논의 거만함에 마음이 단단히 상한 아킬레우스는 절친했던 장군들의 설득에도 마음을 돌리지 않습니다(제9권).

밤이 되어 모든 막사가 조용해지나 아가멤논은 잠을 이루지 못합니다. 그의 동생인 메넬라오스 역시 마찬가지지요. 둘은 무장한 채로 막사 밖으로 나왔다가 서로 마주칩니다. 그들은 다른 장군들을 깨운 후 적진을 정탐할 첩자가 되어줄 사람이 있냐고 물어요. 이에 디오메데스와 오디세우스가 자원하지요. 한편 트로이 진영에서도 헥토르는 그리스군의 동향을 살필 첩자를 구합니다. 돌론이라는 자가 자신이 하겠다고 나서요. 그렇지만 돌론은 그리스 진영에 갔다가 디오메데스와 오디세우스에게 들켜서 오히려 트로이 진영의 상황을 모조리 털어놓은 후 죽임을 당합니다. 그리스의 두 장군은 여기서 얻은 정보를 토대로 트로이군의 진영에 숨어 들어가 잠들어 있던 병사들을 죽인 뒤 아주 좋은 말들을 훔쳐 타고 돌아옵니다(제10권).

다음날 전장의 새로운 아침이 밝고, 아가멤논은 군사들을 독려하며 용감무쌍하게 싸웁니다. 그렇지만 그는 부상을 당해 퇴각하고, 이때를 틈타 헥토르가 반격을 가하지요. 디오메데스와 오디세우스가 어떻게든 이를 막아보지만, 그들 역시 상처를 입습니다. 그 외에도 많은 그리스 장군들이 다칩니다. 한편 전쟁터를 멀리서 방관하던 아킬레우스는 부상당해 실려 나가는 군사 중 아는 얼굴이 보이는 듯하자 친구 파트로클로스를 보내 누군지 알아보게 합니다. 파트로클로스는 짐작대로 부상병이 아킬레우스의 친우인 미카온이라는 걸 확인하고 돌아가려고 하는데, 네스토르가 그를 붙잡아요. 네스토르는 많은 그리스 장군들이 상처를 입었다며 전쟁에 나서지 않는 아킬레우스를 비난하고 한탄합니다. 그리고 그가 정 전쟁에 참여하지 않겠다면 파트로클로스라도 아킬레우스의 무장들을 빌려 입고 나서줄 수 없냐고 질문하지요. 이는 파트로클로스의 동정심을 자극합니다(제11권).

그리스군은 방벽 안쪽으로 퇴각합니다. 그런데 7권에서 말했듯이 이들은 방벽을 쌓기 전에 신에게 제사를 올리지 않았어요. 따라서 방벽은 오래 버티지 못하고, 트로이 장군 헥토르와 사르페돈에 의해 허물어지고 맙니다(제12권).

그리스군은 선박이 있는 곳까지 밀려나요. 이에 동정심을 느낀 포세이돈은 그리스군을 격려합니다. 양측 진영은 전열을 정비하고 다시 치열하게 맞붙어요(제13권).

전의를 상실한 아가멤논은 밤이 되면 배를 타고 전부 고국으로 도망가 버리자고 제안합니다. 이에 오디세우스는 총사령관인 아가멤논의 비겁함을 준열하게 꾸짖지요. 한편 헤라는 그리스를 도울 방도를 궁리하다가 최대한 아름답게 치장하고 아프로디테 신으로부터 매혹의 허리띠까지 빌려요. 제우스는 헤라를 보자마자 욕정에 사로잡히고, 이데 산으로 가서 그녀와 사랑을 즐깁니다. 이때 헤라는 잠의 신의 도움을 빌려 제우스를 잠재워요. 이제 포세이돈은 제우스의 눈치를 볼 것 없이 마음껏 그리스군을 돕습니다. 게다가 헥토르는 큰 아이아스와의 대결 중 그가 던진 바위에 부상을 입어요. 이로써 전세는 뒤집혀서 트로이군이 퇴각합니다(제14권).

잠에서 깨어난 제우스는 전쟁터의 상황이 자신의 의도와 정반대로 흘러가는 것을 봅니다. 게다가 포세이돈은 그리스군을 돕고 있고, 자신이 헤라에게 속아 넘어갔다는 것까지 깨닫자 더욱 노여워하지요. 제우스는 헤라에게 성을 낸 뒤 이리스를 보내 포세이돈에게 전쟁에서는 손을 떼고 바다로 돌아가라고 명령합니다. 그리고 아폴론에게는 헥토르를 치료하게 해요. 자기 힘을 되찾은 헥토르는 아폴론의 가호까지 받으며 다시 전쟁터로 나서지요. 이에 트로이군은 사기가 드높아지고 그리스군은 사기가 꺾입니다(제15권).

파트로클로스는 아킬레우스에게 돌아와 눈물로 간청합니다. 그리스의 수많은 장군들이 죽어가고 있으니, 전장에 나가지 않을 것이라면 무구라도 빌려달라고요. 아킬레우스는 가장 절친한 소꿉친구의 부탁을 들어주지만, 트로이군을 너무 멀리까지 쫓지는 말라고 조언해요. 파트로클로스는 아킬레우스의 무장을 걸치고 전쟁에 나섭니다. 이에 양측 군대는 영웅 아킬레우스가 드디어 전쟁터에 출전한 것으로 착각하지요. 이에 그리스군의 사기는 오르고, 트로이군은 도망치기 시작합니다. 여기서 파트로클로스는 사르페돈을 죽이는 등 무지막지한 기세로 트로이군을 쓸어내요. 하지만 아킬레우스의 충고를 무시하고 트로이군을 끝까지 뒤쫓다가 헥토르에게* 죽임을 당합니다(제16권).

트로이군은 파트로클로스의 시체를 전리품으로 가져가려고 하고, 그리스군은 이를 저지하려고 합니다. 그래서 시체를 두고 치열한 격전이 벌어지지요. 헥토르는 파트로클로스의 시신에서 아킬레우스의 갑옷을 벗겨 입습니다. 그리고 파트로클로스의 시체를 트로이 성까지 끌고 가는 데 성공하는 이가 있다면 전리품의 반을 주겠노라 선언하지요. 한편 그리스의 메넬라오스와 큰 아이아스는 시신을 뺏기지 않으려고 결사적으로 막아요. 이를 지켜보던 제우스는 딱한 마음에 파트로클로스의 시신이 트로이군에 끌려가지 않도록 돕습니다. 그리스군은 파트로클로스의 시체를 들고 퇴각하지만 트로이군이 이를 집요하게 뒤쫓지요. 그리스군은 안틸로코스를 전령으로 보내 아킬레우스에

---

* 자세히 말하자면, 우선 아폴론 신이 강림해 파트로클로스를 등 뒤에서 공격하고, 이에 충격을 받은 파트로클로스를 에우포르보스라는 트로이 군인이 창으로 찌른다. 이때 헥토르가 퇴각하려는 파트로클로스를 가로막고 창으로 치명상을 입혀 죽인다. 죽어가던 파트로클로스는 자신을 죽인 자는 아폴론과 다른 트로이 군인이며, 헥토르는 마지막 타격을 가했을 뿐이라며 조롱한다. 또한 헥토르 역시 자신의 가장 절친한 친구인 아킬레우스 손에 죽음의 운명을 맞으리라고 예견하고 숨을 거둔다.

게 파트로클로스의 전사를 알려요(제17권).

아킬레우스는 파트로클로스의 죽음을 알고 크게 비통해합니다. 그는 자신이 이번 전쟁에서 죽을 운명임을 예언을 통해 알고 있었고, 거기에 아가멤논에 대한 환멸까지 겹쳐 그동안은 전쟁에 나가지 않으려고 했어요. 그러나 친구의 죽음으로 복수심에 불탄 아킬레우스는 트로이군을 도륙하고자 합니다. 그렇지만 그의 무장은 이미 헥토르가 가져가버렸지요. 한편 밖에서는 여전히 파트로클로스의 시신을 둘러싼 전투가 치열했어요. 그래서 아킬레우스는 무장하지도 않은 채 참호 밖으로 나가서 고함을 지릅니다. 트로이군은 진짜 아킬레우스를 알아보고 공포에 질려 퇴각하지요. 친구의 시체를 앞에 두고 아킬레우스는 눈물을 흘리고, 그날 밤새 그리스군은 파트로클로스를 애도합니다. 한편 테티스는 헤파이스토스를 찾아가, 자신의 가엾은 아들을 위해 새로운 무구를 만들어달라고 부탁합니다. 헤파이스토스는 다시없을 훌륭한 무구를 제작해요(제18권)

동이 트자 테티스는 새로운 갑옷과 방패를 아들에게 전해주고, 아킬레우스는 그리스 진영으로 가서 자신도 앞으로는 전쟁에 나서겠다고 선언합니다. 아가멤논은 아킬레우스를 위해 연회를 베풀고 포상을 약속하나 아킬레우스의 머리에는 전투와 복수뿐이지요. 아킬레우스가 아무것도 먹지 않자 가엾게 여긴 아테나가 인간들 몰래 내려와 그의 가슴 속에 암브로시아와 넥타르를 넣어 배고프지 않게 합니다. 드디어 아킬레우스는 무장하고 전쟁터로 향해요. 아킬레우스는 자신이 지닌 불사의 말들에게 이번에는 친구 파트로클로스처럼 주인을 전쟁터에 버리고 오지 말라고 질책합니다. 그러자 아킬레우스의 준마 크산토스가 인간의 말로 대답하지요. 이번 전투에서는 아킬레우스를 무사히 데려오겠지만 결국 그도 죽을 운명일 것이라고요. 또 그 책임은 신에게 있으니 자신이 어쩔 수 있는 것이 아니라고 합니다. 이는 헤라가 내린 계시였지요. 이에 아킬레우스는 자기 운명은 자신도 알고 있다며 화를 내고는, 그렇지만 그것은 트로이에 복수한 다음의 일이리라고 합니다(제19권).

제우스는 올림포스에서 다시 신들을 불러 모읍니다. 그리고 여태껏 아무도 전쟁에 관여하지 못하도록 했던 것과는 반대로, 이제는 원하는 대로 간섭해도 좋다고 하지요. 그래서 모든 신은 편을 나눠 자신들이 응원하는 쪽을 위해 내려갑니다.* 한편 아킬레우스의 귀환을 본 트로이군은 공포에 사로잡혀요. 하지만 곧 신들이 내려와 양 진영에 사기를 불어넣습니다.** 이때 아폴론의 부추김을 받은 아이네이아스는 아킬레우스와 맞붙게 됩니다. 그렇지만 그는 아킬레우스에게 당해내지 못하고 죽을 위기에 처하지요. 그러자 아이네이아스의 혈통을 아깝게 여긴 포세이돈은, 안개로 전장을 가리고는 아이네이아스를 전쟁터에서 빼내 도망치게 합니다.*** 열 받은 아킬레우스는 그리스군을 돌아보

---

* 황금사과 건으로 앙심을 품은 헤라와 아테나는 당연히 그리스 편을 들었으며 포세이돈, 헤르메스, 헤파이스토스 역시 그리스 진영을 편들었다. 반면 아프로디테는 당연히 트로이 편을 들었으며 그녀의 연인인 아레스 역시 트로이 편을 따랐다. 또 헥토르를 매우 아낀 아폴론, 그의 여동생인 아르테미스도 트로이 편이었다. 제우스는 자긴 이제부터 중립하겠노라고 선언하고는 올림포스에서 이를 관조했다.

** 일리아스에서는 이때 제우스가 울린 천둥과 포세이돈이 일으킨 지진에 하데스가 깜짝 놀라 왕자에서 튀어나갔다고도 한다. 또 21장에서 신들은 서로서로 전투를 벌이는데, 포세이돈은 아폴론, 아테나는 아레스, 헤라는 아르테미스, 헤르메스는 레토(아폴론과 아르테미스의 어머니인 여신), 헤파이스토스는 스카만드로스(전쟁터에 있던 강의 신)와 대적한다.

*** 아이네이아스의 조상인 다르다노스는 제우스의 아들이다. 포세이돈은 이번 전쟁으로 다르다노스의 혈통이 완전히 끊길 것을 걱정하여 아이네이아스를 살려준 것이다. 또한, 그는 아이네이아스가 나중에 트로

며 사기를 돋우고, 한편 헥토르 역시 자신이 아킬레우스와 대적하겠다는 연설을 하며 아군을 북돋습니다. 그러자 아폴론은 헥토르에게 죽고 싶지 않다면 아킬레우스와 맞서지 말라고 조언해요. 하지만 자기 동생 폴뤼도로스를 비롯해 트로이의 장수들이 죽어가자, 헥토르는 결국 아킬레우스의 앞에 나섭니다. 아킬레우스는 친구의 원수를 갚게 되었다고 기뻐하며 어서 죽으러 오라고 부릅니다. 이에 헥토르는 아킬레우스에게 창을 던지나 아테나의 방해로 맞추질 못해요. 아킬레우스는 고함을 지르며 헥토르에게 덤벼드나 이번에는 아폴론이 헥토르를 안개로 감싸 보호합니다. 아무리 덤벼도 헥토르가 보이지 않자, 분노에 찬 아킬레우스는 저주를 퍼붓고는 다른 트로이군을 마구잡이로 도륙해요(제20권).

도망치던 트로이 군대는 스카만드로스 강까지 내몰립니다. 아킬레우스의 전술에 따라 그중 절반이 강에 빠져 허우적거리자 아킬레우스는 칼을 빼들고 강으로 들어가 트로이군을 닥치는 대로 학살합니다. 강물은 새빨갛게 물들지요. 게다가 아킬레우스는 파트로클로스의 장례 제물로 삼기 위해 열두 명의 트로이 젊은이를 생포한 뒤 부하더러 끌고 가게 합니다. 이때 그는 트로이의 왕자 중 하나인 뤼카온을 발견하고 죽이려 해요. 그러자 뤼카온은 몸값을 받고 자신을 살려달라며 애걸합니다. 이에 아킬레우스는 "나와 마주친 트로이인은 모두 죽음을 면치 못할 것이며, 특히 프리아모스 왕의 자식들이 그럴 것"이라

이 지역을 다스리게 될 것도 예견한다. 이는 후대의 다른 작품과 연결 지어 생각하면 흥미로운데, 가령 로마 시인 베르길리우스의 장편 서사시 『아이네이스』(아이네이아스의 노래라는 뜻)에 따르면 이때 살아남은 아이네이아스가 트로이 멸망 후 일족을 이끌고 떠나 로마를 건국했다고 한다.

고 냉정하게 대답해요. 또 어차피 인간은 언젠가는 죽으며, 그대보다 잘난 인간인 파트로클로스도 죽었고 자신 또한 죽을 운명이라고 말하고는 주저 없이 그의 목을 벱니다. 이런 잔인한 행위에 강의 신 스카만드로스는 노여움에 차 아킬레우스를 집어삼키려고 해요. 아킬레우스가 간신히 강에서 빠져나와 도망쳐도 강물은 그를 사납게 뒤쫓습니다. 이때 포세이돈과 아테나가 아킬레우스를 도와주고, 더욱 분노한 스카만드로스는 이웃 강인 시모에스와 합쳐져 그에게 덤벼듭니다. 그러자 헤라가 헤파이스토스를 보내 강물을 끓여버리게 하죠. 결국 스카만드로스 강은 더는 어쩌지 못하고 물러나요. 그다음에는 아테나와 아레스, 포세이돈과 아폴론 등 신들끼리의 싸움이 묘사되고*, 이를 즐겁게 구경하던 제우스만이 웃을 뿐이지요. 트로이군은 정신없이 성 안으로 퇴각합니다. 이때 트로이 장수 아게놀이 트로이가 함락되는 것을 막기 위해 아킬레우스에게 싸움을 걸어요. 아킬레우스가 그를 죽이려고 덤벼들자 아폴론은 아게놀을 안개로 숨겨 안전한 곳으로 보내

---

* 아레스는 아테나가 디오메데스를 시켜 자신에게 상처를 입힌 일에 앙심을 품고, 그녀를 개에 파리라고 부르며 천박한 욕설을 내뱉고는 덤벼든다. 이에 아테나는 그의 공격을 피하고 바위를 던져 제압한 뒤 비웃으며 똑같은 욕설로 응수한다. 아프로디테가 내려와 애인인 아레스를 몰래 데려가려고 하자 헤라는 이를 아테나에게 알려주고, 아테나는 즉시 쫓아가 둘 다 때려눕힌다. 그다음에는 포세이돈과 아폴론이 마주치는데, 포세이돈이 시비를 걸자 아폴론은 삼촌과 조카끼리 주먹다짐을 하는 것을 부끄럽게 여겨 점잖은 말을 건네고 돌아선다. 그러나 이를 본 아르테미스는 오빠인 아폴론더러 도망칠 거면 뭐 하러 활을 메고 다니느냐며 비난한다. 그러자 헤라는 화가 나서 나타나 아르테미스를 암캐라고 부르며 그녀의 뺨을 때린다. 그러고는 왼손으로 아르테미스의 손목을 움켜잡고 오른손으로 그녀의 활을 빼앗는다. 헤라에게 자신의 활로 얻어맞던 아르테미스는 울며 도망친다. 이번에는 그리스 편인 헤르메스와 트로이 편인 아폴론·아르테미스 남매의 어머니인 레토가 싸울 차례가 되었는데, 평소의 까불거리는 이미지와는 달리 헤르메스는 자신은 제우스의 아내 중 하나인 당신과 싸우지 않겠다고 침착하고 품위 있게 말하고 물러난다. 이에 레토는 난리 속에 땅에 이리저리 쏟아진 화살들을 주워 정리한다. 딸이 울며 찾아오자 제우스는 왜 우냐고 묻고, 아르테미스는 헤라가 때렸다고 일러바친다. 이러한 일련의 장면은 신들의 싸움답지 않게 상당히 경박하게 묘사되어 있다. 또한, 이는 전장의 처절함과는 대비되는 요소이다.

준 후, 자신이 아게놀로 변신해 아킬레우스를 유인하지요. 이렇게 시간을 번 사이 트로이군은 성안으로 들어가요(제21권).

아킬레우스를 성벽으로부터 충분히 유인해내는 데 성공하자 아폴론은 자기 정체를 드러냅니다. 속았다는 것을 깨달은 아킬레우스는 신을 저주하고는 다시 성벽으로 달려가요. 한편 헥타르는 성문 앞으로 나섭니다. 프리아모스 왕과 헤카베 왕비가 헥토르에게 제발 들어오라고 눈물로 사정해도 그는 듣지 않아요. 하지만 정작 아킬레우스와 마주치자 그는 순간적으로 죽음을 직감하고 공포에 질려 도망칩니다. 한편 헥토르와 아킬레우스가 성을 세 바퀴나 도는 동안 신들은 두 영웅의 추격전을 내려다보고 있었어요. 제우스는 신실한 헥토르에게 자비를 베풀고 싶어 하나 그리스 편인 아테나는 동의하지 않았지요. 결국, 운명의 저울은 헥토르의 죽음 쪽으로 기웁니다. 아테나는 지상으로 내려가 헥토르의 동생 데이포보스로 변신합니다. 동생이 같이 싸우겠다고 하자 헥토르는 용기를 내어 도망을 멈추고 아킬레우스와 맞서요. 하지만 데이포보스는 결정적인 순간에 사라져버렸고, 신들의 농간에 말려들었음을 안 헥토르는 어쩔 수 없이 혼자 아킬레우스에게 맞서지만 결국 살해당하고 맙니다. 최후의 유언으로 헥토르는 자기 시체만은 부모에게 돌려달라고 말해요. 하지만 아킬레우스는 이를 무시합니다. 대신 헥토르의 시신을 개밥으로 줄 거라고 조롱하지요. 아킬레우스는 헥토르의 시신을 발가벗겨 마차에 매달아 땅에 질질 끌리게 하며 성벽을 돕니다. 성벽 위에서 이를 본 왕과 왕비를 포함한 트로이의 모든 사람은 통곡하고, 헥토르의 아내 안드로마케는 기절합니다(제22권).

파트로클로스의 시신 곁으로 돌아온 아킬레우스는 자신이 복수라

헥토르를 죽이는 아킬레우스

는 약속을 지켰노라고 말합니다. 밤이 되어 다른 장군들은 모두 자기 막사로 돌아갔지만, 아킬레우스는 여전히 파트로클로스를 애도합니다. 이때 아킬레우스는 파트로클로스의 혼령이 자신을 찾아와 얼른 장례식을 치러달라고 요구하는 것을 봅니다.* 다음날 피트로클로스의 장례식이 엄숙하게 치러지고 아킬레우스는 친우를 화장해요. 이어 죽은 이를 추도하기 위한 경기들이 펼쳐집니다(제23권).

그날 밤 아킬레우스는 역시 뜬눈으로 밤을 지새워요. 그는 나가서 바닷가를 거닐다가 울컥 차오르는 복수심을 이기지 못하고, 헥토르의 시체를 전차에 매달고 파트로클로스의 무덤을 돕니다. 이를 본 신들은 죽은 전사에 대해 동정심을 느낍니다. 제우스는 테티스를 보내어 아킬레우스를 달래요. 한편으로 그는 이리스를 프리아모스에게 보내, 아들의 시신을 되찾고 싶다면 아킬레우스를 홀로 찾아가라고 조언합니다. 트로이의 모든 사람은 위험하다고 늙은 왕을 말립니다. 하지만 프리아모스는 수레에 금은보화를 가득 싣고 홀로 적진으로 향해요. 헤르메스가 길잡이가 되어준 덕에 그는 들키지 않고 아킬레우스의 막사에 도착합니다. 아킬레우스는 늙은 왕이 혼자 찾아온 것에 놀라지만, 결코 헥토르의 시체는 내어줄 수 없다고 화를 내요. 하지만 프리아모스가 아킬레우스의 앞에 무릎을 꿇고 그 손에 입을 맞추며 간청하자, 고향의 늙은 아버지 생각이 나 마음이 약해집니다. 결국, 아킬레우스는 몸값을 받는 대신 프리아모스에게 헥토르의 시체를 내주어요. 그리고 헥토르의 장례를 치르는 동안에는 쳐들어가지 않겠다고 약조

---

* 고대 그리스인들은 장례를 치르지 않은 영혼은 하데스의 문으로 들어갈 수 없다고 믿었다.

합니다. 프리아모스 역시 휴전을 감사히 받아들이고요. 프리아모스는 헥토르의 시체를 트로이 성으로 데려와 성대한 장례를 치릅니다. 모든 이가 곡을 하고, 가장 용맹한 영웅이 사라졌으니 이제 트로이의 운명에는 멸망밖에 남지 않았다는 것을 예감하고 비통해하지요(제24권).

『오디세이아』

『오디세이아』의 형식과 내용

서사시 『오디세이아』의 주제는 트로이 전쟁의 영웅인 오디세우스의 10년 간에 걸친 귀향 모험담을 다룬 것입니다. 이 이야기는 『일리아스』와 마찬가지로 총 24편으로 나뉘며, 그리스의 시운 중 하나인 6각운(Hexametre)으로 쓰였습니다. 『일리아스』처럼 24권으로 구성되어 있지만 길이는 3,000행이 적은 12,100행이지요. 내용은 오디세우스가 집을 떠난 20년 동안의 일을 다루고 있는데, 실제로 작중 다루어지는 시간은 40일간의 일로 그칩니다. 이러한 구성도 『일리아스』와 유사한 점으로 볼 수 있겠군요. 또 전편은 1~4권과 5~13권, 중편은 14~19권, 후편은 20~24권으로 되어 있습니다.

하지만 『일리아스』와 『오디세이아』는 차이점 또한 두드러집니다. 문체와 구성이 일관된 『일리아스』에 비해, 『오디세이아』는 좀 더 복잡하며 정교하고 면밀한 구성을 지니고 있어요. 이 서사시의 첫 장면은 고

생을 많이 한 오디세우스를 이제 고향에 보내주자는 신들의 회의로 시작합니다. 그다음은 오디세우스의 아들 텔레마코스가 오디세우스를 찾는 이야기이며(텔레마이아), 5권에 가서야 칼립소의 섬에 갇힌 오디세우스가 등장하고 9권부터 12권까지는 오디세우스의 모험담이 펼쳐지지요. 또 13권부터는 이타카에 도착한 오디세우스가 아내를 괴롭히던 구혼자들을 물리치는 이야기입니다.

영웅들끼리 서로 죽고 죽이는 심각한 비극인 『일리아스』와 비교하면 『오디세이아』는 희극이라고 해도 좋을 정도로 가볍게 읽을 수 있지만, 잔인한 부분도 제법 등장해요. 가령 구혼자들이 오디세우스 일당에게 전부 살해당하는 마지막 장면이 그렇지요. 두 나라 영웅들의 입체적인 면모를 보여주는 『일리아스』와는 달리 『오디세이아』에서는 선악구도가 뚜렷합니다. 구혼자들은 하나같이 악역인 데다가 죽은 남편은 잊으라며 페넬로페에게 무례하게 대해요. 게다가 텔레마코스를 죽이고 오디세우스의 재산을 털어먹을 계획을 짭니다. 이렇듯 이들을 죽어도 싼 인물들로 그림으로써 오디세우스의 보복을 정당화하지요.

작품 속에 드러난 오디세우스의 고생은 포세이돈의 아들이자 외눈박이 거인인 폴리페모스를 해쳐서 신의 저주를 받아 일어난 일입니다. 그 외에도 오디세우스는 상황을 지혜롭게 파악하나 부하들이 사고를 치는 경우도 허다해요. 가령 열지 말라고 경고를 받은 바람 주머니를 선원들이 굳이 열어버리거나, 헬리오스의 소들이 있는 섬에 착륙했는데 부하들이 굶주림을 참지 못하고 신성한 소를 잡아먹어 신의 화를 돋우거나 하는 식이지요. 이처럼 오디세우스로서는 어쩔 수 없는 상황들이 계속해서 겹치게 됩니다. 이야말로 두 작품의 가장 큰 차이점이 아닐까 해요. 주제의식 면에서 『일리아스』가 운명을 개척하고 역사에 이름을 남기는 영웅들의 이야기라면, 『오디세이아』는 운명 앞에 무력한 인간이 겪는 고난의 이야기거든요.

신화학자들은 오디세이아가 구성 면에서 『길가메시 서사시』의 영향을 받았다고 여기기도 합니다. 가령 세상 끝으로 여행을 떠난다든가, 먼 여행 끝에 집으로 돌아오는 결말을 맞는다는 것, 주인공에게 조언을 해주는 여인이 등장한다는 것 등 의외로 연결점이 많기 때문이에요. 따라서 오디세이아의 원형이 길가메시 서사시가 아니냐는 학설은 지금도 진지하게 제기되고 있습니다.*

이 외에 『아라비안나이트』에 적힌 신드바드의 모험 이야기도 일부는 오디세이아의 영향을 받았다고 평가되며, 일부 학자들은 마크 트웨인의 『허클베리 핀의 모험』마저 오디세이아의 영향을 받았다고 주장하기도 합니다. 그만큼 이 서사시에 영향을 받은 작품은 전 시대를 아울러 제법 많아요. 예를 들어 아일랜드의 작가 제임스 조이스는 오디세이아의 영향을 받아 이 세상에서 가장 난해한 소설 중 하나로 꼽히

---

* 『길가메시 서사시』는 기원전 1300년과 1000년 사이 신레케운니니(Sin-leqe-unnini)라는 시인이 그때까지 전해지던 길가메시 전설을 하나의 서사시로 편집한 것이다. 우루크의 지배자 길가메시는 지상에서 가장 강력한 왕으로 3분의 2는 신, 3분의 1은 인간인 초인(超人)이다. 그러나 백성들이 그의 압제에 불만을 터뜨리자 천신(天神) 아누(Anu)(수메르어로는 안)와 모신(母神) 아루루(Aruru)는 길가메시의 힘을 낮추기 위해 엔키두라는 힘센 야만인을 만든다. 길가메시와 엔키두가 싸우고 예상 외로 길가메시가 이기자 둘은 친구가 된다. 둘은 삼나무 숲의 괴물 파수꾼 훔바바를 정벌하는 모험을 떠나 그를 죽이고 우루크에 돌아온다. 길가메시가 여신 이슈타르(Ishtar, 수메르어로는 이나나)의 유혹을 뿌리치자 이슈타르는 아버지인 아누에게 길가메시를 징벌하기 위해 하늘의 황소를 내릴 것을 요청한다. 길가메시와 엔키두는 하늘의 황소를 죽인다. 신들은 엔키두가 훔바바와 하늘의 황소를 죽인 데 분노하고 엔키두를 죽인다. 친구의 죽음으로 충격을 받은 길가메시는 영생의 비밀을 듣기 위해 죽지 않는 유일한 인간인 우트나피시팀과 그의 아내를 찾아 나선다. 고생 끝에 우트나피시팀을 만나 대홍수에 대해 전해 듣고 영원히 살 수 있는 기회를 두 번 얻지만 모두 실패하고 우루크에 돌아온다.

는 『율리시즈』를 집필하기도 했습니다.

『오디세이아』의 줄거리

트로이 전쟁이 끝나고 다른 전우들은 전부 고향으로 돌아갔음에도 오디세우스는 10년이 넘도록 바다를 떠돕니다. 게다가 그는 자신을 남편으로 삼으려는 요정 칼립소에게 사로잡혀 동굴에 갇혀요. 그래서 부질없이 고향 이타카와 자신의 아내를 그리워하지요. 그가 이렇게 고생을 한 가장 큰 이유는 포세이돈의 아들인 외눈박이 괴물 폴리페모스를 해쳐 바다 신의 저주를 산 탓입니다.

포세이돈이 자리를 비운 틈을 타 신들은 회의를 엽니다. 오디세우스의 딱한 처지에 동정심이 든 아테나는 그를 이제 고향 이타카에 돌려보내자고 청해요. 제우스는 자신도 오디세우스를 아끼지만, 포세이돈의 노여움이 이만저만한 것이 아니라고 합니다. 하지만 아테나의 간청에 제우스는 헤르메스를 보내 칼립소에게 오디세우스를 놓아주게 설득하기로 합니다.

한편 아테나는 나그네로 변장한 뒤, 오디세우스의 아들인 텔레마코스에게 가요. 이타카에 있는 오디세우스의 성은, 거만한 구혼자들 때문에 엉망인 상태였습니다. 그들은 당신 남편은 전쟁에 나가 죽었으니 빨리 자신 중에서 결혼할 이를 고르라며 오디세우스의 아내인 페넬로페를 협박해요. 게다가 남의 집에 눌러 살며 가산을 탕진합니다. 텔레마코스는 그들을 전부 내쫓고 싶지만 어려서 힘이 없습니다. 그때 텔레마코스는 한 나그네를 보고 친절하게 맞이해요. 텔레마코스는 나그네에게 혹시 자기 아버지를 본 적 없냐고 묻습니다. 물론 나그네는 변장한 아테나 여신이었지만 텔레마코스는 이를 알 리가 없었지요. 나그네는 텔레마코스에게 아버지를 빼닮았다며 격려하고는, 아버지가 곧 돌아올 것이니 그분의 소식을 수소문해보라고 조언합니다. 말을 마친 나그네가 홀연히 사라지자 텔레마코스는 알 수 없는 용기가 차오르는 것을 느껴요(제1권).

이런저런 생각으로 밤새 잠들지 못하던 텔레마코스는 새벽이 되자 일어나 가장 좋은 옷으로 갈아입습니다. 그리고 아고라로 가 시민들을 불러 모아요. 그리고 구혼자들이 그동안 얼마나 행패를 부려왔는지를 고발하며 그들이 당장 떠나야 한다고 웅변합니다. 하지만 무례한 구혼자들은 들은 체도 하지 않을뿐더러 그의 말을 가로막기까지 하지요. 결국, 좌절한 텔레마코스는 홀로 남아 아테나 여신께 기도를 올려요. 이에 아테나는 오디세우스의 가장 친한 친구인 멘토르의 모습으로 변신하고 나타납니다. 그리고 텔레마코스를 격려하고는 아버지의 소식을 찾아 몰래 떠나라고 격려해요. 아테나가 마법을 부려 구혼자들을 모두 잠재운 사이 텔레마코스는 유모에게 어머니를 위로해달라고 부탁해요. 그리고 배를 타고 아버지의 소식을 찾는 여행을 떠납니다(제2권).

필로스 섬에 도착한 텔레마코스는 네스토르를 만납니다. 네스토르는 전우의 아들을 환영한 후, 트로이 전쟁에서 오디세우스가 얼마나 용맹하게 싸웠고 지략을 발휘했는지를 들려줘요. 하지만 그는 오디세우스의 생사에 대해서는 알지 못한다고 합니다.* 대신 스파르타의 왕

---

* 이때 네스토르는 아가멤논 왕이 아내와 정부에 의해 어떻게 비참하게 살해되었는지를 알려준다. 이는

메넬라오스에게 가보는 편이 어떻겠냐고 충고하지요(제3권).

텔레마코스 일행은 라케다에몬에 도착해 메넬라오스의 성으로 들어갑니다. 마침 메넬라오스의 딸 중 하나가 결혼식을 올리던 날이었고, 텔레마코스는 손님으로서 정중한 환대를 받아요. 메넬라오스는 전우의 아들을 진심으로 반가워합니다. 그는 오디세우스의 영웅담을 들려주며 감정에 받쳐 눈물을 흘리기까지 해요. 헬레네 역시 텔레마코스를 환대하지요. 메넬라오스는 자신이 듣기로 오디세우스는 바다 요정 칼립소에게 붙잡혀서 섬에 갇힌 처지일 거라고 말합니다.* 한편 이타카 성에서 구혼자들은 그제야 텔레마코스가 자신들 몰래 여행을 떠났다는 것을 알게 됩니다. 그리고 텔레마코스가 돌아오는 즉시 그를 죽이자는 음모를 꾸며요. 페넬로페는 늙은 유모에게서 이를 전해 듣고 아테나에게 아들을 도와달라고 기도합니다(제4권).

제5권부터는 『오디세이아』의 제2부가 시작됩니다. 이제부터 본격적으로 오디세우스의 귀향길에 무슨 고난이 있었는지에 관한 모험담이 다루어지는 거예요. 이는 1부와 똑같이 오디세우스의 운명을 둔 신들의 회의로 시작합니다. 아테나는 오디세우스가 여전히 바다 요정 칼립소의 손아귀에 붙잡혀 있음을 고합니다. 게다가 아비가 없는 틈을 타

아이스퀼로스의 비극 『오레스테이아』에서 좀 더 자세하게 다루어진다.

* 메넬라오스 역시 고향에 돌아오기까지 다소간의 고난을 겪었다. 바람이 불지 않아 배를 띄울 수 없어 파로스 섬에 이십 일간 갇히게 된 것이다. 메넬라오스는 에이도테이아라는 여신의 도움으로 자신의 상황을 해결할 방법을 알게 된다. 그는 우선 여신의 아버지이자 바다의 노인이라 불리는 프로테우스가 물개로 변신해 있을 때 그를 사로잡는다. 그리고 프로테우스가 온갖 동물들로 변신하며 저항해도 놓아주지 않고 버텨낸다. 결국, 프로테우스는 포기하고 고향으로 돌아갈 방법을 알려준다. 메넬라오스가 섬에 갇힌 것은 신들에게 제사 올리는 것을 깜빡 잊었기 때문이며, 신들에게 제사를 바친다면 다시 순풍이 불어 배를 띄울 수 있으리라는 것. 이때 메넬라오스는 전우들의 안부를 묻는데, 오디세우스가 바다 요정 칼립소에게 붙잡혀 있다는 말을 듣게 된다.

간악한 구혼자들이 텔레마코스마저 죽이려 든다고 고발하지요. 그러자 제우스는 헤르메스를 칼립소에게 보내요. 헤르메스는 칼립소에게 신들의 뜻이 그러하니 오디세우스를 보내달라고 전합니다. 칼립소는 자신은 오디세우스를 사랑하기에 떠나보낼 수 없다며 신들을 원망하지만, 결국 제우스의 명령을 거부하지 못합니다. 다음날 오디세우스는 뗏목을 만들어 꿈에도 그리던 고향을 향해 떠나요. 하지만 이를 본 포세이돈은 다시 풍랑을 불러와 그의 귀향길을 방해합니다. 부서진 뗏목을 붙잡고 떠다니던 오디세우스는 바다 여신 중 하나인 레우코테아의 도움으로 익사를 면해요. 그는 이틀 밤낮을 죽을힘을 다해 헤엄쳐서 파이아케스 섬에 도착합니다. 지칠 대로 지친 그는 그대로 쓰러져서 잠에 빠져요(제5권).

파이아케스 섬을 다스리는 왕인 알키노오스에게는 나우시카아라는 아름다운 딸이 있었습니다. 아테나 여신은 나우시카아의 꿈에 나타나, 신랑감이 떠내려왔으니 해안에 가보라고 해요. 잠에서 깬 나우시카아는 그 말에 따랐다가 오디세우스와 만납니다. 더러운 알몸에 해초를 잔뜩 감은 낯선 남자를 본 시녀들은 비명을 지르며 도망가지만, 오디세우스는 자신의 정체를 밝힌 후 정중하게 도움을 청합니다. 곧 오디세우스는 강물로 씻은 후 공주가 준 정갈한 옷을 입어요. 오디세우스의 늠름한 모습을 본 나우시카아는 첫눈에 반합니다. 하지만 공주가 이방인에게 사랑에 빠진 것을 다른 사람들이 보면 좋지 않은 말들이 오갈까 염려해요. 그래서 나우시카아는 오디세우스에게 궁전으로 가는 길을 몰래 알려줍니다. 나우시카아가 떠나자 오디세우스는 자신을 도와달라고 아테나 여신께 기도를 올려요(제6권).

아테나 여신은 안개로 오디세우스의 몸을 가려서, 왕궁에 도착할 때까지 누구에게도 시비가 걸리지 않게 합니다. 오디세우스는 궁전에 들어가 왕과 왕비에게 자신이 겪은 고난을 털어놓고 도움을 요청합니다. 알키노오스 왕은 갑자기 나타난 이방인에 대해 놀라고 신기해하면서도, 그의 늠름한 외모가 마음에 들어 손님으로 대접합니다. 오디세우스는 이에 감사를 아끼지 않고, 왕과 왕비의 관대함과 나우시카아 공주의 사려 깊은 친절을 매끄러운 말솜씨로 찬양해요. 오디세우스가 점점 더 마음에 든 알키노오스는 자기 딸과 결혼한다면 그를 기꺼이 사위로 삼겠다고 합니다. 하지만 결코 강요는 않겠다고 하지요(제7권).

오디세우스는 알키노오스 왕의 궁전에 머물며 정중한 대접을 받습니다. 연회 중 음유시인이 트로이 전쟁에 대한 노래를 부르자 오디세우스는 북받치는 여러 감정을 애써 참아요. 하지만 오디세우스가 눈물을 몰래 닦아내는 것을 눈치 챈 알키노오스 왕은 이를 의아하게 여기고는, 오디세우스에게 무슨 사연인지 이야기해달라고 요청합니다(제8권).

그제야 오디세우스는 자신의 이름과 정체를 밝힙니다. 이미 오디세우스의 이름은 나라 밖에서도 유명해져 있었지요. 오디세우스는 트로이 전쟁과 그 후의 방랑에 대해 전부 늘어놓기 시작합니다.

트로이를 멸망시킨 그리스군은 귀환 길에 풍랑을 만나 서로 흩어지게 됩니다.* 오디세우스는 키코네스 섬 근처에서 해적질로 고향에 돌

---

* 이는 3권에서 네스토르가 들려준 이야기에서도 설명된다. 트로이의 도성을 함락한 직후, 그리스인은 마구잡이로 살인, 강간, 방화, 약탈을 저질렀으며 심지어 신전을 부수는 등 신들을 욕보였다. 이런 불손한 행동에 아테나는 분노하여 그동안 그리스인에게 호의적이었던 태도를 거둔다. 그리고 그들이 집으로 돌아가는 것을 방해하려고 폭풍을 일으켰다.

아갈 물자를 모으려고 해요. 그런데 기습으로 성공을 거둔 후 그만 돌아가자는 오디세우스의 말을 듣지 않고 그의 부하들은 계속 약탈합니다. 그러자 키코네스 섬의 주민들이 몰려와 반격을 가해요. 결국, 여기서 오디세우스의 부하 중 대부분이 죽고 맙니다.

오디세우스는 얼마 남지 않은 부하들을 데리고 고향 이타카로 향합니다. 하지만 다시 폭풍을 만나 9일 동안 표류하다가 어떤 섬에 도착해요. 그곳의 사람들은 로토스라는 연꽃을 먹는 사람들로 로토파고이라고 불렸습니다. 오디세우스의 부하들은 로토스를 받아먹고 모든 기억을 잊어버려요. 그들은 마약에라도 홀린 듯 섬에 남아 평생 로토스만 먹으려고 듭니다. 오디세우스는 간신히 부하들을 끌고 다시 바다로 나가지요.

하지만 오디세우스 일행이 다음에 정박한 섬은 더욱 끔찍한 곳이었으니, 외눈박이 거인들이 사는 곳이었습니다. 일행은 그곳에서 폴리페모스라는 거인에게 붙잡혀요. 폴리페모스는 오디세우스의 부하 중 여럿을 잡아먹습니다. 하지만 오디세우스는 꾀를 부려서 거인에게 포도주를 주어 취하게 해요. 그리고 거인이 잠든 사이 그의 눈을 말뚝으로 찔러 장님으로 만든 뒤, 부하를 이끌고 도망칩니다. 이때 폴리페모스는 자신의 아버지인 포세이돈에게 복수해달라고 부탁해요.* 포세이돈

---

* 원래 폴리페모스가 오디세우스에게 이름을 물었을 때, 오디세우스는 '아무도 아니'라고 밝혔다. 이후 폴리페모스는 눈을 잃고 섬의 고함을 쳐 다른 거인들을 부른다. 그의 친구 거인들은 달려와 무슨 일이냐고 묻고, 폴리페모스는 '아무도 아니'라는 자가 자신을 공격했다고 외친다. 이 말에 동료 거인들은 아무도 아닌 자가 공격했다니 그게 무슨 말이냐며, 그렇담 자신들은 도울 수 없다고 그냥 가버린다. 이후 배를 타고 안전한 거리까지 도망친 오디세우스는 섬을 향해 자신의 진짜 이름을 외치며 폴리페모스를 조롱하고, 폴리페모스는 그를 죽여 달라고 포세이돈에게 기도한다.

은 아들의 원한을 받아들였고, 오디세우스 일행은 더욱 큰 고난을 향해 항해를 계속합니다(제9권).

오디세우스 일행은 아이올로스 섬에 도착합니다. 그곳은 바람을 다스리는 권능을 지닌 아이올로스 왕이 다스리는 떠다니는 섬이었어요. 아이올로스는 오디세우스 일행을 환대하고는, 그들이 떠날 때 가죽으로 된 자루를 줍니다. 그리고 절대로 열어보지 말라고 신신당부하지요. 그 자루에는 항해에 방해되는 거친 바람들이 들어 있었어요. 오디세우스의 배는 9일 동안 순풍을 받으며 빠르게 나아갑니다. 그렇지만 고향 땅에 거의 닿았을 때, 오디세우스의 부하들은 대장이 잠든 틈을 타 자루를 몰래 열고 말아요. 그들은 자루에 금은보화가 들어 있다고 생각했던 것입니다. 그러자 거센 폭풍이 불어와 배는 아이올로스 섬으로 다시 밀려가고 말았어요. 아이올로스는 오디세우스 일행이 만신창이로 돌아온 것을 보고 깜짝 놀라요. 오디세우스는 아이올로스에게 다시 도움을 요청합니다. 하지만 아이올로스는 이번에는 냉정하게 거절해요. 오디세우스 일행이 신에게 저주를 받았음을 알아차렸기 때문이지요.

바람 한 점 없는 바다에서 노를 저으며 힘겹게 나아가던 오디세우스 일행은, 엿새 후 라이스트뤼고네스 족이 사는 섬에 도착했습니다. 하지만 그곳은 식인종 거인들의 섬이었어요. 그곳에서 부하들을 또 여럿 잃은 오디세우스 일행은 필사적으로 도망칩니다.

이후 오디세우스 일행은 아이아이 섬에 닿아요. 오디세우스는 정찰대를 보내 섬을 살펴보게 합니다. 그곳에는 무시무시한 마력을 지닌 마녀 키르케가 살고 있었습니다. 키르케의 식사 초대에 응한 정찰대는 음식을 먹고 전부 돼지로 변하고 말아요. 키르케는 그들을 돼지우리에 집어넣습니다. 그런데 초대에 응하지 않았던 한 부하만은 이를 집 밖에서 전부 지켜보고 있었어요. 그는 오디세우스에게 돌아가 자신이 본 것을 모두 알립니다. 이에 오디세우스는 홀로 키르케의 집으로 부하들을 찾으러 가요. 그러자 헤르메스가 오디세우스에게 특별한 약물을 건네줍니다. 그 약물을 마신 오디세우스는 키르케의 마법에도 돼지로 변하지 않게 되었지요. 이에 키르케는 그의 부하들을 전부 인간으로 바꿔주고는 제대로 된 풍요로운 식사를 대접합니다. 오디세우스는 키르케의 섬에서 1년간 머물러요. 마법에 걸려서 고향으로 돌아갈 생각을 잊고 만 것이지요. 하지만 부하들의 호소에 정신을 차린 오디세우스는 자신을 고향으로 보내달라고 키르케에게 부탁합니다. 그러자 키르케는 저승에 가서 장님 예언자인 테이레시아스의 혼령을 만나, 신탁을 받아오라고 요구해요. 그리고 오디세우스에게 저승으로 가는 방법을 알려줍니다. 오디세우스 일행이 배를 띄우자, 바람은 저절로 배를 저승길로 안내해요(제10권).

세상의 끝, 즉 1년 내내 해가 비치지 않는 땅에 도착한 오디세우스는 커다란 구덩이를 파고 제사를 올립니다. 그러자 죽은 혼령들이 떼를 지어 나타나기 시작해요. 그곳에서 오디세우스는 전사한 전우들과 어머니를 만납니다. 오디세우스는 어머니가 자신이 돌아오기만을 기다리다가 결국 숨을 거두었음을 알고 슬퍼해요. 그는 어머니의 혼령을 붙잡으려고 했지만 죽은 자를 만질 수는 없습니다. 이윽고 오디세우스는 테이레시아스의 예언을 듣습니다. 죽은 예언자는 오디세우스가 귀국하지 못하는 것은 포세이돈의 노여움을 샀기 때문이라고 말합니다.

그리고 오디세우스는 앞으로도 죽을 고비와 수없이 마주칠 것이며, 그 과정에서 부하들을 모두 잃을 것이라고 말하지요. 게다가 집에 돌아가서도 커다란 시련과 마주해야 할 것이라고 말합니다.

오디세우스가 여기까지 털어놓았을 때는 이미 밤이 깊어 있었습니다. 그래서 오디세우스는 알키노오스 왕과 사람들에게 들려주던 이야기를 중단해요. 하지만 청중들은 오디세우스의 모험담을 계속 듣고 싶어 했습니다. 그래서 오디세우스는 자신이 겪은 시련에 대해 이어 고백*하지요(제11권).

키르케는 저승에서 돌아온 오디세우스 일행을 맞이해줍니다. 오디세우스는 키르케에게 "앞으로 수없이 죽을 고비를 만나리라"는 신탁 내용을 털어놓아요. 그러자 키르케는 이를 통과할 해결책들을 알려줍니다. 오디세우스는 그녀의 충고를 잘 새겨들어요.

이후 오디세우스 일행은 다시 항해를 떠납니다. 그들이 첫 번째로 마주친 시련은 세이렌이에요. 그들은 지나가는 뱃사람들을 아름다운 노래로 유혹해서 암초로 유인해 죽게 하는 괴물들이었습니다. 오디세우스는 아무 소리도 듣지 못하도록 부하들의 귀를 밀랍으로 틀어막아요. 그러는 한편 자신은 세이렌의 목소리를 들어보고 싶다는 호기심을 품지요. 그래서 부하들더러 자신을 돛대에 밧줄로 묶으라고 명령합

---

* 오디세우스는 이야기를 계속하라는 청중의 요청에, 저승에서 만난 다른 전우들의 이야기를 해준다. 그중에는 아가멤논 왕도 있다. 아가멤논 왕은 자기 성으로 돌아간 뒤, 아내 클리타임네스트라와 그녀와 불륜을 저지른 남자의 손에 암살당한다. 아가멤논은 제 죽음을 억울해하면서 절대로 여자는 믿을 것이 못 된다고 충고한다. 한편으로 그는 페넬로페의 정숙함을 부러워하기도 한다. 아가멤논의 죽음에 대한 소식은 앞선 3장에서 텔레마코스 역시 네스토르를 방문했다가 듣게 되므로, 이야기를 통일시키는 효과가 있다. 한편 오디세우스는 저승에서 파트로클로스와 함께 있는 아킬레우스를 만나기도 한다.

세이렌

니다. 이후 배가 세이렌이 사는 섬 근처에 도착하고, 세이렌은 노래를
불러 그들을 유혹하려 합니다. 오디세우스는 그들의 노래에 홀려 좀
더 가까이 듣고 싶으니 배를 섬 쪽으로 몰아가라고 애원해요. 하지만
아무것도 듣지 못하는 부하들은 묵묵히 노를 저을 뿐이었지요. 이렇
게 해서 배는 세이렌의 섬을 무사히 지나칩니다.*

하지만 곧바로 그들은 다음 난관에 부딪혀요. 메시나 협곡의 괴물
카리브디스가 나타난 겁니다. 카리브디스는 바다 밑에서 물을 빨아들
여 엄청난 소용돌이를 만들어냅니다. 이에 공포에 질린 부하들은 노
젓기를 멈춰버려요. 그러자 오디세우스는 그들을 격려하며 배를 반대

---

* 이에 수치심을 느낀 세이렌은 바위에 머리를 박고 (혹은 스스로 바다에 빠져) 자살했다고 한다.

방향으로 몰게 합니다. 하지만 오디세우스는 그쪽에는 또 다른 괴물 스킬라가 있음을 부하들에게 알리지 않았어요. 그랬다간 부하들이 완전히 패닉 상태에 빠질 테니까요. 결국, 스킬라가 나타나 오디세우스의 부하 여섯 명을 잡아채 갑니다. 부하들은 비명을 지르며 오디세우스의 이름을 외치지만 그는 아무것도 해주지 못해요.

어쨌거나 그들은 다음 섬에 도착합니다. 바로 태양신 헬리오스를 섬기는 트리나키아 섬이었지요. 오디세우스는 키르케와 테이레시아스의 예언을 들어가며 이 섬을 그냥 지나치자고 명령합니다. 하지만 부하 중 한 명인 에우륄로코스는 자신들은 너무 지쳤으니 이 섬에서 쉬다 가자며 반항해요. 결국, 부하들의 불만에 오디세우스는 한 발 물러섭니다. 이 섬에 배를 정박하는 대신 결코 섬에 있는 가축들은 잡아먹어서는 안 된다고요. 그런데 오디세우스가 잠든 사이 에우륄로코스가 동료들을 선동합니다. 키르케가 준 식량도 거의 떨어지고, 배가 고프니 굶어 죽기보다는 차라리 가축을 훔쳐 먹는 편이 낫다고요. 그들은 섬으로 가 몰래 가장 좋은 소 몇 마리를 잡아먹습니다. 하지만 그 소는 태양신 헬리오스의 가축이었기 때문에 일행 모두에게 저주가 내려요. 죽은 소의 가죽은 일어나 걸었고, 꼬챙이에 꽂힌 고기는 소 울음소리를 내었습니다. 잠에서 깬 오디세우스는 고기 냄새를 맡고는 일이 잘못되었음을 깨닫고 부하들을 배에 태워 얼른 떠나려고 합니다. 하지만 이미 때는 늦었어요. 먹구름이 몰려오더니 지옥 같은 폭풍우가 바다를 뒤흔들었습니다. 게다가 신의 가축을 훔친 것에 노여워한 제우스는 번개를 내리쳐 배를 산산조각 냈어요. 부하들은 모두 익사하고, 오디세우스는 돛대를 붙잡은 채 9일 동안 바다를 떠내려갔습니다.

그러다가 그는 바다 요정 칼립소가 사는 곳에 닿아요. 칼립소는 오디세우스를 보고 사랑에 빠집니다. 그래서 그를 보살펴주는 대신 7년 동안 섬에 가둡니다(제12권).

오디세우스가 긴 모험담을 마치자, 이야기에 압도된 청중들은 다들 침묵을 지킵니다. 알키노오스 왕은 고향으로 귀국하게 도와달라는 오디세우스의 부탁을 들어줘요. 그리고 제우스에게 제물을 바친 후 작별의 연회를 열고, 배에 선물과 포도주와 식량을 가득 실어 떠나보냅니다. 드디어 고국으로 돌아가는 배에 탄 오디세우스는 지쳐 잠에 떨어져요. 그가 아주 깊게 곯아떨어진 사이 배는 이타카에 닿습니다. 선원들은 그를 깨우는 것이 실례라고 여겼는지, 해안에 담요를 깔고는 오디세우스를 그 위에 눕히고 선물들을 가지런히 옆에 둔 후 자신들은 할 일을 다했다며 다시 파이아케스 섬으로 향합니다.*

잠에서 깬 오디세우스는 자신이 드디어 고국으로 돌아왔다는 것을 믿지 못합니다. 그래서 지나가던 행인에게 이곳이 어디냐고 묻지요. 그리고 이곳이 이타카라는 말을 듣자 기쁨을 억누르느라 어쩔 줄 몰라 합니다. 하지만 행인에게는 자기 정체를 거짓말로 둘러대요. 이에 행인은 웃더니 원래 모습인 아테나 여신으로 돌아갑니다. 오디세우스는 아테나 여신의 도움을 받아 동굴로 가 자신이 받아온 선물들을 숨겨요. 아테나 여신은 그에게 그동안의 집안 사정을 설명해줍니다. 지난 몇

---

* 그러나 이 친절한 선원들은 고국 땅을 밟지 못한다. 자신이 괴롭히던 오디세우스를 고향으로 돌려보낸 것에 포세이돈이 노여움을 품었기 때문이다. 포세이돈은 화풀이로 선원들과 배를 파이아케스 섬의 바로 앞바다에서 돌덩이로 만들어 버린다. 배를 마중 나왔다가 해안에서 이를 목격한 파이아케스 사람들은 겁에 질리고, 알키노오스 왕은 황소 열두 마리를 잡아 포세이돈에게 제사를 바치면서 신의 저주를 피하고자 기도한다. 그리고 앞으로는 다시는 낯선 손님을 고향으로 돌아가도록 돕지 말자고 결심한다.

년간 구혼자들은 오디세우스의 성에 눌러앉아 놀고먹으며 페넬로페를 괴롭히고 있고, 그녀는 겉으로는 그들 중 한 명을 택할 것처럼 굴면서 절박하게 시간을 벌고 있다고요. 오디세우스는 지금 자신이 이대로 집으로 돌아간다면 구혼자들에게 살해당하리라는 것을 깨닫습니다. 그러자 아테나 여신은 그가 어떻게 해야 할지를 조언해줘요. 우선 아테나는 오디세우스를 아무도 알아보지 못하게 늙은 거지로 둔갑시킵니다(제13권).

14장부터는 오디세우스의 복수를 다룬 제3부가 시작됩니다. 오디세우스는 자신의 가장 충직한 하인이었던 돼지치기 에우마이오스를 찾아가요. 그러다가 돼지치기가 기르는 개들한테 봉변을 당할 뻔합니다. 돼지치기는 거지꼴인 주인을 알아보지 못해요. 하지만 낯선 이에게 친절하게 굴며 술과 음식을 대접하지요. 오디세우스는 천연덕스럽게 "그런데 오디세우스라는 사람이 누구냐"고 묻습니다. 그러면서 자신이 어쩌면 당신 주인의 소식을 들었을지도 모른다고 말해요. 돼지치기는 그동안 숱한 사람이 페넬로페를 찾아가 오디세우스의 행방에 대해 고했으나 전부 거짓말이었다고 말합니다. 그리고 당신도 페넬로페 왕비의 마음을 아프게 할 생각이라면 그만두라고 해요. 하지만 오디세우스는 자신은 진짜로 오디세우스에 대해 잘 알고 있다고 말합니다. 돼지치기는 그의 말을 믿지 않지만 어쨌거나 거지 노인이 자기 집에서 하룻밤 묵고 갈 수 있도록 잘 대해줍니다(제14권).

그동안 텔레마코스는 여전히 스파르타에 있는 메넬라오스 왕의 궁궐에서 지내고 있었습니다. 텔레마코스는 아버지에 대해 생각하느라 잠들지 못해요. 그러자 아테나가 그에게 다가가서 얼른 돌아가라고 충고해요. 그래서 텔레마코스는 새벽이 밝자마자 메넬라오스에게 집으로 돌아가고 싶다고 요청합니다. 고국에 귀환한 텔레마코스는 아테나의 조언에 따라, 바로 성으로 가지 않고 우선 돼지치기의 집에 들릅니다. 그럼으로써 그는 자신을 죽이려고 준비하고 있던 구혼자들의 손아귀에서 벗어나지요(제15권).

개들은 텔레마코스를 알아보고 꼬리를 흔듭니다. 돼지치기는 텔레마코스가 무사히 돌아온 것에 눈물을 흘리며 안도해요. 텔레마코스는 돼지치기의 집에 낯선 거지 노인이 있는 것을 보고 이 사람은 누구인지 묻습니다. 돼지치기는 오디세우스가 자기 정체를 감추기 위해 둘러댔던 말을 그대로 전해요. 돼지치기는 이 사람이 텔레마코스 주인님께 도움을 청한다고 전하지만, 텔레마코스는 지금 성에는 무례한 구혼자들이 있기에 자기 집에는 머무르게 해줄 수 없다고 합니다. 이에 거지 노인은 "만약 내가 오디세우스였다면 좋았을 텐데"라고 말합니다. 이윽고 돼지치기는 텔레마코스가 돌아왔다는 소식을 전하기 위해 페넬로페가 있는 성으로 떠나고, 집에는 둘만 남아요. 그때 아테나가 오디세우스를 다시 원래의 모습으로 바꿔놓습니다. 오디세우스는 겁에 질린 텔레마코스에게 자신이 바로 아버지라고 털어놓아요. 부자는 눈물을 흘리며 서로 끌어안습니다. 오디세우스는 텔레마코스에게 절대 아무에게도 자신의 정체를 말하지 말라고 단단히 주의시켜요. 그리고 자신은 나중에 돼지치기와 함께 따라갈 테니 먼저 성에 가서 기다리고 있으라고 합니다.

돼지치기는 페넬로페에게 당신의 아들이 무사히 돌아왔음을 알려요. 이를 들은 구혼자들은 암살 계획이 실패했다는 것을 알고 실망합니다. 한편 아테나 여신은 오디세우스를 다시 거지 노인의 모습으로 변신시켜요. 저녁나절이 되어 돼지치기가 돌아오기 전에 말이지요(제16권).

새벽이 되자 텔레마코스는 먼저 성으로 돌아가 페넬로페를 만납니다. 페넬로페는 무사히 귀환한 아들을 끌어안아요. 텔레마코스는 어머니께 제우스한테 제사를 올리라고 부탁한 후, 자기가 한 나그네를 만났는데, 그를 집으로 초대했다고 알립니다. 이윽고 거지 노인이 성으로 들어왔어요. 구혼자들은 거지 노인에게 온갖 욕설을 던지면서 조롱해요. 하지만 페넬로페는 그에게 목욕물을 제공하고 정중하게 손님으로 맞이합니다. 그녀는 오디세우스의 소식을 조금이라도 들을 수 있을까 생각했던 것이지요. 거지 노인은 오디세우스가 곧 돌아올 것이라 예언하면서 페넬로페를 위로합니다. 이에 페넬로페는 그렇게만 된다면 더 바랄 것이 없겠다고 답해요. 식사 시간에 거지 노인은 구혼자들 사이를 돌아다니며 음식을 구걸합니다. 그중 누가 그나마 살려둘 자이고 누가 죽어 마땅한 자인지 시험하려는 것이었지요. 식탁에 앉은 사람들은 음식을 조금씩 나눠줍니다. 하지만 구혼자 중 안티노오스는 음식은커녕 욕설을 내뱉으며 왜 거지를 들여보냈느냐고 해요. 이에 거지 노인이 조롱으로 답하자, 그는 거지 노인을 두들겨 패고는 끔찍하게 죽고 싶지 않다면 꺼지라고 협박합니다(제17권).

이때 이타카 시를 돌아다니며 구걸하곤 하던 거지 이로스가 노인에게 시비를 겁니다. 질질 끌려 나가기 전에 알아서 꺼지라면서요. 오디세우스는 같은 거지끼리 봐주자고 하지만, 이로스는 그의 이빨을 전부 털어버리겠다고 협박합니다. 그러자 안티노오스를 비롯한 구혼자들은 재미있어 하며 싸움을 부추겨요. 구혼자들의 예상과 달리 오디세우스는 이로스를 두들겨 패줍니다. 소란을 들은 페넬로페는 방에서 나와, 싸움이 벌어졌는데도 말리지 않은 것에 대해 텔레마코스를 꾸짖어요(제18권).

밤이 되어 구혼자들이 전부 잠이 들자, 오디세우스와 텔레마코스는 집안의 무기들을 전부 숨겨놓습니다. 아테나는 황금 등불을 들고 그들의 눈을 밝혀주지요.

텔레마코스가 자러 간 뒤에도, 오디세우스는 홀에 혼자 남아 어떻게 하면 구혼자들을 전부 죽일 수 있을지 고심합니다. 이때 페넬로페가 방에서 나왔다가 그와 마주쳐요. 두 사람은 길게 대화를 나누지만, 아내는 눈앞에 남편이 있다는 것을 여전히 알아차리지 못해요. 오디세우스는 구혼자들에게 시달리는 페넬로페를 위로하고, 페넬로페는 감사를 표해요.

페넬로페는 늙은 시녀를 불러 손님의 발을 닦아 드리라고 명합니다. 그런데 이 늙은 시녀는 오디세우스가 어렸을 때부터 그를 키워온 유모였어요. 그녀는 오디세우스의 발에서 어렸을 때 생긴 상처를 발견하고 깜짝 놀랍니다. 오디세우스는 유모에게, 아무에게도 자기 정체를 밝히지 말라고 속삭여요. 유모는 고개를 끄덕입니다(제19권).

밤중에 오디세우스는 시시덕거리는 소리를 듣습니다. 바로 구혼자들과 내통하던 하녀들이 내는 목소리였지요. 다음 날 아침 구혼자들은 늙은 거지를 조롱하고 비웃고 모욕합니다. 그중 한 사람은 식사 중에 소의 다리를 던지기도 해요(20권).

오후가 되었을 때 페넬로페는 오디세우스의 활과 화살을 가져와요.

그리고 구혼자들에게 선언합니다. 이 활로 쇠도끼 열두 개의 구멍을 뚫는 데에 성공하는 자가 있다면 그를 바로 남편감으로 삼겠다는 것이지요. 하지만 구혼자들은 활에 시위조차 걸지 못합니다. 그만큼 활이 뻣뻣하고 단단했기 때문이지요. 그러자 여전히 거지 노인인 꼴인 오디세우스가 자신이 도전해보겠다고 합니다. 구혼자들은 건방지다며 화를 내지만, 페넬로페는 그에게도 기회를 줘요. 오디세우스는 손쉽게 활시위를 당겨 시험을 통과합니다(제21권).

오디세우스는 누더기를 벗고 구혼자들에게 정체를 드러냅니다. 그는 우선 안티노오스의 목을 활로 쏴요. 그리고 남은 구혼자들도 전부 죽여버립니다(제22권).

그때 페넬로페는 아들 텔레마코스의 충고에 따라 자기 방으로 돌아가 있었어요. 그래서 남편이 돌아왔다는 것을 모르고 있었습니다. 유모는 얼른 왕비에게로 가서, 오디세우스가 돌아와서 구혼자들을 전부 죽였다는 사실을 알립니다. 갑작스러운 소식을 페넬로페는 믿지 않아요. 하지만 유모의 재촉에 결국 밖으로 나가보기로 합니다. 오디세우스와 페넬로페는 서로 마주 보아요. 너무나도 얼떨떨한 페넬로페가 아무 말도 하지 못하자 텔레마코스가 빨리 무슨 대화라도 나누라며 끼어듭니다. 하지만 페넬로페는 여전히 자기 남편이 살아서 돌아왔다는 실감을 얻지 못해요. 이윽고 부부 둘만 남게 되었을 때. 페넬로페는 유모에게 오디세우스의 침대를 가져오라고 명령을 내립니다. 그러자 오디세우스는 누가 자기 침대를 옮겼냐며 화를 냅니다. 오디세우스의 침대는 살아 있는 나무를 그대로 깎아 만든 것이라 뿌리가 바닥에 붙어 있어서 옮길 수 없었거든요. 이 말을 듣고서야 페넬로페는 눈앞에 있는 남자가 자신의 남편임을 확신합니다. 부부는 서로 껴안고, 밤새 이야기를 주고받은 뒤 사랑을 나눠요(제23권).

24편은 모든 일이 해결된 뒤의 속편이라고 볼 수 있습니다. 헤르메스는 구혼자들의 영혼을 지하 세계로 인도해요. 저승에서 아킬레우스와 대화를 나누던 아가멤논은, 건장한 젊은이들이 잔뜩 몰려오는 것을 보고 놀랍니다. 그리고 어떤 이유로 죽었는지를 묻죠. 이에 구혼자들은 자신은 오디세우스의 아내 페넬로페에게 구혼하다가 돌아온 오디세우스에게 죽었다고 답합니다. 이에 아가멤논은 페넬로페의 정숙함을 찬미하고 부러워하는 동시에, 자기 아내 클리타임네스트라를 다시금 저주해요.

한편 오디세우스는 성을 떠나 살고 있던 아버지 라에르테스를 찾아갑니다. 아들이 살아 돌아온 것을 본 라에르테스는 기쁨의 눈물을 흘려요. 그런데 그때쯤 구혼자들이 모두 죽었다는 소식이 이타카로 퍼져 나가고, 구혼자들의 유가족들은 비통해합니다. 이때 안티노오스의 아버지인 에우페이테스가 다른 유가족들을 설득하여 오디세우스를 죽이러 쳐들어갑니다. 오디세우스는 창을 날려 에우페이테스를 죽여요. 그리고 싸움이 벌어지려고 할 때, 아테나가 개입해 다툼을 그치라고 명령합니다. 이에 오디세우스와 구혼자의 가족들은 서로 전쟁을 일으키지 않겠다는 맹약을 맺어요(제24권).

트로이 신화와 여성 차별

차별 당하는 여신들

그리스 로마 신화에 의하면 트로이 전쟁이 일어난 동기는 미인을 쟁탈하는 것입니다. 『일리아스』에 직접 등장하지 않지만, 이 서사시에는 유명한 배경 이야기가 있어요. 테티스 여신과 인간 남성 펠레우스의 결혼식 때, 모든 신이 초대받았으나 불화의 여신 에리스만 초대받지 못했다고 합니다. 에리스는 이에 보복하기 위해 황금 사과를 결혼식장 한가운데에 던지지요. 그 사과에는 '가장 아름다운 여신에게'라고 적혀 있었다고 합니다. 이를 본 헤라, 아테나, 아프로디테는 자신이야말로 황금 사과의 주인이라며 서로 다퉈요. 그들이 제우스에게 가서 누가 주인인지 판가름하라고 하자 제우스는 이를 인간 파리스에게 떠넘깁니다. 그러자 그리스 최고의 여신들은 미모를 과시하기 위해 옷을 벗고 알몸을 드러내요. 이를 두고 "여신들의 권위는 추락했고 그녀들은 일개 남정네보다 못한 존재로 전락했다"고 보기도 합니다(장영란24).

그렇지만 여기서 '추락'이라는 표현에는 신화 속에서 여신들이 그전에는 본래는 그런 짓을 하지 않을 정도로 권위 있는 존재였다가 갑자기 그렇지 않게 되었다는 의미가 있는데요. 정작 신화를 보면 여신들은 남신보다 훨씬 못한 존재로 차별되는 부분들이 자주 눈에 띕니다. 가령 여신 대부분은 남신에게 겁탈을 당해도 그냥 넘어가거나, 인간 펠레우스와 강제로 결혼한 테티스, 헤파이스토스와 강제로 결혼한 아프로디테처럼 자기 뜻과는 상관없이 처신이 결정되거든요. 이처럼 고대 그리스는 철저한 가부장제 사회로서 성별에 따른 역할 분업이 행해졌습니다.

트로이 전쟁에 등장하는 여인들도 마찬가지입니다. 『일리아스』에는 헬레네가 강제로 트로이로 끌려가는지, 아니면 자발적으로 사랑하는 파리스를 따르는지가 분명하게 나와 있지 않아요. 여기서 헬레네는 여신 아프로디테가 자신을 선택해준 파리스에게 주는 보상일 뿐이지요. 만일 강탈이라고 본다면 전쟁은 가부장적인 결혼제도를 수호하기 위한 성전(聖戰)으로 합리화된 것입니다. 반대로 자발적인 것으로 보면 이는 여성에 대한 가부장적 편견을 조장하는 것이고요. 당시에 여성이란 관능적인 쾌락 앞에서 무방비하게 무너지는 존재로 취급받았거든요. 따라서 여성의 성욕은 엄격하게 관리해야만 했고, 그러한 지배 이념이 트로이 전쟁으로 나타났다는 것입니다. 이는 어느 경우든 여성에 대한 차별 구조를 전제로 하고 이를 심화하는 것에 불과해요.

이러한 해석은 아가멤논과 오디세우스의 아내와 자식들에게도 적용할 수 있습니다. 아가멤논의 처인 클리타임네스트라는 남편이 전쟁에 나간 사이 아이기스토스와 불륜을 저지른 데다가 그와 공모해 아

엔리케 시모네의 1904년 작, 〈파리스의 심판〉.
파리스가 오른손에 황금 사과를 든 채 계산적인 태도의 세 여신을 판단하고 있다.

가멤논을 죽이는 악처로 등장해요. 반대로 페넬로페는 구혼자들의 오랜 구애에도 남편만을 기다리는 현모양처입니다. 지나친 경멸과 지나친 숭배는 같은 것인데요. 클리타임네스트라는 비난받아 마땅하며 경계해야 할 여성상이자 여성에 대한 당대의 편견을 보여주는 인물입니다. 반면 오디세우스의 아내인 페넬로페가 20년간 남편을 기다리며 정절을 지킨 것은 고대로부터 아녀자의 모범으로 숭상되었습니다. 그녀는 구혼자들이 당장 남편감을 고르라며 협박하자 시아버지의 수의를 짤 동안만이라도 기다려달라고 하지요. 그리고 3년 동안 베를 짜고 밤이 되면 이를 몰래 풀면서 시간을 법니다. 그런데 여기서 정절과 베틀이 연결되는 것은 우연한 일이 아니에요. 베 짜기는 우선 여성의 공간인 가정에서 행해지는 일이라는 상징성을 지닙니다. 이는 동시에 근면과 침묵, 순종과 순결이라는, 가부장 사회에서 여성에게 요구된 덕목을 길러 갖출 만한 일이기도 했지요.* 이러한 관념은 근대까지 이어졌습니다.

페넬로페(Penelope)는 '베일로 얼굴을 가린 여인'이라는 뜻으로, 본래는 비를 짜는 운명의 여신을 가리키는 이름이었습니다. 그러므로 『오디세이아』에서 오디세우스의 아내로 등장하는 것은 호메로스가 각색한 것이지요.** 『오디세이아』에서 페넬로페는 저주에 걸린 오디세우스의

---

* 이는 『오디세이아』 11권과 24권에서 아가멤논의 망령이 나타나 오디세우스의 부인을 부러워하면서 찬양하고, 자신의 아내를 저주하는 것에서도 볼 수 있다.

** 그런데 그리스 신화 초기에 그녀는 오디세우스의 수호천사로 등장하기도 했다. 한편 구혼자들을 모두 침대 위로 초대했다거나, 목신 판의 어머니이자 처였다는 전승도 내려오는 것을 보면 그녀는 과거에 오르기아(디오니소스 신앙에서 행하는 의식. 신자들은 대부분 여성이었으며 술에 잔뜩 취해 광기와 무아지경의 경지에 빠져 신웅 영접했다)적인 풍요의 여신이었음을 알 수 있다.

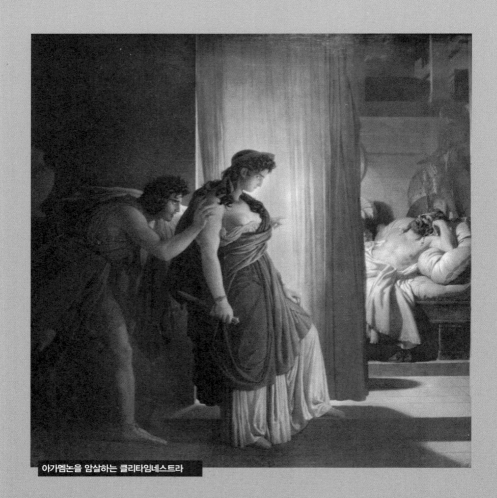

아가멤논을 암살하는 클리타임네스트라

생명을 책임지는 존재입니다. 즉 페넬로페가 실을 끊지 않는 한 오디세우스는 수많은 역경 속에서도 목숨을 간직할 수 있었던 겁니다.

한편 아가멤논의 아들 오레스테스는 아버지를 죽인 범인에게 복수합니다. 어머니 클리타임네스트라와 그녀의 애인을 죽임으로써, 아버지가 죽은 지 8년째에 원수를 갚은 거예요. 한편 행방불명된 아버지 오디세우스의 소식을 알고자 여행 중이던 텔레마코스는, 아버지의 전우 네스토르에게서 아가멤논이 살해당한 이야기를 듣고 분기탱천합니다. 그리고 오레스테스가 원수를 갚은 것이 정당하다고 여기며, 자신도 그러한 힘이 있어서 구혼자들에게 보복할 수 있다면 좋으련만 하면서 한탄합니다. 즉 오레스테스의 행동은 텔레마코스에게 따라야 할 모범이 되는 거예요.

남편	아가멤논	오디세우스
아내	클리타임네스트라	페넬로페
아들	오레스테스	텔레마코스
방해자	아이기스토스	구혼자들

그런데 『오레스테이아』와 『오디세이아』에서 드러난 클리타임네스트라의 비중은 사뭇 다릅니다. 『오디세이아』에서 클리타임네스트라는 왕의 암살에 가담하기는 하지만 공범일 뿐이에요. 대신 정부 아이기스토스가 모든 일의 주모자로 취급되지요. 심지어 『오디세이아』에서 네스토르는 클리타임네스트라를 옹호하는 듯한 발언을 하기도 합니다.

즉 그는 아가멤논 암살은 그녀의 성격보다도 불가피한 운명이 빚어낸 일이라고 주장해요. 즉 왕비는 본래 도리를 좇는 사람이고 아이기스토스의 유혹도 처음에는 거부합니다. 그러나 아가멤논이 출전하기 전에 집에 남기고 간 감시자를 아이기스토스가 무인도에 흘려버렸기 때문에 클리타임네스트라는 '숙명의 실에 묶여 복종하지 않을 수 없었'다는 것이지요. 따라서 그녀가 자기 남편을 암살한 일은 운명의 장난이었다는 뜻입니다.

그러나 이와 달리 그리스 고전기에 클리타임네스트라는 희대의 악녀라는 평판을 얻었습니다. 그 결정적인 계기는 기원전 458년에 상연된 아이스킬로스의 비극 3부작 『오레스테이아』입니다. 특히 클리타임네스트라의 악행을 중심적으로 다루는 것은 제1부에 해당하는 「아가멤논」인데요. 왕비보다 애인이 주범인 『오디세이아』와 달리 이 작품에서는 왕비가 암살을 주도합니다. 왕비는 자신이 믿는 '정의'의 집행자로서 음모를 세우고 남편에 대한 계획적인 복수를 착실하고도 교묘하게 집행해요. 『오디세이아』에서 페넬로페가 베틀에 관한 속임수로 남편을 구하는 것과 반대로 「아가멤논」에서 클리타임네스트라는 카펫을 이용하여 남편을 파멸로 이끕니다. 반면 아이기스토스의 역할은 줄어들지요

『오레스테이아』의 제2부 「코에포로이」(공양하는 사람들)에서 클리타임네스트라는 딸 엘렉트라를 노예처럼 취급해요. 그녀는 보복당할 것이라는 예감에 악몽을 꾸는 등 인간적인 소심함도 보이지만 아들이 죽었다는 소식을 듣자 슬퍼하면서도 내심 기쁨을 금치 못해요. 이후 아버지의 원수를 갚고자 자신에게 다가오는 아들에게 클리타임네스트

라는 유방을 드러내며 모정에 호소합니다. 하지만 살려달라고 애걸하는 어머니를 오레스테스는 칼로 쳐 죽여요. 그는 아버지의 원수를 갚는 것이 더 정당하다고 보았기 때문입니다.

제3부 「에우메니데스」(자비로운 여신들)에서 클리타임네스트라는 저세상에서 망령으로 등장합니다. 그녀는 자신을 죽음에 몰아넣은 자식에게 한을 품어요. 그리고 복수의 여신 에리니에스에게 이를 갚아줄 것을 호소합니다. 그녀의 청원을 들은 에리니에스는 오레스테스에게 존속살인의 죗값을 치르게 하려고 쫓아다녀요. 하지만 신들의 개입으로 뜻을 이루지 못합니다.

이렇듯 『오디세이아』와 『오레스테이아』는 같은 인물을 묘사하면서도 서로 다른 인물상을 보여줍니다. 『오디세이아』에서 그녀가 별 비중이 없는 것과 달리 『오레스테이아』에서의 클리타임네스트라는 훨씬 간교하면서도 적극적이지요. 이러한 차이는 두 작품 사이에 2~3백 년의 세월이 가로놓인 탓입니다.

이피게네이아

트로이 신화에 직접 등장하는 인물은 대부분 남성입니다. 신화 속에 묘사된 얼마 되지 않는 여성들은 대개 남자들의 전리품이나 아내로, 지극히 수동적인 구실을 할 뿐이지요. 예외가 있다면 전쟁터에 직접 나가 싸우는 여전사 종족인 아마조네스* 정도를 들 수 있겠네요. 그렇

---

* 아마존 여왕 펜테실레이아는 트로이 왕의 프리아모스에게 진 은혜를 갚고자 부족을 이끌고 전쟁에 참

게 전쟁을 위해 희생되는 여인 중 하나가 이피게네이아입니다. 이피게
네이아(Ipigeneia)는 '강한 자들의 어머니'라는 뜻으로 타우리스 섬에서
아르테미스를 받드는 대사제예요.

이피게네이아의 이야기는 고대 그리스에서부터 여러 희곡 소재로
차용됐습니다. 그중 오늘날까지 전해지는 작품으로 에우리피데스의
『아울루스의 이피게네이아』와 소포클레스의 『타우리스의 이프게니
아』*를 들 수 있지요. 신화의 시간적 배경은 그리스인들이 트로이로 출
정하기 직전입니다. 그런데 항구에 정박해둔 배들이 바람이 불지 않아
출항하지 못해요. 이에 예언자로부터 신탁을 받아보니, 아가멤논 왕이
성스러운 숲에 들어가 아르테미스가 아끼던 암사슴을 사냥한 것이 문
제라고 합니다. 여신은 이를 자신에 대한 모독으로 받아들였고, 바람
을 잠재워버린 것이지요. 예언자는 아가멤논의 딸인 이피게네이아를
희생 제물로 바쳐야만 여신의 분노를 가라앉힐 수 있다고 합니다. 병
사들의 사기를 걱정한 아가멤논은 집에 서신을 보냅니다. 아킬레우스
와 결혼시키려고 하니 빨리 이피게네이아를 불러오라는 것이지요. 클
리타임네스트라는 기뻐하며 이피게네이아를 데리고 남편을 찾아옵니
다. 하지만 서신이 거짓말이었다는 것과, 참혹한 진실을 알고 절규하지
요. 이피게네이아는 아르테미스 신전에 산 제물로 바쳐져요. 그런데 사
제가 그녀의 목을 칼로 찌르려는 순간, 갑자기 안개가 모든 이의 눈을
가렸다고 합니다. 안개가 걷혔을 때 이피게네이아는 그 자리에 없었어

여하였다. 하지만 그녀는 아킬레우스가 던진 창에 가슴을 찔려 죽고 만다.

* 천병희 옮김, 『그리스비극-에우리피데스 편』, 단국대학교출판부, 1999.

요. 아르테미스가 그녀를 동정해 숨겨준 것이지요. 이후 이피게네이아는 아르테미스의 자비로 흑해 크림 반도의 타우리스 섬에 가서 아르테미스를 섬기는 사제로 봉사하게 됩니다.

이후 이피게네이아는 오레스테이아의 이야기에서 다시 등장합니다. 타우리스 섬의 원주민인 타우로스 족은 외국인을 희생 제물로 바치는 풍습이 있었는데요. 오레스테스는 어머니를 죽인 후 죄를 씻기 위해 신전을 찾았다가, 타우리스 섬에 있는 아르테미스 신상을 가져오라는 신탁을 받습니다. 하지만 그곳 사람들에게 잡혀서 희생 제물로 바쳐질 처지에 놓여요. 그런데 이 제사를 관장하던 이는 대사제인 이피게네이아였습니다. 동생을 알아본 이피게네이아는 자초지종을 들은 후, 남동생이 아르테미스 신상을 훔치는 것을 도와줘요. 그리고 그들은 아테네로 탈출합니다. 아르테미스는 신상은 아테네의 신전에 모셔지고, 그 후로 아르테미스는 더는 아테네에서 인간을 희생 제물로 요구하지 않게 되지요.

이 이야기는 다음과 같이 평가되기도 해요. 인간을 제물로 바치는 야만족 문화보다 그러한 관습을 없앤 이피게네이아로 상징되는 그리스 문화가 우수하다는 것이지요. 하지만 그렇다고 해서 그러한 '인간성에 대한 믿음'이 그리스 로마 신화에서 다른 신화보다 딱히 두드러지는 것은 아닙니다. 도리어 이피게네이아가 아가멤논의 딸로서 냉혹한 아비의 손으로 바다에 제물로 바쳐지는 것은 야만적인 전승을 숨기려는 신화작가들의 희망이 반영된 부분이라 할 수 있어요.'

---

* 이피게네이아가 섬긴 아르테미스는 종종 헤카테와 동일시되기도 한다.

『아이네이스』

로마제국을 찬양하는 영웅담

베르길리우스의 『아이네이스』는 『일리아스』와 『오디세이아』를 합쳐놓은 듯한 서사 구조를 지닙니다. 고대 로마 문학이 항상 그렇듯이, 이는 작품을 위한 영감을 불어넣고 줄거리를 내려달라고 무사이 여신에게 간청하는 시인의 애원으로 시작해요. 그다음에는 트로이를 탈출한 아이네이아스 일행이 배를 타고 7년간 바다를 떠도는 장면이 이어지는데요. 그의 운명을 둘러싸고 신들은 분분한 의견을 나눕니다. 이야기는 아이네이아스 일행이 디도 여왕이 다스리는 시돈(훗날의 카르타고)에 닿으면서 본격적으로 전개되지요.

아이네이아스는 디도 여왕에게 정중한 환영을 받습니다. 디도 여왕의 부탁에 따라 아이네이아스는 트로이 함락과 자신들의 방랑에 관한 이야기를 털어놓아요. 이후 아이네이아스는 디도와 결혼합니다. 하지만 곧 아이네이아스는 디도가 그동안 전남편에 대한 정절을 지킨다는 명목으로 다른 왕들의 청혼을 거절해왔음을 알게 되어요. 따라서 정절을 잃은 디도는 그동안 구애를 무시한 명분을 잃게 된 것입니다. 이는 디도의 나라가 주변국들로부터 고립무원에 빠지게 되었음을 의미했지요. 아이네이아스는 다른 나라 왕들을 대적할 자신이 없었습니다. 그래서 이탈리아로 가서 나라를 세우라는 신탁을 핑계로 몰래 도망쳐요. 이용당하고 버려진 몸으로 백성들을 통치해야 하는 처지에 놓인 디도는 절망감과 수치심과 분노에 휩싸입니다. 결국, 그동안 청혼을 거절당했던 주변국의 왕들이 침략해올 공포를 이기지 못한 디도는 자살을 택해요.

아이네이아스는 항해 중 오디세우스가 겪었던 것과 같은 고난을 일부 겪습니다. 그리고 마침내 이탈리아에 도착해 라티움의 공주인 라비니아와 결혼하여 동맹을 맺고자 해요. 그러나 왕비는 이를 반대합니다. 게다가 왕비가 지지하던 구혼자인 루툴리의 왕 투르누스가 동료 메제티우스와 함께 아이네이아스를 정벌하러 군대를 일으켜요. 마침 아이네이아스가 전쟁을 대비해 다른 도시들로부터 동맹군을 불러오기 위해 떠난 사이 당한 기습이라 트로이 난민들은 위기에 빠집니다. 하지만 아이네이아스가 지원 병력과 함께 돌아오자 그들은 두 번에 걸친 전쟁에서 승리하고 투르누스를 죽여요. 그런데 저자인 베르길리우스의 죽음 탓에 이야기는 여기서 갑작스럽게 끝을 맺습니다.

로마인들은 아킬레우스를 저평가하는 한편 아이네이아스를 더욱 위대한 영웅으로 칭송했습니다. 이는 신화 속에서 아이네이아스가 로마를 세운 시조라는 이유도 있지만, 로마 건국이라는 거대한 길 앞에 개인이 겪는 고통이나 좌절에도 불구하고 운명에 대한 꺾이지 않은 희

자결하는 디도

망으로 자신의 의무를 다하는 모습을 보여주기 때문이었습니다. 이는 사적인 동기로 행동하며 감정적인 모습을 자주 보이는 아킬레우스와 대비되는 점이지요.

베르길리우스가 쓴 『아이네이스』는 전반부는 호메로스의 『오디세이아』, 후반부는 『일리아스』를 연상시키는 서술 형태를 지니고 있습니다. 이러한 유사점을 보아 두 작품의 분명한 영향을 받았다고도 할 수 있겠지요. 그런데 형식의 모방보다 중요한 것은 내용의 모방입니다. 호메로스가 그리스를 찬양했듯이 베르길리우스도 로마제국을 찬양하기 위해 이 작품을 지었거든요.

베르길리우스가 이 책을 써내기 전, 카이사르는 로마의 지배자가 된 뒤에 포로 로마노(Foro romano)* 북쪽에 아이네이아스의 어머니인 비너스**의 신전을 세웠습니다. 카이사르가 암살된 뒤 그의 양자 옥타비아누스에 의해 로마는 통일을 맞아요. 그 후 500년간 이어진 로마 제정의 초대 황제 아우구스투스도 역시 아이네이아스를 조상으로 섬겼습니다. 『아이네이스』는 그 두 사람이 속한 율리우스 일족의 조상인 아이네이아스에 관한 이야기이므로, 그 두 사람에 대한 찬양도 당연히 포함되었지요.

---

* 로마의 명소 중 하나. 고대 로마에서 시민들의 생활 중심지가 되었던 곳이다. 여기에는 신전과 공화당 등 등 공공기물과 일상시설들이 자리했다.
** 라틴어로는 베누스.

고전 중의 고전 vs. 제국주의 작품

이 작품의 주제는 전 세계가 추구하는 이념 중 하나인 전쟁 없는 세상의 도래라고들 합니다. 하지만 이 작품이 쓰인 진짜 동기는 말했듯이 로마의 황제를 기리기 위해서예요. 이는 주인공의 모델이 로마 황제 아우구스투스라는 사실만 봐도 분명해지지요. 『아이네이스』 1권에서 베르길리우스는 아우구스투스 시대의 평화가 1,000년도 더 전부터 예정된 신성한 운명이었다고 노래합니다. 즉 기원전 12세기경 트로이의 영웅이 로마의 모체가 되는 도시를 세우고, 기원전 8세기에 로물루스가 로마를 건설하고, 그 뒤 700년이 지나 아우구스투스가 세계를 통일하기까지 모든 일을 신들의 아버지 유피테르(그리스 신화의 제우스)가 태곳적에 정했다는 것이지요. 비록 로마가 영원한 제국이라는 베르길리우스의 말과 달리 로마는 5세기 후반에 멸망했지만 말이에요.

『아이네이스』에는 로마가 세계의 통치자이자 우주의 역사를 집행해가는 제국이 될 수밖에 없는 이유가 끊임없이 노래됩니다. 이는 그리스 신과 영웅이 상징하는 '문명'과 '야만'을 상징하는 괴물의 싸움을 통해 드러나요. 베르길리우스는 다음과 같이 말합니다.

로마인이여, 너는 명심하라(이것이 네 예술이 될 것이다).
권위로써 여러 민족을 다스리고, 평화를 관습화하고,
패배한 자들에게는 관용하고, 교만한 자들은 전쟁으로 분쇄하도록 하라.

따라서 여기서 말하는 평화란 철저하게 로마 중심적인 것입니다. 제국주의 아래에서 저질러지는 침략을 꾸며 말한 것에 불과하지요. 이러한 사상에 따르면 로마는 그 자체로 선이고 정의이며 진실이지만, 그 외의 다른 민족은 악이고 불의이며 거짓입니다. 따라서 이들은 오로지 로마의 정복 대상일 뿐이에요. 그러한 가치 판단은 로마는 문명이고 로마가 아닌 민족은 모두 야만인이라는 기준을 토대로 합니다. 이러한 관점은 로마에서 서양 전체로 퍼졌습니다. 그리고 권력의 중심이 이동함에 따라 기독교 사회와 유럽, 미국이 자신들을 주인공으로 여겨왔지요.

거의 600쪽에 이르는 이 서사시를 완독하기란 쉽지 않은 일입니다. 하지만 이 작품은 서양에서는 중세에도 널리 읽혔고 지배층의 폭넓은 지지를 받았어요. 베르길리우스는 단테의 『신곡』에서 주인공의 안내자로 등장하기도 합니다. 그 후로 서양 문명의 안내자로 널리 언급되었지요. 특히 르네상스에 와서 『아이네이스』는 피렌체의 지배자 메디치를 찬미하는 책으로 인기를 얻었습니다. 이어 밀턴의 『실낙원』을 비롯해 많은 서양 문학 작품에도 영향을 미쳤고요.

독일의 문인 테오도르 해커는 1931년 자신의 저서를 통해 베르길리우스를 '서양의 아버지'라고 일컬었습니다. 또 영국의 시인 T. S. 엘리엇은 1945년 "유럽 문명의 중심에는 베르길리우스가 있다"고 하면서 『아이네이스』를 "참으로 보편성을 갖춘 고전 중의 고전"이라고 찬양했어요. 그렇지만 이는 두 사람 모두 대단히 보수적인 서양주의자들이었고, 그들의 말은 서양 중심적 사고의 종말이 아직 시작되기 전 마지막 유언 같은 것이었음을 고려하며 해석해야 합니다. 그러나 여전히 우리나라에서는 베르길리우스를 기리는 송가로 언급되고 있지요.

그런 언급 속에서 현대 문학과 관련해 흥미로운 점이 있습니다. 오스트리아의 헤르만 브로흐(1886~1951)가 베르길리우스의 마지막 순간을 통해 삶과 죽음, 예술과 인생의 관계를 재조명한 방대한 소설 『베르길리우스의 죽음』을 쓴 일이에요. 1984년에 우리말로도 번역된 그 책의 내용은 이렇습니다. 죽기 직전의 베르길리우스는 미완성된 유작으로 남을 『아이네이스』를 불태울 것을 결심합니다. 하지만 동료 시인들은 작품의 탁월함을 들어 이를 제지하려 하고, 황제 아우구스티누스도 로마제국이 상징하는 인간의 과업 자체를 부정하는 처사라며 반대해요. 이 논쟁을 통해 던져볼 수 있는 질문은 죽어가는 인간이 과연 창조라는 과업을 이루어낼 수 있는가 하는 점입니다. 또 지상에서의 삶과 인식은 어떤 의미를 지니는지에 대한 의문도 품어볼 수 있겠죠. 특히 저자는 사상적으로 유례없이 빈곤하며, 참된 것 없이 오로지 천박한 합리주의에 따라 유지되는 거짓된 장식만이 횡행하는 시대에 말이 갖는 허구성에 관해 묻습니다.

토마스 만(1875~1955)은 브로흐의 책에 대해 "소설이라는 유연한 매체를 통해 경험할 수 있는 가장 놀랍고도 심오한 체험"을 선사한다고 격찬했습니다. 하지만 일반 독자에게 이 책은 결코 쉽지 않아요(솔직히 말해 저 역시 30년 동안 몇 번이나 시도했지만 완독하지 못했습니다). 게다가 이 책에서 다루고 있는 논쟁은, 『아이네이스』가 제국주의 작품이라는 비판과는 무관하게, 대단한 형이상학적 이유로 이 작품을 불태우고자 하는 것이라는 점도 그의 책에 별 흥미를 갖지 못하게 했던 이유 중 하나입니다. 물론 브로흐가 이 책을 완성한 것은 나치에 쫓기던 1945년이고, 따라서 로마적 전통에 회의적이고 로마의 정치에 대한 신앙이

해체되는 시대의 불안을 20세기에 불러왔다는 점에서 공감을 주는 바도 있지만요.

그렇지만 『아이네이스』가 2,000년 이상 서양의 고전 중의 고전으로 평가되었다고 해도, 우리까지 로마제국을 찬양할 필요가 있을지는 의문입니다. 따라서 이 책을 굳이 읽는다면 비판적인 자세로 읽을 필요가 있어요. 인류의 고전을 운운하는 말을 무비판적으로 귀담아듣는 것은 지양해야 합니다. 일본에서 나온 책을 번역한 『문학의 탄생』(문학의 광장 1권)은 고대 그리스·로마 문학을 다루면서 다음과 같이 말합니다. "'영원한 로마' 세계를 건설해야 하는 영웅 아이네이아스의 '운명'은 지금 우리에게도 작용하고 있는 게 아닐까?" 이를 아베 정권이 일본 제국주의 부활을 꿈꾸는 것과 같은 맥락이라고 보는 것은 어쩌면 조금 과대 해석일지도 모르지만, 어쨌든 이러한 시각은 일본 문학가들이 로마제국 이래의 서양 제국주의에 부화뇌동하는 전통에서 벗어나지 못하고 있음을 보여주지요.

5장

그리스 로마
신화 계승의
차별 구조

주체와 타자의 변화

괴물과 제우스의 싸움

앞 장에서 우리는 그리스 로마 신화에 등장하는 괴물들이 어떤 과정
을 통해 만들어졌는지 살펴보았습니다. 토속신들, 혹은 우라노스의 자
식인 티탄과 기간테스는 본래는 그리스 로마 신화의 주체였어요. 하지
만 이들은 우라노스의 손자인 제우스를 비롯한 올림포스 족에 의해
토벌된 뒤로 타자화했고, 올림포스 족이 주체로 올라섰습니다. 이러한
그리스 로마 신화의 변모는 여러 의미를 담고 있는데요. 가령 거대한
신체와 괴력을 가진 가이아는 자신의 자식들인 티탄과 기간테스를 도
왔으나, 때로는 반대로 올림포스 족들을 돕기도 했는데, 이는 패망
하는 농경사회의 혼란을 보여준 것이라고 해석할 수 있지요. 여하튼
제우스, 아폴론, 포세이돈, 헤르메스, 아르테미스, 하데스 등 올림포스
족은 자신보다 머릿수가 많던 티탄 족을 몰아냅니다. 마지막으로 일어
났던 기간테스와의 싸움에서도 제우스가 번개로, 헤라클레스가 화살

로 전쟁을 끝내요. 그런데 이러한 신들 간의 전쟁은 이후 『일리아스』에 등장하는 트로이 전쟁을 통해 인간들의 싸움으로 되풀이됩니다.

트로이 전쟁은 이주민이 선주민을 정복하고 평정한 것에 대한 은유(식민지 정복을 포함하여)로서 그리스 공공조각을 비롯해 서양미술에 자주 등장했습니다. 특히 티탄 족을 물리친 제우스는 로마제국, 유럽의 각 제국, 그리고 오늘날에는 미국 연방의 상징이 되었지요. 이는 제국의 권위를 상징했기에 역사상 가장 인기 있는 표상으로 여겨졌어요. 또한, 동시에 제우스가 티탄 족을 격파했듯이 외부 세력에 대한 제국의 권위를 상징하기도 했고요. 티탄 족과 올림포스족의 싸움은 기원전 6세기 중엽부터 도자기 그림이나 조각에 빈번하게 등장했습니다.* 반대로 서양 문화에서 티탄 족들은 오랫동안 제우스로 상징되는 합법적 권력에 도전하는 외부의 적으로 폄훼됐습니다. 이는 군주에 대한 반항을 의미했으므로 더욱 혹독하게 다루어졌지요. 16세기에 유럽을 휩쓴 종교전쟁에서는 티탄 족이 프로테스탄트에, 제우스는 교황에 비유되기도 했습니다. 물론 이는 교황의 권위를 내세우기 위함이었고요. 이러한 전통적 해석과 달리 19세기의 프랑스 작가 빅토르 위고는 『세기의 전설』(1877)에서 제우스를 보수적인 전제 군주로서 제2제정**의

---

* 특히 유명한 것은 아폴론 성지인 델포이의 '시프노스 인의 보물창고'라는 건물의 북면의 부조와 아폴론 신전의 서면 부조다. 베를린의 페르가몬 박물관에 있는 제우스 대제단(기원전 180/160년경)의 복원 작품에도 티탄 족이 악의 상징인 뱀의 꼬리를 한 모습으로 새겨져 있다. 뱀은 토속 여신의 상징이었다.

** 프랑스에서 실시되었던 정치체제 중 하나. 2월 혁명 후 1848년 있었던 선거에서 나폴레옹 보나파르트의 조카인 나폴레옹 3세는 대통령에 선출되었다. 하지만 그는 1851년 친위 쿠데타로 의회를 해산하였다. 그리고 그는 1852년 헌법을 제정하고 황제로 등극하였다. 이때부터의 시기를 나폴레옹 보나파르트가 이룩했던 제1제정과 구분하여 제2제정으로 부른다. 이는 프로이센-프랑스 전쟁에서 나폴레옹 3세가 포로가 되면서 막을 내렸다.

황제 나폴레옹 3세에 비유했습니다. 하지만 이는 어디까지나 예외적인 시각이었고 19세기에 와서 생긴 것입니다.

기독교의 그리스 로마 신화화

서양 문화의 한 축이 그리스 문화(헬레니즘Hellenism)라면 다른 축은 기독교 문화(헤브라이즘Hebraism)라고 할 수 있습니다. 비록 기독교의 이상적 남성상인 그리스도는 그리스 신화의 헤라클레스를 비롯한 신들이나 영웅들과는 반대로, '육체'와 '폭력'을 부정한 '정신'과 '비폭력'의 상징이지만 말이에요. 초기 기독교는 고대 그리스의 나체 조각을 위험하게 여겼으며 육체를 경계하고 정신을 중시했습니다. 육체란 신의 완전함을 보여주는 것이 아니라 굴욕과 수치의 대상이라 여겼지요. 기독교 성화에서 나체가 표현된 것은 아담과 이브의 죄, 그리고 십자가의 그리스도가 겪은 고통을 묘사하기 위해서였으므로, 어느 경우든 그리스 조각에서 표현된 당당한 나체와는 정반대의 시각을 보여줍니다. 그런데 이브의 빈약한 육체는 그리스의 이상적인 아프로디테상보다 현실 여성의 모습에 가까워 사실 더욱 관능적이기도 했으니 아이러니하지요. 이는 아담이나 그리스도의 경우도 마찬가지였습니다. 한편 성경에는 그리스도의 신체에 대해 아무런 언급이 없습니다. 유일한 언급은 「이사야서」 53장 2절에 나오는 다음 구절뿐이에요. "그에게는 풍채나 위엄이 없고 우리의 시선을 끌 만한 매력이나 아름다움도 없다." 그렇지만 기독교에도 그리스도를 그리스 로마 신화의 아폴론처럼 묘사하는 전통이 있었고, 특히 중세 말에는 키가 크고 아름다운 영웅으로

묘사되었다는 점에서, 기독교 문화는 그리스 문
화의 닮은꼴이라고 할 수 있습니다.

고대 그리스 도시 신전을 장식한 조각들은 당
시의 시민 정신을 통합하는 역할을 했습니다. 같
은 역할을 중세 도시에서는 성당 조각이 수행했
지요. 그런데 르네상스시대에 접어들면서 대성당
은 중세의 것과 달리 그리스 신전을 방불케 하
는 모습으로 변합니다. 조각 양식도 마찬가지였
고요. 가령 피렌체 대성당에 세워진 도나텔로
(1386~1466)의 「다비드」는 아폴론과 같은 모습을
하고 있습니다. 이는 피렌체가 자신들과 적대적
인 관계에 있던 밀라노의 군사적 위협에 대한 방
위와 승리를 기념하기 위해 세운 것인데요. 다비
드는 예형론(豫型論)*에서 그리스도(양치기)의 부
활을 상징했어요. 당시에는 도나텔로의 작품 말
고도 다비드상이 많이 제작되었는데, 이는 그 전
에는 볼 수 없었던 현상이었습니다. 도나텔로가
피렌체를 위해 만든 또 하나의 조각상 「유디트」
는 다비드와 마찬가지로 이스라엘을 지킨 영웅
의 상이에요. 그녀는 아시리아군과의 전쟁에서

도나텔로 다비드상

도나텔로 유디트

---

* 예형론이란 기독교에서 성서를 해석하던 방법론 중 하나로, 구약성경과 신약성경의 관계를 설명하기 위
해 등장하였다. 이는 구약성서에 기재된 내용을 신약성서에 기재된 내용(가령 그리스도가 행한 기적)을
미리 암시하는 것으로 해석하는 것이다.

미켈란젤로의 다비드

남편이 죽자, 홀로 적진으로 가서 적장을 유혹한 뒤, 무방비하게 잠에 빠진 그의 목을 베었습니다. 그러나 이 작품은 여자가 남자를 죽인 이야기라는 이유 탓에 본래 놓였던 광장에서 쫓겨나고, 그 자리를 미켈란젤로의 「다비드」가 차지했어요. 이는 르네상스 시기의 이탈리아도 가부장 사회임은 변하지 않았다는 사실을 알려주지요.

미켈란젤로가 1504년에 완성한 「다비드」는 그리스 조각상들과 완벽하게 닮았습니다. 탄탄한 몸매를 드러낸 완전한 나체이고, 머리는 아폴론의 머리처럼 황금 고수머리이며 코는 로마인의 코예요. 위협적이고 내면의 결의를 숨긴 분노의 표정만이 고대 그리스 조각과 구별되지요. 여하튼 도나텔로의 조각과 달리 미켈란젤로의 다비드는 칼도 들지 않았고 그 발밑에 골리앗의 잘린 머리도 두지 않았습니다. 성서 이야기의 우의적 표현이 아니라 인간의 육체 그 자체가 갖는 힘을 표현한 거예요.

그런데 이러한 르네상스의 풍조는 근대 가부장 사회의 새로운 표상이기도 했습니다. 1530년 메디치가가 세습 군주가 되면서 피렌체는 공화정에서 군주국가로 변했습니다. 이를 기리기 위해 헤라클레스상이 세워지고 포세이돈의 분수도 만들어지는 등 여러 조형물이 제작되었지요. 특히 남성이 여성을 폭력으로 제압하는 「메두사를 죽이는 페르세우스」도 조각가 벤베누토 첼리니에 의해 만들어졌습니다. 이어 조반니 다 볼로냐가 조각한 「사비니 족 여인들의 강간」도 세워졌어요. 그 결과 피렌체의 광장은 그리스 로마 신화의 남성 지배가 완벽하게 전시되는 곳으로 바뀌었습니다. 이처럼 르네상스의 그리스 로마 신화는 가부장 사회의 표상이 되었지요.

특히 제우스는 근대에 최고 지배자이자 절대군주의 권위를 상징했습니다. 가령 스페인과 오스트리아 두 나라의 왕이자 16세기 유럽의 최고 지배자인 신성로마제국의 황제 카를 5세(1500~1558)는 자신을 언제나 제우스에 비유했어요.* 15세기 말부터 16세기까지 스페인, 프랑스 및 오스트리아는 이탈리아를 침략했는데요.** 1494년 프랑스 왕 샤를 8세가 이탈리아를 침략한 뒤로 1499년 루이 12세의 밀라노 침략이 이어졌고, 1507년에 루이의 재침략과 신성로마제국 맥시밀리언 1세의 침략이 일어났습니다. 그다음에는 1527년 카를 5세가 로마 교황청과 로마를 침략했지요. 1528년 캉플레 화의에 따라 황제와 교황은 화해했으나 그 뒤 로마 교황청을 포함하여 이탈리아 소도시국가들은 카를에게 항복하고 그의 은혜를 받아 그 영토와 권위를 유지하고자 했습니다. 북이탈리아 만토바의 군주 페데리코 곤자가도 카를에게 복종하여 1529년 황제군 총사령관이 되었어요. 로마 침략이 있던 1527년부터 1535년 사이에 그는 만토바 교외에 라지오 델 테라는 별장 궁전을 짓고 그 안에 라파엘의 제자인 줄리오 로마노(1499~1546)에게 「거신의 방」을 그리게 했습니다. 그것은 제우스가 하늘에서 번개를 내리쳐 붕

---

* 페린 델 버거가 제노바의 엘렉산드로 도리아를 위해 그린 「티탄 족의 몰락」에서 검은 독수리 위에 타고 터키인 등의 적을 무찌르는 제우스가 바로 카를 5세였다. 검은 독수리는 신성로마황제가 고대 로마의 카이사르로부터 계승한 문장(紋章)이었다.

** 이는 침략국들이 가령 절대왕정으로 칭해지는 중앙집권화를 먼저 이룬 것과 관련이 있다.

괴 시킨 건물의 잔해에 깔려 죽어가는 티탄 족의 아비규환을 그린 것이었지요. 티탄 족은 거대한 몸과 추악한 얼굴로 그려졌고, 그들을 심판한 마르스, 아폴론, 아테나 등의 신들은 아름답게 그려졌습니다. 또 자신의 키만 한 거대한 곤봉을 휘두르는 헤라클레스도 마찬가지였지요. 1532년 그 방을 찾은 카를 5세는 자신을 제우스라고 생각하는 동시에 티탄 족의 운명이 로마 침략을 암시한다고 여겼습니다.

1528년 제노바에서 살아남은 알렉산드로 도리아도 신성로마제국 황제의 해군 사령관이 되었습니다. 황제는 1533년 제노바에 입성한 뒤 파라초 도리아의 「티탄 족의 몰락」을 보았음에 틀림없어요. 1537년 인문학자 피에트로 엘레티노는 카를 5세에게 보낸 편지에서, 그 그림을 다음과 같이 설명했습니다. 배경에 있는 이교도 도시를 건설하는 티탄 족은 터키인 등의 불손한 외국인이고, 지배자에게 거역한 그들은 그 교만함으로 인해 제우스에게 번개로 징벌당하고 있다고요. 여기서 제우스가 황제를 의미한다는 것은 당연한 사실이지요.

그림에서 제우스는 발밑에 검은 독수리를 거느리고 있습니다. 이는 제우스의 상징이자 동시에 고대 로마 황제 카이사르의 문장이며, 그 전통적 권위를 계승한 신성로마제국 합스부르크 왕가의 독수리이기도 했어요. 16세기에 이탈리아를 침범해온 제국의 권력을 이 정도로 탁월하게 상징한 것은 아마 없을 겁니다. 그러나 도리아의 궁전과 달리 만토바 「거신의 방」에는 기묘하게도 독수리는 제우스 곁에 없습니다. 대신 빈 옥좌에 앉아 있지요. 이는 신성로마제국의 황제 지그문트 3세로부터 만토바 군주 장 프란체스코가 1443년 독수리 문장을 하사받고, 그 후 만토바의 가문(家紋)이 되었음을 상징합니다. 즉 이 그림

거신의 방

은 얼핏 보면 황제를 추종하는 것처럼 보이지만, 그 속에는 고대 로마 이래의 낡은 전통을 갖는 만토바의 문화적 권위가 스페인 오스트리아의 카를 황제보다도 로마 고대의 영광에 더 가깝다는 뜻이 은밀히 들어 있는 것입니다. 빈 옥좌는 비잔틴의 「최후의 심판」처럼 재림할 그리스도를 기다린다는 상징이자 권력의 혼란 시대에 이탈리아의 참된 황제를 기다린다는 의미이기도 했습니다.

프랑스혁명과 그리스 로마 신화

근대 서양에서의 국민국가란 국민이 왕이나 신이라는 초월적 존재의 권위에 따르지 않는 대신 자기 자신을 따르는 정치 체제를 뜻합니다. 즉 자신의 신조가 정치 체제와 일체를 이룬다고 믿게 된 국가를 말하지요. 이는 보통 1789년의 프랑스혁명으로 시작되었다고 하지만, 모든 혁명이 그렇듯이 1789년에 당장 근대국가가 수립된 것은 아니에요. 국민이 국가의 주인이라고 말할 수 있기에는 그 후 1백 년이라는 긴 세월이 필요했어요. 아무래도 수천 년 이상 유지되어온 왕과 신의 체제가 하루아침에 금방 사라지고 즉각 새로운 정치 체제가 세워지는 것은 상식에 어긋나는 만큼 이는 당연한 일이라고 할 수 있을지 모릅니다.

실제로 프랑스혁명 후 나폴레옹이 등장하여 황제로 취임했다가 전쟁 패배로 실각한 뒤에도 유럽 각국은 빈 체제를 통해 역사를 되돌리려고 했어요. 따라서 루이 18세에 의해 왕정이 부활했지요. 그러다가 1830년 7월 혁명으로 다시 왕이 추방되지만, 그 뒤에 즉위한 루이 필립은 은행가와 대자본가의 꼭두각시에 불과했습니다. 이어서 다시

1848년에 2월 혁명이 일어나 루이 필립은 망명하고 제2공화국이 수립되는데요. 그때 대통령 선거에서 당선된 루이 나폴레옹은 나폴레옹 보나파르트의 조카로서 자기 숙부를 닮아서인지 친위 쿠데타*를 일으켜 1851년 나폴레옹 3세란 이름으로 제2제정을 세웠습니다. 그러나 1870년 전쟁에서 진 그는 퇴위하고 1871년 파리 코뮌**이 터졌어요. 그것이 진압된 뒤 왕당파와 공화파가 서로 싸운 결과, 1875년에 공화국 헌법이 공포되면서 제3공화정이 수립되었지요. 이처럼 1백 년의 세월이 지나서야 비로소 프랑스혁명의 실질적인 결실이라고 부를 수 있는 국민국가가 성립한 것입니다.

이상 프랑스혁명의 역사를 우리나라 현대사와 비교할 수 있을까요? 당연히 단순하게 비교하는 것은 무리겠지만, 적어도 1945년 해방 이후 지금까지 60여 년이라는 세월 동안 민주주의의 확립이 얼마나 어려웠는지를 되짚어보면 어느 정도 공통점이 있는 듯합니다. 그러나 한국의 민주주의는 오늘날 완성된 것일까요? 오늘날 대한민국이라는 국민국가가 앞에서 말했듯이 과연 국민이 왕(대통령이라고 해도 좋겠지요)이나

---

* 대통령 등 국가의 지도자가 쿠데타를 일으켜 입법부(국회)를 해산하거나 헌법을 무효로 하는 등 국가의 정치 체제를 뒤집어엎는 일.

** 인류 역사상 최초로 존재했고 약 70일간 유지되었던 공산주의 정부. 당시 혁명의 기운이 남아 진보적이었던 파리 시민들은 정부의 보수성과 무능함에 불만이 쌓여가고 있었다. 전쟁에서의 패배와 이어진 혼란은 이들의 불만을 가속시켰고, 결국 국민방위군을 무장해제하라는 정부의 명령이 기폭제가 되었다. 이에 1871년 3월 18일, 파리의 사회주의자들과 노동자들을 중심으로 혁명이 터졌으니 이것이 바로 파리 코뮌이다. 파리 코뮌 정부는 여러 정파로 구성되어 있었는데 대체로 민중 주도의 급진적인 정책을 펼쳤으니 보통교육, 무상교육, 최대 노동시간 제한, 임차인과 영세 상인의 보호, 노동 인권 확충 등이다. 그러나 결국 파리 코뮌 정부는 고립되었고 정부군에 의해 수만 명의 사상자를 내며 잔인하게 진압되었다. 또한, 혁명을 이끌었던 노동자 지도자들은 대부분 사형당하거나 감옥에 갇혔다. 참고로 알아둘 사실은 사회주의자들의 상징 중 하나인 인터내셔널가(L'Internationale)가 파리 코뮌으로 인해 탄생했다는 것이다.

신이라는 초월적 존재의 권위에 따르지 않을 수 있는 나라인가요? 과연 여러분은 국민으로서 자기 자신을 우선으로 따르고, 자신의 신조가 정치 체제와 일체를 이룬다고 믿고 있나요?

이 질문의 답은 각자 내리도록 하고, 일단은 본론으로 돌아가봅시다. 현대 프랑스의 국기와 국가(國歌)는 프랑스혁명 중에 탄생했습니다. 하지만 이를 국가법으로 공식 제정한 것은 1백 년이 지난 뒤인 파리코뮌과 제3공화국에서였어요. 다른 나라도 대부분 마찬가지였습니다. 국민국가가 국기나 국가와 같은 국가적 표상을 창조하는 방법은 크게 두 가지로 나눠볼 수 있는데요. 그중 하나는 프랑스처럼 특정한 개인이나 지도자에 대한 숭배를 배제하고 추상적이고 일반적인 보편적 상징을 창조하는 방향이고, 다른 하나는 일본처럼 국가 창설자를 신화나 전통과 결부하여 신격화하는 방향입니다.

프랑스에서는 어떤 개인이 아니라 '프랑스'라는 국가 자체를 '혁명'과 '공화국'과 함께 신격화했습니다. 그러면서 「라 마르세예즈」라는 노래, 그리고 자유·평등·박애를 뜻하는 삼색기를 상징으로 삼았어요. 그러나 일상생활에서도 상징은 중요한 변화를 겪었습니다. 즉 부르봉 왕가나 왕당파는 귀족과 성직자를 뜻하는 흑과 백, 프릴,* 하이힐, 리본을 통해 자신들을 드러냈지만, 반면에 공화파는 적, 백, 청색의 꽃 모양 장식을 단 모자를 썼지요.

재미있는 사실은 프랑스혁명을 상징한 인물은 구제도를 지배한 남성이 아니라 여성이라는 것입니다. 당시 남성은 일정한 계층이나 직업

---

* 소매나 깃의 주름 잡힌 물결모양의 가장자리 장식

또는 당파와 관련되었으나 여성은 사회적으로 무의미한 존재로 취급받았기 때문에, 사회의 모든 계층에 호소할 필요가 있는 경우에는 남성상보다 여성상 쪽에 힘이 있었습니다. 그 여성상을 대표한 것이 바로 '마리안느'였습니다. 마리안느는 1792년 왕이 폐지된 뒤 프랑스 공화국의 인장에 새겨진 여성의 애칭이었어요. 그녀의 외모와 옷차림은 고대 그리스 로마풍의 여신과 흡사했습니다. 하지만 그녀가 그리스 로마 신화의 인물이 아님을 표시하기 위해 마리안느라는 일반적인 평민 여성의 이름이 붙었지요. 1793년 파리 시는 노트르담 대성당에서 '이성의 축전'을 열어, 구제도를 대표하는 종교에 대항하는 '이성'의 이름으로 흰옷을 입고 월계수를 쓴 여성들을 자유를 숭배하는 상징으로 삼았습니다. 그 뒤 전국적으로 마을마다 자유의 여성을 뽑는 축제가 열렸어요.

반면 당시 귀족이나 부르주아는 그리스에 기원을 둔 헤라클레스 등을 선호했습니다. 이는 프랑스 발루아 왕조의 앙리 2세가 1549년 파리에 입성할 때, 그가 전임자인 프랑소와 1세를 기리기 위해 「갈리아의 헤라클레스」 조각을 세운 것에도 나타나지요. 또 이탈리아에서도 헤라클레스는 절대주의 군주를 의미했습니다. 그러나 혁명 이후 헤라클레스는 공화국을, 그가 죽이는 괴물은 혁명 반대 세력을 상징하는 것으로 변했어요. 여기서 주의할 점은 헤라클레스로 상징되는 남성의 지배권은 변하지 않았다고 하는 점입니다. 즉 급진파든 보수파든 모두 근본적으로는 반여성적이었지요. 국민공회는 1793년 모든 여성 클럽을 금지하고 "여성의 정치 참가는 히스테리에 의해 생기는 분열과 혼란의 원인"이라고 선언했습니다. 20~21세기 초에 주로 활동한 영국의 역사학자인 홉스봄은 마리안느가 여성을 선동하므로 공화국 정부가 헤라클레스에 의해 여성의 정치 참가를 억제했다고 보았어요.* 그러다가 이러한 헤라클레스에 대한 새로운 해석도 급진적인 세력의 후퇴와 함께 차차 사라지고 보수적인 공화제는 도리어 안정된 여성상을 선호하는 경향을 보이기도 했습니다.

독일과 그리스 로마 신화

독일주의와 그리스 로마 신화

흔히 독일의 18~19세기를 낭만주의 시대라고 부릅니다. 하지만 구체적으로 낭만주의 시대가 언제인지는 철학이나 각 장르의 예술마다 조금씩 시기가 달라요. 가령 문학은 1770년대에 시작되어 1830년대 후반에 끝나지만, 음악은 1830년대에 시작되어 19세기 말까지 이어집니다. 독일의 낭만주의는 우리나라에선 대개 '질풍노도(疾風怒濤)'라고 번역되는 운동으로 시작됩니다. 이는 'Sturm und Drang'이라는 희곡 이름을 일본인들이 직역한 말인데, 그런 말만으로는 원래의 독일어가 갖는 어감을 충분히 이해할 수 없습니다. 원래의 제목은 감정 변화를 자유롭게 표현하는 '독창적 천재(Originalgenie)'라는 개념과도 연관이 있거든요. 이를 단적으로 보여주는 작품이 괴테가 1774년에 발표한 소설 『젊은 베르테르의 슬픔』입니다. 이 작품의 주인공 베르테르는 본래 쾌활한 젊은이였으나 현실에 대한 절망과 실연으로 염세적인 감정에 빠져 결국은 자살해요. 비록 괴테는 그 작품을 쓴 뒤 곧 고전주의로 돌아서긴 했지만 말입니다.

이처럼 한 작가가 낭만주의자였다가 고전주의자로 돌아서는 일이 잦았던 독일의 18~19세기를 한마디로 '독일주의'나 '독일운동'이라고 부르기도 합니다. 이는 프랑스나 이탈리아로 대표되는 서유럽적인 것과 구별되는 독일적인 것, 즉 서유럽의 계몽주의에서 벗어나 독일 고유의 독자적인 것을 찾는 경향을 말해요. 그것은 1770년대의 'Sturm und Drang'으로 시작되어 고전주의 풍조 속에서 더욱 성숙해졌고, 이후 낭만주의 풍조 속에서도 계속되었습니다. 또 독일 관념론 철학에도 영향을 주었지요.

독일 고전주의는 빈켈만 미학으로 시작됩니다. 빈켈만이 살았던 18세기의 독일미술은 이탈리아와 프랑스의 영향을 받은 호화롭고 사치스러운 것들이었어요. 회화는 코레지오(1489~1534)와 베로네제(1528~1588)의 우아한 화려함이나 루벤스와 요르단스의 화려한 관능미, 조각은 이탈리아의 베르니니(1598~1680)를 따라한 분방한 향락주의와 경박한 감각주의에 물들어 있었지요. 그것들은 당시 궁정의 호화로운 기호에 어울렸습니다.

이러한 분위기에 대한 반발에서 '운동에서 정지로', '과장에서 절도로', '복잡에서 단순으로' 이동하려는 새로운 미술의 경향이 생겨났어요. 빈켈만의 처녀작 『그리스 미술 모방론』은 그런 새로운 경향을 반영한 것입니다. 그는 그리스 미술을 새로운 이상으로 제시하는 한편, 그가 살았던 당대 미술(특히 베르니니)을 부패한 미술로 취급했어요. 특히 그는 당대 미술의 '극단적인 세밀 묘사', '형태 감각과 미 감각의 결여',

'장식에서의 그로테스크'를 비판했습니다. 그의 결론은 오로지 그리스를 모방해야 한다는 것이었어요. 그런데 그의 이러한 관점을 이해하려면 알아두어야 할 것이 있습니다. 빈켈만은 로마˙를 그리스에 대립하는 프랑스적인 것, 즉 바로크와 로코코 양식의 기반인 절대주의적 국가 체제의 것이자, 퇴폐적인 르네상스를 잇는 것이라고 보았어요. 이와 반대로 독일적인 것을 그리스적인 것으로 보았습니다. 이렇듯 독일의 정체성을 그리스 문화에서 구하려 한 빈켈만의 사상은 19세기에 슐리만이 트로이의 유적을 발견한 사건을 계기로 더욱 증폭되었습니다.

또한, 이는 당대 학자들이 고대 그리스를 인도-유럽어족으로 분류하면서, 이들이 아리안 족과 관련된다고 밝힘에 따라 더욱 신빙성 있게 여겨졌어요. 그 선구자는 인도의 판사로 재직하며 산스크리트어를 연구한 영국의 문헌학자 윌리엄 존스였습니다. 그 영향을 받은 독일 철학자 요한 고트프리트 헤르더(1744~1803)와 그림 형제(형 자콥은 1785~1863, 동생 빌헬름은 1786~1859) 등은 전통적 민요에 뿌리박은 모국어로 쓴 시가 가장 건강한 시라고 주장했습니다. 이러한 독일주의자들은 동시에 합리주의와 외국 문화를 배척했지요.

비교신화학의 창시자인 독일 철학자 막스 뮐러(1823~1900)는 존스의 연구를 계승하여 인도 문화와 유럽 문화가 같은 뿌리에서 나왔다고 보고 인도 문화의 우월성을 찬양했습니다. 물론 이들이 높게 평가한 이들은 인도의 선주민을 제외한 이주민, 즉 아리안계인 지배계급˙˙에

---

* 당시 '고대'라고 하면 대개 로마를 뜻했다.

** 산스크리트어(인도어)로 '고귀한'이라는 뜻으로, 이는 지배층이 자신들을 하층계급과 구분하기 위해 쓴 단어 중 하나다. 이러한 북방 아리안 족 인도인들은 키가 크고, 피부는 하얀색이며 코는 높고 눈은 움푹해

한정되었지만요. 이는 인도의 지배계급과 영국인들이 함께 인도를 지배할 수 있는 정당성을 부여했습니다. 뮐러는 기원전 1450년경에 쓰인 인도 경전 『베다』가 그리스 로마 신화보다 시기상으로나 역사적 의미로나 앞선다고 보았어요. 또 그는 인도의 하늘신 디야누스, 그리스 로마 신화의 제우스, 북구 하늘신 티우가 모두 같은 어원에서 나왔다고 여겼습니다.

뮐러는 인도유럽어족(인도 북방, 유럽, 북미 등 대체로 백인)의 근원이 된 어족을 아리안 족이라고 불렀습니다. 그러면서 그들을 그리스 신화에 나오는 황금시대의 종족과 동일시했어요. 또한, 그 언어에는 단어가 많지 않아 은유를 통해 의사소통해야 했기에 당시의 사람들은 모두 시인이었으리라고 여겼습니다. 그 뒤 언어는 발달했으나 그런 초기적 표현이 관용어로 굳어져 언어에 남았는데, 후대 사람들은 그 기원을 알지 못해 어리둥절했고, 따라서 그 표현을 설명하는 신화를 만들어냈다는 것입니다. 이렇듯 언어의 모호성이 신화를 만들었다는 가설을 '언어 질병설'이라고 합니다.

또 뮐러는 인도-유럽어족의 신화가 천체현상, 특히 일출·일몰과 관련이 매우 깊다고 여겼어요. 가령 그는 헤라클레스, 테세우스, 오디세우스 등이 모두 태양을 상징한다고 보았습니다. 그러나 그의 시각에는 모순이 있습니다. 우선 인도-유럽어족의 언어에는 일출과 일몰에 대한 단어가 없었다는 점입니다. 게다가 그것을 표현하는 것은 '해가 뜬

전형적인 서양인의 외모와 닮아 있다. 한편 남방 드리바다 족은 중간 정도 키에, 가무잡잡한 피부색에 대체로 동양인처럼 편평한 얼굴을 지녔다.

다', '해가 진다'는 진부한 표현에 불과하므로 이를 시적이라고 여기기도 어렵지요. 도리어 신화는 후대 사람들에 의해 만들어진 점이라는 것을 상기할 필요가 있습니다. 뮐러가 신화의 근원을 태양에 환원시킨 것은 아리아인에게서 유일신 사상의 뿌리를 발견하고자 하는 동기가 컸어요. 그들은 백인의 고상한 조상이 다신교를 믿는 야만인이라고 생각하기 싫어했거든요. 그는 물질주의적인 빅토리아 시대에 대항하여 시적 감성이 풍부하고 정신적 고귀함을 지닌 귀족주의와 종교적 정통주의를 내세우고자 했습니다. 그렇기에 그 대안을 아리안 족 신화로 제시한 것이지요.

제국주의, 오리엔탈리즘, 그리스 로마 신화

우리나라 사람들이 언제부터 그리스 로마 신화를 접하기 시작했는지는 알 수 없습니다. 아마 동아시아에서는 19세기에 중국과 일본이 먼저 서양과 직접 교류하기 시작했으니, 우리에게는 20세기에 들어서 일제강점기에 주로 일본인을 통해서 알려졌을 가능성이 크다고 짐작할 뿐이지요. 그러다가 해방 이후 20세기 후반에 와서 차츰 서양 문화가 더욱 폭넓게 직접 유입되기 시작했고, 오늘날은 인터넷이나 텔레비전 등의 미디어를 통해 손쉽게 서양 문화를 접할 수 있게 되었습니다. 하지만 반세기 이상 일본인의 시각으로 이해된 서양에 대한 관념이 쉽게 없어지지 않는 듯해요. 그리스 로마 신화를 비롯한 고대사에 대한 것은 더욱 그렇고요.

　18세기까지 서양에서는 성서에 따라 전 세계의 인종이 노아의 세

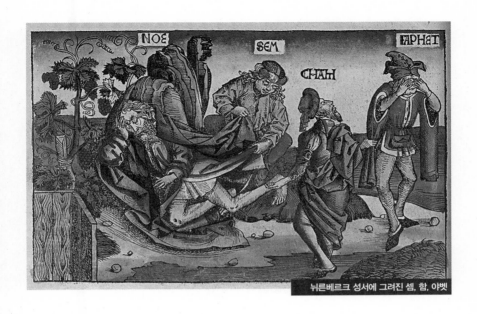

아들, 즉 셈, 함, 야벳의 자손들로 이루어졌다고 여겼습니다. 노아가 포도주에 취해 곯아떨어졌을 때, 아버지가 적나라한 알몸으로 성기까지 드러내고 있는 것을 본 함은 이를 놀렸어요. 한편 셈과 야벳은 묵묵히 옷을 가져와 아버지의 몸을 가렸습니다. 그래서 함은 술에서 깨어난 노아로부터 저주를 받았어요. 그 후로 함은 흑인의, 야벳은 아리아인의, 셈은 유대인의 선조가 되었다고 합니다. 이러한 성경 구절에 따른 인종적 구별은 19~20세기에 중요한 결과를 초래했습니다. 1850년대 이후에는 그리스적인 정신을 따라 육체를 찬양하는 풍조가 있었는데, 이는 당시에 발전한 생물학, 민족학, 인종인류학의 성과에 따른 것이었어요. 19세기 인류학은 신체의 차이를 토대로 인종을 분류하기 시작했습니다. 이는 르네상스 이래 고착된 고대 그리스에 대한 찬양이 과학

을 통해 정당화되는 것을 뜻해요.

특히 1859년 다윈의 『종의 기원』은 신체적 차이가 생존 경쟁의 결과에 따른 진화라고 설명했는데요. 그의 이론은 백인종의 우월성을 증명하기 위한 증거로 자주 이용당했습니다. 즉 인류학은 기원전 5세기 그리스인을 완벽한 인종이자 인류 전체의 이상으로 두는 동시에, 이는 전형적으로 서양인의 신체라고 했어요. 이는 비서양 인종에 대한 차별과 식민지 지배를 정당화했고, 2차 세계대전이 종식된 1945년까지 파시즘을 널리 퍼트리는 결과를 낳았습니다. 영국인은 그리스인의 신체를 닮기 위해 1840년대부터 축구와 럭비 등, 체육 훈련의 체계적 프로그램을 세우고 사립학교에 다니는 중산층 자녀에게 이를 실시했어요. 19세기 후반에는 그리스 로마 신화가 유럽의 초·중·고등교육은 물론 일반인의 교양에서도 가장 중요한 기준이 되었지요.

19세기부터 낭만주의와 신고전주의 및 인상파 등 당대 유럽에서 유행하던 모든 미술 양식에 공통된 주제로 터키와 아라비아가 등장하고는 했습니다. 프랑스 화가들로 예를 들자면 장 오귀스트 앵그르의 「오달리스크」(1839)와 「터키탕」(1862), 르누아르의 「알제리 여인」(1870), 「알제리 풍의 파리잔느」(1872) 등이 있는데요. 그 그림들에서 비서양 여성들은 성적 쾌락의 대상으로만 묘사되었습니다. 이는 곧 영국과 프랑스가 식민지를 보는 시선을 대표하지요. 그러한 타자화의 역사는 이미 고대 그리스부터 시작되었습니다. 고대부터 흑인과 동양인을 비롯한 비서양은 악으로 표현되곤 했거든요. 가령 지옥에서 죄인을 고문하는 악마의 피부색은 새까맣게 칠해졌습니다. 또 이탈리아 파도바의 스크로베니 예배당에 있는 지오토의 벽화 「그리스도의 채찍질」에는 흑

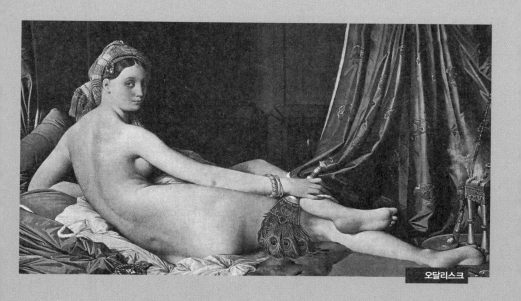

오달리스크

터키탕

알제리 여인

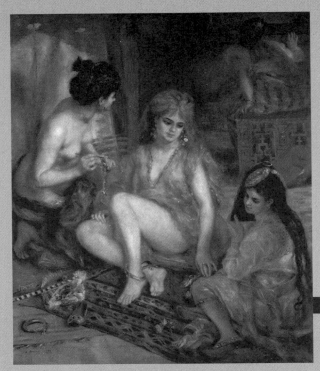

알제리 풍의 파리잔느

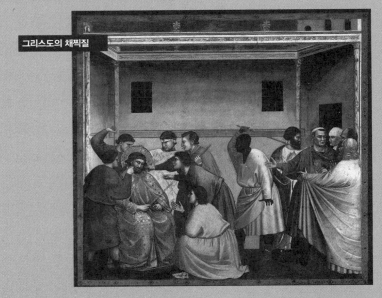

그리스도의 채찍질

인이 예수를 향해 채찍을 휘둘러요. 더구나 19세기의 유럽인들은 그러한 관점을 환상뿐만 아니라 현실에 대입하기도 했습니다.

그 집중적인 장소는 만국박람회였어요. 1851년의 런던, 1855년의 파리를 시작으로 각국에서 엑스포를 열어 제국의 기술력과 문화를 과시했습니다. 이러한 박람회에는 식민지에서 수탈해온 물건뿐만 아니라 원주민도 전시되고는 했어요. 그러다가 이것이 훗날 박물관으로 변한 것이지요. 당시 이는 식민지의 문화적, 인류학적 열등함을 시각적으로 전시하면서 유럽 문명의 우월함과 비교하는 역할을 했습니다. 일본은 1867년에 파리 만국박람회에 처음으로 참가했어요. 그 박람회에는 알렉상드르 카바넬의 「아프로디테의 탄생」을 비롯한 회화작품이 다수 전시되어 있었습니다. 이후 1878년 박람회에는 윌리앙 아돌프 부그로의 그림 「아프로디테와 아모르」와 프리데릭 오귀스트 바르톨디의 조각 「자유의 여신」 축소상이 출품되었어요.* 1900년 만국박람회에는 카롤루스 뒤랑의 「다나에」도 전시되었습니다. 동양인들은 이러한 작품들이 모두 그리스 로마 신화에서 나온 것임을 듣고 관심을 기울이지 않을 수 없었겠지요.

19세기 후반 처음으로 유럽과 미국을 찾은 일본인들과 중국인들이 가장 먼저 접하게 된 것은 그런 전시회들만이 아닙니다. 오늘날 우리가 서구권 국가들을 여행하면서도 볼 수 있는 대규모의 국가적 상징

---

* 영국의 앙숙인 프랑스는 미국 독립기념일 100주년 기념으로 「자유의 여신」을 미국에 선물했다. 이 역시 프리데릭 오귀스트 바르톨디가 조각하였으며, 구스타브 에펠이 내부 철골구조물을 설계했다. 높이가 약 46m에 달하는 이 조각상은 조립식으로 제작되어 각 부품으로 분해되어 미국으로 운송되었으며, 1886년 뉴욕 리버티 섬에 세워졌다.

아프로디테의 탄생

다나에

에펠탑

만국박람회에 전시된
자유의 여신 축소판

물들도 있었지요. 그것들은 대부분 19세기 후반 국민국가 이념과 제국주의가 공존하며 극성을 이루던 당시 만들어진 것들이었습니다. 가령 프랑스 파리의 에펠 탑은 1889년에 건설되었어요. 당시의 프랑스 소설가 모파상을 비롯한 지식인들은 철근으로 이루어진 그 건축물을 추악하다고 혐오했으나, 이는 여전히 프랑스의 가장 유명한 랜드마크로 남아 있지요. 이는 프랑스의 국력을 과시하기 위해 그해에 열렸던 파리 만국박람회를 기념하기 위해 세워진 것입니다.

또한, 중국인과 일본인들은 프랑스라는 국가를 상징하는 국기와 국가(國歌)를 접했을 것입니다. 프랑스 공화국의 국가인 '라 마르세예즈(La Marseillaise.)'가 법으로 결정된 것은 흔히 잘못 알려진 상식대로 1789년의 프랑스 대혁명이 아니에요. 그 훨씬 나중인 1871년의 파리 코뮌 이후, 이를 기념한 1879년의 기념식장에서였지요. 공화정 기념비가 전국 각지에 세워진 것도 1875년부터 1914년 사이였습니다. 바스티유 습격일인 1789년 7월 14일을 국가가 기념일로 결정한 것도 거의 1백 년 뒤인 1880년에 와서였어요.

물론 국가인 '라 마르세예즈'가 불리고 국기인 삼색기가 휘날린 것은 프랑스대혁명 때부터였지만, 나폴레옹이 황제에 취임하면서 프랑스혁명의 정신은 다시 빛을 잃었습니다. 나폴레옹은 세계 정복을 꿈꾼 한편 그리스 로마 신화에 탐닉했어요. 그는 1794년 "벨베데레의 아폴론과 바르네제의 헤라클레스를 획득하기 위해서" 이탈리아를 정복하겠다고 선언했고, 그 2년 뒤인 1796년 실제로 그렇게 했습니다.* 그해 6월 나폴레옹은 바티칸**까지 침략해 아폴론, 라오콘, 클레오파트라 상 등을 모두 몰수했지요. 그리고 혁명 후 공공미술관으로 변한 루브르 박물관에 그가 정복한 나라의 문화재와 과거 프랑스 왕실의 수집품을 진열했습니다. 당시 루브르 박물관은 1803년에 열린 나폴레옹 미술관으로 불렸어요. 오늘날 루브르는 세계 3대 박물관이라고 부르지만, 식민지로부터 수탈한 물건들을 모아놓아 '훔친 물건의 진열관'이라는 오명을 갖고 있기도 합니다. 물론 대영박물관을 비롯해 서양의 대부분 박물관이나 미술관도 마찬가지고요.

1833년부터 1880년 사이 영국과 프랑스에서는 고대 그리스를 향한 관심이 극에 달했습니다. 당시 영국은 빅토리아 여왕의 통치 아래 있었고, 프랑스는 루이 나폴레옹이 다스리는 제2제정기였는데요. 유럽 어느 나라든 국수주의와 제국주의에 물들어 있던 시대였습니다. 그것을 공통으로 보여주는 것이 고대 그리스에 대한 찬양이었지요. 이는 동시에 서아시아 식민지에 대한 엄청난 관심으로 드러났어요. 이처럼 고전 양식에 대한 동경과 식민지에 대한 오리엔탈리즘은 학술계(아카

---

* 벨베데레의 아폴론은 원래 나폴레옹 집권 당시 바티칸 성당의 벨베데레(옥상 노대)에 있었는데, 지금은 바티칸 미술관의 본관 중 그리스 로마 시대 조각상들을 모아둔 피오 클레멘티노 미술관에 있다. 그 아폴론 상은 기원전 4세기의 그리스 청동 작품을 모방한 대리석 복제품이다.

** 당시까지 바티칸은 성지로 침략 대상이 아니었다.

데미)와 사교계(살롱)의 가장 중요한 양대 주제였습니다.

당시 영국과 프랑스에서 그리스 로마 신화의 영웅들 가운데 가장 인기가 높았던 이들은 헤라클레스, 페르세우스, 프로메테우스였습니다. 이들은 모두 군사적 업적을 달성한 영웅이라는 공통점이 있어요. 그들은 "선택된 민족의 시민"이자 "남성적인 기독교도"이자 "혁명의 전사"를 상징했습니다. 앞서 말했듯이 당시에는 기독교적 주제도 그리스적 신체로 표현되었고, 이를 두고 헬레니즘과 헤브라이즘의 혼합이라고 칭하기도 하지요. 이러한 그리스 병사의 육체미와 강자의 승리에 대한 찬미는 19세기 후반 국민국가의 민족주의와 통하는 바가 컸습니다. 그리스 병사의 이미지는 1833~1880년의 영국에서 특히 유행했고, 프랑스에서는 독일군이 침입한 1868년에 헤라클레스가 큰 인기를 끌었어요. 헤라클레스는 프랑스혁명 이후부터 이미 높은 인기를 누려왔지만, 그는 동시에 보수적인 영웅이기도 해서 제2제정은 혁명의 위협에 대항해 헤라클레스를 이용하기도 했습니다. 한편으로 그는 여성으로서 여러 작품의 주제가 되어온 아프로디테와 함께 국민국가의 이상적 남녀를 상징하기도 했어요.

여하튼 19세기 후반에 영국과 프랑스 및 독일 등을 방문한 일본인과 중국인은 그리스 로마 신화에 대한 각종 이미지와 지식을 담고서 고국에 돌아갔을 것입니다. 특히 일본인에게 그것은 자기 나라의 신화를 조작해내는 데까지 영향을 미쳤어요. 따라서 그리스 로마 신화는 19세기 말부터 동양에도 적극적으로 수용되기 시작한 듯합니다. 유럽이나 호주, 아메리카 대륙에 사는 서양 백인만이 아니라 아시아나 아프리카의 식민지에서도 널리 읽힌 것이지요. 1931년 프랑스 식민지 박물관은 처음에 코끼리, 흑인, 아랍인을 포함한 북아프리카 양식으로 기획되었으나 이는 거부되고 그리스 양식으로 설계되었습니다. 일제강점기 조선에 지어진 총독부를 포함한 근대적 건물들도 마찬가지고요. 이는 스위스 건축가인 르 코르뷔지에의 양식과도 통하는 것이었습니다. 그의 작품에 부조된 토인 여성은 고갱의 그림에 나오는 이들과 유사했습니다. 그리고 그들이 둘러싼 중앙에는 그리스 로마 신화의 인물들이 당당히 새겨졌어요. 프랑스는 고대 신화에 등장하는 여신으로, 식민지는 원시인 여성으로 대조되었습니다. 그리고 프랑스는 정의, 자유, 평화, 노동, 예술, 과학, 상업, 산업을 상징했지만, 식민지는 노동하는 민중만을 상징했어요. 이러한 오리엔탈리즘은 19세기 제국주의 이후에 생겨난 것도, 그 전인 16세기에 그들이 소위 '신대륙'으로 항해하면서 이룬 '지리상의 발견' 이후에 생겨난 것도 아니었습니다. 이는 서양이 그 문화를 시작한 고대 그리스부터 시작되었어요. 그러한 차별적인 인식의 전형을 볼 수 있는 것이 바로 그리스 로마 신화입니다.

바흐오펜의 신화 이해

19세기부터 서양에서는 그리스 로마 신화를 비롯한 신화 연구가 시작되었습니다. 그 역사를 말하자면 꽤 길고 복잡해요. 이에 대해서는 우리나라에도 많은 설명이 그동안 시도됐습니다.* 따라서 그것들을 이 책에서 중복해서 소개할 필요는 없겠죠. 여기서는 지금까지 한국에서

---

* 가령 이진성의 『그리스 신화의 이해』 453~506쪽.

충분히 소개되지 않은 것을 보충하고,* 이미 소개된 것에 대한 비판만을 언급하겠습니다.

그리스 로마 신화에 대한 재해석은 19세기에 스위스의 인류학자인 요한 야콥 바흐오펜의 저서 『모권』**(1861)에 의해 논의되기 시작합니다. 신화 분석을 통해 기존까지 이어진 부계제 사회에 대립하는 모권제 사회가 역사상 먼저 성립했다고 주장했기 때문입니다. 그에 의하면 모권제와 부권제의 대립은 그리스 원주민이 숭배했던 대지 어머니 종교와 우라노스-올림포스 종교의 대립으로도 볼 수 있습니다.***

바흐오펜은 모권제 사회에서는 모든 인간이 형제로 자유롭고 평등했다고 여겼어요. 그는 모권제가 2단계를 거친다고 보았습니다. 1단계는 아프로디테를 주신으로 섬기는 야만적인 시대로 난혼과 창녀들이 난무하는 진흙시대였지요. 즉 야수와도 같은 남자가 무방비한 여자와 성교하여 아버지가 누군지 모르는 아이를 낳던 시기였습니다. 2단계는 모권제의 절정기로 주신은 데메테르였다가 디오니소스로 옮겨졌어요. 이는 농경문화 단계로서 혼인제도가 성립한 시기였습니다. 바흐오펜은 이렇듯 모권제의 단계가 이행되는 과정을 오리엔트적이고 주술에 의존하던 자연 상태로부터 서양 문화가 출현하는 과정으로 보았습니다. 이는 헤겔이 주장한 세계사의 흐름, 즉 아시아의 문화가 유럽의 고전·고대기로 넘어간다는 설명을 상기시킵니다.

---

* 가령 이진성은 아래에서 보는 바흐오펜 등은 전혀 소개하고 있지 않다.

** J. J. Bachofen, *Das Mutterrecht*, Benno Schwabe & Co. Verlag. 영어판은 Ralph Manheim translate, *Myth, Religion & Mother Right*, Bollingen Paperbacks.

*** 이는 엥겔스의 『가족 사유재산 국가의 기원』 4판(1891)의 서문에서도 설명된 바가 있다.

나아가 바흐오펜은 이후 사회가 모권제에서 부권제로 이동하면서 올림포스 12신이 등장한다고 보는 한편, 부권제는 그리스 전역이 아닌 로마에서 이루어졌다고 보았습니다. 즉 모권제가 지배하던 에트루리아인이나 카르타고인을 로마제국이 무참하게 살육하였다는 것이지요. 그리고 로마에서 발전한 부권제는 기독교 문화로 세습되었는데, 부권제는 물질적이기보다는 정신적인 성격을 지닌다고 여겼어요. 이처럼 바흐오펜도 모권제로부터 부권제, 동양에서 서양, 그리고 기독교의 발전을 진보의 과정이라고 본 점에서 역시 19세기 서양 기독교도다운 편견에 젖어 있었지요.* 여하튼 바흐오펜이 기독교를 지지하는 태도는 다른 근대 지식인들, 가령 독일 시인 괴테나 스위스의 정신분석학자 융의 경우에도 마찬가지입니다.

19세기 독일 교양주의에서 올림포스 신들은 이상적인 존재로 떠받들어졌어요. 그들은 명랑하고 지성적이면서도 금욕적이고 이성적이고 건전한 그리스 정신을 표현한 것으로 이해되었습니다. 독일의 철학자 헤겔은 그러한 교양주의에 근거를 두고 그리스 정신과 신비주의를 벗어난 기독교를 변증법**적으로 통일했어요. 그러나 바흐오펜과 니체는

---

* 바흐오펜은 구약성경에 대해서는 언급하지 않았다. 하지만 최근 들어 성경 속에서 모권제가 존재했다는 증거를 찾는 연구가 나왔다.

** 변증법(dialectic)이란 문답을 통해 진리에 도달하는 방법을 뜻한다. 이는 그리스어의 "대화하다" 혹은 "강연하다"라는 단어에 어원을 두고 있으며, 그리스 소피스트들의 토론 기술이 그 기원이라고 한다. 18세기 후반과 19세기 초반에 살았던 독일 철학자 헤겔 역시 변증법을 통해 자신의 철학을 전개했다. 헤겔은 영원한 진리란 존재하지 않는다고 믿었다. 왜냐하면 인간의 이성은 역사 속에서 계속해서 발전하기에, 한 주장이 나온다 해도 나중에는 그에 맞서는 주장이 나오기 마련이라는 것이다. 그리고 나중에는 서로 모순되는 두 주장을 통합하는 새로운 주장이 나왔고, 이를 통해 역사는 끊임없이 발전하는 것이다. 이러한 과정은 정립(테제)-반정립(안티테제)-통합(진테제)의 구조로 나누어볼 수 있으며, 헤겔은 이를 '변증법적 발견'이라고 불렀다.

그러한 헤겔의 사상에 반발했습니다. 니체는 실증주의적인 문헌학을 경멸했습니다. 한편 그는 도취와 비밀의식의 신 디오니소스(혼란)를 삶의 본질이라고 보았고, 아폴론(질서)적인 것은 그 그림자에 불과하다는 주장을 저서 『비극의 탄생』을 통해 내세웠어요. 마찬가지로 바흐오펜은 19세기까지 교양주의에 눌려 지하에 숨어야 했던 에로스(남녀의 대립)와 타나토스(삶과 죽음의 대립)를 원초적인 인간의 원형으로 부활시켰습니다. 이는 프로이트가 인간의 궁극적인 본질을 삶과 죽음의 대립(타나토스), 성적 본능에서의 남녀의 대립(에로스), 아버지와 아들 간의 대립(오이디푸스)이라는 세 가지 대립에서 구한 것과 같았어요. 단 오이디푸스 신화를 해석하는 데 있어서 바흐오펜과 프로이트는 차이를 보였지만 말이지요.

하지만 바흐오펜을 비롯한 많은 사람은 기본적으로 기독교적 사고방식의 굴레를 벗어나지 못했습니다. 따라서 훗날 이를 극복하고자 나타난 집단이 우주론 서클이었지요. 그들에 의하면 유대교의 우주를 벗어난 초월신 여호와가 모권제의 종교를 파괴했다고 합니다. 이러한 반기독교 주장은 유럽의 율법주의적 질서와 금욕주의적인 일부일처제에 대한 반대로 나타났어요. 이는 19세기 말에서 20세기 초반까지 진행된 자연주의 운동에 영향을 미쳤습니다. 그들은 유대 창세 신화가 남성 신의 명령을 받아 세상을 창조했다고 기록된 것에 반대하여, 어머니 대지가 원초의 알이 나누어져 세계를 낳았다는 이교 신화에 주목했어요. 즉 그들은 페르시아의 파하마마, 멕시코 선주민 아즈텍인의 센테오토르, 중국의 음, 인도의 프루티피, 이집트의 이시스와 네이스, 수메르의 이난나, 바빌론의 이쉬타르, 그리스의 가이아와 데메테르, 로마의 테라 메이터와 케레스, 게르만의 네르소스, 켈트의 페리사나, 북유럽의 네르토스 등을 중요하게 여겼습니다. 유대계인 독일 철학가 발터 벤야민도 1914년부터 우주론 서클에 공감을 나타냈지요.

제1차 세계대전 전후의 독일 지식인 사회는 니체의 전성기였다고 볼 수 있습니다. 독일의 소설가이자 노벨문학상을 받은 적 있는 토마스 만 역시 쇼펜하우어와 니체의 영향을 받았어요. 그러나 1926년에 나온 바흐오펜의 선집 『동양과 서양의 신화』의 서문에서 알프레드 보임러*가 니체를 비판하면서 사정이 달라졌습니다. 그에 의하면 니체는 저서 『비극의 탄생』에서 소크라테스를 비판하여 시대착오적인 고전주의, 낙천주의, 합리주의를 극복하고자 했으나, 정작 이를 위해 꿈과 도취라고 하는 심리학적 방법을 채택했기 때문에 시대 비판의 의미를 상실했다는 것입니다. 또 그는 니체는 고대 그리스 로마 신화의 대지 모신에 대해 무지했고 그저 올림포스 신 중 하나인 디오니소스를 알았을 뿐이며, 따라서 그리스의 정신을 남성적으로만 보았다고 비판했습니다. 게다가 니체의 신화는 논리적인 요소를 중시한다는 면에서 그가 증오한 소크라테스주의에 젖었다고도 했지요. 알프레드 보임러는 훗날 나치에 충성하였고, 토마스 만은 비록 보임러의 저서들을 읽고 그를 '히틀러 글쟁이'로 분류하기는 했지만, 이러한 모권론적 해석에는 공감했습니다.

그러나 나치스의 신화론자인 로젠베르크는 『20세기의 신화』(1930)에

---

* 1887년에 태어나 1968년에 사망한 독일 철학자로, 베를린에서 철학과 정치학을 가르쳤다. 그러나 나치스에게 충성하며 히틀러를 위해 일해서 오명을 썼다.

서 바흐오펜에 반대했어요. 즉 그는 독일인은 모권제의 기간을 거치지 않았다고 주장했습니다. 또 모권제와 부권제는 각각 아리아 족인 그리스 민족과 오리엔트 시리아 유대민족 간의 투쟁이라고 했지요. 즉 낮, 빛, 생, 하늘, 아버지의 정신과 의지로부터 빛나는 그리스 문화가 성립됐고, 그것이야말로 현대인에게 남긴 고대 최대의 유산이며 그 계승이 나치 신화라고 보았습니다. 그리고 그 투쟁과 정복에 희생된 것이 밤, 어둠, 죽음, 대지, 어머니, 그림자라고 설명했어요.

이러한 주장들이 난립하는 가운데, 어쨌거나 모권제에 대한 담론이 1920년대 유럽사회에 충격을 던진 것만은 분명합니다. 여태까지 서구 사회의 규범적인 근거인 기독교나 교양의 토대로 여겨지던 그리스 문화가 모두 부권제 원리에 의한 것임이 확인됐기 때문이었어요. 그렇지만 모권제 이론은 여러 가지 관점에 따라 정 반대로 이해되기도 했습니다. 가령 모권제에서 부권제로 변한 것이 하나의 진보라고 보는 진보사관에 의하면 이는 기존의 기독교와 그리스 문화를 옹호하는 것이 되었습니다. 한편 반대 시각에서 이는 그동안 억압적인 부권사회에 의해 합리화되던 기독교와 그리스 문화로부터 해방되어 자연인 어머니 대지로 회귀하자는 유토피아 지향적인 움직임이 되었어요. 이러한 다양한 시각에 따라서 모권제론은 독일의 프리드리히 엥겔스나 막스 베버 같은 사회주의자는 물론, 파시즘을 뒷받침하기 위해서도 인용되었습니다.

1920년대 신화시대 작가들인 토마스 만, 게르하르트 하웁트만, 후고 폰 호프만스탈, 헤르만 헤세 등은 누구나 바흐오펜의 영향을 받았다고 볼 수 있습니다. 그들은 올림포스 신화와 구약 신화를 파헤쳐 바흐오펜이 새롭게 발굴해낸 아시아적인 것,* 지하신, 어머니 대지, 모권제, 오르기아, 엑스타시 등에 주목하고, 여기서 유럽인 의식의 근본을 찾으려고 했어요. 이는 동시에 근대 유럽의 과학, 기술, 규범에 대해 회의감을 품기 시작했음을 뜻합니다.

그 결과 신화에 대한 견해의 대립이 생겨났어요. 즉 신화를 미신적이고 부정적인 것으로 본 기존 시각 대 신화를 긍정한 새로운 생각이 서로 부딪히기 시작한 것이지요. 주로 전자는 이성을 사고방식의 기준으로 두었습니다. 따라서 신화는 미개 민족이나 믿는 야만적 미신으로 보고 그것에서 벗어나려고 했어요. 한편 후자는 바흐오펜에 따라 신화를 인간의 문명에 의해 상실되지 않은 원인간(原人間)의 혼으로 보았습니다. 게다가 신화에는 시간대를 넘나드는 보편성이 있다고 보았지요.

바흐오펜이 저서를 발표한 이후로 다양한 신화학이 생겨났습니다. 하지만 이러한 열풍에 대해 미국의 신화학자인 이반 스트렌스키는 다음과 같이 비판을 던지기도 했어요. "인문학의 다른 영역에서와 마찬가지로 신화학 연구는 하나의 유행에서 다른 하나의 유행으로 비틀거리며 앞으로 나아가면서, 가장 지루하고 가장 낮은 논쟁만을 만들어내고 있다."(스트렌스키22) 그의 말대로라면 우리는 신화학에 대해 그리 큰 관심을 기울일 필요가 없는지도 모릅니다. 조지 프레이저는 물론이

---

* 여기서 주의할 점은 서양인의 아시아적인 것에 대한 탐구는 부권제사회인 서양의 그리스 문화나 기독교 문화에 대한 비판에서 비롯된다는 점이고, 그 아시아적인 것으로 발굴된 것이 실제로는 더욱더 부권제적이라는 점이다. 그럼에도 동양에서는 서양인의 그러한 동양론을 마치 부권제인 동양사회를 긍정하는 것으로 오해하는 경향이 있다.

고 클로드 레비스트로스와 브로니스와프 말리노프스키 등 저명한 인류학자들의 이론에 숨겨진 제국주의적 경향과 이를 답습하는 후대 학자들에 의해 그런 신화학은 끝없이 반복됐기 때문이에요. 지금도 신화 연구의 고전으로 꼽히는 『황금 가지』의 저자 프레이저(1854~1941)는 사회진화론의 영향을 받았습니다. 즉 그는 인류가 마치 단계를 거쳐 가듯, 고대에는 주술과 신화에, 중세에는 종교에, 근대에는 과학에 의존한다고 보았어요. 그는 모든 신화에는 풍요제를 위해 인간을 제물로 바친 내용이 있다고 보았는데 이는 빅토리아 시대의 실용주의와 경제주의 및 합리주의를 반영한 것이었습니다. 얼핏 보기에 그의 이론은 문명과 원시상태를 동등하게 취급하지 않는 평등주의로 보이지만, 자세히 들여다보면 사실 그 둘을 단계적으로 구분하는 제국주의 이론에 불과했습니다. 또 유럽 안에서도 하층계급은 지금도 신화와 미신에 젖어 있어서, 과학적으로 사고하는 지배계급만이 인류가 당면한 문제를 해결할 수 있다고 보는 엘리트주의이기도 했지요. 레비스트로스도 예외가 아니었습니다. 스트렌스키에 따르면 "레비스트로스는 제국주의적 오만함을 그대로 간직하면서 언어와의 유비를 통해 신화를 이해하고자 했고, 그 결과로서 신화에 대한 '구조적' 해석을 만들어냈다"고 해요(스트렌스키18).

이상 그동안 있어온 신화학적인 논쟁들을 간략하게 살펴보았습니다. 이러한 담론 중에서 제가 주목한 것은 바흐오펜의 모권적 신화의 부활 정도예요. 저는 서양의 학자들이 직면한 새로운 선택, 즉 신화냐 이성이냐에는 별로 관심을 느끼지 못했습니다. 다만 왜 니체 등의 저명한 철학자들이 에리히 프롬 등과 달리* 모권제 신화가 보여주는 민주주의·사회주의 유토피아 대신 전체주의를 택했는지는 의문이었어요. 저는 위에서 그리스 로마 신화가 어떻게 토속신 중심에서 국가신 중심으로 변해왔는지 설명했습니다. 그리고 그런 과정에서 그리스 로마 신화에는 철저한 차별 구조가 존재하게 되었고, 그것은 반민주주의적인 전체주의로 이어졌다는 점을 여태까지 설명했고 앞으로도 조금 더 세밀하게 살펴볼 것입니다. 여기서 신화적 담론에 대한 저의 관점을 한마디로 말하면 모권제 민주주의냐, 제우스 독재냐에 관한 선택이라고 할 수 있어요. 독재는 폭력을 조장하고 노예근성을 조장하고 잔인함을 조장함으로써 지배자의 권력을 유지하려는 속성이 있습니다. 그중에서도 독재의 가장 혐오스러운 측면은 시민들의 어리석음을 조장한다는 것이지요. 이러한 독재를 가능하게 하는 방법의 하나가 신화적인 신비화입니다. 가령 독재자들이 하나같이 자신을 그리스 로마 신화의 영웅이나 신에 비유했듯이 말입니다. 그러한 독재자의 전형을 저는 전지전능의 음란한 독재자 제우스에게서 봐요. 한편 독재 체제에 대항할 수 있는 자유롭고 평등한 민주주의는 모권제 신화로 상징됩니다. 바흐오펜의 모권제 연구는 민주주의로 연결되어야 했으나 그렇지 못한 점이 한계점이라고 볼 수 있습니다.

---

* 한편 미국의 정신분석학자인 에리히 프롬은 독일의 사회과학자 막스 베버가 주장한 프로테스탄트 윤리가 부권사회임을 지적하고, 반면에 모권사회를 유토피아 사회주의 사회로 보았다.

니체와 그리스 신화

니체의 신화론

니체는 19세기를 살던 대부분의 독일인처럼 그리스 비극이 유럽 문화의 가장 고귀한 성과이고 그 뒤로 유럽인은 퇴보를 걸어왔다고 보았습니다. 그는 그리스의 희곡 작품을 아폴론적인 질서와 디오니소스적인 광기의 종합이라고 설명했어요. 그리고 니체는 그 둘을 각각 로마의 체계적인 정치적 기풍과 인도의 황홀경적인 무아지경에 대응시켰습니다. 그러면서 로마적인 프랑스와 달리 독일은 그리스처럼 다시 그 둘을 종합할 수 있다고 주장했어요. 그는 그리스가 페르시아 전쟁에서 승리한 이후, 이전처럼 따로따로 갈라진 폴리스들의 집합이 아니라 하나의 민족으로 뭉쳐졌음에, 그리고 그러한 단합에 그리스의 비극 작품들이 큰 역할을 했음에 주목했습니다. 따라서 마찬가지로 보불전쟁에서 프랑스에 승리한 프로이센*을 하나로 단합하게 하는 데 그리스적인 것이 제 역할을 해줄 것을 기대했지요.

나아가 니체는 그리스 비극을 소멸시킨 악당으로 소크라테스를 꼽았습니다. 소크라테스는 과학정신과 합리성을 주장하다 보니 비극 예술의 다른 한 면인 자유분방한 광기를 억압했다는 것이지요. 그러면서 니체는 소크라테스를 알렉산드리아와 로마와 프랑스 계몽주의, 그리고 유대인 언론과 관련지었습니다. 마찬가지로 니체는 그리스의 프로메테우스 신화와 유대교의 원죄 신화를 대립시켰어요. 그러면서 그리스의 신화 쪽을 더욱 주체적이고 긍정적인 것으로 평가했지요. 이에 미국의 신화학자 브루스 링컨은 다음과 같이 대응했습니다(링컨122).

프로메테우스 : 이브

그리스 : 이스라엘

아리아족 : 셈족

남성 : 여성

대담한 신성모독 : 거짓된 속임수

불(=문화적 성취) : 과일(=성적 쾌락)

비극 : 멜로드라마

---

* 독일의 역사에 존재하던 국가 중 하나. 여기서는 1701년부터 1918년까지 존재했던 프로이센 왕국을 뜻한다. 1870년 7월부터 1871년 5월까지 프로이센(당시 비스마르크가 통치)과 프랑스 사이에 보불전쟁이 일어났고, 여기서 프로이센이 승리함에 따라 독일제국이 설립되었다. 이를 독일 역사에서는 제2 제국시대라고 부른다. 제국은 프로이센을 포함한 22개의 연방국가로 이루어져 있었는데 프로이센의 왕이 독일제국의 황제로 즉위하였다. 한편 프랑스에서 이 전쟁의 패배는 혁명이 일어나 파리 코뮌이 나타나는 계기가 되었다.

악의 윤리 : 죄의 윤리

당당한 반항 : 신경증적 죄의식

고통과 강인함 : 자책과 유약함

금발의 야수[*]

니체는 1887년 저서 『도덕의 계보』를 출간했습니다. 여기서 그는 세계사에서 최고로 문명적이었다고 여겨지는 로마인 등의 정복자에 대해 다음과 같이 서술해요.

그들은 아마도 소름끼치는 일련의 살인, 방화, 능욕, 고문에서 의기양양하게 정신적 안정을 지닌 채 돌아오는 즐거움에 찬 괴물로서 맹수적 양심의 순진함으로 되돌아간다. 그것은 마치 학생들의 장난을 방불케 하는 것이며, 그들은 시인들이 오랜만에 노래를 부르고 기릴 수 있는 것을 가졌다고 확신한다. 이러한 모든 종족의 근저에서 맹수, 즉 먹잇감과 승리를 갈구하며 방황하는 화려한 금발의 야수를 오해해서는 안 된다. 이러한 숨겨진 근저는 때때로 발산될 필요가 있다. 짐승은 다시 풀려나 황야로 돌아가야만 한다. 로마, 아라비아, 독일, 일본의 귀족, 호메로스의 영웅들, 스칸디나비아의 해적들 이러한 욕망을 지니고 있는 점에서 그들은 모두 같다. 고귀한 종족이란 그들이 지나간 모든 자취에 '야만인'이라는 개념

---

[*] 이하 니체에 대한 설명은 박홍규, 『비민주적인, 너무나 비민주적인』, 필맥, 2008에서 가져온 부분이 있다.

을 남겨놓은 자들이다. 그들의 최고의 문화에서도 이에 대한 의식
이 드러나고 그것에 대한 자긍심마저 드러난다. …미친 것처럼 부
조리하게 돌변하는 것처럼 보이는 고귀한 종족의 이러한 '대담한
용기', 무슨 일을 저지를지 모르는 그들 모험의 예측할 수 없음…
(도덕의 계보1-11; 전집14-373).

니체의 말처럼 그야말로 '소름끼치는' 금발의 야수를 묘사한 것이라
고 하지 않을 수 없군요. "일련의 살인, 방화, 능욕, 고문에서 의기양양
하게 정신적 안정을 지닌 채 돌아오는 즐거움에 찬 괴물로서 맹수적
양심의 순진함으로 되돌아간다"라는 구절을 보면 이보다 더욱 뒤틀린
상황을 상상할 수 있을까 싶어요. 살인범, 방화범, 강간범, 고문범이 끔
찍한 짓을 저지른 뒤 일반 사람으로 즐겁게 돌아간다니 말입니다. 게
다가 그걸 "학생들의 장난을 방불케 하는 것"이고 "시인들이 오랜만에
노래를 부르고 기릴 수 있는 것"이라고 하는 구절에서는 잔인함이 더
욱 강해지지요.

그런데 니체는 그러한 침략자들을 비난하기 위해서 이 글을 쓴 것
이 아닙니다. 글의 아랫부분에서 니체는 그들의 행각을 '대담한 용기',
'명랑함과 쾌감'이라고 지칭하고 있거든요. 이는 니체가 여러 저서를
통해 도덕을 비판하고 힘에의 의지를 긍정한 것과 연관 지을 수 있어
요. 니체는 도덕이란 약자들이 강자들을 묶어두기 위한 규범에 불과하
며, 이를 극복하고 자신의 욕망과 가능성에 충실하게 행동하는 강자로
서 살아야 함을 예찬했거든요. 그것이 니체가 나폴레옹 등의 침략자
들을 찬미한 이유지요. 이는 여러 국내 철학자에 의해 수차례 옹호되

어왔습니다. 그러나 이것이 기본적으로 반민주적이며 약자에 차별적이라는 점을 대부분의 니체 해설자들은 애써 간과하려는 듯합니다.

심지어 니체는 그런 범죄인들을 찬양하고 심지어 형법의 폐지를 주장하기도 합니다. 우리나라에서는 이러한 니체의 저서를 교양을 위해서 청소년들에게 읽히려고 하는 풍조가 있어요. 그러나 니체의 사상에서 드러나는 반민주적인 면모와 차별주의, 폭력 옹호가 청소년들에게 여과 없이 흘러들어 가는 것이 과연 바람직한지 저는 잘 모르겠습니다.

그런데 우리가 위 문단에서 더욱 중요하게 눈여겨볼 점은, 니체가 예찬한 자들이 로마와 독일 그리고 '일본의 귀족'이라고 하는 것입니다. 여기서 같은 동양 종족이라도 침략자인 일본 귀족은 영광의 야수로 여겼다는 점을 주목해야 해요. 이는 반대로 일본에 잡아먹힌 우리 한민족은 열등하고 퇴보한, 치욕적인 종족이 된다는 점을 뜻합니다. 이 역시 식민 지배를 옹호하는 논리로 이용되기 매우 좋은 부분이지요. 여하튼 이어서 니체는 그리스인과 게르만인을 비교합니다.

페리클레스는 아테네 사람들의 낙천성 안전, 육체, 생명, 쾌적함에 대한 그들의 무관심과 경시, 모든 파괴에서, 승리와 잔인함에 대한 모든 탐닉 속에서 나타나는 그들의 놀랄 만한 명랑함과 쾌감의 깊이 을 특별히 칭찬했다. 이 모든 것은 그것 때문에 고통 받은 사람들에게는 '야만인', '사악한 적대자', '코트인', '반달인'의 모습으로 파악되었다. 독일인이 권력을 장악하자, 그들이 일으키는 저 깊고도 얼음처럼 차가운 불신은 오늘날 역시 그렇지만 몇 세기 동안이나 유럽이 금발의 게르만 야수의 광포함을 보아왔던 지울 수 없는 공포의 여운인 것이다(도덕의 계보1-11; 전집14-373).

이 문단을 두고 니체주의자들은 니체가 '금발의 야수'라고 지칭한 대상이 '백수의 왕인 사자'를 지칭하는 것이지 독일 민족을 말하는 것이 아니라고 주장하기도 합니다.* 그렇지만 이는 옹호 중에서도 가장 말도 되지 않는 변명이에요. 맥락상 그러한 사자의 이야기가 등장할 근거가 없기 때문입니다. 니체가 아동들을 위해서 동물 우화라도 지은 것이 아니라면 말입니다.

비록 니체는 파시즘을 직접 옹호한 적 없다고 하지만, 이러한 면을 보았을 때 그의 사상이 훗날 나치에 의해 파시즘에 인용되었다는 것은 놀랄 일도 아닌 듯합니다.

계보학적 근거

위의 책 『도덕의 계보』는 도덕 개념이 어떻게 생겨났는지를 소위 '계보적 방법론'을 통해서 분석한 책입니다. 이러한 그의 계보학은 여러 후대 학자에 의해 수많은 논쟁과 예찬을 불러왔지요. 그러나 저는 그의 사상과 방법론에는 위험한 점이 많다고 생각합니다.

니체는 위에서 언급한 부분보다 조금 앞에서 '위대한 서양학자'답

---

* 로버트 솔로몬, 캐슬린 히긴스, 고병권 옮김, 《한 권으로 읽는 니체》, 푸른숲, 2001, 24쪽; 로이 잭슨, 이근영 옮김, 《30분에 읽는 니체》, 랜덤하우스, 2003, 127쪽. 반대는 링컨182쪽.

게 '어원학'이 '올바른 길을 제시'해준다(전집14, 356;)는 전제를 내놓았습니다. 또 그런 전제 아래 라틴어 'malus('나쁘다'라는 뜻)'라는 말 옆에 'melas('검다' 또는 '어둡다'라는 뜻)'라는 말을 놓고 '싶다'고 했어요. 니체가 그렇게 하고 '싶다'고 한 이유는 단지 철자가 비슷하다는 것 때문인데, 저는 이것이 학자로서 취할 적절한 태도인지 의문이 듭니다. 여하튼 그는 인간의 계층을 평민과 지배자로 나눠요. 그리고 평민은 "어두운 피부를 가진 사람들, 특히 검은색 머리카락을 가진 사람들로 … 특징지을 수 있다"고 너무나도 간단히 단정합니다. 그리고 그러한 평민은 "지배자가 된 금발의, 즉 아리아계의 정복 종족과는 피부색으로 가장 분명하게 구별된다"(전집14, 358)고 말하지요. 이후 니체는 다음과 같이 주장합니다.

> 현대의 민주주의가, 훨씬 더 현대적인 아나키즘이, 그리고 오늘날 유럽의 모든 사회주의자에 공통적인, 이른바 '공동체'와 원시적 사회형태로의 경향이 대체로 엄청난 선조복원을 의미하는 것이 아닐까라고, 그리고 정복종족이고 지배종족인 아리아 종족이 생리학적으로도 열등한 위치에 있지 않다고 우리 가운데 누가 보증할 수 있단 말인가?(전집14, 359)

이는 니체 사상의 인종주의적인 면을 드러내는 부분 중 하나입니다. 위에서 인용한 문단의 마지막 문장, 즉 "정복종족이고 지배종족인 아리아 종족이 생리학적으로도 열등한 위치에 있지 않다고 우리 가운데 누가 보증할 수 있단 말인가?"는 니체 자신을 포함한 아리안 족이

열등하다고 주장한 것이 결코 아니거든요. 도리어 반대로 이는 아리안
족이 원래는 지배종족이었는데 지금은 열등하게 됐다고 개탄하는 반
문임에 주의할 필요가 있어요.

또 니체는 민주주의-아나키즘-사회주의를 모두 싫어했습니다.[*] 그
의 이러한 사고방식은 문단 앞부분에서 읽어낼 수 있어요. 그는 여기
서 그 세 가지 사상은 열등한 종족에나 걸맞은 것인데 그것이 본래
우등한 종족인 아리안 족을 지배하고 있으니 너무도 부당하다는 논지
를 전개하고 있습니다. 그래서 우등한 종족으로 자신들이 지닌 본래
의 우월성을 회복하자는 것이 니체 사상의 전부라고 할 수 있어요. 그
러한 우월성을 되찾기 위해 '권력의지'를 지닌 '초인'이 되어 '영원회귀'
를 이루어내자는 것이지요.

다시 말해 니체의 주장은 다음과 같이 정리해볼 수 있습니다. 그
는 인간의 종족은 피부색에 의해 천민(또는 노예, 종말인, 평민, 대중, 약
자 등)과 지배자(또는 주인, 초인, 귀인, 강자 등)로 구별된다고 보았습니
다. 그리고 과거에는 금발의 아리안 족이 지배자였는데 현대의 민주주
의-아나키즘-사회주의 탓에 흑발의 천민이 금발의 주인을 지배하게
된 것은 부당하다고 여겼지요. 따라서 그런 상태를 뿌리부터 뽑자는
것이 바로 니체의 '계보학'이고, 현 상황을 바로잡자는 것이 바로 니체
가 말하는 '가치의 전도(顚倒)'라는 것입니다. 즉 우수한 인종인 아리
안 족의 귀족주의를 회복하자는 말이지요. 니체의 사상은 강자를 찬

---

[*] 루카치는 『이성의 파괴』에서 니체의 모든 저작에 숨겨진 주요 테마는 사회주의에 대한 반대이고 니체는
마르크스나 엥겔스의 글을 한 줄도 읽지 않았다고 했다. 게오르크 루카치, 변상출 옮김, 『이성의 파괴』, 1
권, 1996, 백의, 355쪽.

미한 동시에 귀족주의와 엘리트주의를 긍정적으로 보았는데요. 니체에게는 그리스(스파르타)-로마-르네상스-아리아가 그러한 귀족주의의 원형입니다. 한편 민주주의-아나키즘-사회주의는 그러한 귀족주의의 적으로 그리스(소크라테스)-기독교-계몽주의-비(非)아리아에서 비롯된 것이에요. 니체에게는 세계사에서 가치가 있는 정통이자 아군은 위에서 말한 전자뿐이고, 이런 아군을 제외한 나머지 모든 것, 특히 위에서 말한 후자는 무가치한 비정통이자 적군으로 보았습니다.

따라서 니체는 아킬레스가 지휘했던 트로이 전쟁을 다시 벌이자고 주장한 셈입니다. 그것이 비록 백인 중심의 제국주의 전쟁이자, 결국은 백인들끼리 뭉쳐 유색 인종을 죽이는 침략 전쟁에 불과하다고 해도 말이에요. 니체는 그 전장의 으뜸가는 전사입니다. 아마도 그는 자신을 아킬레스라고 생각했는지도 몰라요. 그리스 신화에 열광한 니체는 특히 포도주의 신인 디오니소스를 좋아했다고 하지만, 제가 보기에 그의 모습은 아킬레스에 더욱 가깝습니다. 물론 그는 칼을 든 무적의 전사가 아니라 펜을 든 병약한 문필가에 불과했지만 말입니다.

전체주의와 그리스 미학

전체주의가 어디서 기원한 것인지에 대해서는 여러 가지 설명이 있습니다. 하지만 저는 이것이 프랑스혁명으로 시작된 대중의 자기숭배에서 생겨났다고 봐요. 대중사회에 내셔널리즘*이 퍼져나가면서 전체주

---

* 국가주의. 혹은 민족주의라고 번역할 수 있다. 자신이 속한 국가나 민족 공동체가 정당하다는 신념과 애

의로 발전한 것이지요. 신도 왕도 없는 현대에 떠받들 만한 것은 자기 나라의 숭고한 역사와 인종적 탁월함밖에는 없기 때문입니다. 독재자들은 이를 파시즘*에 이용하기도 했는데, 여기에는 대중문화가 한몫했습니다. 그러한 대중문화에는 새로운 것이란 없으며 진부한 클리셰의 반복일 뿐이에요. 또 단순함과 명료함을 통해 대중에게 지배층의 메시지를 각인시키려 하지요. 파시즘에 사용된 상징에는 그리스 로마 신화와 관련된 것이 많습니다. 그중 하나는 고대 로마와 프랑스혁명 때 사용한 화살이에요. 또 나치즘의 상징은 고대 로마의 독수리였습니다.

18세기 독일의 미술 고고학자인 요한 요하임 빈켈만은 '근대의 그리스인'이라고 불릴 정도로 고대 미술에 관심이 많았어요. 빈켈만은 1767년의 『고대예술의 역사』에서 고대 그리스 미의 본질이 균형, 대칭성, 형식의 통일성, 개성에만 깃든 것이 아니라고 했습니다. 대신 이를 육체미의 극에 달한 인체, 조화와 질서, 이상적인 인간성에 대한 표현으로 보았어요. 그는 그리스 미술만이 "고귀한 단순함과 조용한 위대함"을 달성했다고 주장했습니다. 즉 빈켈만은 자신이 사랑한 그리스 미술에

착 등도 이에 속한다. 또 자국의 역사와 문화에 대한 동경을 품는 것도 마찬가지다. 이는 외부의 침략에 맞선 자유 투쟁이나 해방운동 등의 방향으로 나아가기도 하지만, 전체주의에 빠져 국가가 개인보다 우선한다고 믿으며, 나아가 남의 국가를 침략하는 원동력이 되기도 한다.

* 전체주의의 한 갈래. 이탈리아어의 파쇼(fascio)에서 기원한 말로, 이탈리아의 독재자 베니토 무솔리니가 주장한 이데올로기이다. 이는 세계 대공황과 정세의 혼란을 틈타 여러 독재자에게 퍼져나갔는데 하나의 그럴싸한 이념과 상징을 내걸고, 감정적인 선동을 통해 대중을 통제하며, 전체를 위한 국민의 희생을 요구한다. 또한, 인종주의와 제국주의를 통해 비정상적인 애국심을 강요한다. 또 민주주의나 평등을 부정하고 엘리트에 의한 정치를 추종하고, 모든 국민의 일상생활을 감시한다. 게다가 국제법을 무시하고 전쟁을 신념으로 여겨 국민에게 공포와 불안을 심어주어 정권 강화에 이용하기도 한다. 대표적인 예로 아돌프 히틀러와 나치 독일의 나치즘이 있다.

서 절대미를 찾아낸 것이지요.* 이어 19세기 후반이 오자 많은 예술가와 미학자들이 근대 부르주아사회의 물질주의에 신물이 나 고대 그리스의 숭고미로 되돌아가려는 경향을 보였습니다. 또 학자들은 독일인도 그리스인과 같이 인도 유럽어족에 속하는 아리안 족이라는 인종주의적 주장을 전개했어요. 이러한 움직임에 의해 고대 그리스의 미학은, 전체주의가 추구하는 국민정신 통합의 이상이 되었습니다. 나치스는 자신들의 사상을 미화하는 데에 위에서 말한 빈켈만과 같은 관점을 사상적 기초로 삼았어요. 나치 시대의 독일 미술 이론가인 쿠르트 로타르 탱크는 자신의 저서를 통해 다음과 같이 말했습니다. "오늘날의 그리스 문화는 도달할 수 없는 어떤 전형이 아니라 우리의 현실 속에 살아 움직이는 것이다."**

히틀러의 미학은 아름다움은 혼돈이 아니라 질서와 법칙을 따라야 한다는 것이었습니다. 마치 수학적인 도형을 통해 아름다움을 표현하는 기하학처럼요. 나치는 이러한 이상을 내걸고 조직적으로 국민을 사로잡았습니다. 나치 정부는 올림픽, 제복, 거대한 기념식, 도시계획 등에 집착했는데, 이는 기하학적인 통일형식을 추구한 나치의 미학에 들어맞는 것이었어요. 일사불란하게 발맞춰 나아가는 군인들의 행렬도 숭고함과 엄격함을 과시하기 위한 것이었습니다. 정해진 동작, 체육, 제복, 권위, 익명성에 대한 숭배 또한 마찬가지였지요. 이러한 체제를 통

---

* 이후 18세기 말에서 19세기 초까지 유럽에서는 철학적으로는 독일 관념론이 유행했고, 미술 쪽에서는 바로크 양식을 부활시킨 네오 바로크 양식이 유행했다. 당시 사교계 살롱을 장식한 조각들은 고전의 완벽한 육체가 아닌, 타락한 인체를 묘사하고는 했다. 가령 프랑스의 화가 에드가 드가는 퇴폐적인 프랑스 사교계를 역동적이고 화사한 화풍으로 그려냈다.

** Kurt Lothar Tank, *Die Plastik unserer Zeit*, 1942, S. 12, 정미희12 재인용.

해 나치는 명령에 기계적으로 따르는 대중을 만들어냈고, 개인의 의지를 철저히 무시하고 전체를 위해서라며 모든 것을 정당화했습니다. 결국, 인간은 국가의 신념에 복종하는 하나의 무기로 변했고 인간성 따위는 완전히 잃어버리고 말았어요.

히틀러는 정권을 장악한 2년 뒤인 1935년, 국제연맹을 탈퇴했습니다. 이는 곧 베르사유 조약을 파기하는 것이자 유럽에 전쟁을 몰고 올 첫걸음을 내디딘 것이라고 할 수 있었죠. 그해에도 어김없이 나치는 뉘른베르크에서 전당대회를 개최했는데요. 이를 녹화한 영상을 보면 군중이 둘러싼 가운데 커다란 제단이 있는데, 히틀러가 이곳에 서서 연설을 해요. 제단에는 고대 로마풍의 꽃바구니가 놓여 있고, 거대한 독수리상으로 장식되어 있지요. 그것은 카이사르 이후 나폴레옹 등 무수한 지배자가 따라 한 세계제국의 상징이었습니다. 또 수평과 수직을 중시하는 고전주의적 엄격함은 나치가 가장 좋아한 형식이었어요. 이는 1937년 9월 11일 밤, 뉘른베르크에서 열린 전당대회에서 수직의 서치라이트로 연출한 빛의 대향연에서도 드러나며, 히틀러의 건축에 관한 관심에서도 알 수 있습니다. 히틀러는 베를린 도시계획을 통해 고대 그리스 로마의 이상향을 새로운 제국에 나타내려고 했는데요. 그핵심 중 하나는 수직으로 뻗은 도로가 개선문을 통과하여 대회당을 향해 달리도록 한 것이었습니다. 이러한 질서와 통일의 원리가 나치 미학의 핵심이었지요.

또 나치는 청소년들을 교육하면서, 그리스적인 젊은 남성 신체의 강건함과 아름다움에 대해 입이 마르도록 칭송했습니다. 이렇듯 이상적인 남성성에 대한 숭배 역시 공격적인 내셔널리즘과 연관이 깊어요.

1938년 총통 관저 입구에는 「아리안」이라는 두 사람의 청년상이 세워져 있었는데, 그중 횃불을 든 한 명은 나치당, 칼을 든 다른 한 명은 국방군을 상징했습니다. 그들의 복부와 가슴팍에 새겨진 근육은 고대 조각 「라오콘」에서 따온 것이었지요. 이는 당대에 이상적인 독일인의 모습으로 여겨졌습니다.

나치가 1937년 파리에서 열린 만국박람회의 독일관에 출품한 요셉 트루크의 「우애」도 마찬가지 사상을 담고 있었습니다. 이는 인종주의와 결부되어 아리아인의 순수성을 유지하기 위해서는 인종이 혼합되어서는 안 된다는 주장으로 나아갔어요. 그 결과로 순수한 독일인끼리의 강제 결혼, 장애인이나 '열등한' 유전자를 지닌 사람들의 씨를 말리는 단종 수술, '추악한 인종'인 유대인 절멸 정책들이 이루어졌지요.

나치 조각가들은 그리스 조각을 부활시켰다는 찬사를 듣는 프랑스 조각가 오귀스트 로댕과 그의 제자인 아리스티드 마욜을 본뜨려고 했습니다. 동시에 빈켈만의 영향을 받은 괴테의 이론 역시 주의 깊게 여겼지요. 가령 그들은 괴테의 다음과 같은 말에 깊게 공감한 듯합니다.

미술 작품은 일정한 형태를 만드는 능력을 스스로 발전시킨 고전주의 시대와 같은 것을 다시금 획득했다. 모든 탁월하고 숭고하며 사랑스러운 것들을 스스로 고양시키는 인간의 모습은 우리의 영혼을 불러일으키기에 충분하다. 인간은 스스로 자기 인생의 활동 영역을 제한하며 그에게 있어서 우상과도 같은 현재는 곧 모든 과거 또는 미래 속에서 알 수 있게 되는 것이다.*

이탈리아의 파시즘 역시 로마니타(고대 로마적인 것)를 핵심으로 삼았습니다. 독재자 무솔리니는 고대 로마의 위인들을 데려다 또 다른 자신으로 내세웠어요. 가령 그는 로마의 카피토리노 언덕에 서 있는 마르쿠스 아우렐리우스 황제의 기마상, 도나텔로의 가타멜라타 기마상, 베로키오의 콜레오니 장군상 등을 중요하게 여겼습니다. 이들은 모두 그리스 로마 시기 조각 예술을 계승하고, 르네상스를 대표하는 기념비적이고 영웅주의적인 기마상으로 추앙받았지요. 또 무솔리니의 거대한 머리 위에 헤라클레스를 닮은 남자가 칼을 들고 위풍당당하게 서 있는, 「총독의 머리 위에 선 제국」이라는 작품도 제작되었습니다. 이를 보아 무솔리니는 자신이 이탈리아를 구원하러 온 전설 속의 영웅이라도 된 듯 여긴 듯합니다. 특히 '단 하나의 마음, 단 하나의 의지, 단 하나의 희망'이라는 전형적인 파시즘 구호가 적힌 포스터를 보면 말이지요. 이 포스터에는 아래 수많은 군중을 배경으로 무솔리니의 얼굴 윤곽이 그려져 있어요.

무솔리니도 히틀러처럼 기념식을 몹시도 좋아했습니다. 이탈리아에는 고대 로마부터 거대한 기념식이 유행했습니다. 오늘날까지도 그런 환경이 충분히 갖추어져 있지요. 모든 도시에는 축제의 전통이 있었기에 허구한 날 기념식이 반복되는 것은 이탈리아인들에게 별 저항 없이 받아들여진 듯합니다. 가령 우리가 로마를 찾을 때 필수 관광코스

---

* Tank, 위의 책, S. 20, 정미희15재인용.

로 반드시 가게 되는 파라지오 베네치아는 르네상스 고전주의를 완성한 건축가 알베르티의 작품인데요. 이는 순수한 고전 양식을 따라 건설되어 있고, 그 정면에는 이탈리아 통일에 대한 장대한 신고전주의적 기념비가 서 있어요. 그 위에는 고대 로마의 성지인 카피토리노 신전이 있으며, 근처에는 콘스탄티누스 대제의 개선문과 거대한 콜로세움이 자리 잡고 있습니다. 무솔리니는 그런 역사적 환경을 충분히 이용하여 새로운 신화와 숭배를 창조했어요. 가령 1922년 포스터에 개선문, 콜로세움, 고대 로마 황제의 동상이 장엄하게 그려지며, 그 밑으로 무솔리니의 기마상이 합성된 것이 그 보기 중 하나입니다. 이탈리아 파시즘 건축도 나치즘처럼 단순한 고귀함과 조용한 위대함이라는 구호가 깃들어 있다고 볼 수 있어요.

현대 미술을 퇴폐라며 배척한 히틀러와 달리 무솔리니는 현대 미술을 좋아했습니다. 여기서 현대 미술이란 1909년 이탈리아를 중심으로 나타난 미래파를 뜻해요. 이는 과거의 전통과 결별하고 현대의 기계와 기술, 속도와 동력, 전쟁과 파괴를 찬양했어요. 따라서 무솔리니는 이를 파시즘 정권을 유지하는 데 이용했지요. 그러면서 국가의 사상을 선전하는 포스터와 조각에서 현대 미술의 형식을 따르기도 했습니다.

머리말에서도 밝혔듯이 그리스 로마 신화는 반인륜적인 폭력이 끊임없이 날뛰는 모습을 보여줍니다. 이는 권력 투쟁을 위한 적대, 경쟁, 전쟁, 정복, 침략, 복수, 음모, 계략, 살인, 절도, 사기, 약취, 유괴, 강간, 간통, 차별 등등의 온갖 범죄와 부도덕으로 이어지죠. 그것은 주체와 타자의 착취 관계를 전제로 합니다. 또 그런 관계를 정당화하고 합리화하여 마치 진리라는 듯이 지속시켜요. 이 과정에서 괴물은 다들 따돌리고 거부할 희생양이 됩니다. 앞에서 저는 그리스 로마 신화만큼 괴물이 많고 다양하게 등장하는 신화가 없다고 했지만, 사실 그리스 로마 신화에 대한 우리가 흥미를 품는 진짜 이유도 그러한 괴물들에 있는지도 모르겠습니다. 그러나 그리스 로마 신화에서 항상 중심의 자리에 서는 것은 인간과 같은 모습을 한 신들, 특히 제우스를 비롯한 올림포스 12신이에요. 이러한 신들은 지배자인 왕과 왕족, 권력자와 권력계층을 상징합니다. 따라서 저는 이들을 국가신이라고 지칭해요.

이러한 국가신에게 자리를 빼앗기기 전에는 토속신이 숭배를 받았습니다. 즉 국가가 성립하면서 국가신이 등장하기 이전에 토속사회에서 신앙의 대상이 된 신들이지요.* 국가가 성립하면서 그들의 운명도 나뉘었습니다. 일부는 잊혀서 사라졌고, 일부는 괴물로 추락했으며, 일부는 비록 전보다는 덜한 숭배를 받더라도 토속신의 지위를 유지했어요. 또 그중 상당수는 국가신으로 변신했습니다. 한편 토속신인 적은 없었지만 새롭게 국가신으로 등장한 자도 있지요. 지배자인 제우스를 비롯한 올림포스 신들은 인간과 닮았으나 더욱 우월한 존재로서 왕을 비롯한 최고 지배자를 뜻했어요. 한편 그들이 다스리는 피지배자는 대부분 괴물 또는 당시 열등하게 여겨진 여자로 등장했습니다.

그런데 그리스 로마 신화에 신과 괴물만이 등장하는 것은 아니지요. 무수한 영웅들의 영웅담 또한 펼쳐집니다. 영웅을 뜻하는 'hero'란 그리스어로 반신(半神)을 뜻하는 'heros'에서 나온 단어입니다. 즉 영웅은 부모 중의 한쪽이 신이어서 절반은 신의 피가 흐르는 경우가 많아요. 그런 영웅은 육체적으로나 정신적으로나 인간보다 태생적으로 뛰어난 초인이지요. 이런 영웅은 신탁을 받아 신을 위해 봉사합니다. 현실 세계에서는 왕에게 충성하는 장군 등의 귀족을 상징한다고 볼 수 있습니다.

영웅은 괴물을 죽이는 위업을 달성해 영웅이란 칭호를 얻어요. 가령 그리스 로마 신화 최대의 영웅인 헤라클레스의 12개 위업 중 4분의 3은 네메아의 사자 등 괴물과 맞서 이기는 겁니다. 괴물은 그리스 로마 신

---

* 이러한 토속신은 모두 원시 모권사회의 모신들뿐이었다고 보는 견해도 있다. 하지만 여자들만 존재하는 세상을 상상할 수 없듯이, 비록 원시사회에서는 여신들이 중심이기는 했어도 남신 또한 존재했다는 의견이 더욱 신빙성이 있는 듯하다. 최근 연구에 의하면 남신 역시 원시사회의 토속신으로 존재했다고 한다. 이는 가령 제우스도 본래는 토속신의 하나였을 가능성을 시사한다.

화가 아닌 다른 신화는 물론 영웅담이나 현대의 영화, 만화, 소설, 시에서도 중요한 등장인물로 다뤄집니다. 가령 영화 「킹콩」이 그 대표라고 할 수 있겠네요. 그런데 그리스 로마 신화에서는 괴물들이 대부분 그리스가 아니라 멀리 떨어진 곳에 살았다고 나와 있습니다. 「킹콩」이 아프리카에서 왔듯이 말이에요. 이는 그리스에서는 신들과 영웅의 수호를 받으며 인간들이 살아가지만, 그 밖의 땅에는 괴물이 산다는 구조를 만들어냅니다. 나아가 그리스는 문명과 선과 아름다움을 대표하나, 그리스 외의 것은 야만과 악과 추함을 대표한다는 틀을 세우지요. 이후 고대 그리스가 멸망한 후에도 서양 군주들은 고대 그리스와 로마를 본보기로 삼았습니다. 따라서 그리스는 로마를 거쳐 서양으로 확대되고, 비(非)그리스는 페르시아를 거쳐 동양, 그리고 비(非)서양으로 확대되었어요. 그 두 세계는 지배와 피지배의 관계, 우월과 열등의 관계, 문명과 야만의 관계, 정상과 비정상의 관계로 도식화됩니다.

지배 민족=그리스=서양=중심=문명=미와 선=정상
피지배 민족=비(非)그리스=비(非)서양=주변=야만=추와 악=비정상

이러한 도식화는 세계사의 중심은 오직 서양뿐이라는 편견을 퍼트립니다. 그리고 그 외의 민족과 나라들은 그저 서양에 지배당했을 뿐이라고 역사를 날조하기도 하지요. 따라서 오늘날의 세계사는 차라리 '서양사'라고 부르는 편이 나을지도 몰라요. 왜냐하면, 여전히 비서구권 국가들은 서양과 관련되는 경우에만 객체로 등장하고, 세계사의 주체는 어디까지나 서양일 뿐이기 때문입니다.

이런 구조는 한 국가 안에서도 똑같이 반복됩니다. 즉 모든 신화에서 세계의 창조자를 비롯한 신은 현실의 무대에서는 지배자인 왕족을 상징해요. 또 신의 피를 일부 타고나는 영웅은 왕을 섬기는 귀족이나 영주 등의 지배계급을 뜻합니다. 그리고 대다수인 평범한 인간은 피지배계급을 의미하지요. 그 아래의 계급인 노예는 인간도 아니라는 취급을 받습니다. 즉 그리스 로마 신화에 등장하는 괴물과 비슷한 대접을 받아요. 우리는 로마시대 스파르타쿠스*(?-기원전 71년)의 노예반란 외에는 다른 사건을 알지 못하지만, 사람들에게 잊힌 수많은 반란이 있었음은 짐작하고도 남습니다. 역사에 기록된 헤일로타이의 봉기**도 있고요. 이러한 노예 반란의 전통은 현대의 반체제 운동까지 그 맥이 이어집니다. 가령 노동운동이나 사회운동이나 시민운동의 형태를

---

* 트라키아 출신의 노예 검투사. 그러나 약 70명의 동료를 이끌고 검투사 양성소를 탈출하는 데 성공했다. 그는 여기서 멈추지 않고 여러 노예들을 모아 반란을 일으켰다. 곧 그의 노예 병력은 수만에 달했고, 스파르타쿠스는 탁월한 지휘력으로 로마의 제국군을 격파하며 승승장구하였다. 그러나 원로원은 당대 로마 최고의 재력가 중 하나이던 크라수스에게 노예 반란 토벌을 명한다. 크라수스는 자신의 돈으로 수많은 병사를 사들인 뒤 패잔병은 10분의 1을 처형하는 무자비한 규율을 내리며 반란 진압에 나선다. 수적 열세에 밀리자 노예들은 의견이 갈리고 갈팡질팡하기 시작하다가, 일부는 도망을 택했다. 스파르타쿠스는 비록 처절하게 싸웠으나 전사하고 만다. 이후 노예 반란은 진압되었고 크라수스는 포로로 잡은 노예 6000명을 십자가에 매달아 처형하였다. 이후 스파르타쿠스의 이야기는 여러 영화와 드라마로 제작되면서 미디어를 통해 대중에게 퍼져나갔다.

** 헤일로타이는 스파르타의 노예계급을 뜻한다. 이들은 주로 펠로폰네소스 반도에 원래 살고 있던 원주민들, 혹은 원래 이웃 나라 메세니아의 시민들이었으나, 스파르타에 의해 정복된 후 노예로 전락하였다. 당시 스파르타의 사회적 구성을 보았을 때 스파르타 시민의 수는 전체의 20분의 1도 되지 않았고, 나머지 대다수는 노예인 헤일로타이 계급이었다. 이들은 가혹한 세금과 수탈에 시달렸으며, 농작물을 지어서 바치는 농노 취급을 받았다. 스파르타 시민은 군사 훈련에 몰두해 농경을 지을 능력이 부족했기에 노예가 생산하는 작물에 의존했다. 헤일로타이는 개인이 아닌 국가가 소유한 노예였으며, 주인이라 해도 개인이 함부로 해방해줄 수 없었고, 국가에 의해 각 스파르타인에게 제공되었다. 스파르타인들은 자신보다 수가 많은 헤일로타이를 제압하기 위해 굉장히 잔인하고 억압적인 정책을 폈다. 가령 노예가 아무런 잘못을 하지 않아도 매년 일정한 수의 매를 때렸다. 그리고 매년 신년 행사로 헤일로타이 중에서 젊고 건강한 이들을 골라서 죽였다. 그 외에도 매우 굴욕적인 대접을 통해 자신들이 노예라는 것을 잊지 않도록 각인시켰다. 이런 억압에 질린 헤일로타이들은 여러 번 반란을 일으켰다.

통해서 말이에요. 또 집단이 아닌 개인적인 차원의 저항으로서는 왕의 명령을 거부하고 오빠의 시신을 묻어준 안티고네를 들 수 있습니다. 이러한 두 계급도 지배와 피지배의 계급관계, 우월과 열등의 관계, 정상과 비정상의 관계로 도식을 그려볼 수 있어요.

지배계급=신과 영웅=왕과 귀족 및 장군=주인=미와 선=정상
피지배계급=괴물과 인간=노예 및 외국인=주변=추와 악=비정상

그리고 각 계급 내에서도 다시 남녀에 따라 우열이 나뉩니다. 인류 역사의 처음은 농경사회로서 대지 여신이 중요하게 숭배되었어요. 그러나 점차 남성 중심의 사회로 바뀌면서 여신은 남신에 의해 지배받게 되었습니다. 그리고 인간사회에서도 영웅이 될 수 있는 남성과 그렇지 못한 여성의 취급은 철저하게 갈렸습니다. 남성이 정신과 지성과 문명을 대표한 것과 반대로 여성은 육체와 감성과 원시상태를 대표했지요. 또 남성은 공적인 정치 세계의 존재로 인정받은 것과 반대로 여성이 활동할 수 있는 곳은 사적인 가정 세계에 한정되었어요. 따라서 성별에 따라서도 지배와 피지배의 계급관계, 우월과 열등의 관계, 정신과 육체의 관계라는 도식을 그려볼 수 있습니다.

지배계급=남신-남자영웅-남자인간=정신·지성·문명=공적 정치세계=국가
피지배계급=여신-여성인간=육체·감성·자연=사적 가정세계=사회

이상으로 그리스 로마 신화에 드러난 차별의 기본 구조를 살펴보았습니다. 이는 다음과 같은 여러 겹의 차별로 이루어져 있어요. 즉 외부적으로는 그리스와 비 그리스가, 내부적으로는 지배자와 피지배자가 구분됩니다. 또 그 속에 다시 주인과 노예, 남과 여가 나뉘지요. 이 책은 그리스 로마 신화에 담긴 이러한 차별 구조를 들춰보려는 시도입니다. 저는 그리스 로마 신화를 읽을 때마다 언제나 이에 의문을 품어왔는데, 제가 여태까지 접한 그리스 로마 신화에 관한 그 어떤 책도 이러한 차별적 구조에 대해 명확하게 설명해주지 않았어요. 최근 들어 페미니즘의 영향으로 남신과 여신, 토속신과 국가신에 대한 새로운 해석이 나오고 있지만, 그리스 로마 신화가 서구의 인종 차별과 제국주의적 침략의 근원이라는 인식은 아직 뚜렷하지 않은 듯합니다. 또 이와 더불어 드러난 동양에 대한 깊은 편견 역시 이미 그리스 로마 신화에서부터 나타났음을 밝히고자 하는 것이 제가 이 책을 집필한 동기예요.

우리는 3, 4천 년 전에는 그리스인들에 의해, 그리고 그 후 서양인들에 의해 낯섦과 편견, 왜곡의 대상이었던 '못난' 동양인으로 취급됐습니다. 하지만 제가 보기에는 우리나라에서 출간된 그리스 로마 신화에 관한 책들은 대개 철저하게 서구적 관점을 품고 있어요. 서양 작가들이 그렇게 쓰는 것이야 어쩔 수 없다지만 우리나라 사람마저 비슷한 시각으로 글을 쓰는 것은 매우 유감스러운 일입니다. 만일 서양인이라 해도 조금만이라도 양심적이고 넓은 시야를 지니고 있다면 그리스 로마 신화의 차별적인 구조를 반성할 것입니다. 그러나 서양 신화학의 권위자라는 이들, 가령 우리나라에서 흔히 인용되는 엘리아데나 레비스트로스나 캠벨을 비롯한 여러 학자도 이 점에 대해 명확한 자기반성의 비판을 하지 않고 있어요. 이는 학문적인 차원은 물론 대중적인 차원에서도 마찬가지입니다. 양보해서 서구 학자들이야 자신에게 익숙한 신화에서 차별 구조를 제대로 알아보지 못할 수 있다고 쳐요. 하지만 우리가 그러한 서구적 시각의 교만함을 그대로 답습하는 것은 이제 없어져야 합니다.

따라서 이제 그리스 귀신을 쫓아내야 할 때입니다. 신자유주의와 세계화를 따라서 밀려들어온 현대 세계의 경쟁과 폭력이 아닌, 화합과 평화의 새로운 세계로 나가기 위해서는 더는 그리스 귀신을 숭배할 필요가 없어요. 민족과 계급과 성별 간의 투쟁만이 지배하는 세상이 아니라 평화로 어우러지는 세상을 만들기 위해서는 과감히 그러한 이야기를 버려야 합니다. 그렇기에 그리스 로마 신화나 그것에 토대를 둔 서양의 학문과 예술을 영원한 진리인 듯이 섬겨온 비슷비슷한 국내 도서들에 딴죽을 거는 이 책이, 그리스 귀신을 죽여 추방하는 데 조그만 기여라도 하기를 바랍니다.

안티고네(프레더릭 레이턴 작)

푸른들녘 인문·교양 시리즈

인문·교양의 다양한 주제들을 폭넓고 섬세하게 바라보는 〈푸른들녘 인문 교양〉 시리즈. 일상에서 만나는 다양한 주제들을 통해 사람의 이야기를 들여다본다. '앎이 녹아든 삶'을 지향하는 이 시리즈는 주변의 구체적인 사물과 현상에서 출발하여 문화·정치·경제·철학·사회·예술·역사 등 다방면의 영역으로 생각을 확대할 수 있도록 구성되었다. 독특하고 풍미 넘치는 인문 교양의 향연으로 여러분을 초대한다.

2014 한국출판문화산업진흥원 청소년 권장도서 | 2014 대한출판문화협회 청소년 교양도서

001 옷장에서 나온 인문학

이민정 지음 | 240쪽

추운 지역에서 털가죽을 두르고 지내는 사람이든 더운 지역에서 식물로 만든 옷을 걸치고 지내는 사람이든 우리 몸을 보호하고 장식해주는 옷과 완전히 등을 진 사람은 없다. 우리가 옷을 알아야 하는 이유다. 옷이라는 친근한 소재를 통해 사람의 몸, 노동의 과거와 현재, 종교 갈등, 동물 보호 문제, 경제학과 철학, 역사까지 자유자재로 넘나드는 이 책은 옷이 어떻게 만들어지는지, 어떤 방식으로 사람들과 어우러지는지, 다 입고 난 뒤엔 어떻게 버려지는지, 그야말로 옷의 '삶' 전반을 저자의 친절하고 재미있는 안내와 함께 둘러본다. 옷 한 벌 한 벌에 얽힌 이야기를 읽으면서 다양한 정보는 물론 인문사회학적 지식까지 자연스럽게 흡수할 수 있다.

2014 한국출판문화산업진흥원 청소년 권장도서 | 2015 세종우수도서

002 집에 들어온 인문학

서윤영 지음 | 248쪽

거리를 채운 건축물들의 종류를 살펴보면서 그것들이 기능하는 원리를 생각해보자. 언뜻 서로 관련이 없어 보이는 병원과 학교, 백화점, 모델하우스 등등 다양한 건축물들이 비슷한 원리 아래 돌아가고 있다면? 이번에는 시선을 돌려 골목마다 즐비한 카페들을 보자. 대체 이 건물들은 어쩌다 주택가까지 진출하게 되었을까? 이렇게 집과 집, 건축물과 건축물을 잇는 이야기를 읽다 보면, 어느새 머릿속에 나만의 지도가 그려진다. 인문학적 시선에서 건축을 바라보면 우리가 어렵게 느끼게 마련인 '세상의 원리'를 좀 더 시각적으로 이해할 수 있게 된다. 『집에 들어온 인문학』은 그 이해를 쉽고 재미있게 도와줄 수 있는 가장 적확한 책이다.

2014 한국출판문화산업진흥원 청소년 권장도서

003 책상을 떠난 철학

이현영 · 장기혁 · 신아연 지음 | 256쪽

청소년들이 실제로 일상에서 겪는 여러 가지 삶의 문제를 끄집어내어 해석하고, 더 나아가 자신의 삶을 건강하고 아름답게 가꾸는 데 보탬이 될 수 있도록 엮은 실용적인 철학 입문서이다. 내 앞에 놓인 다양한 질문을 들고 인생의 선배와 만나 이야기를 나누는 등장인물들을 통해 독자들은 "맞아, 내 고민이 바로 그거야!" 하고 공감하는 동시에 스스로 답을 찾아갈 힘을 얻게 될 것이다. 인생길에서 종종 만나는 근원적인 질문의 답이 궁금한 청소년들, 자신의 삶에 깊이를 더하고 싶은 사람들, 자녀의 고민을 더 깊이 이해하고 싶은 부모님들, 그리고 토론과 글쓰기 수업에 활용할 자료를 찾고 있는 교사들에게 이 책을 권한다.

2015 세종우수도서

004 우리말 밭다리걸기

나윤정 · 김주동 지음 | 240쪽

일상생활 속에서 소재를 잡아내어 우리말의 바른 쓰임과 연결해주고, 까다로운 맞춤법을 깨알 같은 재미로 분석해주는 책. 〈1부 밭다리 후리기〉는 우리말을 똑똑하게 쓰는 법(맞춤법/띄어쓰기/발음)에 초점을 맞추었고, 〈2부 밭다리 감아돌리기〉는 잘못 쓰고 있는 외래어나 관용어(한자어) 등을 바로잡는 데 초점을 맞추었다. 각 글의 말미에는 마무리 문제를 실어서 이해한 바를 체크하고 지나갈 수 있도록 구성했다. SNS에 글을 많이 노출하는 청소년들, 학창시절 국어시간 이외에는 우리말 공부에 관심을 갖지 않았던 일반인들, 정확한 글쓰기를 연습하기 위해 노력하는 직장인들에게 이 책은 유익한 우리말 길잡이가 되어줄 것이다.

005 내 친구 톨스토이

박홍규 지음 | 344쪽

톨스토이는 어떤 사람이었을까. 그의 작품은 세계문학전집 중한 권에 불과할 뿐 '지금, 여기'를 살아가는 우리에게 도무지 감흥을 불러일으킬 수 없는 것인가? 저자는 이 같은 궁금증을 한 꺼풀씩 벗겨내기 위해 톨스토이란 인물의 행보를 연대기적으로 좇으면서 그의 사상이 어떻게 변화하는지 보여준 다음 다양한 변화의 모습들이 어떻게 작품으로 형상화되는지, 작품의 인물 속에 어떤 방식으로 드러나는지 소개한다. 또한 러시아에서 톨스토이가 미움을 받는 이유, 한국을 비롯한 아시아에서 그를 오해하는 까닭도 파헤친다. 저자가 안내하는 대로 책을 읽다 보면 톨스토이의 진짜 모습을 만나고 그가 쓴 작품들의 의미도 이해하게 될 것이다.

006 걸리버를 따라서, 스위프트를 찾아서

박홍규 지음 | 348쪽

이 책은 어린이용 동화로 소개되거나 받아들여진 『걸리버 여행기』가 실은 현존하는 문학 작품 중 최고의 풍자문학이라는 점, 그 풍자의 칼끝이 정치를 비롯한 인간세상의 위선과 모순을 겨눈다는 점, 그럼에도 작가 스위프트가 인간에 대한 사랑을 거두지 않았기에 이 같은 위대한 작품이 탄생할 수 있었다는 점을 보여주는 한 편의 또 다른 멋진 여행기이자 『걸리버 여행기』를 가장 정확하게 이해하게 해주는 친절하고 정교한 안내서이다. 스위프트가 발표한 여러 작품에 대한 소개, '여행기'라는 같은 형식을 띤 『걸리버 여행기』와 『로빈스 크루소』가 왜, 어떻게 다른가에 대한 분석 등은 이 책만이 지니는 특장이다.

007 까칠한 정치, 우직한 법을 만나다

승지홍 지음 | 440쪽

"법과 정치를 쉽고 흥미롭게 공부할 수 있는 인문교양서를 만
들어보자"는 취지에서 출발한 이 책은 가장 실용적인 학문
인 법학과 정치학이 실제로 우리 주변에서 어떤 식으로 전개
되는지, 우리의 일상과 어떤 관계를 맺는지, 그 쓰임은 어디까
지인지를 알려주는 친절하고 정교한 교양서이다. 까다롭고 어
렵게만 보이는 법과 정치 분야를 일상에서 자주 접할 수 있는
친근한 사례와 함께 조목조목 짚어주면서 학교 공부에 필요
한 지식뿐 아니라 우리가 살아갈 때 꼭 해결해야 하거나 사건 사고가 발생했을 때 알아두
어야 할 점, 민주주의의 근간을 이루는 법과 정치의 체계, 그리고 세계인으로서 갖추어야
할 덕목과 지식을 한눈에 살필 수 있도록 구성했다.

008/009 청년을 위한 세계사 강의1,2

모지현 지음 | 각 권 450쪽 내외

인류가 청동기와 문자를 기반으로 문명을 꽃피운 이래 역사가
어떻게 흘러갔는지 살피는 이 책은 시대별로 진행되었던 기존
의 서양사 중심 서술을 지양한다. 1권에서는 서아시아 지방에
서 시작된 인류 문명이 유럽을 넘는 과정을, 2권에서는 그 문
명이 아메리카와 오세아니아를 돌며 동아시아 대륙을 거친
후 아프리카와 현대의 서아시아에서 다시 만나는 과정을 탐
색하는 새로운 방식을 취한다. 세계사에서 흔히 다루는 유물
과 유적이나 전투 중심의 서술 대신 우리와 같은 모습으로 살아간 '누군가의 있었던 삶'을
추적하면서 역사란 '그것들이 모여 이루어진 하나의 큰 흐름'임을 자연스레 이해하게 해
주는 이 책은 완벽한 스토리텔링을 자랑하는 세계사 안내서이다.

010 망치를 든 철학자 니체
vs. 불꽃을 품은 철학자 포이어바흐

강대석 지음 | 184쪽

니체와 포이어바흐를 비롯, 세기의 철학자들이 모여 자신들의
생각을 나누는 철학 토론장으로 독자를 초대한다. 논쟁의 핵
심은 철학과 종교의 관계다. 철학과 종교의 역할이 분명하게
구분되지 않을 때 어중간한 철학이 나타나 철학의 올바른 과
제를 수행하지 못했다는 것이 니체와 포이어바흐의 신념인데,
이는 저자의 신념이기도 하다. 더불어 이 논쟁에서는 유물론
과 관념론의 문제도 논의된다. 같은 무신론철학자이면서도 니
체는 관념론적이었고 포이어바흐는 유물론적이었기 때문이다. 저자는 과학적인 현실을
중시하는 유물론과 인간에게 이상을 심어주는 관념론이 균형을 이루어야 철학은 물론
인간 사회 역시 올바르게 발전할 수 있다고 강조한다.

011 맨 처음 성性 인문학

박홍규 · 최재목 · 김경천 지음 | 328쪽

이 책은 성 문제를 '동서양 자위의 사상사'로 먼저 접근했다는
점에서 가히 전인미답의 분야라 할 만하다. 박홍규 교수는 서
양의 사상사 내지 정신사 차원에서 자위 문제가 어떻게 다루
어졌는지를 살피고(1부 〈서양의 자위 사상사〉), 동양철학 전공
자인 최재목 교수가 동양 사상과 문화에서 드러나는 자위 문
제를 고찰함으로써(2부 〈동아시아 사상·문화에서 보는 '자
위'〉) 동서양 사상의 차원에서 자위 문제를 보다 심도 있고 종
합적으로 바라볼 수 있도록 구성했다. 3부 〈자위와 법〉은 이 책의 핵심이자 가장 유용한
부분으로 저자의 진지한 고뇌와 사색, 연구와 상담, 치유법 등을 만날 수 있다. 쓸모 있는
성교육을 고민하는 모든 이에게 이 책은 유용한 지침서가 될 것이다.

012 가거라 용감하게, 아들아!

박홍규 지음 | 384쪽

루쉰의 시기별 활동과 주요 작품을 분석한 책. 루쉰은 몇 가지 틀 안에 가둘 수 없을 만큼 변화무쌍한 발자취를 남긴 인물이다. 따라서 저자는 그의 성격과 사상이 극명하게 드러나는 '잡문'을 바탕으로 루쉰의 참 모습을 조명한다. 바로 비판적 지식인이자, 권력과 권위를 부정한 자유인이며, 모순을 안고 살아간 평범한 인간, 그리고 인간성을 끊임없이 탐구한 작가로서의 루쉰이다. 하지만 이 책의 가장 큰 미덕은 반(反)권

력과 반(反)노예를 향한 100여 년 전 루쉰의 외침이 오늘날 한국에서도 설득력 있게 울려 퍼지는 이유를 돌아보는 것이다. 올바른 삶의 방향을 설정하고자 애쓰는 청소년들, 인생의 길을 찾기 위해 고군분투하는 청년들에게 이 책을 권한다.

013 태초에 행동이 있었다

박홍규 지음 | 400쪽

고전 중의 고전 『돈키호테』를 '자유인의 정의감과 정신성, 인류애의 구현'이라는 관점에서 새롭게 조명한 책으로 '자유, 자치, 자연'을 현재 진행형으로 구현하는 저자 박홍규의 독특한 관점이 400년 전의 세르반테스와 그의 명저 『돈키호테』와 만나 인류의 보편적인 정서와 정신성이 과거에 어떤 식으로 조명되었는지, 현재 나의 삶에 어떤 영향을 미치고 있는지 보여주는 청소년을 위한 고전 읽기 해설서다. 각자가 스스로 인생

의 주체가 되는 삶, 끊임없이 자기 운명을 개척해나가는 삶을 위한 아름답고 따뜻하며 가슴 찡한 헌사인 이 책은 장장 1500페이지가 넘는 원작을 읽기 전에 반드시 읽어야 할 가장 정확하고 알찬 내비게이션이기도 하다.

014 세상과 통하는 철학

이현영 · 장기혁 · 신아연 지음 | 256쪽

철학의 본령은 서재에 머물거나 삶과 동떨어진 뜬구름 잡기가
아니다. '지금 여기에서 살아가는 나와 세상'이 접점을 찾아가
는 과정을 친절하게 때로는 엄중하게 안내하는 것이다. 저자
들의 전작 『책상을 떠난 철학』이 "사랑과 실존, 일과 놀이, 선
과 악, 삶과 죽음, 가상과 현실, 남과 여, 행복과 불행"처럼 보
다 근본적인 문제를 중심으로 다루었다면, 『세상과 통하는 철
학』에서는 "역사, 과학기술, 예술, 생태, 교육, 정의"와 같은 삶
밀착형 문제들에 대한 의문을 함께 풀어나가는 데 방점을 찍었다. 앎과 행동의 괴리 때문
에 고민하는 청소년들, 자녀(학생)들의 생각과 욕구, 좌절과 희망을 이해하고 싶어 하는
어른들에게 이 책은 큰 도움이 될 것이다.

015 명언 철학사

강대석 지음 | 400쪽

서양 사상사의 전통을 세운 철학자들이 남긴 주요 명언을 통
해 그들의 사상과 철학의 흐름을 소개하는 책. 저자가 엄선한
총 62명의 철학자는 당대의 시대정신을 정립하거나 대표했던
사상가들로서 "변하지 않는 진리란 무엇인가?", "신(神)은 정
말로 존재하는가?", "시간과 공간은 무엇인가?", "정의란 무엇
인가?" 등등 굵직한 의문에 답을 찾기 위해 진지한 사색과 연
구를 거친 인물들이다. 저자는 특히 우리나라에 관념론 위주
의 철학과 철학자들이 편중되어 알려졌다는 현실에 이의를 제기하면서 "철학(자)의 현실
참여 의지"가 매우 중요하다는 신념 아래 유물론을 바탕으로 사상의 꽃을 피웠던 철학자
들을 소개하는 데 지면을 할애했다.

016 청와대는 건물 이름이 아니다

정승원 지음 | 272쪽

단언컨대 기호학은 매우 쓸모 있는 학문이다. 기호학을 공부
하면 세상과 제대로 의사소통을 할 수 있고, 사회문화 현상 뒤
에 숨어 있는 의미를 분석할 수 있고, 정치인들의 애매모호하
고 복잡한 언어를 해석할 수 있다. 난해한 시와 현대미술이 주
는 충격에서 벗어나 각종 예술 작품의 진의를 파악하기도 쉬
워진다. 타자에 대한 이해와 배려가 깊어지고, 뻔한 사고의 틀
에서 벗어날 수 있게 해준다. 이 세상은 그야말로, 우리가 날
마다 사용하는 언어는 물론 숫자, 상징, 약속, 대중매체 등에 이르기까지 '기호'로 가득 차
있기 때문이다. 기호학이라는 다소 낯선 분야를 소개하는 이 책은 세상과 사물을 다르
게, 좀 더 넓고 깊게, 정확하고 풍부하게 이해하기를 원하는 독자들에게 새로운 인식의 지
평을 열어줄 것이다.

017 내가 사랑한 수학자들

박형주 지음 | 208쪽

20세기에 활약했던 다양한 개성을 지닌 수학자들을 통해 '인
간의 얼굴을 한 수학'을 그린 책으로 "내 눈에는 오직 수학만
보여"라고 외쳤던 이면에 숨어 있는 인류애를 통해 그들이 수
학을 기반으로 어떻게 과학기술을 발전시켰는지, 삶의 질을
향상하는 데 어떤 방식으로 기여했는지, 인류사의 흐름을 어
떻게 긍정적으로 변화시켰는지 보여주는 교양 필독서다. 입시
수학에 지친 독자들에게, 인류 지성사를 수놓은 위대한 천재
들의 삶에 관심을 지닌 또 다른 독자들에게 이 책이 새로운 영감의 출발이자 위안이 되길
바란다. 과학자로서 드물게 인문학적 글쓰기가 돋보이는 저자의 '색다른 수학 칼럼' 세 편
은 독자들을 위한 흥미로운 보너스다.

018 루소와 볼테르; 인류의 진보적 혁명을 논하다

강대석 지음 | 232쪽

볼테르와 루소는 1789년의 프랑스혁명을 이념적으로 준비한 철학자들이다. 1부에서는 두 철학자가 자신의 삶을 스토리텔링 기법으로 들려준다. 혁명 전야의 프랑스가 정치적으로나 사상적으로 어떤 분위기에 있었는지, 뭇 사람들처럼 사랑과 모험의 열병을 앓았던 소년기와 청년기의 삶은 어땠는지, 학문적 업적과 인생을 정리하는 후반기의 삶은 어떠했는지 솔직하게 털어놓는다.  2부에서는 볼테르와 루소가 자신들의 주요 저작을 토대로 "무엇이 인류의 행복을 증진할까?", "인간의 불평등은 어디서 기원하는가?", "참된 신앙이란 무엇인가?", "교육의 본질은 무엇인가?", "역사를 연구하는 데 철학이 꼭 필요한가?" 등의 문제에 대한 답을 찾기 위해 격렬한 논쟁을 벌인다.